GAMING THE SYSTEM

-

GEGEN ALLE WIDRIGKEITEN

Brenna Aubrey

Übersetzung: Dominik Weselak

SILVER GRIFFON ASSOCIATES
ORANGE, CA, USA

Book Layout ©2017 BookDesignTemplates.com
Cover Art: ©Sarah Hansen, Okay Creations

ISBN 978-1-940951-47-8
Silver Griffon Associates
P.O. Box 7383
Orange, CA, USA 92863

*Dieses Buch ist meinen kleinen pelzigen Babys gewidmet,
den verschmusten Wesen, die lieber mit mir spielen würden, als
mich den ganzen Tag an der Tastatur zu sehen.*

DANKSAGUNGEN

Wie immer muss ich einräumen, dass ich ein Buch nie alleine produzieren könnte. Man braucht ein Team und ich habe das beste. Danke an Kate und Sabrina, meine ersten Leserinnen, die das Manuskript durchkämmen und mich regelmäßig mit ihren aufschlussreichen Kommentaren ärgern, während ich mir den Kopf zerbreche, um eine Möglichkeit zu finden, die Probleme zu beheben! Danke an mein Produktionsteam: Sarah Hansen für ihre wunderschönen Cover, Jenn Beach für all die anderen Grafiken, an Jacy – die immer in letzter Minute einspringt, wenn ich in einer Krise stecke! VIELEN, VIELEN DANK!

Dank gebührt auch den Autorinnen Sylvie Fos, Meghan March und Sarah Castile für ihre Antworten auf meine rechtlichen Fragen. Leigh und Natasha für ihre moralische Unterstützung. Und Tessa, meiner Klappentext-Göttin!

Großer Dank geht auch an alle Leser und Blogger, die sich die Zeit nehmen meine Bücher zu lesen und Rezensionen zu verfassen. Eure Arbeit ist so wertvoll und ich danke euch dafür. Danke an die Bücherwürmer in meiner Brenna Aubrey Büchergruppe für eure Ermutigungen, eure Hilfe und euren Enthusiasmus. Ich weiß, ihr liebt diese Charaktere so sehr wie ich. Eure Begeisterung haut mich jeden Tag von den Socken. Ich bin froh, jeden einzelnen von euch kennengelernt zu haben.

Zu guter Letzt, danke an meine Familie. Es ist nicht einfach, mit einer Autorin zusammenzuleben, besonders nicht, wenn ich im Stress-Modus bin. Danke, dass ihr so geduldig seid, während ich die Einsiedlerin spiele oder nicht zuhause bin oder, obwohl körperlich anwesend, völlig abgelenkt bin, weil meine Charaktere in meinem Kopf mit mir sprechen. Ich bin dankbar für meinen wundervollen Ehemann und meine umwerfenden Kinder. Ich bin stolz, ein Teil eurer Familie zu sein und ich liebe euch mehr als Worte ausdrücken können. xoxox

Kapitel Eins
Adam

EINE FIRMA VIA E-MAIL, TEXTNACHRICHTEN UND laggenden Videochats von den Hauptquartieren jenseits des Pazifiks aus zu führen, war keine einfache Aufgabe. Selbst für jemanden, der ein Smartphone als zusätzliches, künstliches Körperteil ansah. Was das Ganze noch schwieriger machte, war ausgeprägter Schlafmangel.

Ich hatte fast eine Woche lang nicht einmal anständig geschlafen. Und ich war mir sicher, dass ich das, bis ich in zehn Stunden in LA landen würde, auch nicht tun würde. Die anstrengende Tour durch Peking, Shenzhen und Shanghai endete in Tokio, wo ich auf den nächsten Abschnitt meiner langen Heimreise wartete. Aber die Perspektive von Draco Multimedia Entertainment in Asien sah vielversprechend aus. Also war die Reise nicht umsonst gewesen.

Von meinem Tisch in der Erste-Klasse-Lounge am Haneda Airport in Tokio aus verschickte ich eine Flut von E-Mails und Textnachrichten, während mein heißes Frühstück kalt wurde. Jordan Fawkes, mein Finanzchef, saß mir gegenüber und ertränkte seine Rühreier in Ketchup, während er sich beschwerte, dass es keine Salsa gab – seine übliche Würze für Eier. Leider gab es in Japan kein Gesetz dagegen, sein Frühstück zu verunstalten.

„China war eine tolle Reise", sagte Jordan, nachdem er seine Eier gekaut und hinuntergeschluckt hatte und nun ein Würstchen klein schnitt. „Ich muss irgendwann mit April noch einmal herkommen, damit ich es genießen kann, ohne elf Städte an zehn Tagen abreißen zu müssen. Ich habe nicht einmal die verdammte Chinesische Mauer gesehen."

Ich kämpfte gegen ein Grinsen an und gab meiner Textnachricht den letzten Schliff. „Vielleicht über deine Flitterwochen."

Sein finsterer Blick über seine Kaffeetasse machte es mir noch schwerer, das Lächeln im Zaum zu halten. „Zieh nicht alle von uns mit dir nach unten, Mr. zukünftiger Ehemann."

Ich zog meine Augenbrauen hoch. „Immer noch nicht sicher, dass April die Eine ist?"

Er zuckte steif mit den Achseln. „Darum geht es gar nicht. Ich habe es nicht eilig, es offiziell zu machen. Und sie auch nicht. Sie geht immer noch zur Uni. Warum etwas Gutes mit der Ehe ruinieren?"

In meinen Eiern herumstochernd, kämpfte ich dagegen an, eine Grimasse zu ziehen, und schaffte es, stattdessen ein Gähnen vorzutäuschen. „Gott, du bist so vorhersehbar."

„Du ebenfalls ... ich glaube, du hast dein Handy, seit wir Shanghai verlassen haben, nicht einmal weggelegt."

„Ich muss eine Firma leiten", murmelte ich durch meine Zähne, nachdem ich eine Gabel voll Essen zu mir genommen und geschluckt hatte. Fast ununterbrochen summte mich das Handy an.

„Es scheint, dass du die ganze Zeit Obszönitäten murmelst und dich über Stack Overflow beschwerst – was auch immer *das* ist."

„Das ist ein sehr ernstes IT-Problem. Und wenn wir es nicht in den Griff bekommen, bekommen wir noch mehr Probleme." Ich seufzte.

Jordan runzelte die Stirn. „Dann lass Al sich darum kümmern. Er ist unser IT Director." Ich blickte Jordan aus den Augenwinkeln an, bevor ich mich zurücklehnte und mein Handy beiseitelegte. „Wofür war dieser Blick? Kümmert er sich denn nicht darum? Muss ich jemandem ein paar Finger brechen?"

Achselzuckend rieb ich meinen Nacken. „Er hat Probleme ..." Was konnte ich sonst sagen, ohne das Vertrauen des Mannes zu hintergehen? Seine Frau hatte ihn vor Kurzem verlassen und er zerbrach langsam daran. Er hatte um Nachsicht gebeten und ich hatte sie ihm gewährt. Aber wie sollte ich das erklären, ohne meinem Finanzchef diese privaten Details mitzuteilen?

Jordan nippte wieder an seinem Kaffee. „Dann muss er sie aus der Welt schaffen und anfangen, so hart wie der Rest von uns zu arbeiten, verdammt."

„Das ist meine Angelegenheit. Ich kümmere mich darum", versicherte ich ihm.

„Wenn es anfängt, unseren Profit negativ zu beeinflussen, dann ist es auch *meine* Angelegenheit."

Ich runzelte die Stirn. „Halte dich zurück und gib mir die Chance, die Situation einzuschätzen, wenn wir zurück sind. Ich halte dich auf dem Laufenden. Außerdem, wie willst du das Problem lösen, wenn du es nicht einmal verstehst?"

Er zuckte mit den Schultern. „Das überlasse ich den Nerds. Lass mich wissen, wenn du willst, dass ich dein Bankkonto ausgleiche." Jordan nahm noch einen Schluck und rührte dann die dunkle Flüssigkeit in seiner halb leeren Tasse um. Irgendetwas beschäftigte ihn und ich fragte mich, ob ich den armen Bastard erlösen oder ihn für das, was er sagen wollte, arbeiten lassen sollte. Ich entschied mich dafür, ihn ein bisschen schwitzen zu lassen – es war immer lustig, ihn nicht zur Ruhe kommen zu lassen.

„Also ... freust du dich schon auf die Hochzeit?", fragte er.

Wow, so wollte er anfangen. Ich erwartete mehr von dem Mann, der zu neunundneunzig Prozent für den extrem erfolgreichen Börsengang unserer Firma verantwortlich war.

„Raus damit, Jordan. Dieses Um-den-heißen-Brei-Herumreden nervt."

Seine Augenbraue zuckte. „Manchmal vergesse ich, dass ich keinen Investor beschwatze oder so." Er rieb sich verlegen den Nacken. „Ich denke nur über diese große Vorstandssitzung nach, die uns bevorsteht."

Ich schluckte noch einen Happen Eier hinunter und biss von meinem Bacon ab. „Ja? Was macht dich nervös?"

„Nun, ich habe, kurz bevor wir abgeflogen sind, mit David gesprochen ..."

Ich trank meinen letzten Schluck Wasser, um die Dehydrierung vom letzten Flug auszugleichen. „Ah? Was wollte dein *Schwiegervater*?", neckte ich ihn.

April und Jordan waren zwar noch nicht verheiratet, aber er war in der nicht beneidenswerten Lage, in einer romantischen Beziehung zur Tochter unseres Aufsichtsrats-Vorsitzenden zu sein. Es war eine Gratwanderung und auch nach einem Jahr immer noch etwas unbehaglich für ihn. Ich hatte immer noch den Eindruck, dass David Weiss Jordan nur tolerierte, auch wenn er und April ziemlich glücklich zusammen waren.

David war der typische überfürsorgliche Vater. Ich konnte nicht sagen, dass ich ihm einen Vorwurf machte. Sollte ich je eine Tochter haben, dann Gott bewahre, sollte sie je ein Mann auch nur komisch ansehen. Zum Glück für Jordan – und für die Firma – schien es aber bis jetzt gut zu laufen, trotz der Unbehaglichkeiten.

Jordan grinste und lehnte sich in seinen Stuhl zurück. „Es hatte nichts mit April zu tun. Ich denke, er akzeptiert endlich, dass er mich nicht kampflos loswird. Und dass ich seine Tochter glücklich mache – meistens."

„Wieso bist du dann so angespannt?"

Er putzte sich die Nase mit einer Serviette und murmelte, dass er sich bei der Reise eine Erkältung eingefangen hatte. Kopfschüttelnd gab er zu: „Ich bin nicht angespannt. David und ich, ähm, wir haben über jemand anderen gesprochen."

„Oh?" Ich nahm mein Glas und ließ die Eiswürfel darin klimpern, weil ich Nachschub wollte. Dann blickte ich auf die Uhr und sah, dass wir immer noch eine halbe Stunde bis zu unserem Anschlussflug zum LAX hatten.

„Einen Freund von mir, der bald heiratet", sagte Jordan. „Wir haben über die Vorteile von Eheverträgen diskutiert."

Auf dem Weg zu meinem Mund erstarrte das Glas. Jordan sah mich genau an, während er seine Serviette mit seiner freien Hand auf und zu faltete.

„Habt ihr beide Strohhalme darum gezogen, wer das ansprechen muss?", fragte ich, als ich ruhig mein Glas absetzte.

„Stein, Schere, Papier."

„Ah. Und du hattest Pech." Ich rieb mein Kinn und blickte weg.

Nach ein paar Sekunden peinlichen Schweigens rutschte Jordan auf seinem Stuhl herum und räusperte sich. „Hast du ... du weißt schon ... Hast du vor ...?"

Ich zuckte angespannt mit einer Schulter und mein Körper verkrampfte sich. Ich hatte kein Verlangen, mit ihm darüber zu reden. „Nichts für ungut, aber das geht dich wirklich nichts an." Meine milden Worte standen im Widerspruch zu der Hitze, die sich unter meinem Kragen anstaute. Ich hatte schon lange mein Jackett und meine Krawatte abgelegt und würde mir etwas Bequemes anziehen, bevor ich in den Flieger stieg.

„Ja ... deshalb habe ich die Aufsichtsratssitzung erwähnt." Er hustete in seine Faust.

Meine Augenbrauen zuckten. „Mach keine Witze darüber. Es wird nicht in der Aufsichtsratssitzung besprochen werden." Jordan sagte nichts. Nach einer Minute des Schweigens verließen meine Augen meinen Teller, um ihm ins Gesicht zu blicken. Er war todernst. „Was – ich werde nie im Leben mein Privatleben und meine persönlichen Finanzen mit dem Aufsichtsrat besprechen. Fang also nicht damit an."

Jordan verzog das Gesicht. „Adam, du kannst das nicht auf die leichte Schulter nehmen. Hier geht es ums Geschäft und wir sind kein kleines Startup mehr. Wir sind ein milliardenschweres Unternehmen, das an der Börse gehandelt wird." Seine Stimme senkte sich, als er sich in der Lounge umsah, als wäre er besorgt, dass wir belauscht werden könnten. „Du selbst bist Milliarden wert. Du brauchst einen Ehevertrag."

Ich blickte finster drein. „Ich brauche keinen Ehevertrag. Die sind nur für Leute, die sich scheiden lassen."

„Und du weißt sicher, dass dir das nicht passieren wird? Du kannst also mit deinem genialen Gehirn in die Zukunft sehen?", bohrte er nach.

„Vielleicht tue ich das." Ich zuckte mit den Schultern. Das war natürlich lächerlich, aber ich war gewillt, alles zu sagen, nur um dieses Thema zu beenden. Je eher, umso besser.

Jordan lehnte sich vor und stützte sein Gewicht auf die Ellbogen. „Ich mache das nicht zum Spaß, okay? Ich weiß, dass ihr beide durch die Hölle gegangen seid. Ich weiß, was du für sie empfindest, und ich weiß, was sie *jetzt* für dich empfindet. Aber ..."

„Kein Aber", knurrte ich zähneknirschend. „Wir werde uns nicht scheiden lassen."

„So etwas kannst du nicht vorhersagen und du weißt das ganz genau. Und was noch wichtiger ist, du weißt, dass in Kalifornien Gütergemeinschaft gilt. Sie könnte –"

„Sie *wird* aber nicht", sagte ich. „Und sie zu bitten, einen Ehevertrag zu unterschreiben, bedeutete, dass ich denke, dass sie es versuchen könnte." Oder schlimmer, dass ich erwartete, dass die Ehe in die Brüche ging.

„Okay, also ... die Sache ist die: Aus finanzieller Sicht handelt es sich nicht nur um eine Ehe zwischen Adam und Mia. Es geht um dich, sie und die Firma. Du triffst nicht länger nur Entscheidungen für euch beide. Wenn ihr beide euch scheiden lasst, geht die Hälfte deiner *beträchtlichen* Anteile an Draco an sie."

Ich blies meinen Atem hinaus und verdrehte die Augen. „Das ist ein Risiko, das ich einzugehen gewillt bin."

„Der Aufsichtsrat wird aber nicht gewillt sein, dieses Risiko einzugehen." Er schüttelte den Kopf. „Und jetzt haben sie das Sagen."

Ich blinzelte. „Ich besitze die Mehrheit an dieser Firma. Zusammen mit meinen Führungskräften können wir jede Aufsichtsratsentscheidung überstimmen.“

Jordan wurde still und wich nun meinem Blick aus. Ich konnte es an der Art sehen, wie er unbehaglich in seinem Stuhl herumrutschte, dass er es vermied, das Offensichtliche anzusprechen. Er hielt mich hin, nahm sein leeres Glas, holte einen Eiswürfel heraus und kaute laut darauf herum. Endlich lehnte er sich zurück und fuhr mit der Hand durch sein Haar.

„Genug mit der Scheiße. Du wirst bei dieser Sache nicht hinter mir stehen, oder?“, fragte ich mit toter Stimme in einem fehlgeschlagenen Versuch, meine größer werdende Wut zu maskieren.

„Es ist deine treuhänderische Pflicht, Adam. Gegenüber der Firma.“

„Und was ist mit meiner Pflicht *ihr* gegenüber?“

Er lehnte sich zurück. „Der Aufsichtsrat hat kein Mitspracherecht bei deinem Privatleben –“

Ich lehnte mich vor und legte meine Ellbogen auf den Tisch, wobei die Anspannung jeden Muskel in meinem Arm erfüllte. „*Abgesehen* von der Tatsache, dass sie wollen, dass ich meine zukünftige Frau dazu zwinge, Dokumente zu unterschreiben und zu beschwören, dass sie nicht auf mein Geld aus ist.“

Er bewegte sich wieder und ich konnte sehen, dass er genauso genervt von dieser Unterhaltung war wie ich. „Ich verstehe dich –“

„Tust du das? Tust du das *wirklich*?“ Ich lehnte mich vor. „Also wirst du April eines dieser Dinger unterschreiben lassen, wenn ihr euch bindet?“

Seine Hand ging hoch. „Whoa, ganz ruhig.“ Er zeigte auf sich. „Niemand hier drüben ist dumm genug, sich in absehbarer Zeit zu binden.“

Ich antwortete ihm, indem ich ihm den Mittelfinger zeigte, und er drehte sich lachend weg. „Hör mir zu, okay? Ich will nicht, dass du in der Aufsichtsratssitzung überrumpelt wirst. So hast du eine Chance, darüber nachzudenken. Sie *sind* in der Lage, diese Sache von dir zu erzwingen, das weißt du. Sie können dich als Firmenchef absetzen. Steve Jobs –“

Hitze brannte meine Wirbelsäule hinauf und ließ mein Gesicht rot werden. Ich legte eine geschlossene Faust auf den Tisch zwischen uns. „Und *du* weißt verdammt gut, was mit Apple passiert ist, als sie das getan haben. Wenn unser Aussichtsrat diese Firma sabotieren will, dann lass sie ruhig.“

Jordan versteifte sich und machte eine beschwichtigende Geste. „Niemand droht hier etwas an. Ich tue nur meine Pflicht als dein Freund und dein Finanzchef und warne dich davor, was in so einem Fall passieren könnte, okay? Die könnten dich unter Druck setzen, es zu tun, und wenn du dich weigerst, könnten sie dir eine Verletzung deiner Treuhänderpflichten vorwerfen.“ Er seufzte und fuhr mit der Hand durch sein Haar. „*Bitte.* Ich flehe dich an, deine legendäre Sturheit hier keine totale Katastrophe anrichten zu lassen.“

Meine Faust verkrampfte sich. „Ich werde meine Beziehung mit Emilia nicht deswegen aufs Spiel setzen. Sie ist mir wichtiger als hundert Aufsichtsräte. Diese Firma kann mich mal, wenn es darum geht.“

Jordans Augenbrauen legten sich in Falten und wir bekamen eine kurze Auszeit von dieser peinlichen Situation, als unsere Kellnerin auftauchte, um uns Wasser nachzuschenken. Ich blickte auf mein kaltes Essen hinab und hatte nun absolut keinen Appetit mehr.

Trotzdem aßen wir schweigend auf, während die Anspannung weiter in der Luft hing. Dann hustete Jordan in seine Faust, ohne die Augen von seinem Teller zu nehmen.

„Weißt du, es ist gar nicht so schlimm ... wenn du es wie eine Versicherung ansiehst."

Kauend knurrte ich, ohne zu antworten, die Tischplatte an.

„Ich weiß, was du denkst."

Das Essen blieb mir fast im Hals stecken. „Du hast keine Ahnung, was ich denke."

Er seufzte. „Okay, gut. Ich weiß, was ich denken würde, wenn ich in deiner Lage wäre."

„Und was ist das?"

Er legte die Gabel neben seinen Teller und gestikulierte beim Sprechen mit der nun leeren Hand. Er erinnerte mich an einen Kommentator einer Werbesendung, der munter versuchte, etwas zu verkaufen. „Dass einen Ehevertag zu unterschreiben dem gleichkommt, eine Scheidung zu planen- das Schlimmste zu planen. Aber hier ist eine andere Möglichkeit, es zu schön zu färben –"

„Warum färbe ich es denn schön?"

Er winkte ab. „Ruhig, Junge. Ich sage nur, dass es eine Versicherungspolice ist. Niemand plant sich scheiden zu lassen, wenn er jung und verliebt und frisch verheiratet ist. Ich weiß, dass du es nicht vorhast. Sie würde das auch wissen. Aber man kauft auch keine Hausratsversicherung, weil man erwartet, sein Haus durch ein Feuer oder ein Erdbeben zu verlieren. Man kauft keine Autoversicherung, weil man erwartete, dass ein LKW –"

Ich hob meine Hand, um die Litanei zu stoppen. „Gut. Gut. Ich verstehe." Vielleicht hatte er recht, aber das war anders. Hier ging es um *uns*, Emilia und mich – *unsere* Beziehung, *unsere* Zukunft sollte von Anwälten geprüft, definiert und dokumentiert werden. Was würde sie denken, wenn ich ihr einen Vertrag vor die Nase hielte und sie bitten würde, ihn zu unterschreiben? Sie wäre zutiefst beleidigt.

Und ich könnte es ihr nicht verübeln.

Obwohl ich ihr sagen könnte, dass der Aufsichtsrat mich zwang, es zu tun, warum sollte ich? Das war es wert, darum zu kämpfen. Ich würde schließlich ihr Ehemann sein. Für sie einzutreten war mein Job. Sie zu beschützen war mein Job. Also würde ich ihn erledigen, wie jeden Job, den man mir gab – mit zweihundert Prozent Leistung.

Der Reise nach Hause war anstrengend. Ich verbachte die meiste Zeit des Fluges damit, zu arbeiten, um den Haufen Arbeit, den ich mir mitgenommen hatte, zu erledigen. Aber ich wurde abgelenkt, jedes Mal, wenn ich an zuhause dachte.

Dort wartete ein noch größerer Haufen Arbeit auf mich, aber ich konnte nur an Emilia denken. Ich war seit unserer Verlobung nicht mehr so lange von ihr getrennt gewesen. Und ich vermisste sie, verdammt. Den Geruch ihrer Haare. Das Gefühl ihrer Haut. Den Klang ihrer Stimme – selbst wenn sie mich mit irgendeinem Insiderwitz neckte.

Nach zehn Tagen Jordan hatte ich genug. Ich wollte Emilia.

Wegen einer Erkältung, die er sich auf der Reise eingefangen hatte, schnarchte er nun neben mir im Flugzeug. Ich betete, dass ich mir nicht auch etwas eingefangen hatte. Das wäre ein tolles Souvenir von ihm, das ich April mitbringen würde. Sie wäre absolut begeistert.

Wir landeten um fünf Uhr früh. Kurz nach sechs setzte mich mein Fahrer an meiner Eingangstür ab. Hoffentlich schlief Emilia noch. Sie hatte gerade Sommerferien, aber arbeitete im Labor noch an der Studie, die sie für das nächste Medizinsemester vorbereitete. Trotzdem blieb sie eine Nachteule und es war Samstagmorgen.

Sie mir schlafend im Bett vorzustellen war genug, um mich nach oben rasen zu lassen und zu hoffen, noch ein wenig schlummern zu können, um meiner Erschöpfung entgegenzuwirken. Glücklicherweise hatte sie keinen leichten Schlaf, sodass ich sie nicht aufweckte, als ich unser Schlafzimmer betrat und mich auf dem Weg zum Bett entkleidete. Bis ich am Fußende des Bettes angekommen war, trug ich nur noch meine Unterhose und war bereit, unters Laken zu schlüpfen.

Aber ich musste einen Augenblick innehalten, um sie anzusehen ... bei dem Anblick verengte sich meine Brust und ich bekam nicht genug Luft. Ihr schlanker Körper war zusammengerollt und ihre langen dunklen Haare waren auf dem weißen Kissen ausgebreitet. Und obwohl sie groß war, wirkte sie in dem riesigen Bett geradezu winzig. Sie lag auf der Seite und ihr Rücken schaute zu meiner Seite des Betts. *Perfekt.*

Ich kroch neben ihr ins Bett und legte meinen Körper an ihren, wobei ich sie an mich zog. Mit einen leisen Stöhnen schmiegte sie sich an mich und dieses warme Gefühl flammte in meiner Brust auf. Ich vergrub meine Nase in ihrem seidenen Haar und mein ganzer Körper geriet in Wallung. Wenn ich nicht so erschöpft gewesen wäre, hätte ich etwas versucht. Aber zwanzig Stunden Schlafentzug übermannten mich und ich nickte ein.

Als ich Stunden später aufwachte, wanderte sie auf Zehenspitzen durch den Raum, weil sie offensichtlich versuchte, mich nicht zu wecken. Ihre Haare waren immer noch durcheinander und ihre Augen verschlafen. Die Uhr sagte zehn nach acht. Sie musste gerade erst aufgestanden sein.

In dem kurzen T-Shirt, das ihre atemberaubenden Beine zeigte, sah sie einfach köstlich aus. Einfach zum Vernaschen, was meine harte Erektion nur bestätigte. Ich rollte mich auf den Rücken und seufzte, als sie gerade nach etwas in ihrer Nachttischschublade kramte.

„Komm her", murmelte ich.

Sie riss ihren Kopf in meine Richtung. Ihre Augen waren geweitet. „Es tut mir leid. Habe ich dich geweckt?"

„Nein. Komm her."

„Na dann, dir auch einen guten Morgen." Langsam näherte sie sich dem Bett. „Ich wollte gerade unter die Dusche springen und dann jede Menge Lärm machen, um dich aufzuwecken. Wann bist du nach Hause gekommen?"

„Vor zwei Stunden. Ich habe auf dem Flug nicht schlafen können." Ich streckte die Arme über meinen Kopf und gähnte.

„Scheiße, du musst erschöpft sein." Sie setzte sich an die Bettkante, außerhalb meiner Reichweite, und nahm meine Hand, wobei sie ihre Finger mit meinen überkreuzte. „Du solltest weiterschlafen." Meine Finger schlossen sich um ihre und hielten sie fest.

„Verdammt, nein." Ich zog an ihrer Hand, um sie zu mir zu ziehen. Dabei stieß meine Hand gegen einen harten Klumpen unter der Decke. Ich streckte den Kopf, um nachzusehen. Es war ein zusammengeknülltes T-Shirt, das auf ihrer Seite beim Kissen lag.

„Was ist das?"

Sie griff danach und wurde rot, doch ich war schneller und schnappte es ihr weg. Es war eines meiner T-Shirts, das sie zu einem Ball zusammengeknüllt hatte. Es war das Shirt, das ich an dem Tag getragen hatte, bevor ich nach China aufgebrochen war.

„Das ist mein T-Shirt ..." Ich warf ihr einen fragenden Blick zu. Sie versuchte, es mir zu entreißen, aber ich zog es weg. „Hast du mit meinem Shirt geschlafen?"

Sie blies ihren Atem hinaus und verdrehte lachend die Augen. „Nein ... Gott. Wieso sollte ich das tun? Du lässt einfach nur deine Schmutzwäsche rumliegen." Aber sie blickte mir nicht in die Augen und versuchte, ihre Hand loszureißen. Ich hielt sie jedoch fest.

„Ich habe meine Schmutzwäsche vor zwei Wochen in den Wäschekorb geworfen." Ich kämpfte gegen ein verschmitztes Grinsen an, weil ich wusste, dass sie das nur noch mehr nerven würde. „Wie ist es hierhergekommen?"

Sie drehte sich wieder zu mir. „Vielleicht kuschle ich gerne mit dem T-Shirt, weil es nach dir riecht und nicht wie sein Besitzer nervt."

Das Grinsen konnte nicht länger im Zaum gehalten werden. Es wurde befreit, in voller Stärke. Als Antwort darauf verzog sich ihr Mund und ihre Augen verengten sich. Ich heuchelte Unschuld. „Warte, was? Wieso nerve ich?"

„Weil du versuchst, mich verlegen zu machen, nur weil ich mit deinem verdammten Shirt geschlafen habe."

„Ich denke, dass ich das Recht habe, verärgert zu sein."

Sie runzelte die Stirn. „Verärgert? Warum? Ich habe es nicht ruiniert."

„Nein ... aber ich komme von einer langen Reise zurück, nur um dich dabei zu ertappen, wie du mich mit dreckiger Wäsche betrügst."

Mit weiten Augen und offenem Mund hechtete sie geschockt nach dem Shirt, riss es mir aus der Hand und schlug mir damit ins Gesicht. Sie schnaubte angewidert. „Du Arsch."

„Den hättest du wohl gerne ..." Ich warf meine Arme hoch, um ihre Schläge abzuwehren. „Für den Fall, dass ich dir deine Untreue vergebe."

„Idiot", sagte sie zähneknirschend, doch ich wusste, dass sie angestrengt versuchte, nicht zu lachen. Ich streckte mich, legte einen Arm um ihre Taille und rollte sie unter mich. Mein Kuss landete auf ihrem Gesicht, während sie sich wand. Es fühlte sich so verdammt gut an, dass ich sie gleich hier hätte nehmen können. Aber ich schaffte es, mich zu beherrschen – wenn auch nur knapp.

„Wie wäre es mit mehr?" Ich wackelte mit den Augenbrauen.

„Ich will duschen. Außerdem hast du dich mit deinem Ärgern gerade auf meine Abschussliste begeben."

„Deine Abschussliste?" Ich spielte empört. „Das klingt nicht lustig. Ich wäre lieber auf deiner *Muss ihm einen blasen*-Liste." Aber anstatt sie aufstehen zu lassen, rieb ich mir meine Bartstoppeln an ihrem Hals.

„Hör auf!", sagte sie außer Atem und wand sich weiter, um mir zu entkommen.

Und so gut es sich auch anfühlte, rutschte ich weg, um ihr Platz zu geben, da sie unter Klaustrophobie litt. „Du bist frei, nachdem du deine Strafe bezahlt hast."

„Es gibt eine Strafe, weil ich dich mit deinem Shirt betrogen habe?"

„Ja." Ich nickte. „Du musst mir einen anständigen Willkommen-zuhause-Kuss geben."

„Hmm." Ihre Augen drehten sich zur Decke, als würde sie die Pros und Kontras solch einer Bitte überdenken. „Das ist ein ziemlich hoher Preis."

Ich grinste. „Du beeilst dich besser und betest, dass ich den Deal nicht noch abändere."

„Darth Adam. Ich wusste, dass du dein Gesicht früher oder später zeigen würdest. Ich hatte immer die Vermutung, dass du insgeheim ein Sith Lord bist. Das erklärt so viel."

„Du *wirst* mir einen Kuss geben." Ich spielte tiefe Konzentration.

„Ich werde dir einen ... *Tritt* geben." Sie riss ihr Bein hoch, als wollte sie mich treten und lachte, als ich reagierte.

„Diese Jedi-Gedankentricks haben noch viel besser funktioniert, bevor Obi-Wan mir die Beine abgetrennt und mich neben dem Vulkan zum Sterben zurückgelassen hat."

Ihre Augen weiteten sich in gespieltem Schrecken. „Du hast das Unverzeihliche getan! Du hast die verhassten Prequels heraufbeschworen."

Ich seufzte. „Das habe ich. Das bedeutet, ich verliere."

Sie lachte, als ich von ihr herunterrutschte. Dann legte sie ihre Arme um meinen Hals und zog mein Gesicht zu ihrem.

Unsere Lippen trafen sich hungrig, begierig, den anderen zu schmecken, zu berühren, zu riechen ... und gaben ein Versprechen auf mehr, sehr bald. Ich würde die verlorene Zeit mit ihr später nachholen. Vielleicht würde ich bis nach dem Frühstück warten. Aber wahrscheinlich nicht.

Kapitel Zwei
Mia

ADAM ZU KÜSSEN WAR, ALS WÜRDE MAN DRAUßEN stehen, wenn es gerade zu regnen beginnt. Ein Zittern fährt mir als Reaktion darauf die Wirbelsäule hinab, als würde gerade eine kühle Brise aufziehen. Kühles Prickeln bedeckt jeden Zentimeter meiner Haut, als prasselten die ersten kalten Tropfen auf mich. Die Luft um mich wird dicker, als wäre sie voller Niederschlag. Düfte verstärken sich, angefangen von dem Geruch seiner Haut bis hin zu dem Aroma der Seife, die er benutzt – frisch, wie die Welt, die von frischem Regen abgewaschen wurde. Meine Sinne werden überwältigt. Dann fühle ich alles um mich herum, so ähnlich, als würden die Regentropfen stärker werden. Wenn er mich lange genug und auf die richtige Weise küsst, wird meine Kleidung zu schwer und zu unbequem, als wäre sie von einem plötzlichen Regenguss vollgesogen.

„Ich werde es nie zur Dusche schaffen, wenn du mich weiter *so* küsst", keuchte ich.

Er wich ein wenig zurück, um mir ins Gesicht zu blicken, und lächelte. „Wer sagt, dass du es gleich jetzt unter die Dusche schaffen müsstest? Vielleicht gibt es etwas Dringenderes für dich zu tun." Er drehte sich und seine Erektion stupste gegen meine Hüfte.

Ich drückte gegen seine nackte Brust und schob ihn von mir weg. „Ich sage es. Außerdem … muss ich dich wegen deines Neckens noch leiden lassen."

Als ich vom Bett sprang, folgte mir Adam ins Badezimmer. Ich verbarg ein Lächeln, damit er es nicht im Spiegel sehen würde. Er musste wissen, dass ich nicht wirklich *verärgert* war, aber ich wollte ihn auch nicht die Oberhand bekommen lassen. Jemand musste diesen Kerl in seine Schranken weisen.

Er hatte aber noch ein paar Überraschungen für mich. Ich stellte die Dusche an, damit das Wasser warm wurde, und zog das T-Shirt aus, in dem ich geschlafen hatte. Aus den Augenwinkeln sah ich, wie er seine Unterhose auszog – die einzige Sache, die er getragen hatte. Als er sich aufrichtete, hielt er die Boxershorts so, als würde er sie mir geben wollen.

„Was? Du weißt, wohin die Schmutzwäsche gehört", sagte ich und schlug die Unterwäsche weg, die er mir praktisch ins Gesicht hielt.

Sein eingebildetes Grinsen wurde breiter. „Ich dachte, dass du sie vielleicht in deiner Sammlung haben möchtest. Du könntest eine ganze Ladung sammeln, bis ich das nächste Mal die Stadt verlasse." Meine Gesichtszüge entgleisten und das schien ihn nur noch mehr zu amüsieren.

Ich knirschte mit den Zähnen und stürmte mit geballten Fäusten auf ihn zu. „Ich werde dir in den Arsch treten!" Er lachte und wich mir mit Leichtigkeit aus. „Du bist nackt", knurrte ich. „Deine wertvollen Teile hängen heraus. Der perfekte Zeitpunkt zum Angriff."

Bevor ich meine Drohung jedoch wahr machen konnte, packte er mich. Während wir uns schieflachten, hob er mich von den Füßen und ging mit mir zu der riesigen Dusche.

Unsere Dusche war toll. Ich könnte den ganzen Tag unter dem Wasser verbringen, wenn ich danach nicht so verschrumpelt wie eine alte Oma wäre. Dieses Badezimmer hatte die Angewohnheit in mir hervorgebracht, lange zu duschen. Eine Wand war aus Naturstein mit einer doppelten Regenwalddusche in der Decke darüber und gebürsteten vernickelten Düsen in den Wänden. Die Dusche war in einer Ecke eingelassen, wo kein Bedarf für eine Tür bestand. Beheizte Holzplanken säumten den Boden um die Abflüsse herum. Fünf Leute hätten in dieser Dusche Platz, aber es waren maximal wir beide.

„Wichser", sagte ich.

„Nein", murmelte er mir ins Ohr. „Das ist nicht *das*, was ich nach der Dusche machen werde."

Vorfreude rauschte aufgrund dieses Versprechens durch mein Blut, als er mich gegen den kalten Stein presste. Natürlich machte ich eine Show daraus, lautstark zu protestieren, als er sich gegen mich drückte, tief küsste und mich mit seinem Körper daran erinnerte, dass er dieses Versprechen wahr machen würde.

Ich blickte ihn mit zusammengekniffenen Augen an. „Nun, Mister, wenn du heute noch zum Schuss kommen willst, musst du noch um einiges netter zu mir sein."

Er lächelte und sein Gesicht war nur Zentimeter von meinem entfernt. „Oh, ich habe vor, nett zu dir zu sein. Sehr, *sehr* nett." Wir küssten uns wieder und seine Zunge erforschte meinen Mund, während der heiße Sprühregen auf unsere Körper prasselte. „Ich garantiere dir, dass du am Ende des Tages unglaublich glücklich darüber sein wirst, wie nett ich zu dir war."

Ich neigte den Kopf und grinste ihn an. „Normalerweise gibst du keine Garantien."

Seine Augen verdunkelten sich vor Schalk und Verlangen und Gott wusste, was noch. „Ich sollte dich fesseln und mit dir machen, was ich will", knurrte er.

Ich hakte meine Arme um seinen Hals. „*Ich* garantiere dir, dass nichts davon nötig sein wird, um mit mir zu machen, was du willst."

Er griff zu einem der in die Wand eingelassenen Regale und schnappte sich eine Seife. Aber es war nicht seine männliche, einfache, die ich so gerne auf seiner Haut roch. Nein, er griff nach meiner französischen – violett und mit Lavendelduft. Und anstatt sich selbst einzuseifen, tat er es mit mir. Ich biss mir auf die Unterlippe, um meinen Mund davon abzuhalten, ein Grinsen zu formen.

Langsam und systematisch glitten seine Hände über meine feuchte Haut und kümmerten sich besonders um meine Brüste. Verlangen flammte sofort in mir auf – entzündet durch die Funken, ihn beim Ausziehen zu beobachten, angeschürt durch unser ausgelassenes Flirten und entflammt von unseren heißen Küssen. Wer hätte gewusst, dass so ein loderndes Feuer unter einem Sprühregen entstehen konnte?

Adam zog meinen Körper an sich und presste meinen Rücken an seine Vorderseite, als er um mich griff und weiter mit seinen Fingern diese winzigen Kreise zog. Ich schloss die Augen unter dem Wasser und genoss die Berührung seiner Hände. Es war fast zwei Wochen her, seit er abgereist war und verdammt, ich verzehrte mich nach ihm. Und wegen des harten Körpers hinter mir wusste ich, dass es ihm genauso ging. *Aber* selbst wenn ich jetzt wollen würde, nur kurz zu duschen, würde ich es nicht schaffen.

Mich an ihm wiegend schluckte ich, als er sich meinen Hals hinaufküsste und seine Lippen mein Ohrläppchen in seinen heißen Mund zogen. Feuer und Elektrizität knisterten in meinen Nervenenden. Wenn er mich gleich jetzt gegen die Wand der Dusche drücken und nehmen würde, würde er mich innerhalb weniger Minuten zum Orgasmus bringen.

Ich musste zugeben, dass dies die erotischste Brustuntersuchung war, die ich je erhalten hatte.

Er *sagte* nie, dass es genau das war, aber sie kamen in regelmäßigen Intervallen. Die ersten paar Male hatte ich gedacht, dass es nur ein normales Vorspiel zum Sex unter der Dusche war – einer Sportart, in der wir von Anfang an jede Medaille gewonnen hätten. Aber auch wenn er es unterschwellig gemacht hatte, hatte ich nicht lange gebraucht, um herauszufinden, was der wahre Grund für sein akribisches und spezifisches seifiges Vorspiel war.

Ich biss mir auf die Zunge und sagte ihm nie, dass ich herausgefunden hatte, was er vorhatte. Da ich Brustkrebs im zweiten Stadium gehabt hatte, war ich selbst sehr sorgfältig, wenn es um meine regelmäßigen Eigenuntersuchungen ging. Adam hatte mich sogar einmal gefragt, ob ich sie machte, und ich versicherte ihm, dass ich das tat.

Aber diese Antwort genügte ihm offensichtlich nicht. Und ich konnte es ihm nicht verübeln, dass er sichergehen wollte. Er mochte meine Brüste und ich liebte es, wenn er sie berührte, selbst so, wenn er es zu einem erotischen Spiel mit knisterndem Vorspiel machte. Also warum etwas Gutes ruinieren?

Meine Augen waren immer noch geschlossen, als er seine Untersuchung beendete.

Besorgt zog ich meine Unterlippe zwischen meine Zähne, als das Schuldgefühl wie eine Nadel in der Region meines Herzens stach. Adam hatte wegen meines Kampfes gegen den Krebs ebenfalls eine Narbe davongetragen wie jene, die ich wegen der Einschnitte des Chirurgen an meiner Brust hatte. Und ich fragte mich, ob er je wieder unbeschwert atmen könnte. Ob irgendeiner von uns das je wieder könnte.

Meistens ging es uns gut, aber es gab diese kurzen Momente, in denen nur die geringsten Funken der Sorge eine Millisekunde der Panik hervorrufen konnten, bevor alles wieder zur Normalität zurückkehrte. Adam wusch mir jetzt den Rücken und murmelte all die Dinge, die er mit mir tun wollte, nachdem wir uns abgetrocknet hatten. Ich hatte meine Augen immer noch nicht geöffnet und genoss es, mir jede einzelne Sache vorzustellen.

Aber ich hatte meine Rache noch nicht bekommen. Ein schlaues Mädchen ließ ihren Mann nicht mit so einer epischen Verhöhnung durchkommen. Nein. Sie zahlte es ihm heim. Und genau das würde ich tun. Minuten später dankte ich ihm für seine Aufmerksamkeit und sagte ihm, dass er sich alleine noch etwas entspannen sollte – nachdem ich ihm den Rücken gewaschen und seine perfekten Brustmuskeln erregend abgeschrubbt hatte.

Er genoss es – zumindest ließen mich das gewisse Körperteile glauben, als ich aus der Dusche huschte. „Trödel nicht zu lange", befahl ich ihm mit meiner besten verführerischen Stimme, die wohl eher nach einer Kröte mit Erkältung klang.

Adam goss sich sofort etwas Shampoo in die Handfläche und schäumte sich mit fest geschlossenen Augen die Haare ein. Freudig nutzte ich diesen Moment, um zu handeln.

Die Regeln waren simpel, wenn es darum ging, Männern eine Lehre zu erteilen – lass sie nie deine Schwachstelle sehen. Obwohl sein Scherzen offensichtlich vergessen war – das vermutete ich zumindest wegen seiner süßen Worte darüber, dass er meinen *sexy Körper* wollte.

Aber ich konnte die Gelegenheit, mich zu rächen, nicht verstreichen lassen. *Jetzt* war meine Gelegenheit. Ich trocknete mich ab und streckte den Kopf, um nachzusehen, was er machte. Von seinem Standpunkt in der Dusche aus konnte er nicht sehen, wie ich zum Regal mit den Badetüchern ging und jedes einzelne davon nahm und das Badezimmer mit dem ganzen Stapel verließ – selbst die über dem Handtuchwärmer hatte ich mitgenommen.

Die nächste Regel lautete *schnell sein*. Schließlich war Adam sehr motiviert, schnell mit dem Duschen fertig zu werden. Also beeilte ich mich. Nachdem ich die Badetücher in meinen Schrank gestopft hatte, kehrte ich ins Badezimmer zurück. Ich schlüpfte in meinen Bademantel und schnappte mir seinen sowie alle Handtücher und Waschlappen, auf die er aus Verzweiflung zurückgreifen könnte.

Zufrieden mit dem Resultat machte ich es mir in meinem Bademantel auf dem Bett bequem. Ich hörte, wie er das Wasser abstellte, und presste mir einen Stapel frischer Waschlappen auf den Mund, um mein Gelächter zu dämpfen. Nach ein paar Sekunden des Wartens rief er aus dem Badezimmer.

„Hey. Wo sind die ganzen Badetücher?"

Ich antwortete nicht, sondern lachte nur weiter und erdrückte mein Kichern.

Das Platschen seiner nassen Füße auf dem Fliesenboden klang so, als würde er in Richtung Tür gehen. Er steckte seinen tropfenden Kopf heraus. „Was hast du gemacht?" Seine dunklen Augenbrauen wölbten sich und sein nasses Haar klebte an seiner Stirn. Schnell formte sich eine Pfütze um seine Füße.

Ich hielt einen winzigen Waschlappen hoch. „Du willst den hier, oder? Der Hass wächst jetzt in dir."

Sein Mund zuckte. *„Etwas* wächst, aber es ist nicht Hass." Er strich sich die Haare von der Stirn und wischte sich das heruntergetropfte Wasser aus den Augen. „Irgendwie dachte ich mir schon, dass ich zu leicht davongekommen bin."

Ich grinste verschmitzt. „Du solltest mich nun wirklich besser kennen. Und bezüglich abtrocknen ... du kannst immer noch deine dreckige Unterhose benutzen."

„Unterhose? Was bin ich, fünf?" Er biss die Zähne zusammen und grinste. „Unterschätze nie die Macht der dunklen Seite, junger Jedi."

Ich verdrehte die Augen. „Du willst mich also überbieten? *So* vorhersehbar. Ich zittere schon."

Seine dunklen Augen funkelten, als er näher kam. Rinnsale aus Wasser hatten sich an seinen leckeren Bauchmuskeln gebildet. Es war ein faszinierender Anblick.

„Und *du* solltest *mich* besser kennen." Er grinste böse. „Ich überbiete nicht nur einfach. Ich vernichte." Dann schüttelte er nur Zentimeter von meinem Gesicht entfernt den Kopf. Wassertropfen spritzten in alle Richtungen. Ich kreischte laut und wich zurück. „Willst du dich da drüben abtrocknen, kleines Mädchen? Lass mich dir dabei helfen."

Und prompt drückte er mich tropfend nass aufs Bett und fing an, mit seinem nassen Gesicht über meines zu reiben. „Du machst das Bett ganz nass!", kreischte ich.

„Kollateralschaden", antwortete er. Er griff nach unten und zog am Gürtel meines Bademantels, um ihn zu öffnen. Dann bewegte er sich über mich.

Ich wand mich, aber das schien ihm nur noch mehr zu gefallen. Er schüttelte wieder den Kopf. Meine Hand schlug auf seine harte Brust. „Du bist so ein Kleinkind."

Er grinste. „So klein bin ich nicht", sagte er und presste seine Erektion gegen mich.

„Ich werde das nicht tatenlos hinnehmen", murmelte ich.

„Du musst das nicht tatenlos hinnehmen." Er lachte. „Du darfst dich dabei ruhig bewegen. Ich bestehe sogar darauf. Auf mir, unter mir, an der Wand, über die Couch gebeugt. Aber du entkommst mir nicht."

„Du hast doch eine dumme Antwort auf alles, oder?"

„Das ist einer der Gründe, aus denen du mich liebst."

„Aha." Ich schnitt ihm eine Grimasse. „Ich behalte dich nur wegen des atemberaubenden Sex."

„Apropos ... ich bin hungrig. Zeit fürs Frühstück." Er unterstrich seine Aussage mit einem leichten Biss in meinen Nacken. Verlangen schlängelte sich wie ein hinterlistiger Betrug durch meinen Körper. Ich würde diese Schlacht – glücklicherweise – verlieren, *doch* der Krieg war noch nicht vorbei.

„Du nervst", murmelte ich, als ich meine Augen schloss und das Gefühl genoss, wie sein Mund nach unten über meine Brust wanderte.

„Das sagst du immer. Aber man kann auch viel Spaß mit mir haben."

Ich lachte. „Das stimmt."

„Und ich bin unwiderstehlich."

„Hmm."

„Selbst wenn ich tropfnass bin.

Ich biss mir auf die Lippe. „Übertreiben wir mal nicht."

Er wich zurück, sodass ich sein teuflisches Grinsen und das Verlangen in seinen Augen sehen konnte. „Du weißt, dass ich recht habe. Lass es mich dir zeigen. Du wirst es lieben. Wie immer."

Aufregung und Vorfreude ließen mein Zentrum zucken. Ich leckte über meine Lippen, bereit meine Maske fallen zu lassen. Meine Beine öffneten sich und legten sich um seine Hüften, um ihn ganz nahe an mich zu ziehen.

„Zeig mir, was du drauf hast, Großer."

Aber er hatte immer noch Überraschungen parat – wie immer, jede Menge. „Wie wäre es mit Frühstück im Bett?"

Und mit einer schnellen, kraftvollen Bewegung löste er sich aus meinen Beinen und öffnete sie, bevor er seinen Kopf und seine Schultern zwischen sie brachte. *Oh, verdammt ja.* Meine Oberschenkel spannten sich an und berührten sein kaltes, nasses Haar. Ich schrie auf. „Gott, deine Haare sind kalt."

„Dann beweg die Beine nicht." Er rutschte etwas zurück und plötzlich berührte sein heißer Mund das sensible Bündel aus Nerven in meinem Schritt, worauf sich mein Körper sofort wölbte.

Ja. Genau. Ein brennendes, flüssiges Verlangen, das so intensiv war, dass es mein Blut in Wallung brachte, nahm meine ganze Aufmerksamkeit ein. Versklavte mich mit jeder Bewegung seines Mundes.

Als er seine Lippen um meine Klitoris legte und anfing zu saugen, verlor ich fast den Verstand. Ich verlor die Kontrolle. Er war wirklich unwiderstehlich – selbst wenn er tropfnass war. Und das bezeugte ich innerhalb weniger Minuten lautstark, als ich seinen Namen schrie.

Aber er gab nicht nach, verließ seine Stellung nicht, bis er jeden letzten Tropfen Vergnügen aus mir gewrungen hatte, wie Wasser aus einem nassen Teppich. Und ich fühlte mich genau wie dieser Teppich – ausgewrungen –, als er einen Kopf hob. Aber *er* war noch nicht fertig.

Guter Gott … was machte dieser Mann mit mir. Wenn er öfter da wäre, würde ich wahrscheinlich aus Erschöpfung vom vielen Sex sterben. Aber verdammt, so würde ich gerne sterben.

Trotzdem wünschte ich mir, er wäre mehr zuhause. Und nicht nur wegen des phänomenalen Sex.

Ich lag befriedigt da, als Adam zum Nachtkästchen ging, ein Kondom herausholte und es überzog. Ich beobachtete ihn und meine Augen lagen auf seinem fantastischen Po. Ich hatte diesen Po vermisst. Aber verdammt, er wurde übermütig und ich musste ihn immer noch in die Schranken weisen.

Er war wieder bei mir, aber nicht für lange, das wusste ich. Er hatte in den nächsten Monaten nicht viel Freizeit und ich konnte wegen meines strengen Stundenplans nicht mit ihm reisen. Wir nutzten diese Momente, sobald sie auftauchten, genossen sie und klammerten uns daran, damit sie uns nicht durch die Finger glitten.

Das bedeutete aber nicht, dass ich ihm nicht von Zeit zu Zeit eine Lektion erteilen konnte. Und Adam hatte eine Tendenz zu übermäßiger Selbstsicherheit, auf die man genau achtgeben musste – und die man eindämmen musste, wenn sie Überhand bekam. Nichtsdestotrotz, mein nächster Streich war nicht so erfolgreich. Als er zum Bett zurückkehrte, nahm er mir nicht eine Sekunde lang ab, dass ich eingeschlafen war, obwohl ich mich sehr anstrengte. Und Gott sei Dank hatte er das nicht, denn ja, es war wunderbar.

***

Am nächsten Tag, an dem ich viel lieber mehr Zeit mit Adam verbracht hätte, musste ich eine alte Freundin besuchen. In einem Tea Shop. Meine Augen wanderten zu meinem besten Freund Heath, der mir gegenüber saß. Der Tisch war niedlich und mit feinen Zierdeckchen versehen. Und Heath war ein hünenhafter Wikingerkrieger in Jeans, der mich begleitete, um mit mir und unserer gemeinsamen Freundin Tee zu trinken. Heath ließ alles um ihn herum winzig erscheinen und sah so fehl am Platze aus, wie ich mich fühlte. Es war nicht meine Idee gewesen, uns hier zu treffen ... sondern Camilles.

Camille, eine Freundin von der High School, hatte sich vor Kurzem bei uns gemeldet, weil sie einige Zeit in Orange County sein würde. Sie wollte uns sehen, da wir nach dem Abschluss getrennte Wege gegangen waren und uns nur über Posts und Bilder in den sozialen Medien auf dem Laufenden hielten.

„Ich vermisse Tuscon." Sie seufzte und strich ihre langen, schokoladenbraunen Haare mit einer perfekt manikürten Hand über die Schulter. Camille war unglaublich dünn und trug ein rüschenbesetztes Kleid, das perfekt für die Sonntagsschule gewesen wäre. Mit einem Silberlöffel gab sie Honig und Zitrone in ihren Tee und drückte die Tasse dann an ihre roten Lippen. „Ich wäre so gerne geblieben, aber dort gibt es keine Jobs. Trotzdem schaffe ich es, mit meinen Verbindungsschwestern in Kontakt zu bleiben. Ich fahre in ein paar Monaten zum Homecomingball wieder hin."

Meine Augenbraue zuckte. Sie hatte die University of Arizona erst im Juni verlassen, da sie ein Jahr später als wir ihren Abschluss gemacht hatte. Während ihrer Zeit auf dem College war Camille einer Verbindung beigetreten. Mein Eindruck war, dass sie von einer Außenseiterin, die immer mit Leuten wie Heath und mir abhing, zu einem beliebten Delta–Delta-Gamma-Girl geworden war.

Heath kicherte, als er den letzten Bissen seines Frühstücksgebäcks hinunterschluckte. Er schien gut gelaunt zu sein, was nicht alltäglich war, seit sein Freund auf unbestimmte Zeit wieder in sein Heimatland Irland gereist war. Als ich Heaths Blick einfing und Camille gerade nicht hersah, blies ich auf meinen Tee, um ihn zu kühlen. Das feine Teehaus war ihre Wahl gewesen und Heath an so einem Ort zu sehen, glich einer Comedy-Vorstellung. Er winkte der Kellnerin, um sich eine zweite Bärentatze zu bestellen.

„Also, Mia, was machst *du* so?"

„Hauptsächlich lernen."

Ihre Augenbrauen schossen hoch. „Keine Wohltätigkeitsveranstaltungen? Abendgalas? Dieses ganze aufregende Zeug, das die oberen ein Prozent machen?"

Ich blinzelte. Ich war jetzt eine der oberen ein Prozent? „Nur das ganze Zeug, das Medizinstudenten mit einem Sozialleben machen."

Camille zuckte mit den Schultern. „Ich bin überrascht, dass du mit dem Medizinstudium nicht aufgehört hast, aber du machst anscheinend, was du liebst. Das ist toll. Ich wünschte, ich wäre in der Lage zu tun, was ich liebe, wie etwa meine eigene Kunstgalerie zu haben. Das würde mir gefallen. Aber Mom und Dad wollen, dass ich etwas Produktives tue, also muss ich mich dem Arbeitsmarkt beugen. Dort gibt es nicht viel für jemanden mit einem Abschluss in Kunsthistorik."

Camille hatte die ersten dreißig Minuten unseres Treffens damit verbracht, sich darüber zu beschweren, dass ihre Eltern sich geweigert hatten, für ihr Studium zu zahlen, wenn sie nicht erst ein Jahr in einem anständigen Job arbeitete. Vor nicht allzu langer Zeit hätte ich für dieses Problem noch getötet.

Sie beugte sich vor und gab Milch in ihren Tee. „Ich wünschte, ich könnte wie Heath sein und für mich selbst arbeiten. Oder du weißt schon, einfach einen Milliardär heiraten." Sie kicherte, als sie auf meinen Verlobungsring zeigte.

Ich widerstand dem Drang, meine Hand vom Tisch zu ziehen, und lehnte mich zurück. Ich hatte mich jetzt fast daran gewöhnt – *fast*. Adam und ich waren schon über ein Jahr verlobt und alle außerhalb meines engeren Kreises sahen unsere Beziehung als meinen Lottogewinn. Nur wenige sahen Adam als den Mann hinter dem gewaltigen Bankkonto. Ein Bekannter hatte nach ein paar Drinks sogar versucht, den Wert von Adams Gesamtvermögen aus mir herauszubekommen.

Ich hatte mit der Wahrheit geantwortet – dass ich keine Ahnung hatte, wie viel Geld er besaß. Und ich hatte absichtlich zuckersüß hinzugefügt, dass er für mich *unbezahlbar* war.

Niemand schien mir zu glauben, dass ich es wirklich nicht wusste. Nach dieser tollen Erfahrung hatte ich mir eine Liste sarkastischer Antworten bereitgelegt, falls wieder jemand nach seinem Nettovermögen fragte.

• Das lässt sich so schlecht zählen, wenn ich die ganze Zeit nur im Gold schwimme.

• Ich weiß es nicht. Er versteckt alles in der Bathöhle unter dem Haus, wo auch sein Batmobil steht.

• Ich weiß es nicht, aber wenn er damit anfängt, dass ich ihn im Bett Dagobert Duck nennen soll, bin ich raus.

• Ich weiß es nicht. Ich habe ihn in letzter Zeit nicht gewogen. Und ich habe auch noch nicht in Erfahrung gebracht, wie viele Karat er hat.

• Jedes Mal, wenn ich online das Bankkonto einsehen will, friert der Bildschirm ein.

„Das erinnert mich daran." Sie lehnte sich zu mir. „Ich wollte dich um einen Gefallen bitten."

Ich lehnte mich zurück und mein Gehirn raste. *Oh oh. Scheiße.* Sollte ich aufstehen und auf die Toilette gehen? Vielleicht mit einer meiner abfälligen Bemerkungen antworten? Doch ich sagte nichts und wartete, dass sie fortfuhr.

„Da ich zur Präsidentin des Absolventenkomitees meiner Schwesternschaft gewählt wurde, wurde ich damit beauftragt, Geld für neue Möbel für den Aufenthaltsraum aufzutreiben. Das steht schon Jahre auf der Wunschliste meiner Schwestern und ich würde endlich gerne das Geld zusammenbekommen. Spenden sind von der Steuer absetzbar. Ich bin sicher, dass dein Verlobter eine *Tonne* Abschreibungen brauchen könnte."

Ich atmete tief durch die Nase ein und blies die Luft durch meinen Mund hinaus, wobei mein Gesicht vor Wut heiß wurde.

„Ich, ähm … äh …" *Verdammt.* Warum fiel mir meine Liste mit cleveren und schnippischen Kommentaren nicht mehr ein?

Bevor ich sie abwürgen konnte, änderte Heath geschickt das Thema und sie fing an, über Tratsch von der High School zu reden. Wer wen gesehen hatte, wer einen Abschluss von welchem College hatte und wer das Studium abgebrochen hatte. Wer immer noch in Anza und Idyllwild wohnte und wer es, wie wir, geschafft hatte, der Kleinstadtgesellschaft, aus der wir stammten, zu entkommen.

„Oh. Du wirst nie erraten, wen ich getroffen habe, Mia. Julian Kerr." Mein Magen drehte sich um. Mir waren die High-School-Footballspieler – die in unserer kleinen Stadt wie Götter verehrt wurden – völlig egal. Ich widerstand dem Drang, das Gesicht zu verziehen, und hoffte, dass sich das Thema bald wieder ändern würde. „Er arbeitet im Laden seiner Eltern. Ich vermute, mit Hollywood hat es nicht geklappt."

Ich runzelte die Stirn und schlürfte an meinem Tee. Heaths Kopf schnellte zu mir. Unsere Augen trafen sich und ich blickte weg.

„Er ist ein Loser", sagte Heath. Er hatte gerade den Mund geöffnet, um noch mehr zu sagen – hoffentlich, um das Thema zu wechseln –, als Camille dazwischenplatzte, um uns vermutlich das nächste pikante Detail mitzuteilen.

„Ja, vielleicht, aber es gibt einiges, was Mia vielleicht interessieren könnte. Er hat mir erzählt, dass Zach Downs vor zwei Monaten in Mexiko festgenommen wurde." Sie wirkte zufrieden, als meine Tasse mit lautem Klimpern wieder auf der Untertasse landete und ich mich zurücklehnte. Ich konnte spüren, wie ich bei diesem Namen blass wurde. *Dieser* Arsch. Das Arschloch, mit dem ich in der High School zusammen gewesen war. Ich schluckte und Camille fuhr bereits mit ihrer Story fort. „Sie haben ihn am Flughafen wegen Besitzes eines ganzen Kilos Kokain einkassiert, das er nach Hause schmuggeln wollte. Er ist jetzt da unten im Gefängnis und seine Familie versucht verzweifelt, über Crowdfunding die Anwaltskosten aufzutreiben, um ihn frei zu bekommen.“

Ich verschluckte mich und hustete wild. Blut pulsierte in meinen Adern, aber nicht weil ich versehentlich versucht hatte, meinen eigenen Speichel einzuatmen. Und auch nicht, weil ich einfach nur den Namen gehört hatte.

Ich durchlebte diesen Moment vom letzten Frühling wieder, als ich diesem Arschloch wieder begegnet war – zum ersten Mal seit der High School. Mein Versuch, mein Zittern zu unterdrücken, war nicht erfolgreich. Heath war sich dessen nur allzu bewusst und blickte mich besorgt an. Ich warf Camille einen verunsicherten Blick zu. Sie wusste natürlich, dass Zach auf der High School mein Freund gewesen war, aber sie wusste nicht *alles.* Sie wusste nicht, warum wir schlussgemacht hatten oder warum ich die letzten Monate der zehnten Klasse zuhause verbracht hatte. Alle dachten, dass ein schlimmer Fall von Windpocken der Grund gewesen war.

Sie hatten keine Ahnung, dass Zach versucht hatte, mich zu vergewaltigen, und mich so verprügelt hatte, dass die Blutergüsse Monate brauchten, um auszuheilen. Oder dass ich von der Schule zuhause geblieben war, weil nur der Gedanke, ihm auf dem Campus zu begegnen, mir Panikattacken bescherten, die es mir unmöglich machten zu atmen.

Ich entschuldigte mich und verließ dieses nervige Teedate, indem ich eine Migräne vortäuschte. Ich sammelte meine

Sachen zusammen, verabschiedete mich schnell von Camille und rannte zu meinem Wagen. Heath holte mich dort ein.

„Hey. Bist du okay?"

Ich versuchte verzweifelt, meine Autotür zu öffnen und meine Tasche hineinzuwerfen. „Das wird schon. Nur der Schock, seinen Namen zu hören, das ist alles."

Er streckte die Hand aus und legte sie auf meinen Oberarm. „Das ist *nicht* alles. Ich habe gehört, dass du ihm Anfang des Jahres in Anza begegnet bist."

Ich zögerte und nickte. Sein Tonfall war nicht anklagend, nicht fordernd. Er wollte nicht wissen, warum ich ihm nicht davon erzählt hatte. Aber ich hätte ahnen können, dass meine Mutter es ihm mitteilen würde. Ich unterdrückte ein Seufzen.

„Adam und ich sind hingefahren, um ihr zu helfen, das Bed & Breakfast für die Saison vorzubereiten. Wir waren in Bartons und seine Mom, Beth, war dort." Ich zitterte und Heath rieb mir den Arm, um mir Kraft zu geben.

Die Geschichte noch einmal zu erzählen, fühlte sich fast so an, als würde ich wieder mitten in dem Lebensmittelladen stehen und die Mutter meines Ex sehen. Ich schüttelte den Kopf. „Sie lächelte ganz freundlich. Alle tun zurzeit so, als wären sie meine verschollenen besten Freunde, selbst Beth. Erinnerst du dich daran, wie sehr sie mich hasste, als sie dachte, dass ich ihr Baby wegen des tätlichen Angriffs anklagen würde? Sie hatte die Nerven, so zu tun, als wäre nichts davon je passiert, und wollte ihn sogar mit Adam *bekanntmachen*."

Heaths Kiefer verkrampfte sich und er packte meinen Arm fester. Mein Magen drehte sich, als ich mich an die Panik, die blanke Furcht erinnerte, als ich dran gedacht hatte, dass die zwei sich treffen könnten. Da ich wusste, dass ich in Zachs Nähe niemals mehr gelassen wirken könnte und dass Adam das sofort merken – und Fragen stellen – würde, hatte ich getan, was ich auch jetzt getan hatte: ich hatte mich schnell entschuldigt, Adam gepackt und war davongestürmt.

„Zach war auch in dem Laden?"

Ich schloss die Augen. „Im nächsten Gang. Sie rief ihn und ich versuchte, so schnell wie möglich da rauszukommen. Aber als ich um die Ecke bog, rannte ich ihm – buchstäblich – in die Arme."

Auch jetzt noch spürte ich die Panik in meinem Magen. Ich atmete tief ein und versuchte mich daran zu erinnern, dass ich *sicher* war.

Als ich dieses gleiche Parfum, das er auch schon in der High School benutzt hatte und in dem er sich praktisch badete, roch, war das alles, was es brauchte. Panik hatte sich in mir breitgemacht – mein Herz raste, Adrenalin floss durch meine Adern und mein Fluchtinstinkt erwachte. Ich hatte mir fast in die Hose gemacht.

„Dieser Arsch versuchte, mich aufzuhalten, Hallo zu sagen, als wäre nie etwas passiert." Ich knirschte praktisch mit den Zähnen, als ich das erzählte.

Heath schüttelte sichtlich verwirrt den Kopf. „Ich hätte ihn nie für einen *so* großen Idioten gehalten."

Ich legte meine Hand über meine Augen und versuchte, mein Zittern unter Kontrolle zu bringen. „Jeder hat jetzt nur noch Sternchen in den Augen. Ich bin das Mädchen, das einen Milliardär heiratet. Seit diesem Leitartikel über Adam im *Forbes Magazine*, in dem mein Name erwähnt wurde. Ich soll jetzt alles über meine Vergangenheit vergessen und ihnen *allen* helfen."

Heath wich aufgebracht zurück. „Gott. Das ist ekelhaft. Hat Adam deine Reaktion auf Zach bemerkt?"

Ich nahm die Hand von meinen Augen und legte den Kopf zurück, um Heath anzusehen. „Was denkst *du?*"

Heaths Augenbrauen wanderten nach oben. „Ja, ihm entgeht nicht viel."

„Ich zerrte ihn aus dem Laden und wir fuhren nach Temecula, um dort Lebensmittel einzukaufen." Ich schüttelte den Kopf. „Ich wünschte, dass ich das von vornherein gemacht hätte."

„Was sagte Adam, als du ihm erzählt hast, warum du so ausgeflippt bist?"

Ich biss mir auf die Lippe, blickte aber weg, ohne zu antworten.

„Mia ... verdammt. Du hast es ihm *nicht* erzählt?"

„Nein. Ich wollte nicht, dass er ausflippt, wieder zurückfährt und ihn verprügelt. Du weißt, dass er das versucht hätte. Und wegen diesem Arsch ... da jeder Dollarzeichen in den Augen bekommt, wenn er Adam oder mich sieht, hätte ich es ihm zugetraut, dass er einen Streit anfängt, damit er Adam auf Schmerzensgeld verklagen kann. Oder ihn vielleicht sogar ins Gefängnis bringt. Nein, er muss meine Schlachten nicht für mich schlagen."

Aber ich wurde misstrauisch, warum Camille mir gerade jetzt diese Neuigkeiten mitgeteilt hatte. Nach all dieser Zeit, denn Zach war nur wenige Monate nach dieser Begegnung in das Gefängnis in Mexiko geworfen worden ...

Hatte Adam irgendwie etwas damit zu tun? *Aber wie?*

Heath blies seinen Atem hinaus. „Also hat Adam nichts gesagt?"

„Er wollte, aber ich ließ ihn nicht. Ich habe während unserer Fahrt so viel geredet, dass er nicht zu Wort gekommen ist. Immer, wenn er es versucht hatte, habe ich das Thema gewechselt.“

Heaths Augenbrauen runzelten sich und er schien nicht mehr zu wissen, was er sagen sollte. Manchmal war das Leben zu verwirrend. Und all diese Gedanken, die jetzt wie ein Eintopf in meinem Kopf vor sich hin köchelten? Ich hatte keine Ahnung, was ich daraus machen sollte.

Heath und ich verabschiedeten uns bald darauf und ich stieg in meinen Wagen.

Während der Fahrt nach Hause konnte ich nicht aufhören, über diese Begegnung in dem Lebensmittelladen nachzudenken. Diese neue Entwicklung – dass Zach wegen Drogenbesitzes ins Gefängnis gekommen war – war ein unheimlicher Zufall. Ich wusste, dass Adam nach dem Vorfall in dem Lebensmittelladen Nachforschungen angestellt hatte. Am nächsten Tag hatte ich ihn dabei erwischt, wie er in meinem alten Kinderzimmer auf der Ranch meine alten Jahrbücher durchgeblättert hatte. Sie waren ganz oben in meinem Wandschrank vergraben gewesen. Er hatte sich bereits zuvor ein paarmal darin umgesehen, aber speziell an jenem Tag hatte er überaus viel Interesse an den Büchern gezeigt. Hatte er danach noch weitergeforscht?

Als ich an unserem Haus ankam, war Adam noch nicht zuhause. Da ich die Verabredung zum Tee mit Heath und Camille geplant hatte, hatte er sich heute Morgen in die Arbeit aufgemacht, um nach dem Rechten sehen. Aber er hatte versprochen, dass es nicht lange dauern würde. Während ich auf ihn wartete, arbeitete ich in meinem Arbeitszimmer, einem ehemaligen Gästezimmer neben Adams Büro, an ein paar Sachen.

Ich hörte ihn hereinkommen und ging in die Küche hinunter, wo er sich eine Flasche Wasser geschnappt hatte. Ich schlang meine Arme von hinten um ihn und stellte mich auf die Zehenspitzen, um ihn auf den Hals zu küssen. „Was sollen wir heute machen?"

„Lass uns mit dem Boot zur Fun Zone fahren", antwortete er ohne Zögern. „Ich schulde dir noch eine Revanche in Skee-Ball."

Ich grinste frech und legte mein Kinn auf seine Schulter. „Du meinst ... du hast Sehnsucht nach einer weiteren Demütigung."

Er zuckte mit den Schultern. „Vielleicht bin ich etwas masochistisch veranlagt." Er drehte sich um und nahm mich in die Arme. „Wie war der Tee? Ich wette, Heath fühlte sich so fehl am Platz wie ein WWE-Wrestler."

Ich blies meinen Atem hinaus. „Der arme Kerl. Zumindest ist er so aus dem Haus gekommen. Seit Connor wieder in Irland ist, unternimmt er nicht mehr viel."

Mit einem Lächeln nahm er meine Hand und wir gingen zu dem Anlegesteg, wo das kleine Boot neben der viel größeren Yacht vertäut war. Ich saß gedankenverloren da, als wir über die Bay zur Balboa Peninsula fuhren, wo die Fun Zone sich befand. Über dem Zufluss säumten der Pier und die Strandpromenade das Wasser, das in der Sonne schimmerte.

Wir schlenderten an der Strandpromenade entlang und stoppten natürlich für das Revanchespiel – das ich natürlich gewann, um meinen Titel als Skee-Ball-Champion zu verteidigen.

Und ich verspottete ihn mit dem Anfeuerungsruf aus meiner Kindheit.

„Erdnussbutter, Captain Crunch, ich kann was, was du nicht kannst." Ich tanzte vor ihm herum und rezitierte meinen kleinen Spottvers, während er mich auslachte. „Gummibären, 7 Up. Wage es, ich mach dich platt." Ich streckte die Hand aus, damit er stehenblieb und hielt meinen Daumen und Zeigefinger in einer L-Form an meine Stirn. „Loser, loser. Megaloser. Als ob. Nimm das. Du hast verkackt!"

Er nahm es wie ein Champion und wirkte froh darüber, dass ich wieder redete. Aber nachdem wir uns etwas zu essen geholt hatten, verfielen wir auf dem Weg zurück zum Boot in ein angenehmes Schweigen. Ich schleckte an einem Balboa Bar, einem Eis am Stiel mit bunten Streuseln, das mich an meine Kindheit erinnerte.

„Wehe, du kleckerst auf dem Boot", murmelte er, als wir hineinstiegen.

Das schrie geradezu nach Necken. Ich drehte mich zu ihm und nahm das Eis verführerisch in den Mund, schob es hinein und hinaus und leckte genüsslich darüber, während ich leise stöhnte. Er beobachtete mich und seine Augen weiteten sich ungläubig, bevor er vor Lachen fast umkippte.

„Wow, ich hätte nie gedacht, dass ich das sagen würde, aber ich werde fast geil dabei, dir zuzusehen, wie du deinem Eis einen bläst."

Ich antwortete, indem ich ihn schmollend anblickte und mein Eis aufaß, während wir den langen Weg um Balboa Island zurück zu unserem Haus nahmen. Die Insel war nicht groß, aber da das Boot ziemlich langsam war, dauerte es einige Zeit.

„Du warst heute Nachmittag ziemlich ruhig", sagte er schließlich, als wir etwa auf halber Strecke waren.

Ich zuckte mit den Schultern und blickte aufs Wasser hinaus, wo sich das Spiel der Nachmittagssonne auf der funkelnden Wasseroberfläche abzeichnete. „Da gibt es nicht viel zu sagen. Ich bin einfach nicht in der Stimmung zum Reden. Ich bin nur glücklich, dass du zuhause bist."

Er runzelte die Stirn und steuerte um eine paar vertäute Boote herum, auf deren Decks sich schlafende Seelöwen sonnten. „Irgendein bestimmter Grund?"

Ich blickte zu ihm, bevor ich mich wieder der Aussicht zuwandte und die prunkvollen Häuser bewunderte, die unserem glichen, und andere, die der Prahlerei gleichkamen. „Beim Tee hat meine High-School-Freundin Camille mir Klatsch aus meiner Heimatstadt erzählt."

Seine Augenbrauen wanderten nach oben. „Ah. Ist in Anza irgendetwas Interessantes passiert?"

Ich drehte mich wieder zu ihm und rutschte auf meiner Bank herum. „Ja. Jemand, den ich aus der High School kenne, ist in Mexiko verhaftet und wegen Drogenbesitzes ins Gefängnis geworfen worden."

Ich versuchte, seine Reaktion einzuschätzen. Erkannte ich da einen kurzen, versteinerten Ausdruck in seinen dunklen Augen? Ein leichtes Anspannen seiner Kiefermuskulatur? Oder war das nur eine Einbildung?"

„Hm. Ein Freund?"

„Nein, definitiv *nicht*", sagte ich. „Der Kerl war ein Arsch, mit dem ich in der zehnten Klasse zusammen war."

Seine Augenbrauen zuckten und es gab eine lange Pause. Ich drehte mich um und sah, dass wir uns Bay Island näherten und direkt auf unseren Anlegesteg zufuhren. Das Wasser schlug gegen die Seiten der Yacht an unserem Privatstrand.

Adam manövrierte vorsichtig heran und ich hüpfte aus dem Boot, bevor er antworten konnte. Es ansprechen? Oder es beiseiteschieben? Was sollte ich tun?

War es wirklich essentiell, dass er es wusste? Diese Fragen wirbelten in meinem Kopf herum und ich war mir nicht sicher, ob ich die Antworten hören wollte. Kümmerte es mich, ob er involviert war oder nicht oder ob der Kerl seine wohlverdiente Strafe bekam?

Sobald ich im Haus war, ging ich zum Kühlschrank und holte eine Flasche Rotwein heraus, die wir am Abend zuvor zum Essen geöffnet hatten. Als er die Küche betrat, hielt ich sie hoch und er schüttelte den Kopf, also zog ich den Korken heraus und goss nur mir ein Glas ein.

Adam betrachtete mich schweigend und seine Augen verengten sich leicht, als ich sofort einen Schluck aus dem Glas nahm. Die Luft zwischen uns wurde etwas dicker und etwas schwerer. Ich schluckte und wartete.

„Willst du darüber reden? Du bist nicht aufgebracht wegen dieser Nachricht, oder doch?"

Ich atmete tief ein und dann langsam aus. „Nein." Ich nahm noch einen Schluck. „Ich bin verdammt froh darüber und weiß nicht, ob ich Schuldgefühle haben soll, weil ich mich so fühle."

Er legte eine Hand auf den Granittresen und lehnte sich auf seinen Arm, wobei er die Augen nicht von mir nahm. Ich konnte seinen Blick nicht erwidern und beobachtete stattdessen, wie sich die Muskeln in einem starken Unterarm anspannten. „Wieso solltest du dich schuldig fühlen, Emilia? Ich garantiere dir, dass sich dieser Penner wegen dem, was er dir angetan hat, nicht auch nur einen Tag in seinem Leben schuldig gefühlt hat."

Ich nickte und wich seinen Augen aus und die Frage brannte mir auf der Zunge. Der Raum zwischen uns füllte sich mit diesen unausgesprochenen Fragen, den verschwiegenen Antworten. Mein Herzschlag erfüllte die Stille mit einem unaufhörlichen Pochen. Dann kippte ich den Rest des Weins hinunter. „Mein Gehirn ist Brei. Können wir einfach abhängen und uns einen Film ansehen?"

Er lächelte, aber seine Stirn war immer noch vor Sorge angespannt. „Nachdem ich gesehen habe, wie du dieses Eis gegessen hast, habe ich *definitiv* nichts gegen Netflix und chillen." Er grinste und stellte dieses verdammt schöne Lächeln zur Schau.

Ich grinste ihn verschmitzt an.

Nachdem ich das Weinglas in der Spüle abgestellt hatte, genoss ich das warme und angenehme Gefühl, das die Weintrauben mir gebracht hatten – ich war sogar *dankbar* dafür. Adam trat hinter mich, um meine Taille mit seinen Armen einzukreisen, und mein Herz machte einen Satz und schlug schneller, als er mir einen flüchtigen, warmen Kuss auf die Seite meines Halses gab.

Ich lehnte mich an seine harte Brust zurück und dieses Gefühl – *dieses Gefühl* …

Es erstarrte hinter meinen Augen und erzeugte ein Kribbeln. In seine starken Arme gehüllt entschied ich … dass es egal war. Nichts außer diesem Gefühl war von Belang. Nur das Gefühl, das *er* in mir weckte – *ein Gefühl von Sicherheit und Friede.*

Bis wir im Heimkino im Keller ankamen, hatten sich alle Emotionen in mir zu einem Klumpen in meiner Kehle vereint, weswegen ich kaum atmen konnte – und der mich vom Sprechen abhielt.

Als er sich in seinen Sessel setzte und mich ansah, rutschte er bewusst zur Seite und streckte die Hand aus, damit ich mich zu ihm setzen konnte. Ich quetschte mich neben ihn. Es war perfekt, er legte seinen Arm um meine Taille und zog mich noch näher an sich. Mein Kopf senkte sich auf seine starke Schulter und er griff nach der Fernbedienung und wählte einen Film.

Ich streckte mich und lehnte mich zu ihm, um ihn zu küssen – aber der Kuss landete irgendwo zwischen seinem Kinn und seinem Hals. Er drehte sich mit leerem Gesichtsausdruck zu mir, doch seine Augen waren immer noch so voll und so schwer. War da etwas oder interpretierte ich das nur hinein?

Sorge? Achtsamkeit? *Schuld?*

Sollte ich ihm sagen, was ich fühlte?

„Wofür war das?"

„Dafür, dass du einfach du bist." Ich schmiegte mich an seine Seite, als sein Arm sich enger um mich legte. „Dafür, dass du mir das Gefühl von Sicherheit gibst. Immer. Und dafür, dass du weißt, wann ich diese Sicherheit brauche."

Er lehnte sich vor, um mich auf die Stirn zu küssen. „Hat das etwas mit dieser Nachricht zu tun, die du heute bekommen hast?"

Also wollte er *doch* wissen, wie ich mich deswegen fühlte. Ich atmete tief ein. „Ich muss nicht wissen, ob du irgendetwas damit zu tun hattest. Sag es mir bitte nicht."

Ein weiteres langes Schweigen, während dem ich meinen Kopf an ihn schmiegte. Er antwortete nicht und strich mit seiner Hand über meinen Rücken. Dann ...

„Aber ... wenn du darin involviert *wärst* ... wäre das okay für mich."

Wir saßen lange Minuten so da und hielten einander fest. Das war alles, was ich sagen musste – alles andere war jetzt egal. Und es musste nichts mehr gesagt werden.

Egal, ob er etwas mit Zachs Inhaftierung zu tun hatte oder nicht, es war mir egal. Und ich hatte mich dazu entschieden, es nicht herausfinden zu wollen.

Wir verbrachten eine schöne Stunde damit, die erste Hälfte von *Deadpool* anzusehen, bevor ich es nicht mehr aushielt. Gerade als Deadpool wieder mit seiner verlorenen Liebe in Kontakt treten wollte und versagte, zog ich Adam die Kleidung aus und attackierte ihn auf dem Sessel. Wir schalteten nicht einmal den Film aus. Fürs Protokoll. Sex auf einem Sessel macht Spaß. Zwei Daumen hoch, und ich würde es jederzeit wieder tun.

Kapitel Drei
Adam

EMILIA DÖSTE AN MEINER BRUST, ALS DER ABSPANN LIEF und Deadpool den Zuschauern in einem Bademantel eine Standpauke hielt, ganz im Stil von Ferris Bueller. Ich küsste sie auf die Stirn und atmete den Vanilleduft ihrer Haare ein, und meine Augen schlossen sich. Ich schluckte und hoffte, dass sie der Wein und der Sex so ausgelaugt hatten und nicht diese aufreibende Nachricht über diesen Bastard aus ihrer Vergangenheit.

Also vermutete sie meine Beteiligung an dieser Sache. Und obwohl ich nicht gezögert hätte, ihr alles zu gestehen, war ich erleichtert, dass sie es nicht von mir verlangte. Ich hatte gewusst, was ich für ein Risiko einging, als ich handelte. Sie hätte sich vielleicht aufregen – sogar wütend werden – können, weil ich mich eingemischt hatte, aber es war wichtiger, dass sie sich sicher fühlte.

Ich verlagerte ihr Gewicht an mir, sodass ich an mein Handy kommen und meine E-Mails checken konnte, und versuchte, nicht daran zu denken, was hätte passieren können, wenn sie ungünstig reagiert hätte.

Aber wie zum Teufel hätte ich mich *nicht* einmischen können? Ich war zusammen mit ihr in diesem Lebensmittelladen gewesen. Sie war zuerst kreidebleich geworden – und dann so schnell davongestürmt. Diese Angst. Es hatte mich fast umgebracht, sie so paralysiert zu sehen. Und in diesem Augenblick hatte ich mir vorgenommen, mir den Nachnamen der Frau zu merken, der sie mich mit stotternder und bebender Stimme vorgestellt hatte.

Das alles war genug gewesen, um mich misstrauisch zu machen. Aber in dieser Nacht ...

In dieser Nacht war ich aufgewacht, als sie am Rand des Bettes saß und hyperventilierte, weil sie angeblich einen Alptraum gehabt hatte. Als ich sie endlich dazu bewegt hatte, sich an mich zu legen, hatte ich ihren zitternden Körper fest an meinem gehalten. Die ganze Nacht über hatte sie sich im Schlaf fest an mich geklammert. Ich war noch stundenlang wach gelegen, aus Angst, dass meine Bewegungen sie stören würden. Hilflos hatte ich zugehört, wie sie gelegentlich verzweifelt wimmerte.

Ich empfand puren Hass auf den Bastard, der ihr das durch eine zweiminütige Begegnung angetan hatte. Den Schrecken mitzuerleben, den er bei ihr ausgelöst hatte, war genug gewesen, um mich auf eine Rachemission zu schicken.

Es war meine Aufgabe, sie zu beschützen. Dafür zu sorgen, dass sie sicher war. Und solange dieser Penner auf freiem Fuß war und sich ihr wann immer er wollte nähern konnte, konnte sie sich nicht sicher fühlen.

Eine Woche lang hatte sie mit Schlaflosigkeit zu kämpfen gehabt und war immer erschöpfter geworden. Als wir wieder zuhause waren, brauchten wir Urlaub, um uns von diesem traumatischen Erlebnis zu erholen.

Ich hatte Nachforschungen angestellt. Wie hätte ich das nicht tun können? Ich hatte ihre Jahrbücher durchgesehen, um nicht ihre Mutter ausfragen zu müssen. Sobald ich den Namen des Kerls herausgefunden hatte, hatte ich es mir von Heath bestätigen lassen. Dann hatte ich Jordan kontaktiert, dessen zwielichtiges Netzwerk immer bereit stand (dasselbe Netzwerk, das mir schon einmal Ärger mit Emilia beschert hatte). Ohne nach Details zu fragen, verwies Adam mich an einen seiner Privatschnüffler.

Emilia bewegte sich, als sie langsam wieder wach wurde.

Ich hatte entschieden zu handeln, selbst wenn die Chance bestand, dass sie es herausfinden und es sie aufregen könnte. Nachdem ich erlebt hatte, was ihr diese Begegnung angetan hatte, war ich bereit gewesen, dieses Risiko einzugehen.

Von dem Privatdetektiv hatte ich alle Details darüber erhalten, was dieser Penner seit dem College gemacht hatte. Durch eine Verletzung war seine Hoffnung auf eine Profifootballkarriere in Rauch aufgegangen und er hatte sein Stipendium verloren. Er war danach auf ein Community College gegangen und hatte als Makler in LA gearbeitet. Und er hatte ein übles Drogenproblem.

Emilia lächelte mich mit schläfrigen Augen an und entschuldigte sich, dass sie eingedöst war. Ich küsste ihre Hand. „Du musst dich nicht entschuldigen", antwortete ich.

Es war einfach gewesen, ihm eine Falle zu stellen. Es zu arrangieren, dass er eine einwöchige Reise nach Cancun *gewann*. Wie vermutet hatten seine Gewohnheiten für den Rest gesorgt und er war nicht so vorsichtig gewesen, wie er hätte sein sollen. Durch einen anonymen Tipp waren die Behörden darauf aufmerksam geworden, ihn bei seiner Rückreise genau zu überprüfen.

Zugegeben, dieser Plan hatte viel dem Glück überlassen und das hatte ich gewusst. Ich war bereit gewesen, mir einen Plan B einfallen zu lassen, wäre es notwendig geworden. Aber glücklicherweise war es das nicht.

Meine Arme schlossen sich instinktiv enger um sie. Dieses Arschloch war mit Vergewaltigung davongekommen – und auch wenn ich Emilia das nie sagen würde, das war nicht der einzige Fall gewesen, der letztendlich fallen gelassen wurde. Ein Serientäter, der es schaffte, damit davonzukommen. Aber früher oder später würde er dafür bezahlen. Karma und so. Mit etwas Hilfe von einem rachsüchtigen Verlobten.

***

Der Montag war fast vorbei und er war nicht gut verlaufen.

Ich blickte in den Abendhimmel vor dem Fenster meines Büros und ließ mich in meinen Bürostuhl fallen. Ich stöhnte protestierend. Ich würde mich verspäten. Ich hatte Emilia bereits geschrieben, um ihr mitzuteilen, dass ich nicht zum Abendessen und unseren halbregelmäßigen Spaziergang im Sonnenuntergang zuhause sein würde. Ihre Antwort war freundlich, aber knapp gewesen, ohne ihre üblichen abfälligen Bemerkungen. Was sie unausgesprochen ließ, schrie lauter als das, was sie gesagt hatte. Ich würde wahrscheinlich in der Hundehütte schlafen müssen, wenn ich nach Hause kam.

Ich fuhr mit einem Daumen über meine Lippen und dachte nach. Ihre Verärgerung war verständlich. Ich kam nach meinem Asienbesuch immer später nach Hause und die Balance, die wir aufgebaut hatten, war ins Schwanken geraten.

Aber im Moment – nach dem Aufsichtsratsmeeting, in dem ich gesessen war – war ich nicht in der Stimmung, durch die Vordertür zu kommen und so zu tun, als würde mich nichts bedrücken. Wäre ich wieder in meinen nicht so guten alten Tagen, hätte ich meine Wut beruhigt, indem ich im Fitnessstudio unseres Campus trainiert und dann in meinem privaten Badezimmer geduscht hätte. Dann hätte ich den Tag beendet, indem ich bis zum Morgengrauen in meinem Büro gearbeitet hätte, bevor ich auf dem Klappbett erschöpft ein kurzes Nickerchen gemacht und den neuen Tag begonnen hätte. Aber das würde sie nicht dulden. Und an diesem Punkt in meinem Leben war ich froh darum.

Trotzdem, nach einem unerträglichen Meeting mit dem Aufsichtsrat vor zwanzig Minuten, würde ich warten müssen, bevor ich mich so weit beruhigt hatte, dass ich nicht mehr nur rot sah. Oder mir zutraute, keine Löcher mehr in Wände schlagen zu wollen. Denn dieser verdammte Aufsichtsrat war mir in den Rücken gefallen. Und gelinde gesagt war ich immer noch aufgebracht.

Es war persönlich geworden.

Ein Klopfen an der Tür ertönte exakt eine halbe Stunde, nachdem das Meeting vertagt worden war. Ich hatte mich eilig entschuldigt – die so ziemlich einzige Möglichkeit, um nicht ausfallend zu werden. Aber ich war nicht wirklich erfolgreich damit gewesen. Ohne Zweifel hatten andere mitbekommen, dass ich wütend und nur Sekunden davon entfernt war, alle um mich herum zu beschimpfen.

Ich rief denjenigen – wahrscheinlich Jordan – herein. Es war nicht nur er, sondern auch David Weiss, der Vorsitzende unseres Aufsichtsrats. *Großartig.* Ich konnte Jordan anschnauzen und er würde es ruhig wie ein Sandsack hinnehmen. Aber da David ebenfalls anwesend war, konnte ich meine Samthandschuhe nicht ausziehen. Ich respektierte David zu sehr, um die Flüche und Drohungen, die ich Jordan in solchen Situationen an den Kopf warf, nicht für mich zu behalten.

Ich stand auf, steckte die Hände in meine Taschen und ging zum Fenster, um in den violett werdenden Himmel zu starren.

„Hey, Adam", sagte David. Jordan hielt klugerweise die Klappe. „Ich wollte nur, ähm, vorbeischauen und nachsehen, wie es dir geht."

„Immer noch so wie vor dreißig Minuten im Meeting", antwortete ich mit gleichmäßiger Stimme.

David machte eine Pause. „Nun, das ist nicht so gut verlaufen. Deshalb bin ich hier."

Ich drehte mich wieder um. Er stand immer noch an der Tür. David war ein Mann Mitte Fünfzig, jemand, den ich schon Jahrzehnte lang kannte und bewunderte. Er hatte mir meinen ersten Job gegeben – und mich überredet, das College abzubrechen und für ihn bei Sony zu arbeiten. Und als die Zeit gekommen war, meine eigene Firma zu gründen, hatte er mir seinen Segen gegeben.

Ich verschränkte die Arme vor der Brust. „Du willst versuchen, mir auszureden, einen Krieg mit dem Aufsichtsrat anzufangen."

Er verzog das Gesicht. „Das wäre unklug."

Ich ballte die Hände zu Fäusten und knirschte mit den Zähnen, doch ich antwortete nicht. Die beiden würden das unmöglich verstehen können.

„Adam –", fing Jordan an.

„Ich habe in Tokio bereits alles gehört, was du zu diesem Thema zu sagen hast", erwiderte ich.

„Versuch das logisch zu analysieren."

Ich drehte mich zu ihm und ließ die Fäuste an meine Seiten fallen. „Sag mir, dass du April einen unterschreiben lässt, wenn du dran bist", knurrte ich.

Jordans Augenbraue zuckte und er warf einen verunsicherten Blick zu David. Ich wusste, dass er seine sarkastische Bemerkung, dass er nicht dumm genug war, um zu heiraten, für sich behalten würde. Vor dem Vater seiner Freundin konnte er das nicht sagen. Ja, ich brachte ihn in eine beschissene Situation, indem ich ihm das vor David an den Kopf war, aber gerade war ich zu sauer, um mir darüber Gedanken zu machen.

Jordan räusperte sich und der Blick in seinen Augen spiegelte seine aufkeimende Feindseligkeit wider. „Wenn die Zeit kommt, ja, dann werde ich sie bitten, einen zu unterschreiben."

„Wirklich ... und du denkst, dass das okay für sie ist?"

Jordan wurde rot und David kam ins Büro und setzte sich. „*Ich* denke das", antwortete er für Jordan.

Ich blies meinen Atem hinaus und fuhr mir mit den Fingern durch die Haare. „Aber *sie* hat auch Geldwerte, die sie schützen muss, richtig?" Jordan und David wechselten einen langen Blick, aber antworteten nicht. „Ich weiß, worum es hier geht. Es liegt daran, dass Mia arm ist."

David lehnte sich vor. „Adam, vertrau mir, ich habe das durchgemacht. Es ist nicht einfach, nicht im Geringsten. Ich war schon zweimal verheiratet – Eheverträge in beiden Fällen – und –"

Ich machte eine schneidende Bewegung mit der Hand und sein Mund schloss sich, während seine Augen sich aus Überraschung über meine Unhöflichkeit weiteten. Trotz meiner vorherigen Bedenken, offen vor David zu sprechen, waren mir seine verletzten Gefühle nun völlig egal. „Keiner von euch weiß, wie es ist, arm zu sein. *Ich* schon. Bis ich ein Teenager war, gab es Tage, an denen wir nichts zu essen hatten und nicht einmal wussten, wo wir schlafen sollten. Mia musste nie so leben, aber ich weigere mich, sie in eine Lage zu bringen –"

„Niemand verlangt von dir, dass du sie verarmen lässt, Adam." David rutschte auf seinem Stuhl herum und legte einen Knöchel über sein Knie. „Jordan hat recht. Du siehst das viel zu emotional."

Das war ein Tiefschlag. Ich drehte mich wieder zum Fenster. „Ja, Gott verbiete, dass ich meine Zukunft, meine verdammte Ehe *emotional* betrachte. Gott verbiete, dass ich die Gefühle der Frau, die ich liebe, schützen will."

„Vielleicht solltest du mit ihr darüber reden", sagte Jordan ruhig. Ich hörte, wie er sich auf den Stuhl neben David setzte. „Nur darüber, worum der Aufsichtsrat dich gebeten hat."

Ich rieb mir mit der Hand über das Gesicht und wollte, dass sie einfach nur verschwanden.

Ihr dieses Dokument zur Unterschrift vorzulegen würde ausdrücken, dass ich mich über ihr sah. Dass *mein* Geld wichtiger war als *ihre* Gefühle. Dass wir *nicht* gleichgestellt waren, wenn meine Gefühle und meine Wahrnehmung genau das Gegenteil davon waren.

Ich konnte mir den Ausdruck auf ihrem Gesicht, in ihren Augen, vorstellen, wenn ich sie bat, das zu tun. Zeuge zu sein, wie ein Funke dessen, was sie ausmachte, ein wenig starb. Zu wissen, dass das Vertrauen, das ich ihrem Glauben nach in sie setzte, nur eine bloße Illusion war.

Und das Wissen, dass wir nicht heiraten könnten, wenn sie dieses Dokument nicht unterschrieb ... dass der Aufsichtsrat mich zwang, das von ihr zu verlangen. Dass sie ansonsten nicht meine Frau sein könnte. Das machte mir am meisten zu schaffen. Dass sie mir die Kontrolle über diese Situation – über das finanzielle Wohl *unserer Ehe* – entrissen und dabei meine zukünftige Frau beleidigten.

Der Aufsichtsrat drohte mir, um mich dazu zu bringen, mich zwischen meinem Job und Emilia zu entscheiden. *Ich* war der CEO dieser Firma. Ein *Milliardär* vor meinem dreißigsten Lebensjahr. Ich wusste, wie man sein eigenes Leben führte, verdammt. Wieso hatte ich dann das Gefühl, dass ich nun weniger Kontrolle über meine Zukunft hatte als je zuvor?

Meine Schultern verkrampften sich. „Ich werde den Aufsichtsrat nicht mein Privatleben bestimmen lassen", murmelte ich.

„Adam, kannst du dich eine Minute setzen?" Davids Stimme klang nun angespannt. Ich kannte diesen Ton. Jede Frist, die ich fast verpasst hatte. Jeder Brief, den ich damals aufgeschoben hatte, als er mein Boss war. Das alles hatte genauso geklungen. „Können wir darüber reden? Es ist wirklich nicht so schlimm, wie du denkst."

Ich drehte mich um, ging zu meinem Stuhl zurück und setzte mich. Dann blickte ich auf die Uhr. „Ihr beide werdet mich nicht davon überzeugen, dass ich falsch liege."

Und das taten sie auch nicht.

Ich würde bis zu meinem letzten Atemzug für sie eintreten. Sie zu beschützen war mein Job. Ich würde ihr das nicht antun.

Als sie mein Büro eine Viertelstunde später verließen, lag Anspannung in der Luft. Ich packte meine Sachen und schlug dabei laut Schübe und Türen zu. Ich wusste, dass die beiden irgendwo hingehen und sich darüber unterhalten würden, wie dickköpfig ich war.

Das war mir scheißegal. Ich würde das auf meine Weise regeln. Ich würde mein eigenes Schiff steuern. Mein eigenes Leben.

Kapitel Vier
Mia

„**E**INATMEN. UND JETZT LANGSAM AUSATMEN“, murmelte Kat ruhig.

Ich starrte auf dem Boden liegend über meinen Schenkel – der in einer seltsamen Position von mir wegstand – auf Kat. Das war nicht *natürlich*.

„Körper sollten sich nicht so verbiegen lassen“, murmelte ich angespannt, während ich einatmete, wie sie mich anwies.

Ihre Hände unterstützten meinen unteren Rücken, mein Hintern war in der Luft, die Beine über den Kopf geworfen und meine Füße berührten irgendwo hinter meinen Schultern den Boden.

„Adam wird es lieben, wie flexibel Yoga dich macht. Das ist *super* beim Sex. Jetzt verschränke deine Finger hinter dir. Siehst du, wie deine Arme deine Stabilität unterstützen? Diese Stellung heißt Einfacher Pflug.“

„Gott, das klingt sogar wie eine Sexstellung.“

Sie grinste verschmitzt. „Warum denkst du, dass ich überhaupt mit Yoga angefangen habe? Zeig ihm dieses Stellung und er pflügt dich innerhalb weniger Minuten.“

Ich unterbrach meine ruhige Atmung, um sie auszulachen. „Hör auf. Ich falle um und verletze mir etwas Wichtiges.“

„Weiter atmen.“

Ich gehorchte und fühlte, wie es in meinem Kreuz zog, hinab über meine Schenkel und Waden. Um mich herum hielten der Rhythmus der Trainingsgeräte und das unaufhörliche Poltern von Schritten auf dem Laufband den Takt. Wir hatten uns eine Ecke im Fitnessstudio auf dem Campus von Draco für diese private Yogastunde abgesteckt. Ich hatte den Fehler begangen, Kat davon zu erzählen, dass ich mit Yoga anfangen wollte, aber aus Unsicherheit noch zögerte. Sie hatte sich freiwillig gemeldet, mit mir zusammen zu beginnen.

Das Mädchen überraschte mich immer wieder mit ihren versteckten Fähigkeiten. Und typischerweise standen sie immer irgendwie mit Sex im Zusammenhang.

„Apropos Sex. Wann finden wir dir deinen Mr. Right Now?", fragte ich.

Sie grinste. „Ich brauche keinen Mr. Right Now. Ich brauche nur einen Mr. Lässt-Mich-Kommen. Wenn du mir auf deiner Hochzeit den Brautstrauß zuwirfst, trete ich dir so hart in den Arsch, dass du auf deiner Hochzeitsreise keinen Sex haben kannst. Also denk nicht einmal daran."

„Erwähne die Hochzeit nicht oder diese Yogastunde wird alles andere als beruhigend."

Kats Augenbraue hob sich. „Oh ja? So schlimm?"

Ich atmete ein und aus, wie sie es mir gezeigt hatte, bevor ich antwortete. „Es ist nur ... wir können uns nicht einigen, was wir machen."

„Naja, du musst das bald mit ihm ausdiskutieren. Ihr heiratet an Silvester, richtig? Das sind nur noch ein paar Monate."

Ich blies einen weiteren langen Atemzug hinaus. „Noch mal, ich dachte, dass diese Yogastunde Stress *abbauen* sollte."

„Hey, Cranberry!", rief jemand von der anderen Seite des Fitnessstudios. „Was machst du hier?"

Kats Kopf schoss hoch und ihre Augen verengten sich. Mit einer Grimasse zeigte sie dem Rufer den Stinkefinger. „In Form bleiben. Etwas, das du anscheinend nicht kennst, kleiner Jedi. Ich bin schockiert, dass du überhaupt wusstest, dass in diesem Gebäude ein Fitnessstudio ist."

„Hast du in letzter Zeit auf das Leaderboard geschaut?", fragte er, wobei seine Stimme immer leiser wurde, weil er sich von uns entfernte. Offensichtlich war er nur auf der Durchreise und hatte die Gelegenheit genutzt, um Kat zu necken.

Kat schaute ihm hinterher und murmelte: „Idiot."

„Wer war das?"

„Die Geißel meiner Existenz."

„Oh ... Lucas aus der Testabteilung wieder?"

Technisch gesehen war er ihr Boss, aber die Hierarchie da drüben war irgendwie schwammig und verwirrend. Diese Spieletester waren so wettbewerbsgeil wie Testpiloten. Und Lucas und Kat hatten eine Art Freundfeindrivalität, die ich, obwohl ich selbst Gamer war, nicht wirklich verstand.

„Was hat es mit dieser Leaderboardsache auf sich?", fragte ich. „Ist das etwas Neues? Und kann ich endlich aus dieser verdammten Stellung raus? Ich fühle mich langsam wie eine menschliche Brezel."

Kat half mir vorsichtig dabei, mich aus dem Einfachen Pflug zu befreien – ernsthaft, ich würde Adam diese Stellung nicht *allzu* bald zeigen, obwohl Kat großartigen Sex versprach. Unser Sexualleben war bereits fantastisch, vielen Dank. Ich setzte mich langsam und vorsichtig auf, um mir keine Zerrung zu holen. Das

Blut raste mir aus dem Kopf und ich blinzelte und wartete, bis dieses leichte Schwindelgefühl verschwand.

„Ah, er meint das Leaderboard bei Twitch TV. Er ist verdammt neidisch, weil ich mehr Subscriber habe als er. Vergiss ihn. Ich kann dir als Nächstes bei der Meditation helfen.“

Ich zog eine Augenbraue hoch. „Warum vögelt ihr nicht einfach und bringt es hinter euch?“, fragte ich und widerholte damit etwas, was sie schon oft zu einem anderen uns bekannten Pärchen gesagt hatte, die sich wie Time Lords und Daleks gezankt hatten, bevor sie zusammengekommen waren.

Sie warf mir einen finsteren Blick zu. „Ich kacke nicht, wo ich esse. Fick nie mit jemandem, mit dem du zusammenarbeitest.“

„Ah.“ Glücklicherweise war das keine offizielle Regel, sonst würden hier eine Menge Leute gefeuert werden.

Kat führt mich durch die Meditation und dann saßen wir auf der Matte, während ich literweise Wasser trank und meine verschwitzte Stirn mit einem weichen weißen Handtuch abtupfte. „Danke hierfür. Ich brauchte wirklich eine Lernpause. Aber selbst wenn ich nur dreißig Minuten weg von meinen Büchern bin, werde ich unruhig.“

Kat schraubte den Deckel ihrer Flasche ab und warf mir einen langen Blick zu. „Nun, wir sollten uns zumindest noch ein paar Minuten nehmen. Ich muss mit dir über Heath sprechen.“

Ich hatte Heath fast einen Monat lang nicht gesehen, seit wir uns in dem Tea Shop mit Camille getroffen hatten. Wir hatten es seitdem nicht geschafft, einander zu kontaktieren. Ich hatte erst vor einer Woche wieder mit dem Studium begonnen und das zweite Jahr des Medizinstudiums – genannt M2 – fing bereits mit dem Versprechen an, mir den Arsch aufzureißen. Und Heath war immer ruhiger und verhaltener geworden, seit Connor vor ein paar Monaten gegangen war.

Aber Kat hatte als seine Mitbewohnerin neue Informationen. Also fragte ich: „Wie geht es ihm?"

„Es ging ihm ganz gut, bis wir die Nachricht erhielten, dass Connors Dad gestorben ist."

Ich nickte und erinnerte mich an die gleichmütige E-Mail, die wir alle aus Irland erhalten hatten. „Armer Connor. Wir haben seiner Familie einen Korb geschickt. Es ist so traurig. Ich denke, sie hatten erwartet, dass er sich wieder vollständig erholt."

Kat fummelte an ihrer Wasserflasche herum. „Ja, naja, jetzt sagte Connor, dass er noch länger bleiben muss, um seiner Familie zu helfen."

„Verständlich." Ich zuckte mit den Schultern. „Ich bin sicher, dass sie alle dadurch eine große Last aufgebürdet bekamen. Und da Connor der Älteste ist –"

Kats Lippen wurden schmal. „Sie hatten deswegen einen Streit. Heath hat ihn über Skype angeschrien."

Das erschien mir ungewöhnlich unsensibel für Heath. Ich runzelte die Stirn. „Worum geht es *wirklich*?"

„Heath denkt, dass Connor nicht zurückkommt. Dass er endgültig nach Irland zurückgekehrt ist, weil seine Familie ihn braucht."

Ich biss mir auf die Lippe und kaute darauf herum. „Und warum denkt Heath das?"

Kat schüttelte den Kopf und trank noch einen Schluck Wasser, wobei die Plastikflasche knirschte, als sie sie fester packte. Ihre Lippen wurden ebenfalls weiß. „Es geht ihm nicht so gut. Er verbringt entweder Stunden mit Spielen oder trinkt. Er liegt bei all seinen Webdesign-Terminen zurück, das nehme ich zumindest an. Ich denke, dass er auf dem besten Weg ist, zusammenzubrechen."

Sorge packte mich, aber gleichzeitig wanderten meine Augen zu meiner Schultasche und der Menge an Notizen, Artikeln und Abhandlungen, die sich, wie ich wusste, darin befanden. Ich hatte noch so viel für das Step 1 Medial Board Exam zu tun, das alle M2-Studenten bestehen mussten. Mein Magen verkrampfte sich – der Schatten meines Versagens beim MCAT war zurückgekehrt und suchte mich heim.

Und ich hatte noch eine Hochzeit zu planen.

Und zwischendrin auch noch etwas mit meinem Geist von Verlobten zu unternehmen.

Ich war heute zu seinem Arbeitsplatz gekommen, um etwas Zeit mit ihm zu verbringen, hatte aber nicht einmal einen kurzen Blick auf den schwer greifbaren CEO werfen können. Er rannte – manchmal sogar buchstäblich – von Meeting zu Meeting. Und abends war er die Hälfte der Zeit nicht zuhause, weil er entweder auf irgendeiner Geschäftsreise war oder eine Krise managen musste, die anscheinend nur *er* bewältigen konnte.

Ich leckte über meine Lippen und rutschte herum. „Ich werde mit Heath reden, aber ..." Ich zuckte mit den Schultern, da ich plötzlich von Hoffnungslosigkeit überflutet wurde. „Ich habe keine Ahnung, ob oder wie ich ihm helfen kann."

Noch mehr Knistern von ihrer jetzt leeren Flasche. Ich streckte die Hand aus und nahm sie ihr ab. Das Geräusch machte mich verrückt. Kat räusperte sich. „Ich denke, dass selbst der Versuch ihm sehr helfen wird. Ich habe es versucht, aber ... du weißt verdammt gut, dass ich ihm nicht so nahe stehe wie du. Bei Weitem nicht."

Ich lächelte sie an. „Ich bin dir dankbar, dass du für ihn da bist. Stell dir vor, wie viel schlimmer es wäre, wenn er ganz alleine damit zurechtkommen müsste. Das Problem ist nur, dass ich ihn wochenlang nicht gesehen habe, und er aggressiv reagieren wird, wenn ich jetzt auftauche und ihn bitte, mir sein Herz auszuschütten."

Sie schwankte von einer Seite zur anderen, als würde sie sich unbehaglich fühlen. „Ich könnte dich auf einen Filmabend oder so einladen? Dann könnte ich einen Anruf bekommen und in mein Zimmer verschwinden."

Ich blinzelte und blickte meine Freundin an. „Woah, du bist gut in sowas."

Sie nickte und ein Grinsen zog an ihren besorgten Lippen. „Pass besser auf mich auf."

„Das habe ich vor."

Wir unterhielten uns noch etwas, planten den Angriff auf Heath und diskutierten auch noch einige andere Sachen ... ihre Twitch TV Follower und ihre Rivalität mit Lucas Walker.

Ich biss mir auf die Zunge und bemerkte, wie ihre Fäuste sich anspannten, wenn sie sprach. Ich kannte Lucas – flüchtig – und erinnerte mich daran, dass er gut aussah. Und Kat war, seit sie vor einem Jahr wegen meiner Erkrankung von Kanada nach Kalifornien gekommen war, nicht mit einer Menschenseele ausgegangen. Sie hatte alles zurückgelassen – ihr gesamtes Leben, ihren *Job,* alles –, um in den Süden zu kommen und bei mir zu sein.

Aber sie erzählte nur selten von zuhause oder von ihrer Familie und das machte mir manchmal Sorgen.

Ich schaffte es schließlich doch, einen kurzen Blick auf meinen geisterhaften Verlobten zu werfen – zwischen Tür und

Angel zu einem Meeting beim Mittagessen, von dem er mir erzählt hatte.

„Hey! Nicht einmal ein schneller Schmatzer?", rief ich, als ich ihm hinterherrannte, während er gerade zu seinem Wagen ging. Er wurde langsamer – aber hielt nicht wirklich an – und streckte die Hand aus, die ich ergriff.

„Sorry. Ich bin bereits zu spät dran." Seine Finger schlossen sich um meine – zu fest.

„Warum fahrt ihr, du und Jordan, nicht zusammen hin? Sieht so aus, als würde er sich auch verspäten." Ich nickte zu Jordans riesigem SUV, der neben Adams Tesla parkte.

„Ach, scheiß auf ihn", murmelte er, und bevor ich fragen konnte, warf er seinen Arm um meine Taille und zog mich an sich, um mich zu küssen – wieder, fester als normal. Ich hob die Hand an seine Schulter, um mich ein bisschen von ihm zu lösen und war überrascht, wie angespannt er war. Er war so verkrampft, dass er wirkte, als würde er gleich zerbrechen.

Als ich zurückwich, war er bereits halb im Auto. Ein Blick über meine Schulter zeigte mir, dass Jordan im Laufschritt aus der Eingangstür kam. Seine Augen wurden schmal, als sie auf Adams Rücken landeten. Hatten die beiden ein Problem? Was zum Teufel war hier los?

„Vergiss nicht, dass du mit jemandem zusammenlebst, der gerne zu einer angemessenen Zeit ins Bett geht. Ich bleibe nicht wieder bis Mitternacht wach, um auf dich zu warten."

Der Motor startete kaum hörbar und der Wagen wurde lebendig. Obwohl ich ein ähnliches Modell fuhr, konnte ich mich immer noch nicht daran gewöhnen, wie leise sie waren. „Ich bin zuhause, bevor du ins Bett gehst."

„Wie viel bevor?" Ich verschränkte die Arme vor der Brust.

„Genug bevor", sagte er mit einem verschmitzten Grinsen und einem Glimmern in dem Augen, bevor er sie hinter seiner Sonnenbrille versteckte. Dann fuhr er rückwärts aus der Parklücke. Ich verlagerte mein Gewicht, stellte meine Hüfte aus und setzte einen gespielt finsteren Blick auf, als ich zusah, wie er wegfuhr. Natürlich würde er rechtzeitig zum Gute-Nacht-Sex zuhause sein. Den verpasste er nur, wenn er nicht im Lande war.

Jordan hatte eine Pause an seinem Wagen eingelegt, um mit immer noch zusammengekniffenen Augen zu beobachten, wie Adam davonfuhr. Ich drehte mich zu ihm.

„Hey, Jordan."

Er nickte mir zu und warf seinen Aktenkoffer ins Auto.

„Alles okay?"

„Alles gut. Wir sehen uns, Mia."

„Sag April –" Aber er war bereits hinters Steuer gesprungen, hatte die Tür zugeschlagen und den Wagen gestartet und winkte mir noch zu, als er losfuhr.

Das wurde immer seltsamer.

Adam schaffte es rechtzeitig nach Hause – fast rechtzeitig. Ich war in meinem Arbeitszimmer über den Lehrbüchern eingeschlafen und er trug mich ins Bett. Als ich schläfrig antwortete, dass es zu spät für Gute-Nacht-Sex war, entschuldigte er sich und sagte, dass er es wiedergutmachen und mir das ganze Wochenende widmen würde.

Das reichte, um mich zu überzeugen, die Strafe aufzuheben. Wenn es um Adam ging, war ich leicht umzustimmen.

Also gehörte das Wochenende mir. Und er hielt sein Versprechen. Die meiste Zeit.

Etwas Zeit verbrachte er nämlich doch an seinem bösen Telefon. Selbst als wir zum Abendessen bei Peter und meiner

Mom waren – dieses Mal am Samstagabend anstatt am Sonntag, weil meine Mutter mit uns reden wollte. Adam und ich erwarteten eine Art von vorehelicher Beratung oder so.

Aber hey, sie hatte Moussaka gekocht, eines meiner Lieblingsgerichte, und unsere Köchin bereitete nur selten griechisches Essen zu, also warum sollte ich mich beschweren? Ich würde mir ein paar gutgemeinte Ratschläge anhören, wenn das bedeutete, dass ich Moms leckeres Essen verputzen konnte.

„Verdammt, das war gut", sagte ich, als ich einen letzten Happen Fleisch mit Eierrahm von meinem Teller aufspießte. Es war Ewigkeiten her, dass Mom Moussaka gemacht hatte. Tatsächlich war das letzte Mal in der Nacht, als sie mir von ihrer Krebsbiopsie erzählt hatte. Ich grübelte. Das Gericht war arbeitsintensiv – viele Schichten, von der jede viel Hacken, Schneiden und Sautieren involvierte. Sie hatte es schon einige Jahre nicht mehr gemacht.

Aber sie hatte es heute Abend gemacht. War das zu einem *Schlechte Nachrichten*-Essen geworden? Würden Peter und Mom sich scheiden lassen, oder noch schlimmer, ein Baby bekommen oder so?

Ich studierte sie misstrauisch. Sie warf Peter immer wieder nervöse Blicke zu und er sah mich nicht an. Und wenn er bemerkte, dass ich sie beobachtete, räusperte er sich und stellte eine Frage, um das Thema zu wechseln.

Adam ging wie üblich der Liebesaffäre mit seinem Handy nach. Meistens piepste es ihn an. Er blickte darauf und steckte es wieder in seine Tasche.

Schließlich drehte ich mich zu ihm. „Hast du nicht den Wunsch, das auszuschalten?"

Er grinste mich verschmitzt an. „Nicht wirklich?"

„Was, wenn ich drohe, dir die Unterhose in den Hintern zu ziehen."

„Wäre lustig zu sehen, wie du das versuchst."

„Schalt das Handy aus, oder es wird passieren, wenn du es am wenigsten erwartest."

Seine dunklen Augenbrauen erklommen seine Stirn. „Greifst du jetzt auf Drohungen zurück?"

„Das ist keine Drohung – das ist ein Versprechen." Ich rieb meine Hände aneinander. „Zeit für einen atomaren Hosenreißer."

„Er ist einsachtzig groß und anderthalb mal so schwer die du. Wie willst du das anstellen?", fragte meine Mom.

Ich zuckte mit den Schultern. „Mir fällt schon was ein."

Adam blickte ein letztes Mal auf sein Handy. „Ich schalte das besser aus. Jetzt habe ich wirklich Angst." Er tat so, als würde er aus Furcht auf seinen Fingernägeln herumbeißen, als er das Gerät demonstrativ ausschaltete.

Ich kicherte. Normalerweise waren ein oder zwei solche Witze genug, um ihn daran zu erinnern, dass sein verdammtes Handy nervte. Früher war ich dann sauer geworden, aber ich war schon lange zu dem Rückschluss gekommen, dass er, wenn er im Arbeitsmodus war, nicht einmal realisierte, dass er sich unhöflich benahm.

Dafür waren Ehepartner da, richtig? Hinter einem zu stehen, wenn man Scheiße baute?

Ich zwinkerte ihm zu und zeigte mit der Gabel auf den letzten Rest Moussaka auf seinem Teller. „Isst du das noch?"

Innerhalb eines Sekundenbruchteils spießte er den Happen mit seiner Gabel auf und steckte ihn in seinen Mund. „Ja", sagte er, nachdem er ihn hinuntergeschluckt hatte, und zwinkerte dann zurück.

„Mist", murmelte ich.

Sowohl Peter als auch meine Mom brachen in Lachen aus.

„Bei euch zuhause wird es sicher nie langweilig", sagte Peter, nachdem das Gelächter abgeklungen war.

Adams Augen funkelten amüsiert, als er zu mir blickte. Eine Haarsträhne hinter mein Ohr schiebend grinste er mich an und tätschelte meine Wange. „Nein, das Wort *langweilig* gibt es bei uns nicht. Das ist wahr." Seine Hand öffnete sich und er strich damit über meine Wange.

Ich drehte den Kopf und küsste ihn in die Handfläche, bevor er sie wieder senkte. Unsere Blicke trafen sich mit dem Versprechen, dass es später, wenn wir allein waren, weitere Küsse geben würde. Aber nur, wenn er sein verdammtes Telefon ausgeschaltet ließ.

Worum es bei diesem *Server Data Center*-Projekt auch ging, an dem er in letzter Zeit arbeitete, ich würde verdammt erleichtert sein, sobald es vorbei war. Sein Arbeitsstresslevel war gewaltig. Ich würde bald den Mut finden müssen, ein ernstes Wörtchen mit ihm zu wechseln. Hoffentlich fing er dann nicht an, die Augen zu verdrehen und mich auszublenden, wenn ich den Begriff *Work-Life-Balance* erwähnte.

„Nun, da wir alle gut gelaunt sind ... muss ich dir etwas geben, Mia." Mom griff in ihre Handtasche auf dem Nachbartisch, zog einen Umschlag heraus und schob ihn über den Tisch zu mir.

Mein voller Name stand darauf und er hatte DIN-A4-Größe. „Mutter, willst du mich verklagen?"

Moms lange, dünne Finger tippten nervös auf dem Esstisch herum. „Nein ... ich verklage dich nicht. Das mache ich später, wenn ich das Geld für die ganzen Ballettstunden wiederhaben will. Die haben sich nicht bezahlt gemacht."

„*Ballett?* Wie in kleines rosa Tutu?", sagte Adam und drehte sich mit einem breiten Grinsen zu mir.

Ich hob die Hand, um seinen Kommentar abzublocken. „Um *dich* kümmere ich mich später. Also ... wieder zu der Frau, die mich geboren hat." Ich tippte mit den Fingern auf den Umschlag. „Was ist das?"

Moms Mund wurde schmal. Sie hatte wahrscheinlich gehofft, dass ich ihn gleich aufmachen würde, damit sie es mir nicht erklären musste. Sie deutete darauf. „Es ist, ähm, von Glen Dempsey."

Ich riss meine Hand von dem Briefumschlag, als hätte er sich in einen giftigen Skorpion verwandelt.

Mom blies ihren Atem hinaus. „Oh, komm schon, Mia."

Adams Augen flitzten von meiner Mutter zu mir und wieder zurück. „Wer ist Glen Dempsey?"

Mom wartete ruhig, während ich eine Reihe von Emotionen durchlebte – Schock, Bestürzung, Überraschung, Wut, Neugier. Ich saß etwa zwei Minuten da und fummelte stirnrunzelnd an dem Umschlag herum, als Mom endlich Adams Frage beantwortete.

„Glen ist Mias Halbbruder."

Adam antwortete nicht, sondern wandte seinen Blick sofort wieder mir zu. Als ich aufblickte, zog er den Kopf nach oben. „Ich dachte, du kennst deine Halbgeschwister nicht."

Ich schüttelte den Kopf. „Tue ich auch nicht. Ich habe keine Ahnung, was der Kerl will und es ist mir auch egal."

Mom gab zu: „Das ist meine Schuld. Ich habe, ähm, seinen Vater kontaktiert."

Ich war mir sicher, dass mein Gesicht den Schock und Ekel widerspiegelte, den ich bei dem Gedanken daran verspürte, was es meine Mutter gekostet haben musste, das zu tun. Sich nach vierundzwanzig Jahren bei ihm zu melden und Kontakt mit dem Mann aufzunehmen, der sie belogen, benutzt und dann wie einen heißen Stein fallen gelassen hatte, als sie selbst fast noch ein Teenager gewesen war.

„Warum ... warum solltest du das tun?"

„Weil du wirklich krank geworden bist und ich realisierte, dass ich die Hälfte deiner Krankheitsgeschichte nicht kannte. Also bat ich ihn um deine Krankenakten und genetischen Aufzeichnungen."

Ich atmete tief ein und dann langsam aus. Naja, es machte Sinn. Meine Mutter hatte viel Initiative – und Mut – gezeigt, indem sie den Kontakt aufnahm.

„Also nehme ich an, dass das seine Informationen sind?"

„Nicht genau ... er kam meiner Bitte nicht nach."

Ich zog die Augenbrauen hoch, nicht gewillt, zu lange oder zu genau über diese Information nachzudenken, auch wenn mir der kleine Stich, den mir diese erneute Zurückweisung verpasste, nicht entging. Egal wie lange es her war, seit ich Frieden mit dieser Tatsache geschlossen hatte, es tat immer noch weh. Was für ein Stück Scheiße.

Mom räusperte sich und fuhr fort. „Irgendwie hat Glen meinen Brief in die Finger bekommen und mich kontaktiert. Er hat sich freiwillig gemeldet, seine Informationen preiszugeben, wenn das helfen würde."

Plötzlich lag Adams Hand auf meiner und seine Finger schlossen sich um sie. „Bist du okay?"

Ich zuckte mit den Schultern. „Sicher. Warum sollte ich das nicht sein? Eilmeldung, mein Vater ist ein Arschloch. Das wusste ich bereits."

Mom seufzte schwer. „Es liegt wahrscheinlich daran, dass *ich* mich gemeldet habe. Ich bin sicher, dass er alles, worauf mein Name steht, aus rechtlichen Gründen meidet. Ich, ähm, habe eine Vereinbarung unterschrieben, dass ich keinen Kontakt zu ihm aufnehmen würde, als er mir das Sorgerecht über dich gegeben hatte. Nimm es nicht persönlich."

Ich blinzelte. „Oh, ich nehme es persönlich, Mutter. Wie könnte ich das nicht tun? Aber ich weiß auch, dass ich nicht daran schuld bin, dass er so reagiert." Ich nahm den Umschlag und steckte ihn in meine Tasche. „Danke für die medizinischen Infos."

„Als er ihn mir gegeben hat, sagte mir Glen, dass er dir einen Brief hineingelegt hat." Ich erstarrte und blickte in Moms Augen. Ihre Stimme wurde leiser, als sie fortfuhr. „Eine persönliche Nachricht ..."

„Du hast ihn getroffen?"

Mom nickte. „Ja. Er bat mich, mich mit ihm zu treffen. Wir aßen zu Mittag und es war sehr nett. Er würde auch dich gerne kennenlernen."

Die Anspannung in meinem Kiefer löste sich und ich stopfte den Brief extra fest in meine Tasche. „Interessant." Das war das Einzige, was mir in diesem Augenblick einfiel.

„Er ist ein guter Mann, Mia. Ich denk, es würde dir –"

Ich hob die Hand. „Nein, bitte. Kein Vortrag. Es geht mir gut und es wird mir weiter gut gehen und ich muss das Arschloch nicht treffen – *oder* seine Kinder oder seine Neffen oder Cousins oder irgendjemanden, der mit ihm verwandt ist. Solange ich die medizinischen Aufzeichnungen habe, die ich brauche, ist alles okay."

Mom wollte noch mehr sagen – das wusste ich –, aber ihr Mund schloss sich und ihre Augen senkten sich von meinen, als sie energisch nickte.

Später, als wir in der Einfahrt standen und uns verabschiedeten, bevor wir ins Auto stiegen und nach Hause fuhren, hielt sie mich ganz fest an sich und sagte mir ins Ohr: „Ich würde dich nie zu etwas zwingen, was du nicht tun willst. Ich hoffe, das weißt du. Aber ... ich liebe dich und es tut mir leid."

Ich schüttelte den Kopf. „Es gibt nichts, wofür du dich entschuldigen musst."

Sie nickte. „Doch ... doch. Es tut mir leid, dass ich keine besseren Entscheidungen getroffen habe."

Ich küsste sie auf die Wange und beruhigte sie wieder, aber ... da war etwas in ihren Worten. Und als ich die Gefühle tief in mir erforschte, erkannte ich den Groll – wenn auch nur einen winzigen Funken –, den ich gegen sie hegte. Wenn sie eine bessere Wahl getroffen hätte, hätte ich mit einem Dad wie Peter aufwachsen können ...

Aber als ich genauer darüber nachdachte, wurde es seltsam. Denn wenn Peter mein Dad gewesen wäre, dann wäre Adam mein Cousin. Und, naja, das war verstörend und ich wollte nicht daran denken.

Irgendwann würde ich das Verlangen und den Mut aufbringen, in die Aufzeichnungen zu schauen – und vielleicht sogar den Brief zu lesen. Aber vorerst war das nicht wichtig.

Kapitel Fünf
Adam

EMILIA WAR AUF DEM NACHHAUSEWEG STILL UND ICH wusste, dass es an der Bombe lag, die ihre Mutter während des Abendessens gezündet hatte. Normalerweise brauchte Emilia Zeit, solche Dinge zu verarbeiten, und es war das Beste, sie in Ruhe zu lassen, damit sie ihre Gedanken sammeln konnte. Also verzichtete ich während der Fahrt auf Smalltalk. Sie streckte die Hand aus und nahm meine, während sie herüberrutschte, um ihren Kopf an meine Schulter zu lehnen. Ich küsste sie auf ihr Haupt und fuhr weiter.

Als wir zuhause ankamen, ließ ich mein Handy ausgeschaltet und fragte sie, ob sie etwas tun wollte, bis wir zu Bett gingen. Zu meiner Überraschung und Freude schlug sie vor, unsere Laptops zu holen und zusammen Dragon Epoch zu spielen. Wir hatten uns auf einem anderen Server brandneue Charaktere erstellt, um nicht von unseren Freunden beschimpft zu werden, weil wir es wagten, ohne sie zu spielen.

Ich erstellte eine dunkelhaarige Frau namens DirtyTshirtLuvr, ausgerüstet mit einem brandneuen, glänzenden Kettenbikini. Als Vergeltung erstellte Emilia einen männlichen Menschen namens *Hosenzieher*. Und wir lachten und stellten jede Dummheit an, die uns einfiel – wie zum Beispiel

Quests zu versuchen, die viel höher als unser eigenes Level waren und von hohen Orten zu springen und auf dem Boden aufzuklatschen, um so viele Leichen auf dem Boden zu hinterlassen wie möglich. Sie witzelte, mit Flächentaubern jede Menge Gegner zu ziehen und sie zu kiten, um eine Art Zug zurück zum Startgebiet zu ziehen, aber ich ließ sie nicht. Die unschuldigen Newbies verdienten das nicht.

„Du bist ein Spaßverderber. Ich könnte einen Gildenkrieg anfangen." Sie schmollte, doch das hatte keine Wirkung, da sie anfing zu lachen.

„Ja, könntest du, aber *nein*", antwortete ich. „Ich verbanne dich."

Sie kniff die Augen zu. „Verbann mich auf eigenes Risiko aus DE. Du wirst nicht mögen, wovon ich dich dann verbanne."

„Sehr lustig", sagte ich, als ich schließlich meinen Laptop schloss und den Schein ihres Bildschirms auf ihrem Gesicht studierte. „Ich habe keine Angst."

Ihre dunklen Augenbrauen wölbten sich. „Und warum?"

„Weil du dich dann auch selbst sperren würdest und ich weiß, dass du diese gewissen Aktivitäten so sehr magst wie ich." Ich zwinkerte ihr zu.

Minuten später waren wir oben in unserem Schlafzimmer und ich brach auf dem Bett zusammen. Ich hatte herausgefunden, wie ich wieder auf diese peinliche Unterhaltung mit ihrer Mom beim Abendessen zurückkommen könnte. Also legte ich los.

„Also, wie geht es dir wegen der Nachricht, die deine Mom heute losgelassen hat?"

Sie zog ihr Sweatshirt aus und knöpfte ihre Jeans auf und schob sie sich von den Beinen. Meine Augen glitten über ihre langen nackten Beine und diese nur zu bekannte Erregung stieg in mir auf. Innerhalb weniger Minuten wären diese köstlichen Beine um mich geschlungen und jeder Teil meines Körpers bereitete sich enthusiastisch darauf vor.

„Mach ein Bild – das hält länger." Sie grinste verschmitzt und streckte mir die Zunge heraus.

„Wenn du nicht wollen würdest, dass ich dich lüstern ansehe, hättest du dich in deinem Ankleidezimmer umgezogen. Wenn du dich hier draußen umziehst, bedeutet das, dass du willst, dass ich dich beobachte."

Sie griff nach hinten und öffnete ihren BH. Die Träger fielen nach vorne, aber sie zog ihn nicht aus. Sie blickte sittsam über ihre Schulter, als sie sich umdrehte und langsam einen Arm nach dem anderen herauszog. „Ich will dein Verlangen nicht noch weiter schüren ..."

„Doch, tust du." Ich grinste, rollte auf die Seite und stützte meinen Kopf auf meinen angewinkelten Arm, um die Show weiter zu genießen. Um noch anstößiger zu tun, leckte ich über meine Lippen. „Meine *Unterhose* fängt an, eng zu werden."

Sie lachte, als sie sich aus ihrem Höschen wackelte. „Jemand will heute Abend einen Bonus? Nach diesem kleinen spaßigen Nachmittagsleckerbissen?"

„Der Nachmittagsleckerbissen war ein Bonus. Das heute Abend ist regulär."

Sie rümpfte die Nase. „Ich denke, du wirst verzogen. Du solltest heute Abend dafür arbeiten, um mich zu überzeugen."

„Vielleicht mache ich es heute endlich wahr und fessle dich."

Sie drehte sich jetzt ganz nackt um. „Oder vielleicht gehe ich hier einfach noch etwas herum und foltere dich noch eine Weile und gebe nicht nach."

„Nicht nachgeben? Das passiert nie." Ich ließ meine Augen von Kopf bis Fuß über sie wandern. Sie war wunderschön ... Rundungen an den richtigen Stellen. Köstliche, glatte Haut. Selbst ihre Nippel waren spitz und bereit für meine Zunge. *Perfekt.*

„Komm her." Ich genoss das Gefühl des steigenden Blutdrucks in meinen Adern. Auch wenn ich es ihr gegenüber in einer Million Jahren nicht zugeben würde, liebte ich es, wenn sie mich so neckte.

Sie runzelte spielerisch die Stirn. „Das war nicht sehr überzeugend."

„Komm her, du ungezogenes Ding. Ich werde dafür sorgen, dass du dich gut fühlst."

„Es tut mir leid ... ich wollte dein Verlangen nicht schüren. Das war purer Zufall." Ihre Augen funkelten amüsiert.

„Du schürst mein Verlangen, nur indem du atmest", sagte ich.

Sie krabbelte übers Bett auf mich zu und ihre Schultern bewegten sich wie die einer Katze. Aber ich war derjenige, der ohne Vorwarnung aufsprang, sie auf den Rücken warf und in die Matratze drückte. „Überraschung. Mein Verlangen ist nicht zu kontrollieren."

„Ich denke, du musst etwas dagegen tun. Auch wenn du den Bonus nicht verdienst."

„Ich sagte dir, dass das regulär ist."

Sie schnitt eine Grimasse. „Du betrügst schon immer." Dann packte sie meinen Kopf und zog ihn für einen wilden Kuss zu sich. Und wir verloren uns ineinander. Und ja, meine ursprüngliche Frage über die Nachricht beim Essen war vergessen. Ich bin schließlich ein Kerl. Wenn es um Sex mit einer schönen Frau ging, wurde ich ganz leicht abgelenkt.

Dann versuchte ich es eine Weile später erneut – danach –, als ich ihren nackten Körper an mir wiegte und sie ihren Rücken an meine Brust presste. „Okay, der Teil mit gut fühlen war akkurat." Sie seufzte.

Ich küsste ihren Hals und badete mich in ihrem Nachglühen. „Gut."

Sie legte ihren Kopf auf meinen Oberarm. „Ich schlafe in den nächsten zehn Sekunden ein."

„Bevor du das tust?"

„Mmm?"

„Ich will nur wissen, ob die Neuigkeiten deiner Mutter beim Abendessen okay für dich waren. Du hast kein Wort darüber verloren."

Sie war eine kurze Zeit still – lange genug, dass ich fast dachte, sie würde nicht antworten. Ich debattierte mit mir, ob ich sie erneut fragen sollte, als sie endlich tief einatmete und sich zu mir drehte.

„Ich weiß nicht, was ich darüber denken soll. Es ist irgendwie ... aus dem Nichts gekommen."

Sie hob die Hand, strich eine lange dunkle Haarsträhne aus ihrem Gesicht und schob sie hinter ihr Ohr. „Naja, du solltest darüber nachdenken – darüber, den Brief einfach zu lesen. Das schadet doch nicht, oder?"

„Manchem schadet Wissen." Sie nahm einen tiefen Atemzug. „Zum Beispiel war die formlose Vorstellung, dass mein Vater ein Arschloch ist, immer okay für mich. Aber zu hören, dass er meine Mutter ignoriert hat – als ich krank war. *Wirklich* krank. Das ist ... die Realität."

„Aber es geht nicht um deinen Vater. Es geht um deinen Bruder."

„Wer sagt, dass er nicht vom gleichen Schlag wie sein Vater ist?“

Ich zuckte mit den Schultern. „Dieses Risiko musst du eingehen, aber deine Mom schien ihn sehr zu mögen.“

Sie blies ihren Atem hinaus und es hörte sich fast wie ein leises Lachen an. „Meine Mom ... ich bin nicht sicher, ob ich ihrem Urteilsvermögen in dieser Sache traue.“

„Was?“, fragte ich verwirrt. „Du beurteilst sie immer noch basierend auf einem Fehler, den sie vor fünfundzwanzig Jahren gemacht hat?“

Sie schüttelte den Kopf. „Nein, nein. Das meine ich nicht. Ich meine, dass ihr eigenes Schuldgefühl sie vielleicht dazu bringt, ihn zu akzeptieren, obwohl er kein netter Mensch ist. Ich denke, dass sie sich schuldig fühlt, dass ich ohne Familie aufgewachsen bin. Sie will so sehr, dass ich eine habe, dass sie mir diesen Kerl anpreist. Er ist letztendlich zur Hälfte er.“

„Aber das bist du auch.“

Sie verzog das Gesicht. „Du bist nur so ehrlich, weil du heute Abend bereits Sex hattest. Kein Grund, mir weiter Honig ums Maul zu schmieren.“

Ich küsste ihre Nase. „Ich denke, dass es dir guttun könnte, wenn du den Brief liest. Ich denke nicht, dass das schaden würde. Ich lese ihn auch zuerst, um sicherzugehen, wenn du möchtest.“

Sie streckte die Hand aus und fuhr spielend mit ihrem Zeigefinger über meine Brust. Es kitzelte. „Vielleicht. Ich denke darüber nach.“

Ich küsste sie wieder. „Okay. Vergiss nicht, dass wir uns noch mit der Hochzeitsplanerin treffen müssen.“

„Sicher ... kommt sie in dein Büro?“

„Ja. Ich hatte einen vollen Terminplan, also war das die einzige Möglichkeit, sie unterzubringen, während des Mittagessens."

Sie nickte. „Ich schlafe jetzt. Du machst besser dasselbe oder ich werde schnell zu einer nörgelnden Ehefrau."

Ich lächelte. „Verdammt, das will ich natürlich nicht. Dann lese ich. Schlaf gut."

Sobald sie weg war – und ich mich davon überzeugt hatte – stand ich auf, um in mein Büro und zu gehen und bis in die frühen Morgenstunden zu arbeiten. Zuvor stellte ich jedoch sicher, dass ich Kims großen Umschlag mitten auf Emilias Tisch ließ.

Ich arbeitete in letzter Zeit oft so und war froh, dass ich durch diese Heimlichtuerei Emilias Bedenken ausweichen konnte.

Heute Nacht war ich stundenlang war und führte meine Nachforschungen weiter, wie ich diesen Ehevertrag anfechten konnte. Ich fand heraus, dass der Aufsichtsrat mich nicht auf legale Weise zwingen konnte, den Vertrag zu unterschreiben, oder verlangen konnte, dass meine Frau ihn unterschrieb. Das war die gute Neuigkeit. Das Gesetz stand auf *meiner* Seite.

Die schlechte Neuigkeit? Wenn es dazu kam, hatten sie tatsächlich die Macht, ihre Drohung wahrzumachen und mich wegen Verletzung meiner Treuhänderpflicht als CEO der Firma abzusetzen.

Ich fing an, eine Liste mit Gesetzestexten und Anwälten aufzustellen. Ich würde das durchziehen. Für sie. Für uns beide.

Aber das involvierte, bis spät in die Nacht aufzubleiben und E-Mails zu verfassen, Nachforschungen anzustellen, Gesetzestexte zu lesen und gesetzliche Einschränkungen zu verifizieren. Es war anstrengend, aber es funktionierte. Ich schaffte es meistens, diese Gefühle von Hilflosigkeit und Wut in den Griff zu bekommen.

Und ich hatte vor, den nächsten Schritt zu machen, alles während ich eine Firma führte, eine Hochzeit plante und einen hartnäckigen Aufsichtsrat abwehrte. Keine große Sache.

***

„Adam." Ein Schrei hallte ein paar Tage später durch das Lagerhaus der Entwicklungsabteilung, als ich zusammen mit mehreren Entwicklern und den Leitern des Designteams in einem Meeting zusammenstand.

Ich kannte die Stimme. Sie ignorierend redete ich weiter. „Weil wir weit hinter unseren Teilzielen sind –"

„Adam." Die Stimme kam näher. Seine Schritte hallten über den polierten Betonboden des Lagerhauses. Alle, die um mich versammelt waren, blickten zu Jordan, der in eine Gewitterwolke gehüllt auf mich zukam.

„– haben sich die vor uns liegenden Anforderungen geändert", fuhr ich fort. „Das bedeutet, strengere Abgabetermine." Alle antworteten mit Stöhnen. „Es tut mir leid, Leute, aber –"

Jordan stand jetzt am äußeren Rand der Gruppe und blickte, die Hände in die Hüften gestemmt, finster zu mir. „Ich muss eine Minute mit dir sprechen."

„Sobald ich fertig bin", antwortete ich ausdruckslos.

Sein Kiefer arbeitete, aber er sagte nichts. *Gut.* Das Team machte sich Notizen und die Mitglieder der Designabteilung – unter ihnen mein Cousin – flüsterten einander zu. Ich ignorierte

Jordans offensichtliches Getue und fuhr mit dem Meeting fort, wobei ich mir Zeit ließ.

Ich blickte nicht einmal in Jordans Richtung. Sobald ich fertig war und alle entlassen hatte, fing Jordan an, die Leute mit einem knappen „Entschuldigung, bitte" aus dem Weg zu schieben.

Die Gruppe zerbrach in kleine Grüppchen, die entweder wieder zu ihren Schreibtischen gingen oder am Rand des Lagerhauses außer Hörreichweite diskutierten, wie sie die Probleme angehen sollten. Jordan zog sein Handy heraus und schob es mir ins Gesicht. Es zeigte denselben Anhang, den der ganze Aufsichtsrat vor einer Stunde per E-Mail erhalten hatte.

„Susan hat mir diese Agenda für das Aufsichtsratsmeeting heute Abend gesendet und da heißt es, dass du einen *Gast* namens J.B. Kensington mitbringst. Ernsthaft?"

Ich nickte. „Das ist korrekt."

Er blickte sich um, um sicherzugehen, dass niemand in der Nähe war, um uns zu hören. Ich lehnte mich auf meinem Stuhl zurück und verschränkte die Arme vor der Brust, völlig unbesorgt über den Sturm, den ich im Kopf meines leidgeplagten Finanzchefs ausbrechen sah.

Er steckte sein Handy in die Tasche. „Ein verdammter Anwalt, Adam? Hast du völlig den Verstand verloren?"

Ich kniff die Augen zusammen, aber machte keine anderen Bewegungen, als ich ihn anstarrte. „Was zum Teufel hast du erwartet? Der Aufsichtsrat beruft ein unangekündigtes Meeting ein, um diese *Angelegenheit* zu diskutieren. Ihr habt mich in die Enge getrieben. Wie dachtest du, würde ich reagieren?"

„Das ist das Problem. Du *reagierst* anstatt zu handeln. Hör zu", sagte er zähneknirschend, „du musst damit aufhören. Glaub mir, ich habe bereits Nachforschungen für dich angestellt. Wenn der

Aufsichtsrat unruhig wird, werden sie auf diese Sache drängen. Du spielst ein gefährliches Spiel."

Meine Arme spannten sich vor meiner Brust verschränkt an. „Ich weiß alles über Spiele. Das ist kein Spiel."

„Das ist Bullshit-Gehabe, und da stehst du drüber – *normalerweise* zumindest. Dir einen Anwalt wegen eines Aufsichtsratsmeetings zu besorgen, ist übertrieben." Der Ausdruck auf seinem Gesicht war eine Mischung aus Empörung und Verzweiflung. Das machte mich nur noch wütender. Hitze brannte unter meinem Kragen. „Erinnerst du dich an die Warnung, die ich dir bezüglich deiner Sturheit gegeben habe? Nun, sie zeigt jetzt ihre hässliche Fratze. Und es sieht nicht gut aus."

„Ist das eine Drohung?" Ich stand auf, weil ich mich plötzlich seltsam fühlte, weil er über mir aufragte, während ich saß, und weil ich ihn einschüchtern wollte. Das hätte besser funktioniert, wenn wir nicht etwa gleich groß gewesen wären.

Meine Bewegungen mussten plötzlicher gewesen sein, als ich geplant hatte, da mehrere der herumstehenden Leute ihre Köpfe in unsere Richtung rissen. Als ich sie anstarrte, blickten sie diskret weg.

Jordan schüttelte ungläubig den Kopf. „Tu das nicht. Ich bin nicht hier, um dir zu drohen. Ich sagte dir, dass ich hinter dir stehe ..."

Meine Fäuste verkrampften sich an meinen Seiten und ich zwang mich, sie zu entspannen. „Das sind nette Worte, aber sie sind *nicht* wahr."

„Hier geht es ums *Geschäft*, Adam. Das ist mein Job – dein Geschäftsinteresse zu schützen."

„*Und* dein eigenes."

Er blinzelte. „Das Geschäftsinteresse *dieser Firma* zu schützen.“

„Das Geschäftsinteresse *meiner* Firma.“

Er spannte den Kiefer an. „Ich denke, der Aufsichtsrat würde widersprechen, dass du sie so bezeichnest.“

„Scheiß auf den Aufsichtsrat. Noch eine Sache, die du mir eingeredet hast und die ich jetzt bereue.“

Er schien sich davon abzuhalten, die Augen zu verdrehen. „Ich werde das ignorieren.“

Ich zog eine Augenbraue hoch und änderte meine Körperhaltung. Es war lächerlich, aber ich konnte spüren, wie meine Brust sich aufblähte. Jordan kniff die Augen zusammen und studierte meine Körpersprache. Ich wusste, dass er sie vorsichtig einschätzte. Er biss sich auf die Unterlippe und warf einen flüchtigen Blick in mein Gesicht.

„Wenn du *wirklich* hinter mir stehen würdest, würde ich mich nicht mit diesen Arschlöchern wegen meines privaten Ehelebens und meiner persönlichen Finanzen streiten, beides Dinge, die sie verdammt nochmal nichts angehen. *Meine* Firma. *Mein* Leben. Halt dich da raus!“ Jetzt schrie ich.

Jordans Augen schossen zu meinen. „Du bist unglaublich.“

„Ein *Freund* hätte seinen Einfluss beim Aufsichtsrat genutzt, um sie davon abzubringen“, sagte ich. „Stattdessen hast du deine persönlichen Gefühle vorne angestellt und deinen *Freund* vor einen Bus gestoßen, anstatt das Richtige zu tun.“

Er hob seine Hände mit den Handflächen in meine Richtung. „Wer wirft wen vor einen Bus? Guter Gott, Adam.“ Er gestikulierte steif mit seiner rechten Hand. „Zieh deinen Kopf aus deinem Arsch.“

Die Hitze unter meinem Kragen explodierte wie eine Supernova. Innerhalb eines Sekundenbruchteils war ich auf Tuchfühlung und packte ihn an seinem Hemd. „Mein Kopf steckt nicht in meinem Arsch, fick dich."

Und da standen wir in dem Lagerhaus, unsere Gesichter nur Zentimeter voneinander entfernt und mit jeder Menge Testosteron in der Luft. Mein Blut rauschte durch meine Adern und mein Herz hämmerte. Und ich war *so kurz* davor, Jordan zu schlagen. Meinen besten Freund.

Das war der Augenblick, als ich die Gegenwart einer dritten Person spürte. Sie schob uns mit den Händen auseinander. Es war jemand, der glücklicherweise so groß wie wir waren. Mein Cousin, der als Stimme der Vernunft sprach.

„Auseinander. *Sofort*", befahl Liam in seiner für ihn typischen monotonen Stimme, die aber überraschenderweise einen autoritären Klang hatte. Die Anspannung schoss aus meinem Körper, fast so, als wäre ein Zauber gebrochen worden.

Ich ließ Jordans Hemd unverzüglich los und trat zurück. Als ich mir endlich meiner Umgebung wieder bewusst war, schienen die paar Leute, die noch im Lagerhaus waren, so schnell wie möglich die Fliege zu machen. Bald war der Ort bis auf uns drei verlassen.

Jordan war rot und atmete schwer. Sein Gesichtsausdruck sagte *was zum Teufel*. Ehrlich gesagt würde ich vermutlich auf meinem Gesicht denselben Ausdruck sehen, könnte ich mich gerade im Spiegel betrachten. Gott. Was zum Teufel stimmte mit mir nicht?

Liam hatte sich zwischen uns gestellt. „Wenn ihr das wirklich auf die altmodische Weise regeln wollt, dann holt euch Schwerter und Rüstungen. Wir werden ein Duell im Studio meines Kampfkunstlehrers abhalten. Aber ihr solltet euch definitiv nicht vor den Angestellten prügeln."

Fuck. Ich fuhr mit einer Hand durch mein Haar und meine Augen klebten auf dem Boden. Jordan bewegte sich auf der Stelle, so als würde er versuchen, um Liam herumzusehen.

„Ich schlage nicht mit einem Schwert auf ihn ein", murmelte Jordan. „Aber ich würde mir wünschen, dass er auf einen *freundschaftlichen* Rat hört. Ich kann ihm nicht helfen, wenn er sich dazu entscheidet, den Aufsichtsrat zu verärgern."

Ich schloss die Augen und massierte sie durch die Augenlider. „Verstanden." Ich widerstand dem Drang, die Hand auszustrecken und Liam auf die Schulter zu klopfen, weil er es nicht mochte, wenn man ihn ohne Vorwarnung berührte. „Danke."

„Dank mir nicht. Dank ihm, dass er dich nicht geschlagen hat", sagte Liam. „Er hat einen kräftigen linken Haken."

Jordan lachte. Nach einer verdammt peinlichen Pause riss ich mich zusammen. „Jordan. Es tut mir leid, Kumpel."

„Du bist einfach etwas angespannt. Jeder Mann, der dem nahenden Schrecken der Ehe gegenüber steht, wäre das, da bin ich mir sicher."

Ich zeigte ihm den Mittelfinger und wir beide lachten. Die wortlose Geste signalisierte, dass zwischen uns alles wieder gut sein würde. Letztendlich.

Liam blickte von mir zu Jordan, offensichtlich verwirrt. Jordan trat zurück und sagte, dass er einen Spaziergang machen würde, um sich zu beruhigen. Das hätte ich auch brauchen können. Ich erwartete, dass Liam gehen und sich wieder an die Arbeit machen würde, doch er blickte mich stattdessen mit offensichtlicher Neugier an.

Ich erwiderte seinen Blick und er riss seine Augen nicht weg, wie er es für gewöhnlich machte. Er konnte langsam viel besser mit Augenkontakt umgehen, auch wenn es noch immer nicht seine Lieblingssache war. Ich nahm an, dass dies an Jennas Einfluss auf sein Leben lag.

„Warum streitet ihr beide?"

Ich seufzte und rieb mir die Stirn. „Das ist eine lange Geschichte. Hat mit dem Aufsichtsrat tu tun."

„Oh. Nun, ich habe das mit dem Schwertkampf ernst gemeint, wenn euch das hilft. Ich kann meinen Schwertmeister bitten, alles vorzubereiten."

Ich blies meinen Atem hinaus und drehte mich um, um aus dem Lagerhaus zu gehen. Liam fasste neben mir Tritt. „Danke für das Angebot. Aber ich denke, es ist wieder alles gut." Ich *hoffte* zumindest, dass alles wieder gut war. Dieser Streit hatte nämlich nichts gelöst.

„Regelt ihr, du und Jenna, so eure Dispute?", neckte ich ihn. „Mit Schwertkämpfen?"

„Nein, natürlich nicht." Er schüttelte den Kopf. „Wenn wir streiten, präsentieren wir beide unsere Meinungen. Irgendwie hat am Ende immer sie recht oder ich gebe nach. Danach haben wir Geschlechtsverkehr. Also ist es mir letztendlich egal, wer gewonnen und wer verloren hat."

Ich lachte. Jemand hatte herausgefunden, wie schön Versöhnungssex war.

Später an diesem Tag, nicht lange vor der Aufsichtsratssitzung, traf ich mich mit meinem neuen Anwalt in meinem Büro – und ich machte kein Geheimnis daraus. Aber ich brachte ihn nicht mit in das Meeting.

Die Agenda selbst war klar und knapp. Sie stellten mir ein Ultimatum, das ich erwartete. Aber sie ließen mir Zeit für meine Antwort.

Ob das gut oder schlecht war, war noch unklar.

Kapitel Sechs
Mia

„**D**A BIST DU JA." APRIL BEGRÜßTE SIE MIT EINEM breiten Grinsen an der Tür. „Lange nicht mehr gesehen. Ist ja nicht so, als wärst du beschäftigt."

Ich trat vor und umarmte sie. „Ja, die ganzen Partys und das viele Trinken." Ich zog eine Grimasse. „Und mein wildes Sozialleben und meine Liebesaffären mit meinen Lehrbüchern."

„Klingt wie mein Leben, nur mit Wirtschaftslehrbüchern. Wir leben den Traum, nicht wahr? *Der Club der Milliardärsfreundinnen.* Sie sollten eine Reality-Show mit uns machen." Sie führte mich in das Haus, in dem sie zusammen mit Jordan wohnte – ein schönes Strandhaus am sogenannten *Wedge* von Newport Beach, das praktischerweise nur etwa zwei Kilometer von unserem Haus entfernt war.

„Komm rein. Ich habe deine Magazine. Nicht dass du nicht selbst jede Menge hättest bestellen können."

Ich zuckte mit den Schultern. „Die Hochzeitsplanerin hat es angeboten. Aber ich hasse es, Bäume zu töten, und von dem, was sie mir gezeigt hat, hat mir praktisch nichts gefallen. Jemand muss ihr das falsche Memo geschickt haben, denn sie denkt anscheinend, dass der Prinz der Vereinigten Arabischen Emirate heiratet. Ich brauche etwas für eine normalere Hochzeit."

Ihre dunklen Augenbrauen wölbten sich über ihren strahlend blauen Augen. Sie war wirklich atemberaubend. Und süß. Und klug. Jordan hatte in seinem kurzen Leben viele dumme Dinge getan, aber April war die kluge Wahl, die das meiste davon widergutmachte.

„Sid, meine alte Mitbewohnerin, hat mir die gegeben. Ich denke, sie hat versucht mir anzudeuten, dass es ihr nicht gefällt, dass Jordan und ich in Sünde leben. Die Kinder heutzutage!" Sie verdrehte dramatisch die Augen „Egal, die gehörten ihrer Schwester. Sie hatte vor Kurzem eine sehr schöne Hochzeit, also sind da vielleicht ein paar gute Anregungen drin." Dann funkelten ihre Augen verschlagen. „Ich hebe sie mir *vielleicht* auf, nur um Jordan zu ärgern. Es ist sicher lustig, in *Brautmagazinen* herumzublättern, wenn er mich nervt."

„Mir gefällt deine Art zu denken. Halt den Mann bei der Stange." Auf den Stapel blickend, den sie mir gezeigt hatte, seufzte ich. „Ich brauche Ideen für die Hochzeit, sofort."

„Es wird langsam knapp, oder? Hat das Resort keinen Hochzeitsplaner? Warum nehmt ihr nicht, was sie normalerweise anbieten? *Und*, übrigens, danke dafür. Ich kann es kaum *erwarten*, über Neujahr nach St. Lucia zu fliegen. Das war die beste Entscheidung der Welt. Ich liebe Hochzeiten an exotischen Orten."

Ich ließ mich auf ihre Couch fallen und nahm mir ein Magazin von dem Stapel, der auf dem Tisch auf mich wartete. Faul hindurch blätternd, zuckte ich mit den Schultern. „Ich wollte nie eine pompöse Hochzeit, weißt du? Ich habe einen einfachen Geschmack. Ich bin froh, dass wir in St. Lucia heiraten. Ich *liebe* dieses Resort und es ist mit besonderen Erinnerungen verknüpft, aber ... ich muss dir gestehen, ich war erleichtert, als er es vorgeschlagen hat, vor allem, weil es die Gästeliste begrenzt."

„Hast du dir zumindest schon ein Kleid ausgesucht?"

Ich lächelte. „Ja. Wunderschön. Willst du es sehen? Ich habe nächste Woche die letzte Anprobe." Ich zog mein Handy heraus und zeigte ihr einen Schnappschuss, den ich im Spiegel gemacht hatte.

„Heilige Scheiße. Das ist umwerfend. Ich liebe die silbernen Akzente auf dem Weiß." Sie blickte mich an und ein paarmal auf das Bild, wobei ihr Mund rund wurde. „Oh mein Gott. Ich bin gerade wirklich eifersüchtig. Ich kann es kaum erwarten, Adams Gesicht zu sehen, wenn du darin zum Altar schreitest."

„Er ist viel ... detailorientierter ... bei der ganzen Sache als ich."

April zog den Kopf hoch, als sie mir mein Handy zurückgab. „Das ist eine seltsame Rollenverteilung. Normalerweise will der Mann nichts damit zu tun haben."

„Ja. Das ist seltsam. Es hat ihn bis vor Kurzem gar nicht interessiert. Aber die letzten paar Wochen wurde er irgendwie ... besessen davon. Er sagt, er will, dass ich die perfekte Hochzeit habe. Ich versuche ihm klarzumachen, dass es eine Party ist und dass es egal ist, welche Blumen es gibt, oder wie groß der Kuchen ist, solange alle Spaß haben. Weißt du, was ich meine? Ich will schöne Erinnerungen."

Sie runzelte die Stirn. „Ihr streitet darüber, nicht wahr? Ich will nicht neugierig sein. Ich ..." Sie schüttelte den Kopf.

„Nein, es ist okay. Ich weiß, dass es normal ist, über Hochzeiten zu streiten."

Sie nickte. „Ich wollte sagen, dass ihr euch bemerkenswert schlagt, wenn man bedenkt, wie beschäftigt ihr beide seid. Es wäre ein Verbrechen, wenn ihr da auch noch die perfekte Beziehung hättet. Ich denke, es muss immer ein paar Stolpersteine geben. Ich weiß wirklich nicht, wie ihr das alles so gut hinbekommt. Du lernst den ganzen Tag und sogar an den Wochenenden und er ist ständig auf Geschäftsreise oder arbeitet achtzehn Stunden am Tag."

„Wir haben unsere kleinen Tricks. Wir stehlen uns viele kurze Momente. Und flirten viel über SMS."

„Ohh. *Sexting.* Jordan liebt das." Sie lachte.

Ich verzog das Gesicht. Das hatte ich mir schon gedacht. Und ich hätte auch gut damit leben können, das nicht über ihn zu wissen.

„Adam ist gegen *Sexting* wegen der Sicherheitsrisiken. Aber flirten ist okay. Und wenn er nicht zuhause ist, dann machen wir Videoanrufe. Wir sind immer in Kontakt."

April schnitt eine Grimasse. „Wie langweilig. Ich denke, dass Computernerds bei so etwas einfach paranoid sind."

Vermutlich aus gutem Grund.

„Meistens geht es uns gut. Aber in letzter Zeit ist er sehr gestresst und ich denke nicht, dass das *nur* an der Hochzeit liegt."

Sie blinzelte. „Ich frage mich, ob etwas in der Arbeit nicht stimmt, denn Jordan ist zurzeit genauso."

Ich lehnte mich einen Augenblick zurück und schloss das Magazin, als ich mich daran erinnerte, dass Adam immer das Thema wechselte oder kryptische – und nicht immer nette – Bemerkungen machte, wenn Jordan erwähnt wurde. Und dieses seltsame Verhalten vor ein paar Wochen, als Adam zu einem Dinner-Meeting gestürmt war, ohne dass es ihn interessierte, ob Jordan auch kam. „Denkst du, sie kommen zurzeit nicht miteinander aus?"

Ihre Augen weiteten sich. „Adam und Jordan? Ich –“ Sie blickte in die Ferne und dachte nach. „Sie haben sich außerhalb der Arbeit schon einige Zeit nicht mehr getroffen. Sie laufen nicht mehr gemeinsam. Ich dachte, dass es an dem neuen Projekt liegt, an dem sie gerade arbeiten.“

„Arbeitsstress hat wahrscheinlich viel damit zu tun, aber … ich weiß nicht. Ich bekomme von beiden irgendwie seltsame Schwingungen.“

„Ich kann meinen Dad fragen, ob er etwas bemerkt hat, wenn ich ihn nächstes Wochenende sehe. Das einzige Problem ist nur, dass Dad nie wirklich über die Arbeit redet. Aber da es um Jordan geht, kann ich ihm vielleicht ein paar Dinge entlocken.“

Ich legte meinen Ellbogen auf die Lehne der Couch und stützte mein Kinn auf meine Hand. „Vielleicht müssen wir einfach in den sauren Apfel beißen und die Männer selbst fragen.“

„Da esse ich lieber einen Marmeladentoast mit Senf.“

Ich grinste. „Und ich gurgle lieber mit Tabasco.“

„Oder ich rudere mit seinem Surfbrett bei einem Sturm aufs Meer hinaus.“

Und hier endete die Unterhaltung, als wir beide lachten und an Dinge dachten, die wir lieber tun würden, als sich zwischen unsere zwei Mannbabys zu stellen.

Danach wandten wir uns wichtigeren Dingen zu … wie der Frage, wie ich mein Haar tragen sollte. Welche Schuhe und welcher Schmuck am besten zu dem Kleid passen würden?

Typische Mädchensachen eben.

Später warf ich den Stapel Magazine auf den Beifahrersitz meines Autos und ging zum Lernen in die

Universitätsbibliothek, bevor ich am Abend zu Heath und Kat fuhr.

Heath begrüßte mich mit versteinerter Miene, als Kat sich durch die Tür drückte und mich fast unverzüglich im Stich ließ. Minuten später schickte sie mir eine Nachricht. *Sorry, kann gerade nicht in seiner Nähe sein. Ich denke, er muss wirklich alleine mit dir reden.*

Daraus schloss ich, dass sie gerade nicht einer Meinung waren.

Lag irgendetwas in der Luft, oder warum gab es überall zwischenmenschliche Probleme?

Ich runzelte die Stirn, als Heath mich wortlos zu seinem Computer führte und sich in Dragon Epoch einloggte.

„Du musst das sehen", sagte er, als ich ihn fragte, was er machte.

Fragged, sein Söldner, stand in einem Startgebiet – neben demselben alten Stadttor, wo die meisten Charaktere in Yondareth ihr Abenteuerleben begannen.

„Sieh dir diesen neuen Charakter neben General SylvenWood an."

„Der Stadtschreier?" Ich beugte mich über seine Schulter, um einen besseren Blick auf den Monitor zu bekommen. „Was zum Teufel ist das? Ist das für ein Feiertagsevent oder so?"

„Nein, warte. Schau, was passiert, wenn man ihn begrüßt." Heath manövrierte seinen Charakter vor den Stadtschreier.

Fragged sagt: „Sei gegrüßt, Statdschreier."
Stadtschreier sagt: „Der Hochlord des Landes wird bald heiraten. Seine glückliche Braut? Die Prinzessin Emma."

Ha ... ich las erneut die Nachricht auf dem Bildschirm und drehte mich zu Heath. „Wie findest du das?"

„Es ist noch nicht angekündigt worden. Es war fast so schwer zu finden wie dieses verdammte Geheimquest, das wir letztes Jahr aufgedeckt haben. Ich habe das Gefühl, dass es zwar implementiert wurde, aber erst in den nächsten offiziellen Patchnotes publik gemacht wird. Schau dir das an – sobald ich den Dialog weiter führe, bietet er mir ein Quest an."

Stadtschreier bietet Fragged ein Quest an: Lord Sisyphus' Hochzeit.

Ich richtete mich auf. „Warte. Lord Sisypuhs. Das ist Adams öffentliche Rolle im Spiel."

Heath drehte sich um und betrachtete mich aufmerksam. „Ja, und er heiratet, richtig? *Prinzessin Emma ...*"

Mir fiel vor Schock die Kinnlade herunter. „Er hat ein spezielles Hochzeitsquest in das Spiel eingebaut? Er hat mir gar nichts davon erzählt. Denkst du, dass es als Überraschung gedacht ist?"

Heath zuckte übertrieben mit den Schultern. „Keine Ahnung. Er steckt voller Überraschungen."

Ich warf ihm einen gespielt finsteren Blick zu. „Ist das eine Art Warnung?"

Heath schüttelte nachdrücklich den Kopf. „Oh nein, wehe. Keine Brautzilla KaltFuß, die man mir in die Schuhe schieben kann. Ich meine ... er ist verschwiegen."

Ich verschränkte die Arme vor der Brust. „Seit wann ist das etwas Neues? Ich habe immer noch keine Ahnung, wohin unsere Hochzeitsreise geht."

„Woher willst du wissen, was du packen sollst? Bikini oder Skianzug oder bequeme Wanderschuhe?"

„Er lässt seine Einkäuferin das Packen für uns beide übernehmen." Ich verdrehte die Augen und er murmelte etwas von First-World-Problems.

„Er freut sich wirklich auf die Hochzeit." Heath rieb sich nachdenklich das Kinn. „Er übernimmt wohl den Part der Braut? Verdammt. Ich bin immer noch der Meinung, dass es eine Verschwendung und Schande ist, dass er nicht auf Männer steht."

Ich streckte meinen Rücken, da meine Muskeln müde und überanstrengt waren. „Er mag Brüste viel zu gerne." Ich tätschelte meine Brust. *„Meine*, um genau zu sein."

Heath hielt sich die Hand vors Gesicht. „So genau wollte ich es nicht wissen. Danke."

„Also? Machst du uns Popcorn? Schließlich ist Filmabend, richtig?"

„Wie Milady befiehlt." Er verbeugte sich. Ich folgte ihm in die Küche und er legte einen Beutel Popcorn in die Mikrowelle, während ich eine Flasche Bier für ihn und ein Mineralwasser für mich aus dem Kühlschrank holte.

Ich hatte es mir bereits auf der Couch gemütlich gemacht und hielt die Fernbedienung in der Hand, als er mit der salzigen und buttrigen Köstlichkeit auftauchte. Ich fing an, durch die Liste unserer Möglichkeiten zu blättern. „Also, wonach ist dir? Klassiker? Marvel Blockbuster? Liebesfilm?"

Heath schnaubte über die dritte Wahl. „Als ob."

„Wie wäre es mit dem letzten Jack Eversea Actionfilm? Er ist *so* heiß."

„Hab ihn letzte Woche angeschaut."

„Oh, okay." Ich biss mir auf die Lippe und warf ihm aus den Augenwinkeln einen Blick zu. „Naja, hier ist eine Reisedoku über Dublin."

Heath verkrampfte neben mir, sagte aber nichts. *Ah ... toll gemacht, Mia. So subtil wie eine Handgranate in einem niedlichen Tea Shop.*

Ich warf ihm einen verstohlenen Blick zu und er sagte: „Etwas mit vielen Autoverfolgungsjagden und Explosionen."

Ich schüttelte den Kopf. „Typisch Mann."

Aber ich blätterte nicht von der Dublin-Doku weg. Wir beide saßen da und starrten auf den Bildschirm. „Hey ... hast du in letzter Zeit etwas von ihm gehört?"

Heath schnappte sich eine unglaublich große Handvoll Popcorn und schob sie in seinen Mund, wobei er laut kaute. Ich wartete.

Endlich, als er geschluckt hatte, schob er mir die Schüssel zu und ich nahm sie. „Nein", murmelte er.

„Er ist beschäftigt." Ich zuckte mit den Achseln. „Ich bin sicher, wenn ihr skypen würdet –"

„Im Haus seiner Mutter hat er nur beschissenes Internet und in einem Internetcafé hat er nicht die nötige Privatsphäre, die er braucht, um mit mir zu skypen. Er hat sich in Irland noch nicht geoutet und ich bin sicher, dass die Welt untergehen würde, wenn irgendjemand in seinem Umfeld herausfindet, dass er etwas mit einem Amerikaner hat." Heaths Stimme war trocken, emotionslos, mit einem dunkeln Unterton, der so bitter war wie reine ungesüßte Schokolade.

„Nicht alle sind so mutig wie du, Heath. Man braucht gewaltige Eier, um zu riskieren, was du riskiert hast – wenn man bedenkt, wie deine Eltern sind. Und du warst damals erst sechzehn.“

Heath nahm einen langen Schluck von seinem Bier, sagte aber nichts.

„Du solltest nach Irland fliegen.“

„Nein“, antwortete er schnell.

„Warum nicht?“

„Wenn er nicht einmal mit mir skypen kann, wie zum Teufel denkst du, wird er es aufnehmen, wenn ich an seiner Tür auftauche? Wenn seine *sehr* katholische Mutter und seine sechs jüngeren Geschwister ihm über die Schulter blicken? Ich werde ihn nicht unter Druck setzen, Mia. Ich werde niemanden dazu zwingen, das durchzumachen, was ich durchgemacht habe, als ich mich geoutet habe. Und ich werde definitiv *niemanden* zwingen, sich zu outen.“

Ich schüttelte den Kopf. „Natürlich nicht. Aber kannst du nicht einfach sein Freund sein? Nach Irland gehen und für ihn da sein, während er seinen Dad betrauert und seiner Familie wieder auf die Beine hilft?“

Heaths Kiefer verkrampfte und er blickte mich aus den Augenwinkeln an. „Wenn er mich dort haben wollte, würde er mich fragen.“

Ich drehte mich zu ihm und stellte die Schüssel Popcorn zwischen uns auf die Couch. „Heath, er will, dass du bei ihm bist. Ich weiß das.“

„Oh?“ Sein ganzer Körper spannte sich an. „Hast du Kontakt mit Connor, von dem ich nichts weiß?“

Ich drehte mich zu ihm und atmete tief ein. „Ich habe ihn letzte Woche angerufen, ja. Ich wollte ihm mein Beileid aussprechen. Wir haben einen Korb geschickt und ich habe angerufen, um zu fragen, wie es ihm und seiner Familie geht. Er ist auch *mein* Freund. Und er hat nach dir gefragt. Ausführlich."

Heath blickte finster drein. „Warums fragst du dann *mich*, wie es ihm geht? Du hast neuere Infos als ich."

„Er vermisst dich."

Stille.

„Und du vermisst ihn."

Er murmelte etwas und rieb sich den Nacken. „Und worauf willst du hinaus?"

„Heath! Sei kein sturer Idiot. Hör auf die Frau, die fast den Mann verloren hat, den sie liebt, weil *sie* eine sture Idiotin war. Du hast diese Katastrophe aus erster Hand miterlebt. Bitte lerne aus meinem Fehler und mach nicht den gleichen mit Connor. Flieg nach Irland. Ich weiß, dass du noch Urlaub hast."

„Ich hebe mir diese Urlaubstage für eure Hochzeit auf."

Oh. Scheiße.

Ich atmete hastig ein und dann langsam aus. „Du hast meine Erlaubnis, die Hochzeit sausen zu lassen."

Er blickte mich an, als wäre ich verrückt, und verschränkte seine kräftigen Arme vor seiner breiten Brust. „Oh, wirklich?"

Ich schluckte einen plötzlichen Kloß in meiner Kehle. Bei dem Gedanken, dass er nicht da sein würde, wenn wir heirateten, wurde mir fast schlecht und ich war den Tränen nahe. Aber ... das war ein Opfer, das ich für sein Glück bereitwillig eingehen würde. „Ja, wirklich. Wir machen viele Bilder. Ich kann danach mit dir skypen. Es ist okay."

„*Nein.* Ist es nicht. Ich verpasse deine Hochzeit nicht. Ich muss ja dafür sorgen, dass du dort in einem Stück auftauchst und auch wirklich heiratest. Ihr habt lange genug gebraucht."

„Heath." Ich schüttelte seine Schulter. „Du musst dir Connor holen."

„Ich kann ihn mir nicht *holen*, wenn er nicht will." Diese kräftige Schulter wurde unter meiner Hand zu Stein. „Er wird in Irland bleiben."

Ich blinzelte. „Nur temporär –"

„Nein. Er sucht nach Arbeit. Hat er dir das nicht erzählt? Er muss Geld verdienen, um seiner Familie zu helfen. Er hat immer noch junge Geschwister."

„Das ist ..." Ich schüttelte den Kopf. „Das ist so traurig."

„Er wirkt nicht traurig." Er stieß meine Hand weg. „Er stand wahrscheinlich gar nicht wirklich auf mich."

Ich schüttelte den Kopf. „Ich war am Flughafen, als ihr euch verabschiedet habt. Er hat *geweint*, Heath. Sag nicht, dass er nicht auf dich steht. Das ist Bullshit. Als ich letzte Woche mit ihm gesprochen habe –"

Ohne Vorwarnung kam Heaths gewaltige Hand herunter und schlug die Schüssel Popcorn von der Couch und gegen die Wand unter dem Fernseher. Das Popcorn verteilte sich überall – es landete auf dem Boden, prallte von der Wand ab, regnete auf den Couchtisch.

Heath war jetzt auf den Beinen und schrie: „Gottverdammt, Mia! Halt mir keine verdammten Predigten. Du hast dein Leben selbst vermasselt und es beschissen gemacht. Du hattest *Glück* und alles kam ins Reine. *Jetzt* denkst du, dass wir alle genauso Glück haben werden."

Ich atmete tief ein und lehnte mich zurück. Mir war, als hätte man mir in den Magen geschlagen. Es bedurfte eines Augenblicks des Schweigens und wilden Blinzelns, um über meinen eigenen Schmerz hinwegzusehen und mich daran zu erinnern, dass Heath verletzt war und mich nur deshalb anschrie. Denn ich war ein sicherer Sandsack. Und er hatte keine andere Möglichkeit, sich Luft zu machen.

„Ich – ich will, dass du glücklich bist, Heath. Das ist alles, was ich will." Meine Stimme wurde zu einem Flüstern und in meinen Augen stachen heraufziehende Tränen. Und so abrupt, wie seine Wut aufgezogen war, so schnell löste sie sich auch wieder in Luft auf.

Er brach neben mir auf der Couch zusammen und zog mich weinend zu sich. „Es tut mir leid. Fuck. Es tut mir so leid."

Ich erwiderte seine Umarmung und erstickte fast an seinem festen Griff. Heath war ein Berg von einem Mann. Diese kurze Zurschaustellung von Gewalt hätte bei jedem anderen als meinem selbstadoptierten Bruder Schrecken in mir heraufbeschworen. Aber ich wusste, dass ich bei ihm sicher war. Immer.

Er wiegte vor und zurück und seine Umarmung wurde noch enger, als er mich wie eine Stoffpuppe mit sich zog. „Gott, ich bin ein Arsch. Es tut mir so leid", wiederholte er immer wieder.

Jetzt zitterte seine Stimme und sein Kopf lag auf meiner Schulter, während seine Brust wegen seiner lauten Schluchzer vibrierte. Und unerklärlicherweise fing ich auch zu weinen an. Es passiert nicht jeden Tag, dass man spürt, dass der beste Freund in deinen Armen zerbricht und sein Herz in winzige Stücke zerspringt.

Ich hatte das schon einmal gemacht, die Scherben aufgesammelt. Und obwohl Heath sich gerne als harten Kerl sah, wenn er liebte, liebte er mit ganzem Herzen. Er legte alles ungehemmt an den Tag, sodass darauf herumgetrampelt werden konnte. Ohne Angst vor Konsequenzen. Und obwohl das zu schlimmen Trennungen führen konnte, wusste ich, dass wir, wenn ich am Anfang bei Adam genauso gewesen wäre, viele der großen Probleme, die wir später gehabt hatten, hätten vermeiden können.

Glücklicherweise hatte ich, wie Heath gesagt hatte, Glück gehabt. *Viel* Glück. Adam und ich hatten eine zweite Chance bekommen und wir lernten jeden Tag, wie man dafür sorgte, dass sie nie mehr verstrich. Aber das bedeutete nicht, dass Heath und Conner nicht auch etwas Glück haben konnten.

Ich hielt ihn fest und sprach lange Minuten nicht – wahrscheinlich länger als eine halbe Stunde oder so, während er an meiner Schulter weinte.

Ich war da für ihn. Eine stille Begleiterin. Ich weinte mit ihm. Ich erinnerte mich an die Momente, in denen mein eigenes Herz zersplittert war. Ich *fühlte mit ihm.*

Adam und ich hatten uns nie um solche Dinge wie Familie, Religion, Glaube oder Hass, wegen dem, den wir liebten, Sorgen machen müssen. Ich konnte mir nicht vorstellen, wie das sein musste.

Heaths Eltern hatten fast ein Jahrzehnt nicht mit ihm gesprochen. Connor hatte seine Identität tief in sich versteckt und war nie ganz in der Lage gewesen, den Menschen, die er am meisten auf der Welt liebte, zu offenbaren, wer er wirklich war. Und ich kam nicht umhin, mir vorzustellen, wie grausam das war.

Heath hatte recht. Ich hatte Glück. Und ich hatte nicht das Recht, ihm Ratschläge in Sachen Liebe zu geben, da ich mir nie über solche Dinge hatte Gedanken machen müssen. Die Leute würden sich nie gegen mein und Adams Recht stellen, einander zu lieben und zu heiraten.

Also versuchte ich an jenem Abend, als wir einander festhielten, einfach nur eine gute Freundin zu sein.

Und hoffte. Hoffte, dass er eines Tages auch glücklich sein könnte, mit dem Mann, den er liebte.

Wir kamen nicht dazu, einen Film anzusehen. Nach einer langen Unterhaltung, Aufräumen und einer weiteren Schüssel Popcorn holten wir die Munchkin-Karten heraus und spielten eine Runde. Das sorgte für dringend notwendiges Gelächter.

Bis ich zuhause ankam, war es bereits nach neun und – Wunder oh Wunder – meine bessere Hälfte hatte es vor mir nach Hause geschafft. Doch er saß in seinem Büro an seinem Laptop und arbeitete wahrscheinlich.

Und er war erschöpft. Er konnte es nicht vor mir verheimlichen. Er hatte sich umgezogen und sah zum Anbeißen aus in der grauen Jogginghose und dem schwarzen T-Shirt (ein Geschenk von mir), auf dem stand: *Ich bin Programmierer. Um Zeit zu sparen, nehmen wir einfach an, dass ich immer recht habe.* Ich huschte hinter ihn und warf meine Arme um seinen Nacken, während ich ihm einen Schmatzer auf seine raue Wange gab.

Er lehnte sich zurück und hakte seine Hand um meinen Nacken, um mich für einen Kuss auf die Lippen zu sich zu ziehen. „Wie war der Filmabend mit Heath?"

Ich richtete mich auf und warf einen aussagekräftigen Blick auf seinen Laptop. „Du arbeitest immer noch?"

Adam fuhr schnell mit seiner Hand durch sein Haar, als würde er es glätten. Er versuchte, die verräterischen Zeichen zu eliminieren, dass er daran gezogen oder darin herumgespielt hatte – eine Angewohnheit, geboren aus Frustration.

„Immer noch die IT-Sache? Hat dein IT-Typ immer noch nicht übernommen?", fragte ich, bevor er eine Antwort formulieren konnte.

Er nickte. „Ich bin wirklich enttäuscht von Alan. Ich warte darauf, dass er sich wieder sammelt, aber er zeigt sich der Situation immer noch nicht als gewachsen. Ich verstehe, dass sein Privatleben den Bach hinuntergeht, aber ich kann nicht ewig warten."

„Ich wette, dass du nie gedacht hättest, dass du mehr ein Manager als ein einfacher Computernerd sein würdest, als du dich damals hingesetzt und deine ersten Programme geschrieben hast."

Er seufzte schwermütig. „Manchmal wünschte ich wirklich, dass ich wieder in jene Zeit zurückkehren könnte. Nur ich und mein PC und die paar Zeilen Sourcecode in C."

„*Aber* ... damals hast du gehofft, dein Traumspiel zu entwickeln und dass Millionen von Menschen Spaß daran haben. Und jetzt ist das Realität."

„Ja. Aber ein Mann kann nicht alles machen."

„Nicht einmal *du*." Ich lehnte mich weg, um einen besseren Blick auf sein Gesicht zu bekommen. Er wirkte blass, abgespannt. Unter seinen schönen, dunklen Augen waren Ringe. Ich strich mit meiner Hand über seine stoppelige Wange. „Deshalb umgibst du dich mit genialen und verlässlichen Leuten und entsorgst die Loser. Wenn sie deine Vision nicht teilen, entlass sie. Was du wohl leider auch mit Alan tun musst. Aber wenn die der Hammer sind, dann pass gut auf sie auf. Wie ... Jordan zum Beispiel."

Sein Kiefer spannte sich unter meiner Hand an und diese dunklen Augen gefroren zu schwarzem Eis. Nichtsdestotrotz wusste ich nicht, welche Erwähnung diese Reaktion hervorgerufen hatte – sein IT-Director oder Jordan? Vielleicht beide. Um die Spannung zu lockern, blickte ich weg und neigte meinen Kopf, um auf seinen Monitor zu blicken. Er streckte die Hand aus und klappte den Laptop zu. Er schloss sich mit einem Klicken und ich starrte Adam mit hochgezogener Augenbraue an.

„Business-Scheiße. Ich muss für heute wirklich aufhören.“

„Ja. Oder du wirst nie schlafen. Du wirst dich stundenlang herumwinden, so wie letzte Nacht. Und die Nacht zuvor. Dann wirst du letztendlich aufgeben und dich um etwa drei oder vier Uhr aus dem Bett schleichen in der Hoffnung, dass ich es nicht bemerke.“

Er verzog das Gesicht. „Schuldig.“

„Du schläfst nicht. Du arbeitest so hart wie immer. Du fängst an, kaputt auszusehen.“

Seine Augenbrauen wanderten hoch und er wirkte empört. *„Kaputt.“*

„Ja.“ Ich nickte. „Du stehst sehr unter Druck. Und mit der Hochzeit –“

Er kniff die Augen zusammen. „Wir verschieben den Hochzeitstermin nicht.“

„Ich sagte nicht, dass wir das sollten. Aber ich mache mir um dich Sorgen. Um deine Gesundheit.“

Er lachte, lehnte sich auf seinem Stuhl zurück und klopfte auf seinen Schoß. „Ich erfreue mich bester Gesundheit. Soll ich es dir gleich beweisen?“

Ich grinste. „Aber, aber.“ Ich sank auf seinen Schoß und machte es mir bequem, als seine Arme sich um meine Taille schlossen und er mich auf die Wange küsste. „Aber sieh gute Gesundheit nicht als selbstverständlich an."

„Tue ich nicht", murmelte er. Er musste den Rest nicht sagen. Nach allem, was wir im Jahr zuvor durchgemacht hatten, musste es nicht ausgesprochen werden. Wir hatten auf die harte Weise gelernt, dass gute Gesundheit nichts war, was man als gegeben hinnehmen sollte.

„Lass uns ins Bett gehen." Ich küsste ihn. „Ich massiere dich oder wir können uns noch in den Whirlpool setzen, wenn du möchtest. Einfach entspannen. Du musst endlich mal wieder gut schlafen."

Er lächelte. „Der Whirlpool klingt gut. Ich denke, ich kann mich dazu überreden lassen, wenn du versprichst, diesen schwarz-weißen Bikini zu tragen."

Ich zwinkerte ihm zu. „Vielleicht nur das Oberteil."

Er biss sich auf die Lippe. „Noch besser."

Minuten später saßen wir im Whirlpool auf der Terrasse unseres Hauses. Wir hatten die Lichter nicht eingeschaltet, da die Terrasse zu Bay hinausging. Im Dunkeln hatten wir so genügend Privatsphäre und wir genossen die Stille und beobachteten die Lichter auf dem Wasser, während das heiße Wasser um uns herum blubberte.

Er zog mich an sich, legte seinen Arm um meine Taille und entspannte sich mit einem zufriedenen Stöhnen, als meine nackte Haut die seine berührte.

„Also ... sollte es eine Überraschung sein?" Ich stellte endlich eine meiner brennenden Fragen.

„Was?"

„Das neue Quest."

Er war einen Augenblick lang still und lehnte seinen Kopf gegen ein Kissen. „Mit jedem Update kommen neue Quests ins Spiel. Du musst schon konkreter sein.“

„Lord Sisyphus' Hochzeitsquest.“

Er lachte. „Das ist eigentlich eine tolle Idee.“

„Also, war es deine?“

„*War?*“ Er hob den Kopf zu mir und seine Augenrauen runzelten sich. „Ich bin verwirrt.“

„Das Quest ist bereits im Spiel. Heath hat es gefunden und mir gezeigt.“

Er runzelte die Stirn. „Hm. Vielleicht habe ich das Memo verpasst.“

„Du meinst, du bist nicht derjenige, der jedes einzelne Quest absegnet, das implementiert wird?“, neckte ich ihn.

„Und du denkst *jetzt*, dass ich beschäftigt bin.“ Er lachte.

„Hat es dann jemand als Überraschung hineingeschmuggelt?“ Ich lehnte meine Wange an seine warme Schulter.

„Ich habe keine Ahnung. Ganz ehrlich. Jemand muss mir einen Streich spielen.“

„Nun, der Wortlaut des Quests beschreibt die bevorstehende Hochzeit von Lord Sisyphus und Prinzessin Emma.“

Er drehte sich zu mir und grinste, wobei sein Kopf wieder auf das Kissen sank und sein Arm sich enger um meine Taille legte. „Lord Sisyphus ist ein verdammt glücklicher Hurensohn. Prinzessin Emma ist heiß, aber sie ist auch frech und klug. Mit einer großen Dosis Sarkasmus. Und habe ich erwähnt, dass sie heiß ist? Besonders, wenn sie nackt neben mir sitzt.“

Aber selbst mit dieser Anmache würde ich ihn nicht vom Haken lassen. Es kam nicht jeden Tag vor, dass ich ihn über

Ingame-Quests befragen konnte. „Also was denkst du, worum es bei dem Quest geht?"

Er zuckte mit den Schultern. „Dass er einen Weddingplaner einstellt? Dass es seiner Verlobten gleichgültig ist, dass er ihren Namen in den Himmel schreiben lassen will?"

„Pff", sagte ich. „Sehr komisch. Es ist mir nicht *gleichgültig*, nur weil ich nicht deinen *Enthusiasmus* teile."

Er machte eine lange Pause und wirkte, als würde er nachdenken. „Ich sehe mal, was ich herausfinden kann, indem ich morgen im Büro nachfrage."

„Okay. Ich bin schon sehr aufgeregt. Siehst du das nicht?" Ich drehte mich um und knabberte an seinem Schlüsselbein.

Er lächelte und küsste mich auf die Stirn.

Ich wurde plötzlich an meine Unterhaltung mit April erinnert. „Also ..."

Er drehte sich zu mir, als ich zögerte. Sollte ich ihn jetzt wegen Jordan und seiner Arbeit fragen, wo er sich *endlich* entspannte? Ich blinzelte. Wenn ich wollte, dass er genug abschaltete, um gut zu schlafen, wäre es kontraproduktiv, es jetzt zu erwähnen.

Ich machte mir eine mentale Notiz, ihn morgen zu fragen.

„Also?", wiederholte er, als wollte er mich dazu bringen, fortzufahren.

„Also, ähm, hilft dir das, dich zu entspannen?", improvisierte ich.

„Ja ... tut es." Er atmete tief ein und dann langsam aus, als wollte er mich überzeugen, dass er wirklich abgeschaltet hatte.

„Gut. Das habe ich gehofft. Vielleicht sollten wir es zur Routine machen."

„Weißt du, was mir noch beim Einschlafen helfen würde?"

Ich zog meine Augenbrauen hoch. „Eine Massage?"

„Ein Orgasmus."

Ich lachte. „Du bist so berechenbar."

Er zog mich auf seinen Schoß, sodass ich auf ihm saß. „Das magst du doch."

Ich küsste ihn wieder. „Das tue ich."

Das tat ich *wirklich* ... diese Stabilität, diese Berechenbarkeit waren mein Zuhause. Adam war meine Konstante, mein Leitstern. Er war mein Fels in der Brandung. Und er war zurzeit nicht er selbst. Ich wusste das. Er hatte sich zu viel aufgehalst und ich konnte sehen, dass wir *diese* Unterhaltung führen mussten. Aber nicht heute.

Nicht heute Nacht.

Kapitel Sieben
Adam

D A DAS WOCHENENDE ENDLICH DA WAR, HING ICH zuhause fest, weil ich Emilia versprochen hatte, mir einen Tag – *volle vierundzwanzig Stunden*, wie sie es formuliert hatte – von der Arbeit frei zu nehmen. Was bedeutete, keine Anrufe, keine Nachrichten, keine E-Mails, kein Laptop.

Um das Versprechen zu halten, sah ich stattdessen den Tag für Hochzeitsvorbereitungen vor. Sie würde versuchen, mir das auszureden und auf irgendetwas Spaßiges zu pochen. Und ich würde sie später mit einem Strandbesuch oder einem schönen Abendessen zufriedenstellen.

Aber der Morgen würde der Hochzeit gewidmet sein, egal ob sie protestierte oder nicht.

Ironischerweise war *ich* es, der *sie* beim Arbeiten erwischte, als ich den Kopf in ihr Arbeitszimmer steckte, nachdem ich mit meinem morgendlichen Workout fertig war. „Ist das ein Lehrbuch?"

Sie schlug es zu und nahm ihre Beine vom Schreibtisch. „Leichte Lektüre. Ich lese nur zum Spaß, das versichere ich dir."

Ich ging zu ihr, wobei meine Zehen im weichen Teppich unter meinen Füßen versanken. Ich schnappte ihr das Buch, das sie gelesen hatte, aus den Händen und blickte sie an. „Und wie gefällt dir *Schnelle Interpretation von EKGs?*"

Sie schnitt mir eine Grimasse – wie sie es immer machte, wenn ich sie auf ihre Eskapaden aufmerksam machte. „Ähm. Es ist *faszinierend.* Ich kann es nicht weglegen. Kann es kaum erwarten, herauszufinden, wie es ausgeht."

Ich zog skeptisch eine Augenbraue hoch und sie fing an zu lachen.

„Weißt du, was noch faszinierend ist?", fragte ich mit einem bedeutungsvollen Grinsen. „Unsere Hochzeitsplanung."

Ihr Lächeln verschwand, doch sie sagte nichts.

Ich streckte die Hand aus. „Komm mit mir, junge Lady."

Als sie ihre Finger in meine legte, zog ich sie aus dem Stuhl. Sie folgte mir über den Gang in mein Büro. „Ich würde mich mehr freuen, wenn du mich ins Schlafzimmer entführen würdest."

„Später."

„Pff."

„Ich wollte deine Meinung zu den Farben hören." Ich zog die Notizen unserer Hochzeitsplanerin heraus und drehte mich zu ihr.

„Farben?" Ihr Gesichtsausdruck verdunkelte sich. „Machen wir etwas Einfaches. Das ist der Grund, aus dem wir uns überhaupt dazu entschieden haben, die Leute nach St. Lucia zu fliegen, erinnerst du dich? Wir haben das Hotel für die Party ganz für uns." Sie drehte sich mit flehenden Augen zu mir – große, braune, wunderschöne flehende Augen, die normalerweise immer bekamen, was sie wollten. *Normalerweise.* „Wäre es nicht *so* viel besser, wenn sich die Wedding Planerin mit dem Event-Koordinator dort in Verbindung setzt? Da wir beide *so* beschäftigt sind. Die beiden können das erledigen. Wir tauchen auf und haben Spaß. So einfach."

Frustration stieg in mir auf und ich biss die Zähne zusammen und versuchte, geduldig zu sein. „Das ist unsere *Hochzeit*, Emilia."

Sie wich zurück und fuhr mit ihrer Hand meinen Arm auf und ab. „Okay. Ich bin brav."

Ich grinste verschmitzt. „*Das* glaube ich dir keine Sekunde."

„Naja ..." Sie zwinkerte mir flirtend zu. „Win-Win für dich. Du magst es, wenn ich ungezogen bin."

„Das tue ich ... *aber* nicht jetzt. Wir müssen einige wichtige Entscheidungen treffen." Ich zeigte auf den Stuhl neben dem, auf den ich mich setzte. „Nimm Platz."

„Die wichtigsten Dinge sind, dass wir mit unserer Familie und unseren Freunden zusammen sind, dass wir Spaß haben und dass wir als Mann und Frau nach Hause kommen. Richtig?"

Ich blätterte durch den Ordner und suchte die richtige Seite. „Es sollte der perfekte Tag sein. Er steht stellvertretend für den Rest unseres gemeinsamen Lebens."

Und das wusste sie noch nicht, aber die Zeremonie und die Party danach würden die ganze andere Scheiße, die unsere Hochzeit überschattete, wiedergutmachen. Dafür würde ich sorgen. Wenn wir letztendlich doch einen Haufen Dokumente unterschreiben müssten, nach all den Mühen die ich mir gemacht hatte, dass es nicht so weit kam, war ich entschlossen, dass eine spektakuläre Hochzeit das einfacher machen würde.

Sie seufzte, überkreuzte die Beine und ließ sich wie ein ungeduldiger Schüler im hinteren Teil des Klassenzimmers in den Stuhl neben mir fallen. „Das ist eine *Party*. Die Leute werden essen, tanzen und sich betrinken. Viele lustige Fotos schießen. Dann werden wir beide uns süße Dinge sagen, tanzen und gezwungenermaßen gegenseitig mit Kuchen füttern und Champagner trinken, bevor wir alleine auf unser Zimmer gehen und wie die Karnickel rammeln."

Ich warf ihr einen scharfen Blick zu und ihre Augenbrauen wanderten ihre Stirn hinauf. Das war der missbilligende Blick, den ich leistungsschwachen Angestellten oder einem Freund zuwarf, der nervte oder es übertrieb (hust – *Jordan* – hust). Die Frau, mit der ich den Rest meines Lebens verbringen wollte, bekam ihn normalerweise nicht zu sehen.

Sie blinzelte und wirkte verwirrt über meine Reaktion. Als ich weiter schwieg, stotterte sie: „Ich – ich habe – ich habe nachgedacht. Wäre es nicht lustig, wenn wir einfach nur mit den Klamotten, die wir tragen und unseren Pässen auf dem Flughafen auftauchen würden? Wir könnten uns irgendein Ziel aussuchen und dorthin fliegen ... und ein paar Wochen später würden wir ausgeruht, sonnengebräunt und verheiratet wieder zurückkommen. Wäre das nicht cool?"

Angespannte Stille hing zwischen uns in der Luft und sie blickte finster drein, während es in mir vor Wut über ihre Worte brodelte.

Ich legte schließlich die Notizen beiseite und verschränkte die Arme vor der Brust. „Und deine Mutter wäre damit einverstanden? Und meine Familie auch? Du selbst sagtest, dass es das Wichtigste ist, diesen Tag mit unserer Familie und unseren Freunden zu teilen. Denkst du wirklich, dass es für sie in Ordnung wäre, diesen Augenblick in unserem Leben zu verpassen?" Ich biss die Zähne so fest zusammen, dass mein Kopf wehtat. „Oder vielleicht ist es dir einfach nicht so wichtig?"

Sie wurde rot. „Natürlich ist es mir wichtig. Und –" Sie atmete tief ein, als würde sie versuchen, ihren Zorn zu bändigen, bevor er aufflammte. Nicht ganz unähnlich dem, was in mir passierte. „Es tut mir leid. Ich habe nur Ideen gesammelt. Ich wollte dich nicht sauer machen." Ihre Augen huschten von meinen weg, um sich auf den Ordner zu konzentrieren, den ich beiseitegelegt hatte. „Es ist mir *sehr* wichtig. Aber die Hochzeitsplanung stresst mich irgendwie."

„Deshalb kümmere ich mich darum", sagte ich ruhig.

Sie nickte still. Ich entspannte meine Arme und nahm den Ordner wieder hoch.

Sie lehnte sich zu mir und legte ihre Hand auf mein Bein. „Bist du okay?"

Ja, ich war steif. Zurzeit war ich ständig angespannt. Ihre Augen öffneten sich weit und sie leckte sich über die Lippen.

„Das ist der wichtigste Tag unseres Lebens." Meine Tonlage schnitt wie ein Messer. Selbst ich konnte das hören. Sie schluckte sichtbar.

„Es wird noch *viele* wichtige Tage in unserem Leben geben." Sie kippte den Kopf zur Seite.

Ärger brodelte in mir hoch und ließ meine Haut heiß werden. „Also ist es dir egal?"

Sie wich zurück. „Natürlich nicht." Sie bewegte sich auf ihrem Stuhl und sah mich genau an. „Aber ich wäre auch überglücklich, wenn ich einfach nur auf dem Standesamt oder in irgendeiner kitschigen Kapelle in Vegas deine Frau werden würde."

Sie versuchte es, aber ihre Worte halfen nicht, meine Wut zu lindern. „Okay, also ... dann willst du nach Vegas? Trauung durch Elvis? Ich habe gehört, dass es *Drive Through*-Kapellen gibt."

Sie verzog das Gesicht. „Du weißt, was ich meine ... oder vielleicht auch nicht. Ich wollte nur sagen, dass dich heiraten schon Belohnung genug ist." Sie griff nach meiner Hand, aber ich zog sie zurück. „Ich bin aufgeregt und das ist alles, was ich brauche. Du. Ich. Etwas Champagner. Eine Person, die die Trauung vornimmt. Unsere Lieben. All die anderen Sachen sind irrelevant."

„All die anderen Sachen geben schöne Erinnerungen. Und Bilder ..."

Sie sackte auf ihrem Stuhl zusammen. „Wofür auch immer du dich entscheidest, es wird wundervoll werden."

„Also wenn ich mich dafür entscheide, dass ich dich gern in einem Kettenbikini zum Altar schreiten sehen würde?"

Sie blickte finster drein. „Das machst du *besser* nicht."

Endlich lachte ich. Ihr Mund verzog sich, als sie mir dabei zusah. Sie schien mich zu studieren, als hätte sie gerade etwas zum ersten Mal bemerkt.

„Was?", fragte ich.

Sie schüttelte den Kopf und zuckte mit den Schultern. „Nichts. Ich hatte keine Ahnung, dass du so auf Hochzeiten stehst. Ich meine, du hast nie wirklich interessiert an den Hochzeiten gewirkt, auf denen wir zusammen waren."

„Ich will, dass dieser Tag deiner würdig ist."

Ihre Stirn glättete sich plötzlich und sie biss sich auf die Lippen. „Das ... das ist das Schönste, was ich je gehört habe." Sie lehnte sich vor und schlang ihre Arme um meinen Hals, um mich zu sich zu ziehen. Ich erwiderte ihre Umarmung und küsste sie auf den Hals, wobei ich den Vanilleduft ihrer Haut genoss.

Ich schloss die Augen und bekräftigte diesen Schwur. Er *würde* ihrer würdig sein. So würde ich ihr zeigen, was sie mir wirklich bedeutete, beschissener Vertrag oder nicht. Wenn ich mich dem fügen musste, war wenigstens das etwas, was ich kontrollieren konnte. Und hoffentlich würde diese epische

Hochzeit sie all die andere Scheiße vergessen lassen – Dokumente und Verträge, die in der Ehe nichts zu suchen hatten.

Jedes Mal, wenn ich darüber nachdachte, brachte das mein Blut zum Kochen.

„Also, sag mir, was wir heute entscheiden", sagte sie nach einer langen Pause und einem weiteren vielsagenden Blick auf den Ordner.

Ich schnappte mir einen Stift, um Notizen zu machen. „Ich muss wissen, welche Farbpalette dir am besten gefällt und wie viele Brautjungfern du haben möchtest."

„Brautjungfern?" Sie blickte zu mir auf, als hätte sie Angst, mir eine Antwort zu geben, die mir nicht gefallen würde. „Ich wollte nur eine Person fragen."

„Kat?", ich setzte meinen Stift auf einem Blatt Papier an, bereit mir Notizen zu machen.

Sie zuckte zusammen. „Nein. Ähm. Heath."

Ich machte eine Pause und ließ mir das durch den Kopf gehen, bevor ich es auf die To-Do-Liste der Wedding Planerin setzte. Emilia beugte sich zu mir, um einen genaueren Blick auf die Liste zu werfen.

„Wie findest du Zeit für das alles? Ist das, woran du immer in der Nacht gearbeitet hast, wenn du aufgestanden bist?"

Ich grinste. „Denkst du, ich betrüge dich mit dem Ordner der Hochzeitsplanerin?"

„Ich denke, dass du versuchst, ihren Job zu machen. Wir zahlen ihr gutes Geld."

Ich schüttelte den Kopf. „Sie macht ihren Job gut. Aber sie braucht diese Infos von uns und du antwortetest nicht auf ihre E-Mails."

Sie schüttelte den Kopf und blickte weg. „Sorry. Aber ... du siehst etwas müde und sehr gestresst aus –"

„Es geht mir *gut*", biss ich zurück und atmete dann tief ein, um mich wieder zu beruhigen. „Nichts für ungut, aber Heath wird eine verdammt hässliche Trauzeugin sein."

„Er wird mein Trauzeuge sein. Er ist schließlich wie ein Bruder für mich." Sie lachte unsicher, als wäre sie wegen meines Ausbruchs nervös. „Denk mal darüber nach, wie süß es aussehen wird, wenn Heath und Jordan zusammen zum Altar schreiten. Und auf den Bildern kuscheln."

Mein Mund verzog sich. „Ich habe Jordan nicht gebeten, mein Trauzeuge zu sein."

Sie blickte mich ungläubig an. „Oh? Warum nicht? Wen wirst du fragen? William?"

Ich zuckte mit den Schultern. Mein Cousin war eine Option, aber es war keine Aufgabe, die ihm gefallen würde. Er würde es aber tun, wenn ich ihn bitten würde. Die Seiten des Ordners durchblätternd suchte ich eine Möglichkeit, das Thema zu wechseln und alle Infos zu bekommen, die ich für die Hochzeit brauchte.

Meine Hand berührte den Umschlag mit den Farbpaletten. *Perfekt.* „Das Nächste auf der Liste sind die Farben." Ich zog sie aus dem Umschlag und legte sie vor ihr auf dem Tisch aus.

Ehrlich gesagt war es mir egal, welche sie aussuchte. Solange sie *etwas* aussuchte. Etwas, das sie liebte.

Sie wandte ihren prüfenden Blick von mir ab und starrte auf die Farbpalette. Ich zeigte auf die erste Karte. „Das sind alles Juwelentöne, vier verschiedene Farben. Sie sagt, dass sie schön zu einer Urlaubshochzeit passen. Oder wir nehmen etwas

Saisonales – Hellblau und Silber oder Rot und Weiß. Und dann ist da noch die metallische Palette."

Sie rieb sich den Nacken und ich könnte schwören, dass sie fast mit den Schultern gezuckt hatte. Wenn sie das getan hätte, wäre ich ausgeflippt. Aber das hatte sie nicht. Sie zeigte auf die letzte Karte. „Mir gefällt Silber und Gold. Das sieht schön zusammen aus und es passt auch gut zu einer Hochzeit an Silvester. Es ist festlich."

Ich seufzte. *Gut.* Sie war endlich kooperativ. „Die hat mir auch am besten gefallen."

„Großartig, dann nehmen wir die. Sind wir dann fertig?"

„Ja ..."

Ihr Grinsen wurde breiter, als sie aufstand. „Okay. Und jetzt zwinge ich dich, Spaß zu haben. Du wirst eine halbe Woche in San Jose sein. Du schuldest mir davor noch etwas Spaß, bevor ich dich tagelang nicht sehe."

Emilia nahm meine Hände und zog mich aus dem Stuhl.

„*Spaß.*" Ich zog das Wort lang, um sie zu ärgern, als ich ihr aus dem Zimmer und den Gang hinunter folgte.

„Ja, du wirkst direkt allergisch dagegen zurzeit." Sie drehte sich um und ging rückwärts vor mir her, damit sie mein Gesicht sehen konnte, wobei sie meine Hände hielt, als wir auf die Treppe zugingen.

Ich schüttelte den Kopf. „Davon bekomme ich einen schrecklichen Ausschlag."

„Außer *Spaß* bedeutet Sex." Sie lachte. „Dann bist du gar nicht allergisch."

Ich stoppte und brach unsere Vorwärtsdynamik ab. „Sex? Das ist eine großartige Idee ... ich wünschte, ich hätte daran gedacht." Ich zog sie mit mir in Richtung Schlafzimmer.

„Du denkst doch ständig daran." Sie zog in die entgegengesetzte Richtung und lachte.

Ich machte einen Schritt auf sie zu, hob sie hoch und drückte sie gegen die Wand. Dann hielt ich ihren Kopf fest und küsste sie innig. „Woher willst du das wissen?"

Sie lachte und drückte mich weg. „Später. Sieh es als Belohnung dafür, rauszugehen und den Tag damit zu verbringen, etwas *Lustiges* mit mir zu machen."

Ich folgte ihr die Treppe hinunter und war mir bewusst, dass, obwohl sie die Worte lachend gesagt hatte, ein Funken Wahrheit in ihnen lag. Sie dachte, dass ich belohnt werden musste, um die Arbeit hinter mir zu lassen und Zeit mir ihr zu verbringen. Ein normaler Tag voller sinnlosem Spaß.

Und sie hatte mich nicht ein einziges Mal angeschnauzt, war kein einziges Mal verärgert gewesen. Ich zuckte voller Schuld zusammen. Was musste sie nur über mich denken. Ich schwor mir, mich zu bessern.

Kapitel Acht
Mia

ADAM WÜRDE HEUTE ABEND WIEDER NACH HAUSE kommen. Er war nur drei Nächte und vier Tage weggewesen. Nicht so lange wie bei einigen anderen Reisen, aber trotzdem. Immer wenn wir es schafften, in eine Routine der Normalität zu fallen, musste er sich aufrappeln und weggehen. Manchmal an die Ostküste, aber in letzter Zeit immer öfter nach Silicon Valley. Das Positive daran war, dass es nur ein kurzer Flug war und wir uns immer noch in derselben Zeitzone befanden.

Natürlich quetschte er gute zwei Wochen Arbeitszeit in diese vier Tage in Nordkalifornien. Er rannte von Meeting zu Meeting zu Firmenführung zu noch einem Meeting. Und wenn er einmal Zeit beim Essen hatte, weil gerade kein Lunch Meeting oder Networking beim Abendessen anstand, war ich in einer Vorlesung oder im Labor oder bei meiner Lerngruppe. Wir fanden kaum einen Augenblick, um zu skypen oder zu telefonieren, abgesehen von den E-Mail-Konferenzen mit unserer Wedding Planerin.

Aber wie ich April gesagt hatte, fanden wir immer einen Weg, in Verbindung zu bleiben, egal wie verrückt es zuging.

Und diese Woche schafften wir das mit Textnachrichten.

Irgendwie war das wie in den alten Tagen, als wir uns im Chat von Dragon Epoch kennengelernt hatten. Ich schickte ihm eine Nachricht ... manchmal über irgendetwas Unspektakuläres. Und er antwortete, manchmal unverzüglich und manchmal ein paar Stunden später.

Eine normale Unterhaltung, die zuhause nur Minuten beim allmorgendlichen Kaffee oder im Bett beim Aufwachen gedauert hätte, konnte sich so über einen Tag oder mehr hinziehen.

Ich: *Ich denke über Kosenamen nach. Wenn wir verheiratet sind, sollten wir Kosenamen füreinander haben.*
Er: *Was? Wirklich? Wie Schnurzelpurz?*
Ich: *Nein, den nicht.*

Und sein Handy, das Instrument, mit dem er ständig seine Firma dirigierte, das Gerät, das ihn oft in meiner Gegenwart ablenkte, wurde das Mittel, das er benutzte, um über Meilen hinweg mit mir zu flirten und mich zu necken.

Die Ironie war mir nicht entgangen.

Er: *Frauchen? Kleine Frau?*
Ich: *Nur wenn du willst, dass ich dir dein bestes Stück abschneide.*
Er: *Autsch. Okay ... Eure Hoheit? Käfer? Bäckchen?*
Ich: *Bäckchen? Ernsthaft?*
Er: *Okay, vielleicht nicht. Aber deine Bäckchen sind süß. Deine Pobäckchen meine ich.*
Ich: *Definitiv nicht Bäckchen.*

Diesen Mann in meinem Leben zu akzeptieren, diesen Mann zu *lieben*, hieß, ihn genauso mit all seinen Fehlern und

Schwächen anzunehmen wie mit jenen Qualitäten, die ihn zu dem machten, was ich als perfekt für mich bezeichnete. Also machte ich, da ich keine andere Wahl hatte, meinen Feind – sein Handy – zu meinem Verbündeten.

Ich schickte ihm einen Schnappschuss dieser sehr süßen Bäckchen, die er so gelobt hatte.

Er rügte mich, wie immer, wenn ich ihm ein unanständiges Foto schickte.

„Sicherheitsrisiken, *bla bla.* Nicht sicher. *Bla bla.*"

Mein Verlobter war ein Computernerd. Ich ging das Risiko ein, denn wenn es nicht sicher war, *ihm* versaute Bilder zu schicken, wem dann?

Seine Antwort war – wie vorherzusehen – nichts.

Er kam ein paar Stunden später, als ich in einer Vorlesung saß, wieder auf das Thema zurück.

Er: *Wie wäre es, wenn ich dich Göttin nenne?*
Ich: *Schon wärmer.*
Er: *Wie wirst du mich nennen? Ich schlage Iron Man vor. Auf Iron Man würde ich reagieren.*
Ich: *Hmmm ...*
Er: *Oder RoboCock.*

Mein Mund war voller Tee, als diese Nachricht auf meinem Handy eintraf, Stunden später, während meiner Lernphase. Ich prustete fast den ganzen Inhalt meines Mundes über mein Handy und mein offenes Lehrbuch.

Typisch Adam. Er hatte mir das vermutlich während irgendeines langweiligen Meetings geschickt.

Ich: *Alter. So nenne ich dich ganz sicher nicht.*
Er: ☹ *Nicht?*
Ich: *Nein ... das musst du dir verdienen.*
Er: *Dafür ist unsere Hochzeitsreise gedacht.*

Er hatte eine schlagfertige Antwort auf alles. Kein Wunder, dass wir so gut zueinander passten. Was mich an ein *weiteres* ständiges Konversationsthema erinnerte. Unsere Hochzeitsreise.

Ich: *Und wir fahren ... wohin?*
Er: *Das ist immer noch eine Überraschung.*
Ich: *Du und deine geheimen Geheimnisse. Du bist ein Sadist.*
Er: *Das könnte stimmen. Ich bin ein Milliardär mit einer aufgewühlten Vergangenheit. Ist das nicht das perfekte Rezept für sadistisch?*

Ich vergaß fast, sein zusammengerolltes T-Shirt aus dem Bett zu nehmen, bevor er nach Hause kam. Jeden Tag machte unsere Haushälterin leise das Bett und steckte das Shirt unter mein Kissen. So war es am folgenden Abend wieder bereit zum Knuddeln. Aber ich sollte verdammt sein, wenn ich zuließ, dass Adam es erneut fand. Er brauchte nicht noch mehr Munition, mit der er mich necken konnte. Das konnte er auch ohne ganz gut.

An jenem Nachmittag, als ich von meiner Vorlesung über Virologie nach Hause kam, setzte ich mich an meinen Schreibtisch und legte meine Notizbücher in eine Ecke. Wie ich es jeden Tag gemacht hatte, seit Adam Glen Dempseys Umschlag dorthin gelegt hatte, starrte ich darauf und fragte mich, ob heute der Tag war, an dem ich ihn endlich öffnen und nachsehen würde, was darin war. Würde es wehtun, nachzusehen und herauszufinden, welche Informationen mein Halbbruder für mich zusammengetragen hatte?

Ich würde seinen persönlichen Brief ja lesen müssen, oder?

Finger toppten auf der glatten Marmortischplatte herum. Der Stuhl quietschte, als ich unruhig umherrutschte und zum zehntausendsten Mal überlegte, was sich darin befand. Wovor hatte ich Angst?

Reiß dich zusammen, Mia. Sei ein großes Mädchen.

Ich setzte mich aufrecht hin, schnappte mir den Umschlag und riss ihn auf, bevor ich noch eine Sekunde zögern konnte. Der Inhalt des Umschlags machte ihn ziemlich dick. Ich zog ihn heraus und legte alles auf einem Stapel neben meinen Lehrbüchern zusammen. Ich nahm sofort den Brief, der oben auflag und drehte ihn um, bevor ich den Rest des Stapels durchsah.

Er beinhaltete nicht nur Glens medizinische Aufzeichnungen, sondern auch die meines Vaters, Gerard. Und es gab auch Notizen zu meinen zwei Halbschwestern.

Gesetzlich hatte Glen das Recht, seine eigenen medizinischen Informationen mit mir zu teilen. Aber wie war er an die von Gerard gekommen? Ich grübelte über diese Frage nach, bis ich Gerads Unterschrift auf einer Einverständniserklärung bei den Unterlagen sah. Glens Vater – *unser* Vater – musste sich endlich einverstanden erklärt haben, sie mir zu geben. Was hatte seine Meinung geändert? Als Mom ihn über meinen Krebs informiert hatte, hatte er keine Anstalten gemacht.

Ich runzelte die Stirn und sah die Dokumente durch. Für seine sechzig Jahre war Gerad ein ziemlich gesunder Mann, mit einer Geschichte von Diabetes und Herzerkrankungen väterlicherseits.

Als ich am Ende des Stapels angekommen war, war ich erstaunt, die Resultate eines vollständigen Gentests von Glen – und seinen Schwestern – vorzufinden, inklusive handschriftlicher Notizen, was von ihrer Mutter und was von ihrem Vater kam.

Es war eine gewaltige Menge an Informationen, die zusammenzutragen, einzuordnen und zu kommentieren vermutlich sehr viel Zeit in Anspruch genommen hatten. Ich wusste, dass Gerard mir diese Informationen nicht gegeben hätte.

Ich dachte über alles nach und tippte untätig mit dem Radiergummi an meinem Bleistift auf den Papieren herum, als ich hörte, wie sich unten die Vordertüre öffnete und schloss. Ich legte die Dokumente vorsichtig weg, damit ich nicht durcheinanderkommen würde. Dann sprang ich aus meinem Stuhl auf.

Adam rannte die Treppe in seiner normalen halsbrecherischen Geschwindigkeit hinauf, zwei Stufen gleichzeitig, und wir trafen uns im Gang vor unserem Schlafzimmer. Er ließ sein Gepäck fallen und zog mich in seine Arme.

„Bäckchen", sagte er nach einem langen, innigen Kuss.

Ich brach in schallendes Gelächter aus. „Fang bloß nicht damit an, Drake."

„Ich habe dich zum Lachen gebracht, nicht wahr?" Sein Blick wanderte über mein Gesicht, als würde er es zum ersten Mal sehen – von meiner Stirn zu meinem Kinn, von meinem linken Ohr zu meinem rechten. Ich zog ihn für einen weiteren wilden

Kuss zu mir. Gott. Ich hatte ihn *vermisst*. „*Und* sie belohnt mich mit einem weiteren Kuss. Es ist Spitze, der König zu sein."

„Ich dachte, du wärst Iron Man?"

„Du kannst mich nennen, wie du willst, solange du mit mir schläfst *und* mir zu essen gibst."

Ich grinste – ich konnte nicht anders. Adam hatte das Geheimnis gefunden, wie er es schaffen konnte, dass ich mich jeden einzelnen Tag erneut in ihn verliebte – und mich zum Lachen brachte. „Apropos, die Köchin hat das Abendessen im Ofen gelassen. Hast du Hunger?"

„Immer."

Wir brachten einander bei Kürbisspaghetti in cremiger Pestosoße mit Spargelspitzen auf den neuesten Stand. Ich erzählte ihm von den Vorbereitungen, die ich für mein Praktikum am nächsten Tag machen musste und er erzählte mir von dem neuesten Drama in seiner IT-Abteilung und dessen versagendem Chef, Alan. Und all den Krisen, die er aus der Ferne hatte abwenden müssen. „Wirst du ihn feuern?", fragte ich und nahm einen Schluck von meinem lieblichen Rotwein.

Er zuckte mit den Schultern. „Alan war von Anfang an bei mir. Fast solange wie Jordan. Sein Leben ist ein Desaster und das kann jedem passieren. *Aber* ich habe mich entschieden, ihm einige Ultimaten zu setzen. Wenn er seine Termine nicht einhalten kann, ist er weg, ja."

„Aber muss das nicht der Aufsichtsrat entscheiden? Kannst du solche Entscheidungen ohne sie treffen?"

Seine Gesichtszüge verdunkelten sich und er blickte weg, als er den letzten Happen von seinem Teller verspeiste. Ich blickte ihn stirnrunzelnd an. Etwas stimmte nicht. Die Art, wie sein

Kiefer sich verkrampfte, die Röte an seinem Kragen. Er sah *wütend* aus.

Ich tat so, als würde ich es nicht bemerken. Ich würde ihm die Wahrheit später schon aus der Nase ziehen. „Naja, ich denke, du könntest ihn feuern. Schließlich hast du Jordan gefeuert ...“

„Habe ich nicht. Er hat gekündigt, als ich mich geweigert hatte, ihn zu feuern.“

„Jordan ist eine Nervensäge.“ Ich grinste. „Er hätte es härter versuchen sollen.“

Wir beide lachten.

„Rate mal?“, sagte ich, sobald mein Glas leer war.

Seine Augen waren auf dem Glas in meiner Hand, als er seine Gabel und sein Messer weglegte. „Hmm. Mal sehen ... willst du noch ein Glas Wein?“

„Nein.“

„Bist du nach dem Glas Wein total geil?“ Seine dunklen Augen tanzten schelmisch und vielleicht ein wenig hoffend.

Ich streckte ihm die Zunge heraus. „Das hättest du wohl gerne.“

Er grinste verschmitzt. „Was soll ich dann erraten?“

„Ich habe endlich den Umschlag von Glen geöffnet.“

Er zog überrascht die Augenbrauen hoch und ich erzählte, was sich darin befand.

„Und sein Brief? Was stand darin?“

„Ich habe ihn noch nicht gelesen.“ Ich schüttelte den Kopf. „Ich habe gerade darüber nachgedacht, als du zur Tür hereingekommen bist.“

„Naja, du solltest ihn lesen.“

„Nicht jetzt ... du warst vier Tage weg.“

Er legte meine Hand in seine und umschloss meine Finger mit seinen. „Ihn zu lesen wird nicht so lange dauern. Bist du denn gar nicht neugierig auf ihn?" Er lehnte sich zu mir, fast so, als würde er mich anflehen – als wäre meine Mom nicht der einzige Mensch, der traurig war, dass ich so wenig Familie hatte. „Besonders nachdem du all die Informationen angesehen hast, die er für dich gesammelt hat?"

Ich lächelte. „Okay. Du hast mich soweit ..."

Wir räumten unser Geschirr weg und er folgte mir die Treppe hinauf in mein Arbeitszimmer. Dort ließ er sich auf die Couch unter dem Fenster fallen. Ich schnappte mir den Brief vom Schreibtisch und setzte mich neben ihn. Er legte seinen Arm auf die Lehne und ich schmiegte mich an seine Schulter.

„Bist du bereit?", fragte er.

„Ja ... gib mir eine Sekunde."

Er legte seinen Kopf zurück und starrte an die Decke, um mir etwas Privatsphäre zu geben, während ich den Brief las. Mit etwas zittrigen Händen hielt ich ihn hoch und las.

Hi Mia,

das ist wahrscheinlich der schwierigste Brief, den ich je geschrieben habe, besonders wenn man bedenkt, dass er hätte mit den Worten beginnen sollen: „Ich bin dein Bruder. Schön dich über diesen Brief kennenzulernen." Ich bin nicht sicher, was dir gerade durch den Kopf geht, aber ich hatte die Gelegenheit, mit deiner Mutter über dich zu reden, also kann ich es mir vorstellen.

Lass mich als Erstes sagen, dass ich nicht mein Vater bin. Ich bin der Überzeugung, dass er sich dir gegenüber nicht anständig verhalten hat, und es macht mich sehr traurig, das zu wissen. Aber in dieser

Nachricht geht es nicht um ihn. Ich würde mich freuen, dir alle Fragen, die du vielleicht über ihn hast, zu beantworten, wenn du dich je entscheidest, mich persönlich zu treffen. Aber er ist nicht der Grund, aus dem ich dir schreibe, abgesehen von der Tatsache, dass wir durch ihn verwandt sind.

Ich habe den ehrlichen Wunsch, dich kennenzulernen, und möchte, dass es dir gut geht. Ich weiß, dass du gerade dabei bist, dich vom Krebs zu erholen. Ich kann mir nicht einmal vorstellen, wie das sein muss, aber ich fühle mit dir, besonders weil du noch so jung bist. Es hat mir wehgetan zu erfahren, was du alles hast durchmachen müssen.

Da ich mich kurzfassen möchte, lass mich hiermit abschließen ... Ich würde dich sehr gerne besser kennenlernen, aber ich weiß auch, dass du vielleicht noch nicht bereit für diesen Schritt bist. Das verstehe ich. Du kannst dich jederzeit melden. Aber tu es nicht, weil deine Mutter das möchte, oder weil ich das möchte. Mach es nur für dich.

Ich wünsche dir nichts außer Glück, Gesundheit und Erfolg bei deinen Vorhaben.

Von deinem älteren Bruder,
Glen Dempsey

Mit einem langen Seufzen gab ich Adam den Brief und er las ihn in halsbrecherischer Geschwindigkeit.

Als er fertig war, blickte er auf, aber seine schwarzen Augen enthüllten nichts. „Also, was denkst du?"

Ich zuckte mit den Achseln. „Erster Eindruck? Er scheint ein netter Kerl zu sein."

Adam neigte den Kopf und betrachtete mich, während er mir auf seine subtile Weise zeigte, dass er meiner Schlussfolgerung zustimmte.

„Und es scheint so, als würde er mich wirklich gerne treffen."

„Ja. Wirst du das machen?"

Ich zuckte mit den Schultern. „Ich denke, ich muss mich entscheiden, ob ich das wirklich will. Vielleicht?"

Adam nickte und gab mir den Brief zurück.

Ich flog erneut darüber. „Ich könnte ihm fürs Erste einmal eine E-Mail schreiben ... um ihm für die Dokumente und den Ärger zu danken, den er durchgemacht hatte, um alles zusammenzutragen. Ihm habe ich zu verdanken, dass ich jetzt wahrscheinlich mehr über die Krankengeschichte meines Vaters weiß als die meisten Leute, die ihren Vater ständig um sich hatten."

„Ja, der biologische Samenspender ist kein Mysterium mehr." Dann verstummte er und machte eine lange Pause. Er räusperte sich und rutschte auf der Couch herum, um mich anzusehen. „Hast du ... hast du irgendwelche Krebsfälle auf seiner Seite gefunden?"

Er stellte die Frage so leise. So ruhig. Mit einer einstudierten Lockerheit, die typisch für ihn war, wenn er eine gewisse Ängstlichkeit verbergen wollte – besonders bei diesem Thema.

„Nein, keine Fälle von Krebs, soweit ich gesehen habe."

Er nickte, aber sein Gesicht war immer noch leer. „Irgendetwas anderes, worum wir uns Sorgen machen müssten?"

„Nur das, was dem Großteil von Amerikas Bevölkerung zusetzt. Diabetes, Herzerkrankungen und das ganze lustige Zeug."

Er runzelte kurz die Stirn, bevor er aufstand und zu dem Stapel auf meinem Schreibtisch ging. „Hast du etwas dagegen, wenn ich einen Blick hineinwerfe?"

„Es ist eine *faszinierende* Lektüre", sagte ich trocken.

Er zuckte verlegen mit den Schultern. „Du bekommst sie bald wieder zurück."

Ich fragte mich, was er damit machen würde – außer es in sein fotografisches Gedächtnis einzuscannen. Als ich mich an meinen Laptop setzte, um eine schnelle E-Mail an Glen zu verfassen, dachte ich über Adams nüchternes Verhalten, wenn es um meine Krankengeschichte ging, nach.

Natürlich machte das Sinn. Wenn wir uns manchmal über das dunkle Jahr – das Jahr, in dem ich an Krebs erkrankt war und dann kaum die noch schönere Behandlung überlebt hatte – unterhielten, dann nur mit flüsternden Stimmen. Und wir diskutierten fast nie, was wir verloren hatten, um so weit zu kommen.

Es hatte bei uns beiden seinen Tribut gefordert. Und irgendwie hatten wir beide unsere eigene Art von posttraumatischer Belastungsstörung davongetragen. Deshalb auch die regelmäßigen, aber oberflächlich getarnten Brustuntersuchungen unter der Dusche und die subtilen und doch nicht so subtilen Fragen, wie ich mich fühlte. Die Tatsache, dass seine Assistentin angewiesen war, meine Arzttermine zu machen, sobald eine Nachuntersuchung fällig war. Dank Maggie verpasste ich nie einen Termin.

Wie immer übernahm Adam die Kontrolle oder klammerte sich an die Illusion, dass er einen Hauch von Kontrolle besaß, was dieses Thema anging. Aber wir beide wussten verdammt gut, dass wir keine Kontrolle darüber hatten. Wir konnten gewissenhaft und wachsam sein. Aber es gab keine Garantie. Und das schwere Gefühl in meinem Magen sagte mir, dass meine Gesundheitsprobleme diese Unsicherheit in ihm hervorgerufen hatten. Aber wenn man jemanden liebte, dann mit all seinen

Problemen. Und einige meiner Probleme waren gesundheitsbezogen. So war das eben. *In Gesundheit und Krankheit …*

Ich blickte zur Tür, wo Adam mit den Dokumenten verschwunden war. Und ich öffnete meinen Laptop und verfasste eine E-Mail-Antwort an Glen Dempsey.

***

„Gibt es so etwas wie einen Bräutigamzilla?", fragte ich die jungen Frauen, die mit mir am Tisch saßen – April, Jenna, Alex und Kat. Wir hatten uns in einem nahegelegenen Hotel zum Sonntagsbrunch getroffen, um die Details des Jungesellinnenabschieds zu planen, den sie unbedingt für mich organisieren mussten. Die Mädchen hatten sich alle in Schale geworfen und überstrahlten die Braut, die das Memo nicht gelesen hatte und in Jeans, einem Sweatshirt und Heels aufgetaucht war. Ups.

„Ja. Bräutigamzillas sind das Gegenteil von Brautzillas", sagte Alex. „Mein großer Bruder war so, als er geheiratet hat – eine typisch mexikanische katholische Hochzeit. Bräutigamzillas sind ganz gechillt und wollen nicht mit der Hochzeitsplanung zu tun haben und legen dann kurz zuvor Veto gegen alles ein und reißen das Ganze an sich."

Ich runzelte die Stirn. „Oh." Ich schob die exotischen Früchte mit Kokosstreuseln auf dem Teller vor mir herum. Das klang definitiv nicht nach dem, was Adam machte. Seit er von seiner Reise wieder zuhause war, hatte ich jede Menge E-Mails in cc bekommen. Sie gingen zwischen Adam und unserer

Hochzeitsplanerin hin und her, als sie minutiös alle Details durchgingen.

„Dein Zukünftiger hat eine *Typ A*-Persönlichkeit", betonte April und nahm einen Schluck aus ihrem hohen, schlanken Mimosa-Glas.

„Nicht wahr, Sherlock", schnaubte Kat, als sie der Kellnerin ein Zeichen gab, ihr eine *dritte* Mimosa zu bringen. „Adam einen Typ A zu nennen ist, als würde man sagen, Wasser ist nass."

April zuckte mit den Schultern. „Ich meine, dass es natürlich ist, dass er die Kontrolle an sich reißt. Sieh es, als wäre er der CEO eurer Hochzeit. Und du bist die Vorsitzende des Aufsichtsrats."

Ich zog meine Augenbraue hoch und fühlte mich etwas benebelt von meiner einen Bloody Mary. „Das macht mich zum Boss, richtig?"

April grinste breit. „Natürlich. Er weiß wahrscheinlich, dass du mit deinem Medizintest viel um die Ohren hast und will es dir einfacher machen. Schätz dich glücklich. Jordan nimmt das H-Wort in meiner Gegenwart nicht einmal in den Mund. Nicht, dass er sich Sorgen machen müsste, dass ich darauf anspränge. Dieser Junge. Manchmal ..." Sie schüttelte den Kopf.

„Manchmal willst du ihn ins Gesicht schlagen?" Ich lachte. „Ich auch." Aprils Lächeln verblasste und sie studierte mein leeres Cocktailglas. Ich zeigte darauf. „Da spricht der Alkohol. Ich will Jordan nicht *wirklich* ins Gesicht schlagen." *Meistens jedenfalls.*

„Verletze sein Gesicht nicht, Mia. Es ist zu schön." Ihr Lächeln kam zurück.

Ein paar Minuten später entschuldigte ich mich, um auf die Toilette zu gehen, und nickte April zu.

„Wenn du fertig bist, werden wir *definitiv* über deinen Jungesellinnenabschied reden", sagte Jenna. „*Definitiv*. Sobald die Mimosas nachlassen."

April folgte mir auf die Damentoilette und drehte sich erwartungsvoll zu mir, sobald wir drinnen waren.

„Hast du herausgefunden, ob irgendetwas zwischen Jordan und Adam nicht stimmt?", fragte ich.

April verzog das Gesicht. „Ja, Jordan ist ziemlich verschlossen. Aber irgendetwas stimmt definitiv nicht. Immer wenn Adams Name fällt, wird er ganz angespannt und fängt an zu fluchen."

Meine Augenbrauen schossen hoch. „Bei Adam ist es fast genauso. Ich denke, dass ich in den sauren Apfel beißen und ihn heute Abend fragen muss. Ich war mir zu neunundneunzig Prozent sicher, dass er Jordan bitten würde, sein Trauzeuge zu sein, aber er hat es nicht gemacht und wich aus, als ich ihn danach fragte. Ich melde mich, sobald ich etwas weiß. Diese zwei Verrückten müssen sich endlich wieder vertragen."

April blickte zur Seite, kicherte und wurde dann plötzlich feuerrot.

Ich runzelte die Stirn. „Was?"

„Ich habe mir gerade vorgestellt, wie sie sich umarmen und rummachen. Es war … ähm. Irgendwie heiß." Wir beide lachten.

Sobald wir wieder am Tisch saßen, wurde ich bezüglich meines Hochzeitskleids in die Mangel genommen. Ich gab die Bilder von der Anprobe herum, die ich April schon ein paar Wochen zuvor gezeigt hatte. Kat hatte sie auch schon gesehen.

„Mir würde eines dieser ombrierten Hochzeitskleider mit dunklen Farbtönen am Rock gefallen", sinnierte Jenna. „Am liebsten in Grün- oder Lilatönen."

„Ich hätte gerne eines mit dreidimensionalen Blumenapplikationen aus Spitze und winzigen Kristallperlen. Hast du so eines schon gesehen? Dafür könnte ich sterben", summte April.

„Soll ich William und Jordan sagen, dass ihr zwei eure Hochzeitskleider bereits ausgesucht habt?", neckte ich sie, als ich von meinem Handy hochblickte, nachdem ich eine Nachricht verschickt hatte. „Ich bin sicher, dass würden sie nur *zu gerne* hören."

Aprils große Augen wurden noch größer und Jenna warf mir ein verschmitztes Lächeln zu.

„Oh, ich weiß … ich werde für zwei Blumenbouquets sorgen und ich weiß auch schon, wem ich sie zuwerfe. Da werden eure Männer ausflippen."

„Apropos ausflippen … hast du Adam schon gesagt, dass du deinen Mädchennamen behalten willst?", fragte Kat, an einem Toast mit Räucherlachs knabbernd.

Bevor ich antworten konnte, meldete Alex sich zu Wort. „Du willst deinen Mädchennamen behalten? Das kannst du nicht machen. Außer, du willst seinen Namen hinzufügen. Das ist okay. Aber du willst doch denselben Familiennamen wie deine Kinder haben, oder?"

Ich atmete zittrig aus, da ich kein Verlangen hatte, damit anzufangen, besonders mit Alex. Ich würde so eine Entscheidung nicht auf etwas Ungewissem aufbauen. „Ich habe mein ganzes Leben mit diesem Namen gelebt. Ich habe einige wunderbare Dinge mit diesem Namen erreicht. Es ist der Name auf meinem Collegeabschluss. Wieso sollte ich ihn loswerden wollen? Außerdem habe ich mir immer vorgestellt, dass ich eines Tages Dr. Strong genannt werde, weißt du? Dr. Drake klingt seltsam. Und Strong-Drake mit Bindestrich diskutieren wir erst gar nicht … Das ist vom Tisch."

Jenna lachte. „Das klingt irgendwie lächerlich."

Ich zog eine Augenbraue hoch. „Drake wird eines Tages auch *dein* Nachname sein, also mach dich nicht lustig."

Sie wurde feuerrot. „Zurück zu *dir* und *deiner* Hochzeit …"

„Weißt du, was viele Geschäftsfrauen machen?", bot April an, wobei sie ihre Gabel wie einen Zeigestab anhob. „Sie nehmen beide Namen an und benutzen ihren Mädchennamen bei Geschäftsdingen und ihren angeheirateten Namen im sozialen Umfeld. Also *könntest* du in der Arbeit Dr. Strong sein und Mrs. Drake, wenn du Einladungen zu Galas und so annimmst."

Weil wir wussten, dass ich zwischen meinen Vorlesungen, Laborübungen und Prüfungen auf *so* viele davon gehen würde. Aber es war wirklich eine gute Idee. „Das ist die perfekte Lösung. Ich werde das heute Abend Mr. Typ A einmal vorschlagen."

April lächelte mich an und war offensichtlich sehr froh, dass sie eine Hilfe gewesen war.

Danach machten wir uns endlich an die Arbeit und sprachen über den Junggesellinnenabschied. Da wir nichts Großes machen wollten, würde der Junggesellinnenabschied nur aus einem Mittagessen mit großartigem Essen und Live-Entertainment in einem Restaurant am Wasser bestehen. Die Mädchen übernahmen freudig die Planung. Mehr Macht für sie.

Schließlich machten wir uns auf den Weg nach Hause. Besser gesagt, ein Fahrer brachte uns nach Hause. Jemand hatte eine weise Entscheidung getroffen und das organsiert, da wir einige Frühstückscocktails getrunken hatten.

Wir hatten alle viel Spaß gehabt. Aber jetzt war es an der Zeit aufzuhören, faul zu sein, und anzufangen, dieser Jordan-und-Adam-Sache auf den Grund zu gehen.

Kapitel Neun
Adam

JORDAN MÖCHTE DICH HEUTE IRGENDWANN GERNE treffen", sagte meine Assistentin, Maggie, während unserer allmorgendlichen Besprechung.

Ich rieb mir den Kopf und befürchtete, dass eine Migräne aufzog. Ich fühlte mich beschissen und ich wusste, dass der Schlafentzug seinen Tribut zollte. Aber nach meinem morgendlichen Workout gesellte sich auch noch ein stechender Schmerz in der Schulter zu diesem allgemeinen Unwohlsein. *Toll.* Ich musste mir einen Muskel gezerrt haben.

Und es war Montag. Und vor mir lag eine Woche in der Hölle – inklusive einer weiteren langweiligen Aufsichtsratssitzung. Mein Anwalt hatte mir keine guten Nachrichten überbracht, was das betraf, doch ich gab nicht auf und verfolgte mehrere Möglichkeiten.

Ich plante, ihn ohne Rücksicht ins nächste Meeting mitzubringen. Es war an der Zeit, mich auf die Schlacht vorzubereiten. Ich hatte mir auch eine Notiz gemacht, mein Lieblingsbuch hervorzuholen und es erneut zu lesen. *Die Kunst des Krieges* hatte mir vielleicht bei Beziehungen nicht gut gedient, aber auf die Geschäftswelt konnte man es definitiv anwenden.

Und da ich bald ein Ultimatum erwartete, war es an der Zeit. *Siegen wird der, der gut vorbereitet darauf wartet, den unvorbereiteten Feind anzugehen.*

„Ich habe keine Zeit." Ich seufzte.

„Er wird gereizt. Er beschwert sich, dass du ihm bereits zweimal abgesagt hast."

„Bitte informiere ihn, dass die Position des CEOs dieser Firma ziemlich viel Zeit in Anspruch nimmt", knurrte ich.

Sie schüttelte den Kopf. „Wie wäre es, wenn du ihm eine E-Mail schickst?"

„Und wofür bezahle ich *dich*?", fragte ich mit einem schiefen Lächeln.

Sie seufzte schwer und unterstrich es mit einem eigenen Lächeln. „Gut. *Ich* schicke ihm die E-Mail. Aber er schenkt dem mehr Gehör, wenn es von dir kommt."

Maggie und Jordan waren nicht oft einer Meinung, also nahm ich an, dass es nicht schlimm für sie wäre, wenn sie ihm absagte. Und wenn er sich deshalb aufregte … nicht mein Problem.

„Erwähne, dass ich heute die Leistungsbeurteilung der IT machen muss. Das sollte ihn fern halten."

„Kann ich ihn wenigstens mild stimmen, indem ich ihm morgen oder *irgendwann* diese Woche einen Termin gebe?"

Nur wenn du mich warnst, damit ich ihn vorher absagen kann. Ich sagte das fast laut. Aber stattdessen nickte ich, um *sie* zu beruhigen – was mir wichtiger war, als Jordan zu beschwichtigen.

„Freitag Nachmittag", sagte ich. „*Später* Nachmittag." Das sollte ihm eine Nachricht schicken. Ich wollte mich nicht mit ihm abgeben.

Diese Angelegenheit, zusammen mit dem Drama in der IT, waren genug, um mir eine Migräne zu verschaffen. Aber natürlich hörte auch der Ansturm der Hochzeitspläne nicht auf. Die Arbeit wurde zu einer Schinderei. Eigentlich mochte ich meinen Job – sehr sogar – aber zurzeit fing alles an, sich leer und sinnlos anzufühlen.

Das war beschissen. Und es wurde jeden Tag schlimmer.

Maggie betrachtete mich mit zusammengekniffenen Augen. „Bist du in Ordnung? Du siehst nicht so gut aus.“

Mein Atem entfloh mir mit einem Zischen. „Es geht mir gut. Wir sind hier fertig, oder?“ Ich griff nach meinem Laptop und öffnete ihn.

„Ja, wir sind fertig. Offensichtlich muss ich ja ein paar E-Mails schreiben.“ Sie stand auf, drehte mir den Rücken zu und verließ das Büro. „Trink etwas Wasser, Adam, und mach vielleicht ein kurzes Nickerchen. Du willst doch nicht krank werden ...“

Ich winkte ab, da ich bereits in meinen Laptop vertieft war.

Später an diesem Tag fand ich mich in der Spieletestabteilung wieder, da ich mich erinnerte, dass ich diesem Überraschungsquest noch nicht auf den Grund gegangen war. Emilia hatte mich gestern Abend noch einmal danach gefragt. Die Entwickler standen unter Termindruck und normalerweise hielt ich mich zu dieser Zeit von ihnen fern. Sie wurden gereizt, wenn sie sahen, dass ich herumschlich, und konnten sich nicht auf die Arbeit konzentrieren.

Aber die Spieletester kannten jedes Quest im Spiel, also konnte ich diesem Mysterium auch hier auf den Grund gehen.

Außer, dass dieser Bereich – mit dem Spitznamen *Die Höhle* – halb leer war, als ich hereinkam.

„Was –" Ich suchte den Raum ab und bemerkte, dass ein halbes Dutzend der Arbeitsstationen, die normalerweise von koffeinsüchtigen Spieletestern besetzt waren, leer waren.

Ein großer, schlanker Kerl – Lucas, der Chef der Bande – sprang von seinem Stuhl auf und kam mit einem Lächeln zu mir. „Hey, Adam. Was bringt dich in unser gähnendes Ödland?"

„Hey. Ich war gerade in der Nähe. Wie geht's?" Ich streckte die Hand aus und gab ihm einen Fistbump. „Holen sich gerade alle Tacos? Ich dachte, das wäre freitags."

Ein paar Leute saßen mit Kopfhörern an ihren Konsolen und testeten Software und Equipment. Da sie beschäftigt waren, hatte keiner von ihnen bemerkt, dass ich hereingekommen war. Ich sah auch das feuerrote Haar von Katya – unserer Freundin, die seit einem Jahr hier angestellt war.

„Die meisten sind auf einem Ausflug zu der Einrichtung mit den neuen Backup Servern", erklärte Lucas. „Das stand für heute an. Ich glaube sogar, es war deine Idee."

Ich nickte und rieb mir die Stirn. Üble Kopfschmerzen waren kurz davor auszubrechen. „Ja, ganz vergessen, dass das heute war."

Er macht eine Pause und wartete, während ich mich sammelte und dann meine schmerzende Schulter massierte. Gott, ich war kaputt. Vielleicht würde ich heute nachgeben und abends eine Schlaftablette nehmen. Die Zwei- und Drei-Stunden-Nächte forderten nun ihren Tribut.

Nach einer langen unbehaglichen Pause, in denen ich einen launischen Opa mit jeder Menge Wehwehchen und Leiden imitierte, fragte er: „Kann ich dir irgendwie helfen?"

„Ja. Da ist ein neues Quest im Spiel und ich erinnere mich nicht, dass diskutiert wurde, es zu implementieren."

Er zögerte. „Die Entwickler sollten dir dabei helfen können."

„Das weiß ich, aber da ihr ja jedes Quest testet, solltet ihr das auch können."

Lucas nickte in Richtung eines Arbeitsplatzes und ich folgte ihm an den Tisch, an dem er gearbeitet hatte. Er setzte sich und loggte sich in die Datenbank ein. „Ist es live?"

„Ja, anscheinend, oder zumindest der erste Teil davon."

„Wie heißt es?"

„Lord Sisyphus' Hochzeitsquest."

Lucas runzelte die Stirn, zögerte und warf mir dann einen neugierigen Blick zu. Er richtete sich auf, ohne etwas getippt zu haben. „Oh, *das* Quest."

„Du kennst es?"

„Ich habe es getestet", gab er zu und stand von seinem Stuhl auf, als würde er nichts lieber tun, als sofort aus dem Raum zu stürmen.

„*Und* …? Kannst du mir irgendwelche Hintergrundinfos geben? Wer hat es implementiert und wann? Wie ist der Status?"

Lucas warf mir einen vorsichtigen Blick zu. „Es kam mit einem Haufen Anweisungen aus der Entwicklung und war als wichtig markiert, also habe ich mich persönlich darum gekümmert und es getestet."

„Und woher ist es gekommen?"

Er zuckte mit den Schultern. „Wo sie alle herkommen. Entwicklung."

Man musste kein Raketenwissenschaftler – oder Computerprogrammierer – sein, um zu merken, dass er absichtlich auswich. Ich verschränkte die Arme vor der Brust. „Erlaubt sich einer der Entwickler einen Scherz mit mir? Was macht das Quest?"

Lucas' Augen weiteten sich. „Ähm. Ich – ich darf diese Information nicht weitergeben."

Ich blinzelte. „*Was?*"

Hinter mir hörte ich, wie jemand aufstand und langsam auf uns zukam. Aber ich war zu beschäftigt damit, den jungen Lucas finster anzublicken.

Er schien sich immer unbehaglicher zu fühlen. „Ja, das – ähm – kam mit den Anweisungen. Vertraulich."

Trotz meiner Kopfschmerzen und der Frustration an diesem Tag lächelte ich. „Komm schon, genug mit der Scheiße. Du kannst es mir sagen."

„Hey, Jungs", unterbrach Kat. „Was geht, Adam?" Sie landete einen gespielten Schlag auf meiner schmerzenden Schulter. Ich strengte mich an, nicht zusammenzuzucken, obwohl es höllisch wehtat, und nickte ihr zu. Dann wandte ich meine Aufmerksamkeit wieder Lucas zu.

„Eigentlich bist du der *Letzte*, dem ich es sagen darf. Mir wurde gesagt, dass das Quest für dich eingefügt wurde", gab Lucas zu.

„Für mich?"

Kat blickte zwischen uns hin und her und ich hoffte, dass sie weise genug war, um sich aus dieser Unterhaltung herauszuhalten.

Lucas fuhr fort: „Vielleicht ist es ein Hochzeitsgeschenk der Entwickler. Ich habe es letzte Woche getestet. Es ist lustig. Du solltest es ausprobieren."

Ich verdrehte die Augen und legte meine Hände an die Hüften. „Und wann soll ich *dafür* Zeit finden?"

„Es tut mir leid, Adam. Ich habe meine Anweisungen."

„Ich bin dein Boss", erinnerte ich ihn mit todernster Stimme. Man hätte eine Stecknadel fallen hören können. Kat verlagerte ihr Gewicht und sah Lucas mit einem Ausdruck an, der irgendwo zwischen Sorge und Belustigung lag. Ich verschränkte die Arme vor der Brust und tadelte ihn weiter. „Ich bin der Boss von deinem Boss."

Lucas wurde sichtlich blasser und räusperte sich. „Ich denke, wenn du –"

„Ich bin der Boss vom Boss deines Bosses", unterbrach ich ihn.

„Adam, du übertreibst", warf Kat ein.

Ich drehte mich zu ihr und blickte sie ebenfalls finster an. „Ich bin auch *dein* Boss."

Sie hingegen ließ sich nicht beeindrucken. „Aber *ich* bin die beste Freundin *deines* Bosses – auch bekannt als deine zukünftige Frau – also hast du verloren." Trotz meiner Wut musste ich zugeben, dass sie gewonnen hatte. Dann runzelte sie die Nase. „Du bist heute *so* launisch."

Ich starrte sie an und meine Wut löste sich plötzlich in Luft auf, oder vielleicht war ich einfach zu müde, um sie aufrecht zu erhalten. Außerdem war es dumm, es sich wegen eines dummen Quests und eines Mysteriums mit einem Angestellten zu verscherzen. Besonders wenn ich es selbst ergründen sollte.

Kat und ich fingen genau gleichzeitig zu lachen an.

Lucas sah so aus, als würde er aus Erleichterung gleich ohnmächtig werden. „Das ist die peinlichste Situation der Welt." Seine Augen flitzten nervös zwischen uns hin und her.

Mein Mund verzog sich. „Wenn ich dich feuern würde, wäre ich nicht mehr dein Boss …"

Seine Augen wurden ganz rund und er wurde kreidebleich. Es wäre eine Schande, wenn er sich wegen meines Scherzes in die Hose machen würde, also lachte ich und legte meine Hand auf seine Schulter. „Ich verarsche dich nur."

„Besser so. Sonst müsste ich dich in der Personalabteilung anschwärzen", sagte Kat. Lucas und Kat wechselten einen langen Blick und in diesem Augenblick bemerkte selbst ich, dass sie sich schweigend etwas mitteilten. Ich hatte jedoch keine Ahnung, was. Sie schienen ziemlich gute Freunde zu sein. Vielleicht war es ein Insiderwitz.

Sobald wir alle wieder ernüchtert waren, fuhr sie fort: „Du siehst erschöpft aus. Vielleicht solltest du etwas schlafen. Oder dich entspannen und das Quest machen. Wenn der Jedijunge hier sagt, dass es gut ist, dann ist es das wahrscheinlich auch."

Lucas' Gesichtszüge entgleisten und er blickte Kat mit zusammengekniffenen Augen an. Doch sie schien es nicht zu bemerken.

„Gut, ich verschwinde." Ich war schon fast zur Tür hinaus, als ich mich zu ihnen drehte. „Oh und Lucas ... möge die Macht mit dir sein." Ich gab ihm ein Daumen-hoch und zwinkerte ihm fies zu.

Wegen seines Namens, Lucas Walker – *niemals* Luke, wie er so oft betonte –, hasste er Star Wars Anspielungen. Und je mehr er sie hasste, umso öfter wurde er damit gefoltert. Da ich sein Boss war, und der Boss seines Bosses und der Boss des Bosses seines Bosses, wagte er nicht, mir Kontra zu geben.

Aber Kat lachte laut, was meine beste Belohnung war. „Du schuldest mir etwas, Junior", sagte sie zu ihm, als ich fast außer Hörreichweite war.

Mit einem Grinsen, das mir fast dabei half, zu vergessen, dass ich kurz vor dem Zusammenbruch war, verließ ich die Testabteilung und kehrte rechtzeitig für eine geplante Telefonkonferenz in mein Büro zurück, die ich jedoch nur mit Mühen überstand.

Vielleicht hatte Emilia recht. Vielleicht zollte die Misshandlung, die ich meinem Körper in letzter Zeit zufügte, seinen Tribut. Ich nahm mir fest vor, heute Abend früh ins Bett zu gehen. Allein zu sehen, wie schockiert sie deswegen sein würde, war das Ganze schon wert.

Kapitel Zehn
Mia

ES WAR EIN WEITERER LANGER TAG IM VIROLOGIE-LABOR und dann mit meiner Lerngruppe für Infektionskrankheiten. Guter Gott, das M2 war ein Riesenspaß.

Und obwohl ich nicht vor neun zuhause sein würde, wusste ich, dass ich meine bessere Hälfte um Stunden schlagen würde. Er blieb immer lange im Büro, wenn er zuvor nicht in der Stadt war.

Da mein Stundenplan anstrengender geworden war, hatte er das als Stichwort gesehen, wieder zum Workaholic werden zu können. Als Konsequenz daraus litt unsere gemeinsame Zeit.

Auf dem Weg ins Schlafzimmer stoppte ich in meinem Arbeitszimmer, um meine Bücher abzulegen und meine E-Mails zu checken. Eine Antwort von meinem Bruder erwartete mich. Es wirkte immer noch seltsam, diesen Ausdruck zu verwenden – *mein Bruder.* Ich las sie sofort durch, zögerte jedoch, bevor ich antwortete.

Er wollte sich mit mir treffen. Ein Teil von mir wollte das wirklich, aber der andere Teil hatte viel zu viel Angst.

Vielleicht, wenn Adam mitkommen würde. Oder Mom.

Oder beide.

Es war lächerlich, denn er war auch nur ein Mensch. Wovor hatte ich Angst? Ich musste darüber nachdenken und heute Abend war ich viel zu müde dazu. Ich schaltete das Licht an und erschrak fast zu Tode, als ich Adam im Bett bemerkte. *Schlafend.*

Was zum …?

Ich blickte auf die Uhr – ein paar Minuten nach zehn. So früh ging er nie zu Bett. Was war los?

Schnell legte ich den Lichtschalter wieder um, bevor er dadurch wach werden konnte. Dann verbrachte ich die nächste halbe Stunde damit, durch den Raum zu schleichen und mich fürs Bett zu richten, wobei ich mich im Dunkeln ständig anstieß und leise fluchte.

Endlich, wahrscheinlich ebenso erschöpft wie er, ließ ich das Lernen im Bett ausfallen und kuschelte mich an ihn. Adam schlief nur in seiner Unterwäsche. Wenn ich nicht selbst fast tot gewesen wäre, wäre ich vielleicht versucht gewesen, ihn für etwas Spaß zu wecken.

Stattdessen rollte ich mich auf den Rücken und war unverzüglich weg. Nur um ein paar Stunden später von seinem Herumwälzen geweckt zu werden. Er schlief immer noch tief und fest, aber er hatte die Decke weggetreten und zitterte.

Selbst noch im Halbschlaf streckte ich mich und zog die Decke unter seinen Füßen heraus und legte sie ihm wieder über den Körper. Dabei berührte meine Hand seinen Arm und ich erstarrte.

Er glühte.

Fiebrig heiß.

Ich legte meinen Handrücken auf seine Stirn und er zuckte stöhnend zurück, immer noch fest schlafend.

„Adam", sagte ich leise, doch er bewegte sich nicht. Also stand ich auf und ging schnurstracks zum Medizinschränkchen im Bad und holte das raffinierte Ohrthermometer heraus. Ich konnte wetten, dass er so etwas, bevor *ich* krank geworden war, nicht im Haus hatte. Als typischer Junggeselle mit überaus guter Gesundheit hatte Adam sein Heim wahrscheinlich nie mit Erste-Hilfe-Vorräten ausstatten müssen. Selbstverständlich hatte ich mich für ihn darum gekümmert.

Ich testete das Digitalthermometer schnell, um zu sehen, ob die Batterien noch voll waren, und kehrte dann ins Schlafzimmer zurück.

Adam lag nun immer noch zitternd auf der Seite. „Adam, ich muss deine Temperatur messen."

Seine Antwort war lediglich unverständliches Murmeln, weshalb ich mich einfach über ihn beugte und das Thermometer in sein Ohr hielt. Er schlug meine Hand weg – und das nicht gerade sanft. Also packte ich ihn an der Schulter und schüttelte ihn, wobei ich erneut bemerkte, wie heiß seine Haut war.

„Adam, *wach auf.*"

Langsam öffneten sich seine Augen. Als er mich mit dem Thermometer in der Hand über ihm sah, schoss er sofort in eine sitzende Position hoch.

„Was?", bellte er.

„Du glühst." Ich zeigte auf das Thermometer. „Ich muss deine Temperatur messen."

Er rieb sich die Stirn. „Es geht mir gut."

Aber selbst bei diesem kurzen Satz bemerkte ich, dass seine Stimme anders klang, heiser, etwas rau. Als ob sein Hals ihm zu schaffen machte.

„Du hast einen Virus oder so. Ich erfinde das nicht. Du hast Fieber. Lass mich das in dein Ohr stecken.“

Er nahm das Thermometer und bewegte es – zusammen mit meiner Hand – so weit von seinem Kopf weg, wie er konnte. „*Du* steckst nichts in *mich*. Ich bin derjenige, der etwas in dich steckt.“

„Sei kein Klugscheißer.“ Ich seufzte lange und hielt ihm das Thermometer vors Gesicht. Natürlich war Adam ein unausstehlicher Patient. Wie konnte ich nur etwas anderes denken?

„Adam, du zitterst und deine Zähne klappern. Also, wenn du nicht willst, dass ich hier weiter stehen bleibe, bis du einschläfst, lass mich deine verdammte Temperatur messen.“

„Okay, okay“, sagte er. „Solange du versprichst, mich in Ruhe zu lassen, wenn sie normal ist.“ Ich beugte mich hinab und hielt das Thermometer in sein Ohr. „Autsch. Ich brauche mein Trommelfell noch.“

„Sei kein Baby.“

Ein paar Sekunden später piepste das Gerät. Ich zog es heraus und las die Digitalanzeige ab – nur um das Thermometer vor Schock fast fallen zu lassen. „Heilige Scheiße!“

„Was?“

„Du hast 39,6 Grad. Das ist *viel* zu hoch. Du musst einen Virus oder eine Infektion haben.“

Er stöhnte laut. „Ich habe keine Zeit für einen Virus.“

„Da hast du kein Mitspracherecht.

Er legte sich wieder auf sein Kissen zurück. Seine Haare waren feucht vom Schweiß. „Gott. Ich fühle mich beschissen.“

„Und das hast du schon den ganzen Tag, oder? Deshalb bist du so früh ins Bett. Ich hätte es wissen müssen.“ Ich legte das

Thermometer auf das Nachtkästchen. „Bleib hier. Ich bin gleich wieder da.“

„Ich kann dir garantieren, dass ich nirgends hingehen werde.“ Mit geschlossenen Augen rieb er sich die Stirn.

Ich ging zum Medizinschrank, nahm eine Schachtel Paracetamol heraus und holte eine Flasche Wasser.

Adam lag nicht im Bett, als ich zurückkehrte, sondern kam kurz darauf aus dem Badezimmer.

„Hast du dich übergeben?“

„Nein, nur gepinkelt.“

Ich reichte ihm zwei Tabletten und die Flasche. „Hier. Nimm das. Und wenn deine Temperatur in dreißig Minuten nicht niedriger ist, machen wir einen Ausflug in die Notaufnahme.“

Er blickte finster drein, nahm die Tabletten und das Wasser und schluckte sie. „Ich fahre nicht in die Notaufnahme.“

„Wenn ich das sage, schon.“ Ich zeigte aufs Bett. „Du hast eine gefährlich hohe Temperatur. Willst du dich kühl duschen oder soll ich dich mit einem nassen Handtuch abreiben?“

Stöhnend sank er aufs Bett und rieb sich den Hals. „Weder noch. Und das heißt viel, wenn ich das Angebot abschlage, dass du mich abreibst. Auch wenn du ein Krankenschwesterkostüm tragen würdest.“

„Hast du einen steifen Nacken?“

„Nein, aber mir tut alles weh. Es ist eine Grippe.“

„Ich bin die Medizinstudentin, nicht du.“ Ich krabbelte aufs Bett und setzte mich neben ihn. „Schmerzen im Bauch oder in der Leistengegend?“ Ich drückte gegen seine Schulter, sodass er flach auf dem Bett lag.

„Du fängst an zu nerven.“

Ich fing an, seinen Bauch und seine Leistengegend leicht abzuklopfen. Ich traf eine geschwollene Stelle und er stieß ein leises Stöhnen aus.

„Deine Stimme klingt seltsam. Hast du einen rauen Hals?"

„Rauer Hals, Kopf- und Gliederschmerzen, das ganze Paket – *Autsch.*" Er zuckte zurück, als ich seinen Hals abtastete.

„Hmm. *Schmerzempfindlich.*"

„*Schmerzempfindlich?* Das hat *verdammt* wehgetan."

„Ich habe dich kaum berührt. Deine Lymphknoten fühlen sich wie Golfbälle an. Bist du gegen Parotitis geimpft?"

„Paro-was?", sagte er und klang wieder erschöpft.

„Mumps", antwortete ich.

„Ja, ich habe als Kind sämtliche Impfungen bekommen."

„Dann ist es wahrscheinlich das Pfeiffersche Drüsenfieber." Ich zog die Decke über ihn. „Aber das kann ohne Bluttest nicht bestätigt werden."

Er ließ sich ins Kissen fallen. „Ich werde ein wenig schlafen."

Ich beugte mich hinab und küsste ihn auf seine heiße Wange. „Ich stecke dir in zwanzig Minuten wieder Sachen ins Ohr. Nur eine Vorwarnung."

Er murmelte etwas Unverständliches, da er schon wieder im Halbschlaf war.

Als ich ihn erneut testete, war seine Temperatur um ein halbes Grad gesunken. Erleichtert stellte ich mir meinen Wecker im Handy auf dreieinhalb Stunden später, da er dann erneut eine Tablette nehmen konnte. Das hätte ich mir sparen können. Ich blieb die ganze Zeit wach, um dafür zu sorgen, dass er zugedeckt war, wenn er zu zittern begann, aber abgedeckt, wenn es ihm heiß war. Anstatt zu schlafen, las ich in dem Lehrbuch auf meinem Tablet und behielt meinen nicht gerade ruhigen Patienten im Auge.

Am Morgen fühlte er sich nur noch schlechter und doch – verrückterweise, doch nicht überraschend – wollte er zur Arbeit gehen. Ich drohte ihm, die Tür zu verbarrikadieren oder mich an sein rechtes Bein zu ketten, sodass er mich hinter sich herzerren müsste. Und in seinem Zustand hätte er sich nicht wehren können, selbst wenn er es versucht hätte.

Aber was mir *wirklich* sagte, dass er sich beschissen fühlte, war, dass er *nicht* diskutierte, als ich ihm das sagte.

Doch ich brauchte ein paar Tage, um ihn zu einem Arzt zu bekommen. Und jeden Tag wurde er mürrischer, aber auch kränker.

Nach meiner einzigen Vorlesung an diesem Tag kam ich am späten Morgen nach Hause und holte ihm Kleidung aus dem Schrank. Dann stellte ich mich mit der Kleiderauswahl ans Bett. Er wirkte nur halb wach, hatte einen Dreitagebart und sah sehr blass aus.

„Komm schon, kranker Mann. Zeit, dich anzuziehen."

Er wurde munter und setzte sich auf. „Ich fühle mich heute besser. Ich denke, ich kann ein paar Stunden arbeiten." Er setzte sich auf und legte eine Hand auf seinen Kopf.

„Noch Kopfschmerzen?"

„Ja."

„Und deine Temperatur ist immer noch hoch, obwohl du jede Menge Tabletten geschluckt hast. Kannst du dein Essen bei dir behalten?"

„Ihh." Er blinzelte und schob seine Beine von der Bettkante. Es war klar, dass die Aussicht auf Arbeit ihn dazu bewegen konnte, gegen den Tod anzukämpfen und aus dem Bett zu steigen. Zu blöd nur, dass wir nicht zur Arbeit fahren würden. Ich würde ihm diese gute Neuigkeit jedoch nicht verkünden, bevor er angezogen und bereit zum Losfahren war.

„Also hast du gar nichts gegessen? Immerhin trinkst du das Wasser, das ich dir ans Bett gestellt habe. Das ist gut."

Er verzog das Gesicht. „Dadurch muss ich die ganze Zeit aufstehen und pinkeln."

„Du brauchst Flüssigkeit."

Er stand auf und zog seine Khakihose an. „Wenn ich mich nicht fühlen würde, als wäre ich von einem fünfstöckigen Gebäude gefallen, würden mich deine Doktorspielchen *so* heiß machen."

„Du magst Doktorspielchen?" Ich schloss meine Arme um seine Taille. „Wie wäre es mit einem atemberaubenden Blowjob, wenn es dir besser geht?"

Er machte eine Pause. „Ein Blowjob, wenn es mir besser geht? Wow, dieses Krankenhaus gefällt mir."

Ich lächelte. „Gut. Denn genau da werden wir jetzt hinfahren."

Er erstarrte. „Ich fahre in die Arbeit."

„Den Teufel tust du." Ich stemmte meine Hände in die Hüften und stellte mich vor ihn. „Hast du dich im Spiegel gesehen? Willst du, dass deine Angestellten schreiend davonlaufen, wenn sie dich kommen sehen? Zombie-Boss. Aufstand des untoten Chefs?"

Er blinzelte und wirkte, als würde er darüber nachdenken, aber nicht in der Lage sein, in seinem Zustand einen klaren Gedanken zu fassen.

„Du gehst zum Arzt, Adam."

„Aber *du* bist eine Ärztin."

Ich schüttelte den Kopf. „Noch nicht. Ich werde dich zur Uniklinik fahren.“

„Du kannst mich nicht entführen und mich an einen Ort bringen, an den ich nicht will. Wir sind noch nicht verheiratet.“

Ich starrte ihn mit zusammengekniffenen Augen an. „Ich kann genauso stur sein wie du, Adam Drake. *Sturer.*“

Er zögerte, doch ich gab ihm keine Zeit, über einen Fluchtplan nachzudenken. Ich packte ihn an der Hand und zog ihn hinter mir her. „Komm schon. Wir gehen.“

Damit war die Diskussion zu Ende. *Männer.* So dickköpfig, selbst wenn sie praktisch an der Schwelle zum Tod standen.

Wir fuhren nach Orange, zu dem Krankenhaus, wo ich den Großteil meiner Krebsbehandlungen erhalten hatte und wo ich jetzt zur Ärztin ausgebildet wurde. Als wir ankamen, nahm man Adam sofort Blut ab, bevor er in ein Behandlungszimmer gebracht wurde. Dort saß er in seiner Unterwäsche, da er sich weigerte, den Papierkittel anzuziehen, den man ihm angeboten hatte. Er blickte finster drein und hatte die Arme vor der Brust verschränkt. Ich drehte den Kopf zur Wand und tat so, als würde ich die Kunstdrucke ansehen, während ich mir in Wirklichkeit das Lachen verkniff, weil er so schmollte.

Er war süß, wenn er den widerspenstigen Patienten spielte.

Sobald ich mich wieder gefasst hatte, drehte ich mich zu ihm. „Nun, das ist etwas Neues … du bist auf dem Untersuchungstisch und ich bin die Gesunde.“

„Ja. Zum Totlachen“, antwortete er. Er hatte den Mund geöffnet, um noch mehr zu sagen, als jemand an der Tür klopfte und hereinkam. Die Chancen waren hoch, dass es ein Doktor war, den ich gut kannte, doch ich war angenehm überrascht, dass es eine meiner aktuellen Ausbilderinnen war, Dr. Sharma.

Sie war überrascht, mich hier zu sehen, was ich an ihren geweiteten Augen und den hochgezogenen Augenbrauen sehen konnte. „Mia. Hallo", sagte sie und blickte dann auf ihr Klemmbrett, an dem wahrscheinlich Adams Krankenakte hing. Adam blickte zwischen uns hin und her. Er wirkte fast … nervös.

Ich fragte ihn leise: „Soll ich draußen warten?" Er schüttelte den Kopf. „Dr. Sharma ist eine meiner Ausbilderinnen." Zu ihr sagte ich: „Adam ist mein Verlobter. Er hat seit drei Tagen erhöhte Temperatur. Geschwollene Lymphknoten. Gliederschmerzen. Übelkeit. Migräneartige Kopfschmerzen, doch die hat er regelmäßig."

Die Ärztin blickte auf ihr Klemmbrett. Dann näherte sie sich ihm. „Der Test auf Pfeiffersches Drüsenfieber ist positiv."

Er fluchte leise und blickte weg. Ich ging zu ihm, um ihm den Rücken zu reiben. „Das ist nicht schlimm. Du musst dich nur ausruhen und auf dich achtgeben."

„Gut, ich werde noch einen Ultraschall machen, um die internen Schwellungen zu untersuchen, aber Sie haben eine virale Infektion. Keine körperliche Anstrengung und keine Arbeit, bis ich Sie gesundschreibe."

Bei der Erwähnung von *keine Arbeit* setzte Adam sich aufrecht hin. „Wie lange? Eine Woche? Zwei?"

Sie nahm den Stab des Ultraschalls und hielt ihn hoch. „Sehen wir erst einmal, wie es in Ihnen aussieht, dann werde ich Ihnen eine Einschätzung geben können. Legen Sie sich zurück."

Sie verrieb etwas Gel auf Adams perfekten Bauchmuskeln und er atmete ruckartig ein.

„Entschuldigung, dass es kalt ist", sagte Dr. Sharma und Adam drehte die Augen nach oben, während ich mich zusammenriss, um nicht zu lachen.

Sie bewegte den Stab über seinen Unterleib, bevor sie den Bildschirm zu mir drehte. Dr. Sharma schien keine Gelegenheit für eine Lehrstunde auszulassen.

„Was sehen Sie?", fragte sie.

Als ich mich vorbeugte, um den Bildschirm besser zu sehen, konnte ich spüren, wie Adam mich unheilvoll ansah. Er war offensichtlich nicht amüsiert. Gott, war er mürrisch.

Ich kniff die Augen zusammen. „Wow."

„Was *wow*?", knurrte Adam.

„Ja." Die Ärztin nickte.

Ich drehte mich zu Adam. „Deine Milz ist extrem geschwollen." Ich zeigte auf eine Stelle links unter seinem Brustkorb. „Man kann sogar sehen, dass sie dein Abdomen weitet. Deshalb hattest du vermutlich letzte Nacht so starke Schmerzen in der Schulter."

„Meine *Milz*? Gibt es die wirklich?"

Dr. Sharma lachte. „Das ist ein Risiko beim Pfeifferschen Drüsenfieber. Gewisses Gewebe kann sich entzünden – wie Ihre Lymphknoten. Organe ebenfalls – die Milz, die Leber. Bei Ihnen sind diese Symptome sehr ausgeprägt. Haben Sie in letzter Zeit überaus hart gearbeitet? Stress? Schlafmangel?"

Ich warf Adam einen Blick zu. Er schaute schweigend an die Decke und sein Kinn und sein Mund waren verkrampft. „Alles davon", antwortete ich. „Adam ist, ähm … ein Workaholic."

Dr. Sharma zog das Plastik von dem Stab und steckte ihn wieder ans Ultraschallgerät. „Nun, jetzt haben Sie die ärztliche Anweisung, langsam zu machen."

„Wie langsam?", fragte Adam.

„Bettruhe für mindestens zwei Wochen." Sie schrieb etwas in die Akte. „Sie dürfen nur aufstehen, um auf die Toilette zu gehen.

So viel Schlaf und Flüssigkeit wie möglich. Essen Sie wieder, sobald Sie dazu in der Lage sind. Dann will ich Sie wieder sehen. Danach noch mindestens zwei Wochen keine Arbeit.“

Adam schüttelte den Kopf. „*Vier Wochen?* Das ist unmöglich. Ich leite eine Firma.“

Dr. Sharma öffnete den Mund, um zu antworten, und schloss ihn dann wieder, wobei sie mir einen Blick zuwarf. Anscheinend noch eine Lehrstunde. „Adam. Wenn Sie das nicht tun, könnte – und wird – Ihre Gesundheit wahrscheinlich auf Dauer leiden.“

„Hmm“, knurrte er. „Wie sieht es mit der Hochzeit aus? Sie ist in etwas über zwei Monaten.“

„Vermutlich wirst du dich sowieso nicht wirklich in der Lage fühlen zu arbeiten – zumindest die nächsten Wochen.“ Ich nahm ein Handtuch und wischte ihm das Gel vom Bauch. „Ich werde mit der Hochzeitsplanerin arbeiten. Du musst dich ausruhen, oder du verschleppst das. Dann bist du krank, wenn wir heiraten sollen, und dann müssten wir den Hochzeitstermin verschieben.“

Das erregte seine Aufmerksamkeit. Seine zusammengekniffenen Augen sagten alles. *Nur über meine Leiche.*

Dr. Sharma schritt ein. „Ihrer Milz nach zu urteilen, haben Sie starke innere Entzündungen. Das kann zu permanenten Organ- und Gewebeschäden führen, wenn Sie sich nicht ausgiebig erholen.“

„Fuck.“ Dieses Mal murmelte er nicht.

„Außerdem“, fuhr sie fort, „keine Anstrengungen für mindestens sechs Wochen, und keine sexuellen Aktivitäten.“

„Sie wissen wirklich, wie man einen Mann fertigmacht, der am Boden liegt“, antwortete Adam und ich brach in schallendes Gelächter aus.

Ich nahm seine Hand, die immer noch wirklich warm war. „Bringen wir dich nach Hause und pflegen dich gesund."

„Das hat jetzt den Doktorspielchen den ganzen Spaß genommen", beschwerte er sich, nachdem Dr. Sharma das Zimmer verlassen und er sich angezogen hatte.

„Hör zu. Ich werde dafür sorgen, dass du die Anweisungen befolgst. Ich will nicht, dass mein Ehemann am Altar zusammenbricht."

„Kein Sex?" Er verzog das Gesicht. „Das war ein wirklicher Tiefschlag."

Ich beäugte ihn. „Hättest du darauf gerade *wirklich* Lust?"

„Nicht wirklich", gab er zu. „Aber die werde ich wieder bekommen. Und das bald."

„Ach komm schon. Du wirst es überleben. Viele Paare bleiben bis zu Ehe enthaltsam."

Er schüttelte den Kopf. „Das ist dämlich."

„Sei nicht so sauer."

„Ist Pfeiffersches Drüsenfieber nicht die Kusskrankheit? Ich küsse dich ständig. Warum bist du nicht auch krank?"

„Ich hatte es bereits, als ich in der Middle School war. Es ist ungewöhnlich, es mehr als einmal zu bekommen, und falls doch, ist es nur selten so schlimm wie beim ersten Mal. Aber nur für den Fall werde ich dich eine Zeit lang nicht auf die Lippen küssen."

Ich führte ihn hinaus und fuhr ihn nach Hause – aber auch das nervte ihn. Normalerweise fuhr er, wenn wir zusammen waren, doch wegen seiner Kopfschmerzen und der Übelkeit war er nicht dazu in der Lage.

Der arme Kerl war ein Häufchen Elend. Und wenn er sich nur halb so schlecht fühlte, wie er aussah, dann würde er einige

Zeit aus dem Verkehr sein. Aber verdammt, er war mürrisch, wenn er krank war. Und mir fiel auf, dass ich ihn noch nie zuvor krank gesehen hatte, nicht einmal mit einer Erkältung. Der Mann hatte das Immunsystem eines Alligators.

„Nichts davon ist möglich, weißt du", merkte er an, während ich fuhr.

„Nichts wovon?" Ich blickte ihn an, als ich vom Freeway auf den Newport Boulevard fuhr.

„Von keine Arbeit, keine Anstrengung. Und *besonders* von kein Sex."

„Adam, du musst das ernst nehmen. Und du musst auf dich aufpassen und etwas für deine Genesung tun. Oder keine Hochzeit. Ich mache *keine* Scherze." Er seufzte laut. „Gerade fühlst du dich sowieso zu nichts davon im Stande. Wenn du anfängst, dich besser zu fühlen, aber du immer noch nicht wirklich gesund bist – *das* wird der wahre Test."

„Ja, ich werde vor Langeweile umkommen. Das wird *so* viel besser sein."

Ich zuckte mit den Schultern. „So will dir dein Körper sagen, dass du langsam machen musst, dass du aufhören musst, ihn zu malträtieren."

„Mit Sex malträtiere ich meinen Körper nicht", knurrte er zähneknirschend.

„Warum bist du sauer auf mich? Ich bin völlig gesund und ich muss jetzt auch darauf verzichten. *Mich* siehst du nicht meckern."

Er blickte mich aus den Augenwinkeln an, als wäre ihm etwas Hinterlistiges eingefallen und er stolz auf sich. „Wir können *andere* Sachen machen, oder?"

Ich biss mir auf die Unterlippe, aber antwortete nicht.

Sein Mund klaffte auf. „Nein?"

„Nicht wenn du etwas dagegen hast, ähm … nicht zum Ende zu kommen.“

„*Was?* Du meinst, kein Orgasmus?“

„Ja. Solche Anstrengung, selbst ein Orgasmus, kann deine Milz reizen – zumindest solange sie so sehr geschwollen ist.“

„Brauche ich meine Milz denn so dringend?“, jammerte er. Ich bog mit dem Wagen ins Gebäude und parkte vorsichtig neben seinem.

Ich lachte, öffnete die Autotür und stieg aus. Ich wartete darauf, dass er mir folgte, bevor ich fortfuhr. „Sie filtert dein Blut und reinigt es. Sie entfernt Mikroben und alte oder beschädigte Blutzellen. Und sie hält dein episches Immunsystem am Laufen.“

Adam folgte mir zum Tor, das zur Brücke nach Bay Island führte, wo wir wohnten. „Nun, mein episches Immunsystem hat dieses Mal keinen so guten Job gemacht.“

Ich legte meinen Arm um seine Taille, als wir über die Brücke zu unserem Haus gingen. „Seufz … hör auf, dich zu bemitleiden, bitte. Als ich –“

Er hob die Hand. „Wage es nicht, die Krebs-Karte auszuspielen.“

Ich grinste breit. „Sie sticht alles.“

„Meh“, sagte er und rieb sich mit einer Hand über das Gesicht. Er widersprach nicht einmal, als wir am anderen Ende der Brücke einen Golfwagen nahmen, um das kurze Stück zu unserem Haus zu fahren. Das sagte mir, dass er sich immer noch beschissen fühlte.

„Ich denke, du musst ein schönes, langes Nickerchen machen und dann mache ich dir etwas zu essen.“

Er zuckte zusammen. „Kein Essen.“

„Oh nein." Ich schüttelte den Kopf. „Du hast mir immer Toast ins Gesicht geschoben, als ich die Chemo bekam. Du musst zumindest Toast essen."

„Was ist das, Rache für die Krankheit?"

Ich schüttelte den Kopf und lachte. „Das nennt man Vergeltung."

„Sehr lustig."

Später beobachtete ich ihn beim Schlafen und stellte sicher, seine Temperatur im Auge zu behalten. Sie war immer noch erhöht, aber unter 38 Grad, also akzeptabel. Ich ließ ihn so lange schlafen, wie er wollte, und sorgte immer für genügend Flüssigkeit auf seinem Nachtkästchen. Dann schlüpfte ich neben ihm ins Bett und lehnte mich an das Kopfteil, damit ich ihn im Auge behalten konnte, während ich lernte.

Gerade war er zu krank, um mehr als eine mürrische Unannehmlichkeit zu sein. Doch ich wusste, dass ich auf das vorbereitet sein musste, was kommen würde, wenn er sich besser fühlte. Denn er würde sein übliches stures Selbst sein und versuchen, die Anordnungen der Ärztin zu ignorieren. Zumindest hatte ich die Hochzeit, mit der ich ihn unter Druck setzen konnte, sich zu benehmen.

Das könnte hässlich werden, aber wenn ich meiner Sache treu blieb, würde ich einen gesunden Bräutigam für meine exotische, weit entfernte und wahrscheinlich übertriebene Hochzeit haben.

Kapitel Elf
Adam

IN DERSELBEN WOCHE, IN DER ICH SO VERDAMMT KRANK wurde, feuerte ich meinen IT-Chef *und* bekam ein Ultimatum vom Aufsichtsrat. Ich hatte sechs Monate, um einen Ehevertrag mit meiner Frau zu machen, oder ich würde mich einem Bewertungskomitee stellen müssen. Sollte es mich des Bruchs meiner Treuhänderpflichten für schuldig erklären, würde ich als Firmenchef von Draco Multimedia Entertainment entlassen werden.

Ich war vom Unglück verfolgt.

Und noch schlimmer, zum allerersten Mal in meinem Leben wollte ich nichts anderes tun, als in meinem Bett zu liegen und zu schlafen oder die Decke anzustarren. Selbst nach einem Glas Wasser zu greifen und einen Schluck zu trinken, war zu viel. Emilia löste dieses Problem, indem sie mehrere Becher mit großen flexiblen Strohhalmen kaufte, damit ich im Liegen trinken konnte. Ich war ein Häufchen Elend.

Emilia war die ganze Zeit in meiner Nähe, weshalb ich sie aus dem Raum jagen musste, indem ich ihr sagte, dass sie in dem Zimmer lernen sollte, das zum Lernen gedacht war – in ihrem Büro.

In dieser ersten Woche hing ich nur mit den Fingernägeln an einem Abgrund. Aber es wurde besser. *Langsam.*

In der zweiten Woche tauchte Jordan mit einigen Dokumenten auf. Er kam auf dem Weg zum oder vom Büro vorbei. Er blickte mir nie wirklich in die Augen – und das war mir auch lieber. Zwischen uns herrschte definitiv eine sehr eisige Stimmung.

Emilia ließ dieses kleine bisschen Arbeit durchgehen, doch sie behielt mich wie ein Rottweiler im Auge. Wenn ich nur meinen Laptop öffnete – der zufälligerweise nie dort zu sein schien, wo ich ihn gelassen hatte – tauchte sie auf und war bereit, ihn wieder zu schließen.

Gott bewahre, aber sie machte mich verrückt.

Ich hatte nur Frieden, wenn sie an der Uni war – was oft war –, und ich vermisste sie, wenn sie ein oder zwei Stunden weg war, obwohl sie mich auf die Palme brachte, wenn sie hier war. So oder so verlor ich. Meine ganz eigene *Kobayashi Maru.*

Nichts machte mich glücklich. Oder alles machte mich unglücklich. Das hatte ich noch nicht entschieden.

Richtung Ende der zweiten Woche, als ich anfing, mich etwas besser zu fühlen, war ich überrascht, einen Besuch von Heath zu bekommen. Ich nahm an, dass er hier war, um über seine Rolle als Trauzeuge der Braut zu reden. Seltsamerweise kam er zu einer Zeit, von der er wissen musste, dass Emilia Vorlesungen hatte.

Zu dieser Zeit war ich schon in der Lage, mich aufzusetzen. Also setzten wir uns zusammen auf den Balkon vor meinem Büro und tranken Limonade – Alkohol hatte mir die Ärztin verboten. Diese Lady stand zurzeit ganz oben auf meiner Abschussliste. Okay, an zweiter Stelle hinter Jordan. Oder vielleicht noch etwas weiter unten, wenn ich all diese Bastarde vom Aufsichtsrat mitzählte.

Ich versuchte, nicht daran zu denken, während ich mit einem mürrischen Heath Smalltalk betrieb. Emilia hatte nicht darüber gescherzt, wie deprimiert er war, weil Connor in Irland blieb. Zehn Minuten in der Gegenwart dieses Kerls und ich wollte wieder ins Bett – unbedingt.

Wir sprachen über alles Mögliche, das Spiel und andere Dinge. Ich hatte ehrlich gesagt nur selten Zeit alleine mit Heath verbracht und das war traurig, weil er mein Freund war – genauso lange, wie ich schon mit Emilia befreundet war. Ich war *so* kurz davor, vorzuschlagen, die Laptops auszupacken und zu zocken, anstatt hier zu sitzen und diese Unterhaltung auszudehnen.

„Mia sagt, dass du keine Ahnung hast, wer Lord Sisyphus' Hochzeitsquest implementiert hat oder was es macht", sagte Heath, als er mit zusammengekniffenen Augen über den Balkon hinaus auf die Boote hinabblickte, die in der Bucht umhertuckerten.

„Ja … Ich war überrascht, dass du es gefunden hast"; antwortete ich. „Ein paar Leute haben in den sozialen Medien darüber gesprochen. Sie nennen es das neue versteckte Quest, aber der Hype hat noch nicht wirklich angefangen."

„Man erzählt sich, dass das Quest kaputt ist. Die Leute kommen nicht über den Anfangsdialog des Questgebers hinaus."

Ich kratzte mich am Kinn. „Hm. Das ist seltsam. Ein Kerl in der Testabteilung hat gesagt, dass es perfekt funktioniert. Er hat es selbst getestet."

Heath zuckte mit den Schultern und nahm einen weiteren Schluck Limonade. Mit jeder Minute ließ er seine Schultern weiter nach unten sacken. „Vielleicht solltest du es dir ansehen, da du anscheinend sowieso nicht weißt, was du mit deiner Zeit anstellen sollst."

Ich rieb meinen geschwollenen Hals, der immer noch schmerzte. Aber da ich mich nicht rasierte, juckte mein Hals. Das war etwas, was mich verdammt nervte – wie alles andere.

„Ja, vielleicht mache ich das."

Nach ein paar weiteren Minuten wurde Heath unruhig, also gab ich ihm einen Ausweg, indem ich ihm sagte, dass ich mich wieder müde fühlte – was keine Lüge war. Ich war zurzeit *immer* müde. Er stand auf und kramte in seiner Tasche nach seinen Schlüsseln. Aber anstatt mir vom Balkon zu folgen, damit ich ihn zumindest bis zur Treppe bringen konnte, spielte er mit seinem Schlüsselring. Dann legte er zwei Schlüssel auf den Tisch, bevor er sich umdrehte, um mir zu folgen.

Ich erkannte die Schlüssel sofort. Sie hatte eine besondere Form und das Wort *Porsche* war auf dem hinteren Teil eingraviert. Ich hielt inne und ließ ihn vorbei, als er mich darum bat.

„Was ist das?" Ich nickte in Richtung des Tisches. „Warum lässt du deine Autoschlüssel hier?"

„Das sind *deine* Autoschlüssel. Ich gebe den Porsche zurück. Sie ist sicher am Ende der Edgewater Street geparkt. Du kannst sie nicht übersehen. Ich bin sicher, Mia kann sie später ins Parkhaus fahren."

Ich blinzelte. „Das Auto gehört dir. Ich habe den Fahrzeugbrief auf dich umgeschrieben. Du fährst den Wagen seit über einem Jahr."

Er ließ den Kopf hängen, als er realisierte, dass ich ihn nicht vorbeilassen würde, bis er sich gerechtfertigt hatte. „Ich gebe sie zurück. Danke, aber … ich kann mich nicht um sie kümmern, wie sie es verdient. Und ich werde jedes Mal nervös, wenn ich sie parke. Ich habe immer Angst, dass irgendein Arschloch sie verkratzt oder ein Vogel sie anscheißt. Ich kann es nicht genießen, wenn ich sie ausfahre. Wegen ihr bin ich ein nervöses Wrack. So ist das doch mit allen Frauen, oder?" Er zuckte mit den Achseln. „Kein Wunder, dass ich auf Kerle stehe."

Ich war verwirrt und versuchte dem, was er sagte, zu folgen. Er liebte dieses Auto genauso sehr wie ich. Er hatte sich vor Freude fast bepinkelt, als ich es ihm geschenkt hatte. Und er nannte es *sie.* Es bedeutete ihm etwas. *Definitiv.*

„Ich nehme es nicht zurück." Ich verschränkte die Arme vor der Brust. „Es gehört dir. Wenn ich erst einmal etwas verschenkt habe, dann ist das – endgültig. Das solltest du mittlerweile wissen."

„Bitte nimm sie, Adam. Ich kann sie nicht behalten. Ich … momentan kann ich das einfach nicht." Seine Stimme zitterte, als er das sagte. Ich wandte die Augen ab, um ihm seine Würde nicht zu nehmen, da ich erkannte, dass er zurzeit in einem sehr verwundbaren Zustand war. Ich verlagerte mein Gewicht von einem Fuß auf den anderen.

„Ich nehme es unter einer Bedingung zurück." Ich blickte ihn wieder an. „Dass wir uns einigen, dass es immer noch dir gehört und ich nur eine Weile auf sie aufpasse. Ich werde damit herumfahren und den Kundendienst machen lassen. Aber es gehört dir. Und du kommst und holst es, wenn du bereit bist."

Er zögert. „Ich sage nur ja, weil ich gerade nicht die Energie habe, mit dir zu diskutieren."

„Gut. Ich habe auch keine Kraft zum Diskutieren. Wie kommst du jetzt nach Hause?"

Er hielt sein Handy hoch. „Ich habe soeben einen Uber gerufen." Er stoppte mich, als ich ihm folgen wollte. „Nicht nötig. Ich finde alleine hinaus. Du musst ins Bett. Du siehst beschissen aus."

Ich verzog das Gesicht. „Danke. In meinem geschwächten Zustand würde ich wohl die Treppe hinunterstürzen und mir noch mehr Auszeit einhandeln."

Er grinste und folgte mir bis zum Treppenabsatz. Als ich mich umdrehte und stoppte, legte ich meine Hand auf seine Schulter. „Wenn du mich brauchst, bin ich für dich da. Und Emilia hat natürlich auch immer Zeit für dich. Das weißt du." Es klang gekünstelt, aber er verstand, dass es ernst gemeint war.

Er nickte und mied meine Augen. „Danke. Das bedeutet mir viel."

Und dann ging er. Ich blickte ihm hinterher und grübelte nach. Ich würde später mit Emilia reden müssen, wenn sie wieder zuhause war, um sie über die Situation in Kenntnis zu setzen. Ich hatte das Gefühl, dass Heath noch viel vor sich hatte und da ich sie in jungen Jahren bei Familienmitgliedern gesehen hatte, wusste ich genug über Depressionen, um zu wissen, dass er in seinen untergehen würde.

Er brauchte Unterstützung und die mussten wir ihm geben. Wenn wir nur wüssten, wie.

Ich machte ein langes Schläfchen und war erstaunt, wie viel mir diese dreißigminütige Unterhaltung mit Heath abverlangt hatte. Ich wachte etwa zur Mittagszeit auf. Eine SMS von meiner Köchin sagte mir, dass sie mir Essen warmgestellt hatte. Eine weitere von Emilia wartete auf mich und informierte mich, dass es heute Abend spät werden würde. Sie war zwischen ihren

Terminen nach Hause geeilt, um nach mir zu sehen, hatte mich aber nicht wecken wollen.

Nach dem Essen folgte ich Heaths Ratschlag und schnappte mir meinen Laptop – da Emilia nicht da war, um ihn mir zu entreißen – und startete das Quest, indem ich das Dialogfenster des Stadtschreiers, der neben General SylvenWood stand, öffnete.

FallenOne sagt: „Sei gegrüßt, Stadtschreier."

Stadtschreier sagt: „Der Hochlord des Landes wird bald heiraten. Seine glückliche Braut? Die Prinzessin Emma."

Stadtschreier bietet FallenOne ein Quest an: Lord Sisyphus' Hochzeit

Du hast das Quest – Lord Sisyphus' Hochzeit – angenommen.

Deine erste Aufgabe: Gehe an den Ort, an dem seine Lordschaft seine Prinzessin das erste Mal getroffen hat, und lege ein Bouquet Rosen an diese Stelle.

Ich starrte den Bildschirm an und dachte darüber nach. Wie zum Teufel sollte ich oder irgendein anderer Spieler wissen, wo diese fiktive Person – die ich manchmal für offizielle In-Game-Events spielte – eine außer für diese Quest nichtexistierende Prinzessin kennengelernt hatte? Was für ein dämliches Quest war das? Wo war die Qualitätskontrolle?

Aber es wirkte … persönlich. Als würde es nur auf Dinge zutreffen, die ich wusste. Und die sie wusste. Könnte Emilia diejenige sein, die es implementieren ließ?

Ich schüttelte den Kopf und verwarf diese Möglichkeit fast unverzüglich. Nie im Leben war sie so eine gute Schauspielerin.

„*Hey.*“ Emilia betrat das dunkle Schlafzimmer. Ich hatte sie nicht einmal hereinkommen gehört oder gesehen, dass sie das Licht im Gang angeschaltet hatte. Hier drinnen diente lediglich das Glühen des Monitors als Lichtquelle.

„Arbeitest du?“, fragte sie ohne Umschweife, wobei in ihrer Stimme ein unausgesprochener Vorwurf mitklang.

„*Nein*, eure Hoheit. Ich spiele DE.“

Ihr Mund öffnete sich. „Hah. Ich wusste nicht, dass du noch spielst … ich dachte, du hast aufgehört, als wir uns nicht mehr als Gruppe trafen.“

„Ich habe schon Monate nicht mehr gespielt, seit wir das letzte Mal als Gruppe herumgelaufen sind. Aber ich wollte diesem Lord-Sisyphus-Mysterium auf den Grund gehen.“

Sie legte den Lichtschalter um und ich kniff die Augen zusammen. Sie betrat das Zimmer und entschuldigte sich, während sie ihren Hoodie auszog. „Das ist ein Mysterium? Du weißt immer noch nicht, warum es da ist, oder wer es implementiert hat?“

„Nein.“

„Du bist der Chef dieser Firma. Sie können das doch nicht vor dir geheim halten, oder doch? Du solltest Antworten verlangen. Du bist ihr Boss.“

Ich vermied es, zu ihr hinaufzublicken – Scham und Wut brannten in meiner Brust. *Wenn sie nur wüsste …*

Die Nachricht des Aufsichtsratsultimatums hing immer noch wie ein Anker an mir. Keine Stunde verging, in der ich nicht darüber nachdachte und nicht grübelte, wie ich dagegen vorgehen konnte.

Ich seufzte und schloss den Laptop mitten im Spiel, da ich wusste, dass mich das automatisch ausloggen würde.

„Fühlst du dich okay?", fragte sie. „Soll ich deine Wasserflasche auffüllen?"

„Du sollst herkommen und eine Weile mit mir reden."

Sie lächelte. „Okay."

Sie ließ sich aufs Bett fallen und nahm meine Hand. Ich erzählte ihr von dem seltsamen Besuch von Heath und sie stellte mir Fragen. Sie entschloss sich, nach ihm zu sehen und auch mit Kat zu reden. Aber sie sagte, dass er eine ähnliche Depression durchgemacht hatte, als er vor Jahren mit seinem vorherigen Freund schlussgemacht hatte.

Wir schwiegen eine lange Zeit, beide gedankenverloren. Sie starrte an die Decke und verschränkte ihre Finger mit meinen. Aber sie schien sehr bedacht darauf zu sein, mich auf keine andere Art zu berühren.

Mir war zurzeit sowieso nicht danach.

Mir war zurzeit nach gar nichts. Alles war viel zu anstrengend.

„Bist du okay?" Ihre leise Frage brach das Schweigen.

Ich zuckte leicht mit den Schultern.

„Du wirkst bedrückt. Ich weiß, dass Kranksein für jemanden wie dich extrem schwierig sein kann, also … wollte ich einfach nachfragen."

„Jemanden wie mich?"

Sie lächelte. „Ja, jemanden, der immer unterwegs ist und sich nie ausruht. Jemanden mit zu vielen Zielen und zu wenig Zeit."

„Zu viele Ziele? Ist das ein Problem?"

„Ich fange an, zu dem Schluss zu kommen, dass du nicht nach Arbeit süchtig bist. Sondern nach Erfolg – du willst immer etwas noch Größeres erreichen."

Ich mochte dieses Wort nicht – süchtig. Ich assoziierte zu viele schmerzliche Dinge damit. Aber sie hatte nicht unrecht. Das Problem war, ich hatte keine Ahnung, was dieser nächste große Erfolg sein würde, und durch all diese Probleme mit der Firma fing ich auch an, mich zu fragen, ob ich noch die richtige Richtung einschlug.

„Manchmal fühle ich mich, als würde ich … an einem Kreuzweg stehen. Als würde sich etwas Großes verändern, worauf ich mich konzentrieren muss.“

Sie drehte sich um und blickte mich lange an. Meine Augenlider fingen an, sich schwer anzufühlen. „Ich habe mich gefragt, wann du den Drang bekommst, etwas neues Großes zu finden, an dem du arbeiten kannst.“

Meine Augenbrauen zuckten. Sie war nicht wirklich überrascht über diese Neuigkeit. Warum bekam ich das Gefühl, dass Emilia mich auf so viele Arten besser kannte, als ich mich selbst? Ich brachte ihre Hand vorsichtig an meine Lippen und küsste sie.

Kurz danach richtete sie sich fürs Bett zusammen und schlief innerhalb weniger Minuten ein. Und obwohl ich selbst praktisch von meiner Erschöpfung erdrückt wurde, konnte ich nicht schlafen. Ich lag in der Dunkelheit da, starrte an die Decke und fühlte mich hilflos, weil ich keine Macht über meine Gesundheit, meine Firma und meine Zukunft hatte. Ich hing an einem Abgrund. Auf mehr als nur eine Weise. Und das brachte mir nur weitere Kopfschmerzen.

Was. Für. Ein. Beschissenes. Leben.

Kapitel Zwölf
Mia

IN EINEM ANFALL VON PECH MUSSTE ICH WEGEN ADAMS Walzer mit dem Epstein-Barr-Virus alleine auf eine Dinner Party in der Nachbarschaft gehen. Die gute Nachricht? Ich musste dafür nur ein paar hundert Meter in Stöckelschuhen ans andere Ende von Bay Island laufen. Die schlechte Nachricht? Die Leute. Es waren nette Menschen, unsere Nachbarn, aber … *einfach nicht mein Umgang.*

Es gibt Fische auf dem Trockenen und es gibt … Menschen auf einem fremden Planeten. Ich war Spock, der einzige Vulkanier in der Sternenflotte. *Beam mich hoch, Scotty. Hier unten gibt es kein intelligentes Leben.*

Ich hätte gerne abgesagt – und natürlich Adams Krankheit als Grund angegeben. Aber Adam und ich hatten bereits die letzten drei Male abgesagt. Ich hatte Angst, dass wir die Nachbarn verärgern könnten – auch wenn seine Krankheit eine legitime Entschuldigung war. Also ging ich hin und opferte mich für das Team. Hoffentlich würde meine bessere Hälfte das auch zu würdigen wissen.

Diese Partys waren schon schlimm genug, wenn Adam an meiner Seite war. So hatte ich zumindest einen Zuhörer, den ich mit meinen abfälligen Bemerkungen überfluten konnte –

normalerweise in Form gemurmelter Kommentare, die nur er hören konnte. Er tat zumindest so, als würde er sie lustig finden.

Hier war ich also, in Newport Beachs exklusivstem Viertel, in dem ich nun lebte. Und ich war ihre Nachbarin, die zukünftige Frau und zukünftige Mitbesitzerin des Hauses dieses *jungen Technologiegenies,* wie sie Adam gerne bezeichneten. Adam war in der Tat mindestens ein Jahrzehnt jünger als sie alle. Und obwohl einige von ihnen wie er Selfmade-Millionäre waren, stammten die meisten aus reichem Hause.

„Mia, so schön, dich zu sehen", begrüßte mich Sonya, die Gastgeberin, an der Tür. Sie war die eine Hälfte eines einflussreichen Politikerpaars. Sie legte ihre Wange an meine und machte einen Luftkuss. „Wie geht es dem kranken Verlobten? Vermutlich übertreibt er, wie Männer es immer machen."

„Sonya, es freut mich, dich zu sehen", sagte ich und reichte ihr die Flasche Wein sowie etwas frischgemachte Kräuterbutter in einem Tontopf, die unsere Köchin zubereitet hatte. Sonya merkte an, dass sie es kaum erwarten konnte, sie zu probieren. Ich war erleichtert und konnte endlich durchatmen. Gastgeschenke brachten für mich immer viel Stress mit sich. Es war wahrscheinlich Zufall – oder das Glück, gute Ratgeber wie Adams Köchin und seine Assistentin zu haben –, dass ich etwas Passendes dabei hatte.

Ich ging weiter und schüttelte Sonyas Ehemann, dem Kongressabgeordneten Alan Thurston, einem attraktiven Mann, der mindestens ein Jahrzehnt älter war als sie, die Hand. „Danke für die Einladung. Adam tut es so leid, dass er es verpasst."

In Wirklichkeit spielte Adam, dieser Arsch, DE in seinem Pyjama. Er hatte nicht eine bittere Träne darüber vergossen, dass ich ohne ihn ging. Um seiner Gesundheit willen hatte er es sich verkniffen, mich deswegen zu necken. Aber ich hatte sehen können, dass er versucht gewesen war.

Insgesamt gab es sechs Paare – Korrektur, fünf Paare und mich und mein Phantomdate, das so gemein war, mich ständig via SMS über seinen Fortschritt mit dem Hochzeitsquest auf dem Laufenden zu halten. Er kicherte vermutlich jedes Mal, wenn er auf Senden klickte.

Wenn er nicht so krank gewesen wäre, wäre Adam Drakes Hintern Alderaan und ich der Todesstern. Er würde eine *große Erschütterung der Macht* spüren …

Nichtsdestotrotz, das Dinner war angenehm. Das Haus war natürlich wunderschön. Es hatte ein gläsern eingefasstes Esszimmer mit einer beeindruckenden Aussicht. Ich betrieb Smalltalk und die Leute fragten mich nach meinen Hochzeitsplänen und machten die üblichen Witze über den *heiligen Bund der Ehe.* Und ich tat so, als würde ich es lustig finden.

Nach dem Abendessen wurde es jedoch ernst. Die Männer saßen allesamt am Tisch und unterhielten sich über Geschäfte und aktuelle Geschehnisse, während die Frauen mit Kaffee auf die Couch auswanderten und tratschten. Oh, wie sehr ich mich anstrengen musste, nicht die Augen zu verdrehen, wenn ich daran dachte, wie wenig sich seit den Tagen von *Downton Abbey* verändert hatte.

Was fehlte, um das Bild zu vervollständigen, waren lediglich Zigarren und Smokings. *Ladys, haben wir in dem vergangenen Jahrhundert denn keine Fortschritte gemacht?* Wir hatten das Recht zu wählen, Land zu besitzen und unsere eigenen Konten haben zu können erhalten. Und doch saßen wir hier nach Geschlechtern getrennt und tratschten.

„Mia, du siehst wunderbar aus. Du hast dieses gewisse Etwas einer errötenden Braut vor der Hochzeit." Sonya lächelte, als sie ihre Kaffeetasse – in der mehr Baileys als Kaffee war – an ihre Lippen hob.

Ich legte meine Hand verlegen an meine warme Wange. „Oh, danke."

„Vielleicht liegt es an ihrer Freude, nicht mehr studieren zu müssen", fügte Susanna, die Nachbarin, die in dem Haus rechts von unserem wohnte, freudig hinzu.

Ich blickte sie fragend an. *Nicht mehr studieren zu müssen?* Wovon zum Teufel sprach sie? Meine offensichtliche Verwirrung brachte sie aus dem Konzept und sie versuchte es erneut.

„Hörst du denn nicht mit dem Medizinstudium auf? Es tut mir leid. Ich dachte, du würdest nicht mehr hingehen müssen."

Nicht mehr *müssen?* Was zum Teufel? Warum nahm sie so etwas an? Ging ich denn nur zur Uni und widmete dem Studium all diese Energie, Zeit und Hirnleistung, um mir die Zeit zu vertreiben, bis ich einen reichen Ehemann in der Tasche hatte? Vielleicht drehte sich *ihr* ganzer Karrieregang nur darum, sich einen reichen Mann zu schnappen. Aber nicht *meiner*.

Adam wäre auch mein idealer Partner, wenn er nur zwanzig Dollar auf dem Konto hätte. Da war ich mir sicher.

Als ich antwortete, knirschte ich leicht mit den Zähnen. „Ich habe schon fast anderthalb Jahre geschafft ... da wäre es unsinnig, jetzt aufzuhören."

Ihr Lächeln verblasste auf ihrem makellosen Gesicht, dessen Haut von der falschen Bräune bronzen schimmerte. „Aber es sind doch nicht nur die vier Jahre Studium. Nach der Schule kommen die Praktika und die Facharztausbildung."

Ich vergaß, dass Susannas Dad Arzt im Ruhestand war – ein angesehener Schönheitschirurg. Aber sie ließ das nur selten jemanden lange vergessen. Sie redete *immer noch*. „Ich kann mir nicht vorstellen, all das zu tun, während ich einen Haushalt aufbaue, eine Ehe führe und natürlich Kinder bekomme." Sie tätschelte ihren eigenen kürzlich verkündeten Babybauch.

Ich versuchte, mein Gesicht nicht zeigen zu lassen, was ich dachte. Natürlich würde das Babythema angesprochen werden, wenn eine Frau kurz vor ihrer Hochzeit stand, doch für mich war das immer noch ein heikles Thema. Und deswegen wurde ich natürlich daran erinnert, dass Adam und ich das noch nicht einmal besprochen hatten. Ich stöhnte innerlich. Noch eine angespannte Unterhaltung, die wir führen mussten, neben den Problemen mit der Arbeit *und* mit Jordan.

So *viele* anstehende Unterhaltungen. Und doch hatten wir sie noch nicht geführt. Wir tanzten wie Profis darum herum.

Ich nahm einen tiefen Atemzug. „Ja, mir ist klar, dass das eine große Verpflichtung ist, aber ich freue mich trotzdem noch sehr darauf, eines Tages Ärztin zu werden."

„Und Adam steht da hinter dir?", fragte Trish, eine makellose Blondine, die fast den ganzen Abend ruhig gewesen war. Trishs Alter war meinem am nächsten und doch war sie als Mitglied der feinen Gesellschaft aufgewachsen und hatte bereits ihren zweiten Ehemann, den wohlhabenden Medienmagnaten James Sinclair.

„Natürlich", antwortete ich und nahm einen Schluck von meinem Kaffee, wobei ich mich umsah und nach etwas – *irgendetwas* – suchte, auf das ich das Thema lenken konnte. „Oh, dieses Bild über dem Kamin ist wunderschön. Ist das Corona del Mar?"

Ich wusste, dass es das nicht war. Aber das war mir egal. Sonya korrigierte mich schnell. Das Thema war gewechselt.

Ein paar Minuten lang drehte sich das Gespräch um ein sicheres Thema, bevor es wieder auf mich zurückkam. Und dieses Mal handelte es sich um Eheratschläge. *Einfach großartig.*

Ich würde meinen Verlobten dafür leiden lassen.

„Weise ihn nie ab", sagte Audra, mit Anfang Fünfzig die Älteste der Gruppe. Sie war von uns am längsten verheiratet – auch wenn sie die zweite Ehefrau ihres Mannes war. Es ging das Gerücht herum, dass sie der Grund war, aus dem die erste Ehe zugrunde gegangen war.

Ich runzelte die Stirn. „Ähm, du meinst, nicht widersprechen?" Denn darin würde ich definitiv versagen. Kein Wunder, dass sie immer noch mit ihrem Mann verheiratet war. Warum sollte er sich von einer perfekten Jasagerin trennen?

„Nein, ich rede von Sex." Ich spuckte fast meinen Kaffee aus. „Er wird spät von der Arbeit oder einer Reise nach Hause kommen und mit dir schlafen wollen. Vielleicht bist du müde oder nicht in der Stimmung, was auch immer. Aber weise ihn *nie* ab. Wenn er es nicht zuhause bekommt – und wenn es nicht aufregend genug ist – wird er es anderswo finden. Und das einfach. *Zu* einfach."

Ich verschluckte fast meine Zunge. Dazu konnte ich viel sagen. Zum Beispiel, was wäre, wenn *ich* es wollte und er zu müde oder nicht in der Stimmung war? Sexuelle Gleichberechtigung für alle.

„Das ist der Schlüssel", warf Trish ein. „Einen Weg zu finden, ihn glücklich zu machen und Konflikte zu minimieren. Das ist ein Balanceakt."

Nicht einmal fünfzehn Minuten, nachdem die Unterhaltung mit den Frauen angefangen hatte, hoffte ich bereits darauf, dass das Handy in meiner Tasche endlich klingelte. *Bitte, verdammt. Bitte.* Wenn ich nur wie ein Jedi gedanklich eine Nachricht an Kat schicken könnte, so wie Luke es mit Leia am Ende von *Das Imperium schlägt zurück* gemacht hatte, würde ihr Kopf jetzt lautstark erklingen. Verzweifelt erkannte ich aber, dass unsere vereinbarte Zeit erst in einer Stunde war. *Scheiße.* Noch eine Stunde hiervon.

„Wie alt bist du nochmal? Vierundzwanzig?", fragte Sonya, als sie ihre Kaffeetasse auffüllte. „Du hast noch ein paar Jahre. Aber bevor du dreißig wirst, solltest du anfangen. Was denkst du, Julia?"

„Botox?" Die Rothaarige, die ich gerade erst kennengelernt hatte, meldete sich zu Wort. „Oh Gott, ja. Ich habe mit fünfundzwanzig angefangen. Die beste Entscheidung meines Lebens." Sie strich mit einem Finger von ihren Augenwinkeln ihre Wange hinab, als würde sie zeigen wollen, wie viele ihrer Muskeln nicht mehr funktionierten. Sie drehte sich mit erstarrter Miene zu mir. „Wenn ich dir meine Dermatologin empfehlen soll, gebe ich dir sehr gerne ihre Nummer."

Botox? Was zum Teufel? Sie konnten das doch nicht ernst meinen … und war mir sicher, dass man meine Fassungslosigkeit in meinem Gesicht sehen konnte, denn Audra, die direkt neben mir saß, tätschelte mein Knie. „Du musst nicht so jung anfangen.

Du hast perfekte Haut, aber du solltest dich über vorbeugende Maßnahmen informieren. Du musst vorausplanen, denn andernfalls wirst du Mitte dreißig sein und er wird anderen Frauen hinterherschauen." Nicken von allen bis auf Julia, die schüchtern aus ihrer Tasse trank. „Denn überall lauern Versuchungen. Es ist wirklich schwierig für sie, weißt du. Sie müssen ständig nein zu dem sagen, was ihnen so freizügig angeboten wird, weißt du, was ich meine?"

Einfach nicken, Mia. Nicken. Aber nein … ich runzelte die Stirn, weil ich völlig verblüfft war, worüber sie redete. „Nein."

„Sex, Mia. Frauen", sagte Trish. „Frauen sind überall, kreisen wie Aasgeier, die den Tod einer Ehe schon aus meilenweiter Entfernung riechen können. Und manchmal – oft – warten sie nicht, bis die Ehe zugrunde geht, um anzugreifen." Alle vermieden es, Audra während dieser Ansprache anzusehen.

„Er wird Aufmerksamkeit bekommen, das ist sicher." Sonya nickte mit einem Lächeln auf ihren Lippen.

„Die bekommt er schon", warf Trish ein, bevor sie sich fröhlich an mich wandte. „Dein zukünftiger Ehemann ist eine Augenweide." Ich schluckte und mir wurde plötzlich übel. „Du weißt, dass es bereits passiert, oder? Wenn er auf seinen Geschäftsreisen oder wo auch immer ist, wird ihm jeden Tag Sex auf einem silbernen Tablett angeboten."

Bei meinem ergriffenen Gesichtsausdruck lächelte sie. „Noch musst du dir um nichts Sorgen machen. Er ist schwer verliebt. Sorg dafür, dass es so bleibt. Normale Kerle gehen ständig fremd. Das passiert sogar, wenn ihnen nicht ständig solch goldene Gelegenheiten angeboten werden wie den unseren."

Julia meldete sich zu Wort. „Aber manchmal ist es am einfachsten, so einen Fehltritt durchgehen zu lassen, wenn es doch passiert. Anstatt es unnötig aufzublasen."

Jetzt konnte ich kaum noch schlucken. Adam und ich waren noch nicht einmal verheiratet und sie sagten mir bereits, dass er mich betrügen und ich ihm vergeben würde. Ich war *so kurz* davor, mein Essen wieder herauszuwürgen.

„Außer du hast eine Fremdgehklausel im Ehevertrag", fügte Audra lachend hinzu. „Dann kannst du ihn ausnehmen." Die Frauen brachen in schallendes Gelächter aus und das erweckte die Aufmerksamkeit der Männer, die kamen, um sich zu uns zu gesellen. Natürlich verlagerte sich die Unterhaltung nun auf ein sichereres Thema. *Dem Schöpfer sei Dank.*

Aber ich konnte nicht aufhören, über ihre Worte nachzugrübeln ... über Dinge, über die ich zuvor noch nicht wirklich nachgedacht hatte. Zum Beispiel, dass Adam Sex angeboten bekam, von jeder Menge schöner Frauen mit Modelfiguren. Von *ihnen* würde keine in weiter Krankenhauskleidung zu ihm nach Hause kommen und erschöpft einschlafen, bevor er überhaupt eine Unterhaltung beginnen konnte.

Adam hatte bereits eine leicht verrückte Stalkerin in der Arbeit gehabt. Cari, eine Praktikantin, war anfangs nur in ihn verschossen gewesen, aber daraus hatte sich schnell eine verrückte Besessenheit entwickelt. Sie war so groß geworden, dass Adam sie feuern musste, weil sie einige wirklich schreckliche Dinge getan hatte. Dinge, die durch ihre Eifersucht auf *mich* motiviert worden waren.

Aber daran zu denken, dass es Dutzende von Frauen wie Cari gab ... und einige, die nicht ganz so verrückt waren. Und wahrscheinlich auch viel klüger. Die meisten von ihnen würden nichts gegen seine Arbeitswut haben. Ihnen würde gefallen, was sie hinter seinem gewaltigen Nettoeinkommen sahen. Denn Adam sah zusätzlich noch wie ein Filmstar aus.

Er hatte wirklich alles, und bis jetzt hatte ich keine Probleme damit gehabt, mich zu freuen, dass er ganz mir gehörte.

Zweifel, mit ihrem hinterlistigen Flüstern, fingen an, die Stimmen zu erheben. Er war entschlossen, dass wir *jetzt* heiraten würden. Warum? Ich stimmte diesem Vorhaben uneingeschränkt zu. Aber was, wenn ich eines Tages nicht mehr genug für ihn war? Was, wenn er in einem Moment der Schwäche einer dieser vielen Versuchungen erlag? Schließlich war kein Mann perfekt …

Glücklicherweise unterbrach kurz darauf Katyas Anruf mein Grübeln und erlaubte mir, mich von der Party zu entschuldigen. Ich sagte, dass ich nach Adam sehen musste. Einer der Ehemänner scherzte, dass ich ein freizügiges Krankenschwesterkostüm tragen sollte, um ihn aufzumuntern, wenn ich mich um ihn kümmerte. Keiner von ihnen wusste, dass bei Adam das Risiko eines Milzrisses bestand, also lachte ich einfach, anstatt dieses persönliche Detail über unser zeitweiliges Zölibat preiszugeben.

Ich trottete gedankenverloren zurück nach Hause. Dort drückte ich meinen Daumen auf das biometrische Schloss, trat ein, schloss die Tür hinter mir und ging die Treppe hinauf. In unserem Zimmer lag Adam auf dem Bett und spielte immer noch auf seinem Laptop.

Ich war so aufgewühlt, dass ich direkt ins Badezimmer ging, um mich zu sammeln. Nachdem ich meine Ohrringe und den anderen Schmuck abgenommen hatte, stoppte ich, bevor ich mein Make-up entfernte. Erstarrt starrte ich in die besorgten Augen im Spiegel.

Sollte ich mich ihm mit dem Make-up zeigen, bevor ich es abwischte? Es sah immer noch gut aus. Er sah mich im Haus meistens ungeschminkt. Was, wenn er wegen meines Kleidungsstils dachte, dass ich schlicht und heruntergekommen aussah?

Ein Klumpen formte sich in meinem Hals und ich konnte nur noch schwer atmen. Mein Mund wurde trocken. Ich wusste, wie es sich anfühlte, nicht gewollt zu werden. Mein eigener Vater hatte mich nicht gewollt und all diese Emotionen waren wegen meines Kontaktes zu Glen wieder hochgekommen.

Mein Magen drehte sich und mir würde übel.

Würde Adam mich irgendwann abweisen? Ich erinnerte mich wieder an das Gefühl von damals, als er mich abgewiesen hatte. Wochen nachdem ich mich von meinem Krebs erholt hatte, hatte er mich zu meiner Mutter geschickt. Wir hatten einige Monate getrennt voneinander gelebt, ohne miteinander zu kommunizieren. Das hatte uns geholfen, aber ich war niedergeschlagen gewesen. Wenn er mich nach unserer Hochzeit verließe, würde es sich tausendmal schlimmer anfühlen. *Oh Gott.*

Und was würde passieren, wenn er ein Kind wollte? Was, wenn ich ihm keines schenken könnte? Würde er sich eine andere Frau suchen, die das konnte? Ich hatte seit der Chemo keine wirkliche Periode gehabt. Manchmal hatte ich leichte Blutungen, aber nichts, was anzeigte, dass meine Fruchtbarkeit zurückkommen würde. Es bestand die Gefahr, dass sie für immer verschwunden war.

In zehn Jahren, wenn er auf die Vierzig zuging, würde er ein Kind haben wollen. Und er könnte eine schöne junge Frau finden, die ihm eines schenken würde.

Und ich würde auf dem Abstellgleis stehen und ihn und seine neue Familie betrachten. Wäre ich die erwachsene Exfrau, die sich weigerte, eine Enthüllungsgeschichte zu schreiben oder Interviews bei der Presse zu geben? Würde ich standhaft bleiben, während die Welt zusah und Spekulationen über meine Demütigung anstellte, während ich schweigend litt?

Oh, Gott. Ich brach fast zusammen, hielt mich am Wasserhahn fest und fühlte all mein Versagen, egal ob eingebildet oder real, vergangen oder gegenwärtig. Ich spritzte mir Wasser ins Gesicht. Doch das half nichts und ließ lediglich meine Mascara verlaufen. Wie könnte ich ihm so gegenübertreten.

„Hattest du eine schöne Zeit?", unterbrach Adam, als er seinen Kopf ins Badezimmer steckte. Ich stand da und sah mich wie eine Idiotin im Spiegel an, während das Wasser lief. Blinzelnd drehte ich den Wasserhahn zu.

„Ja, sicher", murmelte ich und mied seinen Blick im Spiegel. „Wie fühlst du dich?"

Er runzelte die Stirn. „Was ist los?"

Ich seufzte. Ich wollte nicht, dass er sah, wie aufgewühlt ich war, bis ich selbst wusste, wie genau ich mich fühlte. Aber etwas vor Adam zu verbergen, war wahnsinnig schwierig. Er war zu aufmerksam und ich war eine zu schlechte Schauspielerin. „Ich bin müde."

Er betrat das Badezimmer und stellte sich hinter mich, wobei er seine Augen nicht von meinem Gesicht nahm. „Du wirkst … aufgebracht."

Ich öffnete den Mund, um eine Ausrede vorzubringen. Aber unerklärlicherweise kam dieses ganze Gefühlschaos hoch und ich platzte plötzlich mit all diesen Emotionen heraus.

„Du denkst nicht, dass ich mit Botox anfangen sollte, oder?"

Er blickte mich an, als wäre mir ein Horn auf der Stirn gewachsen.

Meine Augen schossen wieder zu meinem Spiegelbild. „Oder sollte ich vielleicht öfter Make-up tragen?" Ich fuhr mit den Fingern über meine Wange. „Denkst du, dass ich mich noch zu sehr wie eine Studentin kleide?"

Sein Gesicht verzog sich, als hätte er in eine Zitrone gebissen. „Hast du zu viel *Real Housewives of Orange County* gesehen?"

Ich biss die Zähne zusammen und ballte die Fäuste und wollte vor Frust fast mit dem Fuß aufstampfen und verlangen, dass er mich trotz des Unsinns, der aus meinem Mund kam, ernst nahm. „Das ist mein Ernst. Bieten dir Frauen überall Sex an?"

Jetzt sah er mich mit Glubschaugen an. „Selbst wenn sie das täten, ich habe eine ziemlich explosive Milz, erinnerst du dich?"

„Das ist nicht lustig, Adam", jammerte ich. Dann brach ich unerklärlicherweise und beschämenderweise in Tränen aus.

„*Whoa*", sagte er mit echter Besorgnis in den Augen, wobei er mich in seine Arme zog. „Was ist denn los?"

Ohne ein Wort zu sagen, drehte ich mich um und seufzte in seine Schulter. Ich betrauerte bereits den Untergang unserer Ehe wegen seiner Untreue mit einem halben Dutzend Frauen, die Jahrzehnte jünger waren als ich.

„Komm her. Alles gut." Er führte mich behutsam aus dem Badezimmer und setzte mich neben sich aufs Bett. „Haben diese *Real Housewives* auf der Party das mit dir angestellt?"

Ich schüttelte den Kopf und schluchzte in meine Hände. „Ich weiß nicht, ob ich bereit dafür bin. Ich bin nicht bereit für deine Welt.“

„Emilia!“ Seine Stimme war fest und er strich mir die Haare aus dem Gesicht. „Langsam.“

„Ich will nicht mit dem Medizinstudium aufhören.“ Ich schniefte.

„Was zum Teufel? Du musst doch nicht mit dem Studium aufhören. Das ergibt keinen Sinn.“ Er strich mit seinen Fingern durch mein Haar. „Wer hat dir gesagt, dass du das musst?“

„Aber es müssen Wohltätigkeitsveranstaltungen geplant werden.“ Meine Brust hob sich und ich schluckte mehr Luft. „Und – und deine Stiftung –“ Ich schluchzte so sehr, dass ich kaum atmen konnte.

„*Emilia*“, befahl er praktisch. „Langsam. Sofort.“

Ich legte meine Hände auf mein Gesicht, unfähig meine Aufregung unter Kontrolle zu bekommen. „Ich will keine erste Ehefrau sein, Adam.“

„Das ist gut. Ich habe nämlich nur vor, *eine* zu haben.“

Er griff zum Nachtkästchen, schnappte sich ein paar Taschentücher aus einer Schachtel und drückte sie in meine zitternden Hände. „Atme durch und beruhige dich.“

Die Besorgnis in seiner Stimme war leicht zu erkennen, als er zusah, wie ich langsam wieder die Kontrolle über meine Emotionen zurückerlangte. Ich wischte mir übers Gesicht und schniefte. Die ganze Zeit streichelte Adam meinen Rücken und meine Haare.

„Also“, sagte er, als ich – bis auf einen leichten Schluckauf – ein paar Minuten ruhig gewesen war. „Reden wir in Ruhe darüber. Offensichtlich haben sie dir irgendwelche Scheiße erzählt, die dir Angst gemacht hat."

„Sie waren gemein." Ich schüttelte den Kopf. „Sie versuchten auf ihre Weise hilfreich zu sein, aufgrund ihrer Erfahrungen. Und es ... öffnete mir die Augen, wie es für dich sein muss. Wenn du in der Welt herumreist – als Milliardär und so."

„Ich bin immer noch *ich*." Er runzelte die Stirn. „Ich bin immer noch dieselbe Person, egal ob ich hier bin oder *in der Welt herumreise*. Immer noch dieselbe Person, die du vor drei Jahren kennengelernt hast. Und ja, mein Konto ist jetzt größer, aber das bedeutet nichts."

Ich drehte mich zu ihm und meine Hände verkrampften sich in meinem Schoß und formten die Taschentücher zu einem festen Ball. „Nein, es ist naiv und zu vereinfacht, wenn du das sagst. Deine Welt *hat* sich verändert. Vielleicht siehst du es noch nicht, aber das hat sie." Er versteifte neben mir und als er mich unterbrechen wollte, ließ ich ihn nicht. „Du bist unter den ersten hundert der oberen Zehntausend – und die Frauen werden jetzt noch mehr hinter dir her sein als zuvor. Und glaub mir, mir hat nicht gefallen, was ich vorhin gesehen habe."

„Und sollte ich mir Sorgen machen, dass die Männer hinter dir her sind? Du bist schön, jung, brillant. Ich habe gesehen, wie die Männer dir hinterherstarren, wenn du ausgehst, selbst wenn ich direkt neben dir stehe und sie finster anblicke. Sollte ich mir auch Sorgen machen?"

Ich schüttelte den Kopf. „Das ist nicht dasselbe."

„Nein? Warum nicht?" Er legte seine Hand unter mein Kinn und hob es, sodass ich ihn anblickte. „Wir heiraten. Ich vertraue dir genauso sehr, wie du mir vertraust."

Ich zuckte mit den Schultern und gestand es mir ein, ohne es zuzugeben.

Er nahm das auf und zog mich näher an sich. Ich entspannte mich an seiner Brust. „Also, damit du es weißt, niemand kann hinter mir her sein, wenn ich bereits von jemandem gefangen wurde."

Ich schluckte. „So einfach ist das nicht. Vielen Frauen – wahrscheinlich den meisten – ist es scheißegal, dass du bereits verheiratet bist. Dein Ehering wird sie vielleicht nur noch mehr ermutigen."

„Warum ist es so wichtig, ob es ihnen scheißegal ist oder nicht? Die Ehe bedeutet mir etwas, mein Gelübde dir gegenüber bedeutet mir etwas. Alles andere ist egal. Eine Frau könnte zu mir herkommen und ihr Kleid fallen lassen und es wäre mir egal."

Ich blickte ihn finster an. „Du bist so ein Lügner. Du würdest hinsehen."

Er zuckte mit den Schultern. „Ja, wahrscheinlich. Das machen Männer einfach."

„Fremdgehen auch."

Er schüttelte den Kopf. „*Ich* nicht. Ich habe eine bemerkenswerte Selbstbeherrschung, wenn du dich erinnerst. Es war nicht einfach, all die Zeit die Finger von dir zu lassen. Aber ich habe es geschafft. Und jetzt … sind wir beide zusammen mehr als das. Mehr als die Summe unserer sexuellen Anziehung."

Ich *dachte*, dass er es als Kompliment meinte, aber ich war verwirrt. Und offensichtlich war diese Verwirrung auf meinem Gesicht zu sehen, weshalb er es erläuterte.

„Ich meine, wir sind wie ein episches Quest – dieser komplexe Algorithmus von Erfahrungen, Erinnerungen, Gefühlen und gegenseitigen Versprechen. Von unserem gemeinsamen Leben. Es ist eine Verbindung, die viel tiefer geht als Sex.

Ich wich zurück, um ihn anzusehen. „Und diese neue und verbotene Sache wird dich nie auch nur im Geringsten reizen?"

Etwas daran gefiel ihm anscheinend nicht, da sich seine Stirn in Falten legte. „Ich werde nie sagen, dass ich nicht hinsehen werde. Das wäre dumm und unrealistisch. Und ich werde dir auch nichts vormachen, da du sonst die Dinge nicht glauben wirst, die ich ernst meine." Er fuhr mit seiner Hand durch seine Haare. „Ich werde *immer* das, was ich verlieren würde, mit einer flüchtigen heißen Begegnung vergleichen. Und *jedes einzelne Mal* wird diese heiße Begegnung nicht dem gleich kommen, was ich mit dir habe. *Niemals.*"

Wie konnte er so romantisch sein und doch gleichzeitig so rational? Ich wusste es nicht, aber zusammen mit meinem Lächeln war auch mein Selbstvertrauen gewachsen. Und mein Vertrauen in ihn.

Es schien so, als würde er etwas sagen wollen, es sich aber anders überlegen. Also lehnte ich mich vor und legte meine Hand auf seinen Arm, um ihn dazu zu bewegen, zu sagen, was ihm auf dem Herzen lag.

„*Und* ... vielleicht solltest du erkennen, dass ein Teil dieser Angst auf deinen persönlichen Erfahrungen basiert. Und die Sachen, die diese *Real Housewives* heute gesagt haben, haben diese Ängste, die bereits in dir waren, geweckt."

Er sprach von meinem Vater – dem biologischen Samenspender. Dem Ersten, der mich in meinem Leben fallengelassen hatte. Dem Mann, der mit meiner armen, nichts ahnenden Mutter seine eigene Familie hintergangen hatte. Und der uns dann verlassen hatte und zu ihnen zurückgekehrt war.

„Okay." Ich nickte. „Ich sehe ein, dass einiges von dem, was sie gesagt haben, meine innersten Ängste geweckt hatte."

Er runzelte sie Stirn. „Denkst du tief drinnen immer noch, dass ich dich verlassen werde?"

Ich biss mir auf die Lippe und dachte einen Augenblick nach. „Logisch betrachtet nicht."

Er lächelte und strich mit seinem kräftigen Daumen über meine feuchte Wange. „Ich habe gesehen, wie du dich übergeben und angepinkelt hast – manchmal gleichzeitig. Wenn mich das nicht verschreckt hat, was soll das dann schaffen?"

Ich zuckte mit den Schultern und blickte weg. „Graue Haare? Falten? Hängebusen?"

„Du wirst nur noch schöner sein." Er schüttelte seufzend den Kopf. „Die meisten Männer, die fremdgehen ... tun es wegen ihres eigenen fragilen Selbstbildes. Sie sind geschmeichelt von der Aufmerksamkeit, die ihr Ego stärkt. Sie gehen fremd, um ein bodenloses Verlangen zu stillen."

„Sie gehen nicht fremd, weil sie einen Streit mit ihrer Frau hatten oder weil sie zu müde war, um sich schick zu machen und glamourös zu sein und immer um ihn herumzutänzeln?"

Er zuckte mit den Schultern. „Einige sind wahrscheinlich zuhause unglücklich. Es mag Zeiten geben, in denen es schwierig für uns sein wird. *Aber* wir haben bereits beweisen, dass wir auch harte Zeiten durchstehen können, oder etwa nicht? Du solltest mehr Vertrauen in uns haben."

Ich richtete mich auf und hatte plötzlich Angst, dass er dachte, ich würde nicht an uns glauben. „Es tut mir leid. Das habe ich. Das habe ich wirklich. Das alles basiert nur auf meiner eigenen Unsicherheit."

Er blickte finster drein. „Dann hör damit auf, weil Frauen ebenso wie Männer dieses Verlangen haben, ihr Selbstbild bestärken zu lassen. Vielleicht sollte ich Angst haben, dass du mir fremdgehst.“

Ich blickte zu ihm hoch und bemerkte, dass ein Lächeln an seinen Mundwinkeln zog.

„Nun, da gibt es meinen fünfundsechzig Jahre alten Lehrer …“

Das großspurige Lächeln verschwand aus seinem Gesicht und ich fing an zu lachen. Ihm fiel die Kinnlade herunter und ich legte mich aufs Bett zurück. Da er mittlerweile lange Bartstoppeln hatte, nahm ich an, er würde näher kommen und mich mit ihnen kratzen, doch ich streckte die Arme aus und hielt ihn davon ab, als er sich über mich rollte.

„Warte – da gibt es noch etwas, was ich dich fragen muss.“

„Bevor ich dich bestrafe?“

Ich biss mir auf die Lippen und nickte, wobei ich ihn mit Hundeaugen anblickte.

Er kniff die Augen zusammen, als er mein Gesicht von den Augen zu den Lippen hinab absuchte, da er wahrscheinlich vermutete, dass ich ihn ablenken wollte – was der Fall war. „Ich traue diesem Blick nicht.“

„Welchem Blick? Ich muss dich wirklich noch etwas fragen.“

Er küsste meinen Hals, anstatt mich mit seinen Stoppeln zu kratzen. Ich lächelte, erwärmt von dem vertrauten Kitzeln, das seine Lippen überall an meinem Körper verursachten. Er wurde verspielt, jetzt wo er sich besser fühlte. Leider würde ich dem Einhalt gebieten müssen, obwohl es schon sehr lange her war, seit wir das letzte Mal Sex gehabt hatten. Aber für den

Augenblick genoss ich es. Er küsste einen Pfad zu meiner Kehle hinauf.

„Nun, diese *Real Housewives* haben über Eheverträge gesprochen …“

Er erstarrte. Er zögerte merklich, bevor er sein Küssen ohne Kommentar fortsetzte. „Bist du dir ganz sicher, dass meine Milz immer noch zu geschwollen ist? Denn ich kann dir versichern, dass andere Teile meines Körpers gerade definitiv anschwellen.“ Er knabberte an meinem Ohr und Lust flammte in mir auf, als meine Augen sich in meinem Kopf zurückrollten. Verdammt, diese Zwangspause in unserem Sexualleben brachte mich um.

Seltsam, dass er meine Frage nicht beantwortet hatte … aber das war der letzte Gedanke an dieses Thema, da er mich mit seinem heißen Mund langsam zum Schmelzen brachte.

„Wir dürfen nicht. Nicht bis die Ärztin dich am Montag untersucht und sagt, dass es okay ist.“

„Gottverdammt.“ Er rollte von mir herunter. „Ich kann dich nicht einmal mit meiner Hand betrügen.“

Ich brach in schallendes Gelächter aus.

„Das ist nicht lustig“, jammerte er.

„Es ist zum Brüllen komisch. Aber du bist nicht der Einzige, der geil ist.“

„Ich würde dir anbieten, dein Leiden zu beenden, aber du bist eine grausame Frau, die sich über mein Unglück lustig gemacht hat. Wenn ich leide, dann musst du mit mir leiden.“

Ich kicherte und rollte auf die Seite, um ihn anzusehen, wobei ich meine Hand hob. „Ich habe auch eine Hand. Und ich *kann* dich mit ihr betrügen.“

„Ja. Mit ihr und meiner dreckigen Unterwäsche –“

„T-Shirt! Es war dein T-Shirt. Gott.“

So ging es noch ein paar Minuten weiter, bevor er ernüchterte und mich einen langen Augenblick ansah. „Fühlst du dich besser?“

„Ja. Tue ich.“ Ich seufzte. „Ich bin froh, dass wir darüber geredet haben, obwohl ich so aufgelöst war, als wir angefangen haben.“

„Und ich war ganz sentimental, als du nach Hause gekommen warst. Aber das verschwand, als du zu weinen angefangen hast.“

Ich küsste ihn auf die Wange. „Weswegen warst du sentimental?“

Er zeigte auf seinen Laptop, der in einem seltsamen Winkel auf dem Nachtkästchen stand. „Wegen dem Quest. Es geht dabei um *uns*. Bist du sicher, dass dich niemand über Details unserer Beziehung ausgefragt hat?“

Ich blinzelte erstaunt. „Nein. Wie … wie kann es dabei um uns gehen? Zeig es mir.“

Er öffnete den Laptop und loggte sich im Spiel ein, wobei er mir erklärte, was er bis jetzt gemacht hatte. Aufträge ausgeführt, um Lord Sisyphus zu helfen, seine Braut zu finden und ihr einen Antrag zu machen.

„Zuerst hieß es, ich sollte dorthin gehen, wo ich sie das erste Mal getroffen habe, weswegen ich einige Zeit ratlos gewesen war. Dann dachte ich an *uns* und wie wir uns auf dieser Hotelkonferenz getroffen haben. Und ich versuchte es mit dem besten Gasthaus in der Stadt. Oben auf einem langen Tisch stand eine leuchtende Vase. Ich klickte darauf und stellte Blumen in die Vase.“

Ich lächelte, als ich hörte, wie bewegt seine Stimme klang. Es war lange her, seit er so viel Spaß gehabt hatte, ein Videospiel zu spielen. Ich nahm an, dass das Spiel lange Zeit nur Arbeit für ihn gewesen war.

„*Genial.* Was dann?"

„Ich musste eine Karte zu einem weit entfernten Königreich namens Amah Dastam finden und dabei helfen, die Prinzessin dort zu überzeugen, sich mit Sisyphus zu treffen."

„Amah Dastam? Amah Dastam."

Er sah mich aufmerksam an. „Sag es schnell."

„Amah Dastam." Ich nickte und mir ging plötzlich ein Licht auf. „Amsterdam. Heilige Scheiße. Das ist, ähm, irgendwie unheimlich. Was kam als Nächstes? Wird Prinzessin Emma ihre Jungfräulichkeit versteigern, nachdem sie ein kontroverses Manifest über Jungfräulichkeit geschrieben hat?"

Er blickte mich mit einem gespielt finsteren Blick an. „Das macht sie besser *nicht.*" Er schlug gähnend den Laptop zu.

„Du könntest eine Mütze Schlaf vertragen", sagte ich, da mir bewusst war, dass es sowieso Zeit zum Schlafengehen war.

Er grinste mich schief an – er sah so verdammt heiß aus mit seinem verwahrlosten Bart und ich verfluchte die Tatsache, dass ich mich nicht über ihn hermachen konnte. Das wäre der perfekte Moment gewesen. *Verdammtes Zölibat.*

„Denke ich auch." Erschöpfung, ebenso ausgeprägt wie seine, nagte an mir.

Minuten später lagen wir im Bett, aber bis ich auf seine Seite rutschen konnte, um zu kuscheln, war er bereits eingeschlafen.

***

Am nächsten Morgen lag er bereits wach neben mir im Bett und tippte auf seinem Laptop, als ich mich umdrehte und die Augenlider öffnete.

Durch meine verschlafenen Augen erhaschte ich einen Blick auf die seltsamste Sache, die ich je auf seinem Laptopbildschirm gesehen hatte. Eine Animation zeigte etwas, was wie eine Raketenflugbahn aussah, die irgendwo in Florida startete (inklusive Zeitangaben, Startwinkel, Höhenangaben und anderer Zahlen).

Ich räusperte mich und runzelte die Stirn. „Was ist das?", fragte ich.

Schockiert sprang er auf und schlug den Laptop zu, wobei er mich mit einem schuldigen Blick ansah, so als hätte ich ihn dabei erwischt, wie er einen Omaporno ansah. Nachdem er kurz durchgeatmet hatte, um sich zu sammeln, verzog er das Gesicht. Anscheinend war er aufgebracht, weil ich es – was auch immer das war – gesehen hatte.

Ich setzte mich auf und starrte ihn an. „Was war das?", wiederholte ich.

Er zuckte mit der Schulter. „Nichts. Das war nicht für deine Augen gedacht."

„War es irgendein Raumschiff-Fetisch-Porno oder so? Es sah wie eine Rakete aus, die in Florida startete." Ich strich mit einer Hand durch meine zerzausten Haare. „Die Flugbahn? Die Explosionen über der Karibik. Das sah … aufwendig aus." Dann grinste ich verschmitzt. „Und *orgastisch*."

Seine Lippen wurden schmal, als er seinen Laptop wieder öffnete, wobei der Bildschirm dieses Mal von mir wegzeigte. „Es ist nichts." Er klickte auf ein paar Tasten auf der Tastatur und drehte den Laptop. Alles, was ich sehen konnte, war sein leerer Desktop.

Ich kniff die Augen zusammen. „Für mich sah es wie etwas aus."

Er blickte finster drein, aber sagte nichts.

Ich drehte mich zu ihm und eine neue – und besorgniserregende – Vermutung stieg in mir auf. „Es hat etwas mit der Hochzeit zu tun, oder?"

Er verschränkte die Arme vor der Brust. „Ruinier die Überraschung nicht."

Meine Kinnlade fiel herunter. „Das sah für mich nicht wie eine einfache *Überraschung* aus. Das sah wie ein simulierter Nuklearkrieg aus."

Sein Blick wanderte zur Decke. „Das ist kein Marschflugkörper."

„Was zum Teufel ist es dann?"

Er bewegte sich auf dem Bett. „Das ist eine einfache Rakete."

„Wie … Feuerwerk? Denn selbst ich weiß, dass wir in St. Lucia nichts von einem Feuerwerk haben werden, das von Florida aus startet."

Er verzog den Mund. „Das ist nicht *wirklich* ein Feuerwerk."

„Es ist *wirklich* eine echte Rakete?"

„Es ist eine *Überraschung*."

Ich lehnte mich zu ihm. „Adam Drake, wenn du mir nicht sagst, was das war, raste ich aus. Ich verspreche dir, dass ich zu Brautzilla werde. Du startest eine Rakete?"

Er warf mir einen finsteren Blick zu. „Ja."

„Zu welchem Zweck?" Oh Gott … *Überzogen* beschrieb diese Scheiße nicht einmal annähernd. „Bringt sie uns zum Mond? Ist das das Ziel unserer Hochzeitsreise? Soll ich einen Raumanzug einpacken?"

Er verdrehte die Augen. „Das ist ein … Spezialprojekt, an dem ich arbeite."

„Diese ganze Hochzeit ist ein Spezialprojekt – ein *übertriebenes* Spezialprojekt. *Bitte* sag mir, was es mit dieser Rakete wirklich auf sich hat."

Seine schönen Gesichtszüge enthüllten nichts. „Sie soll Nutzlast in die obere Atmosphäre bringen. Harmlosen inaktiven Schrott, der beim Wiedereintritt verbrennen wird und wie Sternschnuppen aussehen wird. Wir werden unser Gelöbnis bei Sonnenuntergang sprechen und der Wiedereintritt soll damit einhergehen."

Stille. Ich blinzelte ihn an und versuchte, das aufzunehmen.

Er warf mir einen Blick zu. „Bist du in Ordnung?"

Ich blickte ihn mit zusammengekniffenen Augen an. „Ich weiß nicht. Ich bin mir nicht sicher, wie ich darauf reagieren soll, dass mein Verlobter seinen Verstand verloren hat."

Sein Kiefer arbeitete. „Was? Denkst du nicht, dass das cool ist?"

„Adam, große *Nationen* ziehen bei der Eröffnung der Olympischen Spiele keine solchen Stunts ab. Das läuft außer Kontrolle –" Ich unterbrach mich, als ich den verletzten Blick auf seinem Gesicht sah, dann seufzte ich und fing ruhiger an. „Es tut mir leid, aber –"

Er zuckte mit den Schultern. „Dir gefällt das nicht. Ich verstehe dich klar und deutlich. Es ist ermüdend, der Einzige zu sein, der sich für diese Hochzeit begeistert." Er schlug den Laptop wieder zu und sein Kiefer verkrampfte sich. „Hoffentlich kannst du dich für die Ehe mehr begeistern als für diese Hochzeit."

Jetzt war ich an der Reihe, in die Defensive zu gehen. Ich konnte spüren, wie mein Blutdruck höher wurde und meine Fäuste sich ballten. „Das ist lächerlich. Nur weil ich keine exzessive Party möchte, bedeutet das nicht im Geringsten, dass ich dich nicht heiraten will oder mich nicht über die Tatsache freue, dass wir den Rest unseres Lebens gemeinsam verbringen."

Seine Wangen wurden rot vor Wut und sein finsterer Blick schoss zum Fenster. Dieses Benehmen war so seltsam.

Jetzt war er auf den Beinen und wanderte auf und ab. Meine Augen bemerkten, dass seine Pyjamahose und sein T-Shirt locker an seinem Körper hingen, der dünner als vor seiner Krankheit war. Ich machte mir eine mentale Notiz, unsere Köchin darüber zu informieren. Jetzt wo er wieder aß, würde er viele Kalorien brauchen.

„Worum geht es hier? Was ist los? Komm schon. Wenn du nicht mit mir darüber reden kannst, mit wem zum Teufel willst du dann darüber reden?"

„Ich habe nicht den Verstand verloren." Er kämmte mit seiner Hand durch sein Haar. „Ich wollte, dass *du* einen Tag hast, der ganz dir gehört, an dem jeder deiner Wünsche erfüllt wird und du dich besonders fühlst – wie eine Prinzessin."

Ich biss mir auf die Lippe. Ich wollte nie eine Prinzessin sein, noch huldigte ich den Disney-Prinzessinnen. Ich war eine andere Art Mädchen. Meine Vorbilder waren eher Dr. Quinn – Ärztin aus Leidenschaft, oder wenn schon Prinzessin, dann Prinzessin Leia, die Anführerin der Rebellion. Oder vielleicht Xena, die Krieger-Prinzessin. Aber seine Worte waren so verdammt süß, dass es mir den Atem raubte.

Ich schluckte den riesigen Kloß in meiner Kehle. Dann stand ich auf, ging ums Bett herum und nahm sein Gesicht in meine

Hände. „Das ist so süß –“ Er riss seinen Kopf hoch und weg und drehte mir den Rücken zu. Ich studierte seine gekrümmten Schultern und seine steife Pose.

„Adam, du machst einen auf Napster bei dieser Hochzeit.“ Ich bezog mich auf den berüchtigten Silicon-Valley-Milliardär, der öffentlich lächerlich gemacht wurde, weil er etwa zwanzig Millionen Dollar für seine übertriebene Hochzeit im Stil von Tolkien in den Redwood Wäldern in Nordkalifornien ausgegeben hatte.

Adam blickte finster drein. „Halt mal die Luft an.“

„Du bringst Schrott in die Atmosphäre, du ... du lässt weiß Gott was noch machen. Ich *habe* die E-Mails gelesen. Du lässt Spitzenköche und Bäcker mit Privatjets einfliegen. *Du selbst* fliegst nicht mit Privatfliegern, wenn du es vermeiden kannst. Hast du die CO2-Bilanz ausgerechnet, die du dadurch verursachst?“ Ich warf meine Hände in einer flehenden Geste zur Seite und schüttelte den Kopf. „Das bist nicht du. Das sind nicht *wir*. Sollte die Hochzeit nicht darum gehen, wer *wir* als Menschen sind? Als Paar? Als eine neue Familie, die entsteht?“

Er starrte weiter mit den Händen an den Hüften aus dem Fenster. In Zeiten wie diesen wusste ich, dass es unklug war, ihn zu provozieren. Es war so, als würde man einen mürrischen Bären mit einem Stock piksen. Es war normalerweise das Beste, ihn alleine zu lassen, damit er nachdenken konnte. Adam war schließlich ein Grübler. Und er wurde sauer wegen meiner konstruktiven Kritik. Okay, vielleicht war sie nicht *so* konstruktiv, wie sie hätte sein können.

Aber verdammt, ich konnte das nicht ruhen lassen. Es war auch meine Hochzeit.

„Du und ich und diese neue Einheit von *uns* ist wichtiger als eine Party. Und ich verstehe, dass dir ohne Arbeit gerade verdammt langweilig ist –"

„*Langweilig?*", biss er heraus und riss seinen Kopf in meine Richtung. „Du denkst, ich mache das, weil mir langweilig ist?"

Ich biss mir auf die Lippe. Ja, der Bär mochte den spitzen Stock nicht. „Nun, du arbeitest immer so verdammt viel, dass ich vermutete, dass du keine Ahnung hast, was du mit deiner Zeit anfangen sollst, wenn du das nicht kannst. Also kanalisierst du all deine Energie darauf."

Er drehte sich zu mir und seine Schultern verkrampften sich. Jetzt sah er wirklich angepisst aus. „Tu das nicht."

„Was? Dir deine zwanghafte Arbeitssucht vorwerfen? Warum nicht? Ich habe nur nichts gesagt, weil ich dachte, dass dein Körper das dieses Mal getan hat." Ich deutete auf ihn in seinem Pyjama, als wollte ich zeigen, dass seine Krankheit zum Teil durch seine Überarbeitung und seinen Schlafmangel ausgelöst worden war.

„Okay, jetzt machst du mich sauer."

„Wenn die Wahrheit dich sauer macht, dann soll es so sein. Ich werde dieses Thema nicht umgehen. Dieses Mal hat dein Körper dir einen Riegel vorgeschoben. Aber was passiert, wenn du dich besser fühlst? Du wirst wieder in dein hektisches Tempo verfallen. Wir beide arbeiten hart und bis vor Kurzem hatten wir alles unter einen Hut bekommen. Aber Richtung Ende wurde es verdammt lächerlich." Ich hielt inne und atmete genug Luft ein, um meine Schimpftirade zu vollenden. „Du hast nicht einmal neben mir im Bett geschlafen. Ich meine, ich bin bereit, *gelegentlich* die zweite Geige nach deiner Arbeit zu spielen, aber – "

Bevor ich den Satz beenden konnte, drehte er sich von mir weg und ging mit geballten Fäusten aus dem Zimmer.

Ich trottete hinter ihm her. „Adam, wo gehst du hin? Ich rede –“

„Ich gehe, bevor ich etwas sage, was ich bereuen werde.“

„Wie zum Beispiel?“

Er knurrte zähneknirschend: „Wenn ich es sage, werde ich es bereuen, was der Grund war, warum ich das Zimmer verlassen habe.“

„*Bleib sofort stehen.*“ Und das tat er – so abrupt, dass ich ihm fast in den Rücken rannte. Er stand regungslos wie eine Statue da, ohne sich zu mir umzudrehen.

Ich redete mit seinen breiten Schulterblättern und seiner steifen Wirbelsäule. „Ich versuche *wirklich* sehr, nicht zu nörgeln, aber … verdammt. Es nervt, wenn mein zukünftiger Ehemann ständig seine Arbeit mir vorzieht. Ich wäre gerne an erster Stelle – wenn auch nur manchmal.“

Sein Kopf fiel nach vorne und er legte seine Hand an seine Stirn. „Du hast absolut keine Ahnung, wie ich mich entschieden habe. Was ich für *uns* getan habe. Wenn du das wüsstest, würdest du das nicht sagen.“

Ich wich zurück. „Sorry, aber ich sage, dass das Bullshit ist.“

Seine offene Hand schoss vor und schlug gegen die Wand. Es war kein gewalttätiger Ausbruch, aber es war laut und ich zuckte zusammen. Er drehte sich zu mir und diese Ader auf seiner Stirn trat so stark hervor, als würde sie einen neuen Bergkamm auf seinen Gesichtszügen entstehen lassen wollen. Ja, er war *angepisst*. Ich hatte ihn zu sehr gereizt.

Ich blinzelte und er erstarrte, als er meine erschrockene Reaktion bemerkte. Wir standen eine Minute oder zwei so da und starrten einander verwundert und schockiert an. Wir hatten schon sehr lange nicht mehr so einen Streit gehabt.

Plötzlich schüttelte ich den Kopf, als würde ich mich aus einem schlimmen Traum aufwecken wollen. „Was ist das? Warum streiten wir so? Worum geht es hier *wirklich*?“

Sichtlich erschöpft ließ er den Kopf und seine Schultern hängen. Dieselbe Hand, mit der er gegen die Wand geschlagen hatte, stützte ihn nun daran ab.

Tief durchatmend blickte er vorsichtig hoch. Als hätte er die Schilde aktiviert und die Phaser auf Töten gestellt.

Ich schluckte stark und bereitete mich auf seine Antwort vor.

Kapitel Dreizehn
Adam

ICH HATTE KEINE AHNUNG, WIE ICH ANTWORTEN SOLLTE. Nicht ohne mich in noch größere Schwierigkeiten zu bringen.

„Diese Unterhaltung ist vorbei", murmelte ich, wobei ich kehrtmachte und in mein Büro ging und hoffte, dass sie mir nicht folgen würde. Natürlich wusste ich es besser, aber ich hatte jegliche Energie für diesen Tag aufgebraucht – und es war noch nicht einmal neun Uhr morgens. Mit einem langen Seufzen ließ ich mich in meinen Stuhl sinken und blickte sie durch den Türrahmen an.

Ich hatte meine Verlobte im Gang stehen gelassen – sprachlos und mit fragendem Blick. Nach einem langen Augenblick sagte ich endlich: „Du kannst gehen und wir können uns etwas abkühlen und später darüber reden. Oder wir können jetzt reden, aber ich warne dich, dass ich wirklich angepisst bin." Ich würde nicht zugeben, dass ich mich setzen musste, weil ich sonst umgefallen wäre, aber meine Erschöpfung war wahrscheinlich trotzdem zu erkennen.

Sie trat langsam ein und warf mir einen ärztlich prüfenden Blick zu.

„Ich stimme dir zu, dass wir diese Diskussion wahrscheinlich nicht fortführen sollten. Aber ich muss es wissen und ich kann einfach nicht warten. Was hast du damit gemeint?“

Meine Augen mieden ihre, ich rieb mir die Stirn und versuchte dabei, mir eine Möglichkeit einfallen zu lassen, dieses Thema zu umgehen. Das war das Letzte, was ich mit ihr diskutieren wollte – besonders jetzt. Besonders nach all der Verletzlichkeit und Unsicherheit, die sie mir letzte Nacht gezeigt hatte.

Und nach ihren Worten. *Ich bin nicht bereit für deine Welt.*

Sie hatte keine Ahnung, was *meine Welt* von mir verlangte – und von ihr. Wovor ich sie zu schützen versuchte. Und bei dem bloßen Gedanken, ihr das noch weiter zu verheimlichen, wollte ich mich in meinem Stuhl zusammenkauern.

„Was habe ich *womit* gemeint?“, fragte ich hinhaltend.

Sie sank auf den Stuhl auf der anderen Seite meines Schreibtisches und blickte mich stirnrunzelnd an. Selbst wenn ich sauer auf sie war und sie offensichtlich sauer auf mich, war sie die schönste Frau, die ich je gesehen hatte.

Meine Kehle schnürte sich zu, sodass ich die Emotionen, die in mir aufstiegen, kaum hinunterschlucken konnte. Und plötzlich erinnerte ich mich – an jenen Moment gestern Nacht, als sie mir gesagt hatte, dass sie das nicht tun konnte. Diese kalte Furcht vereiste meine Adern. Ich hatte Angst, dass sie es wieder sagen würde, oder schlimmer – danach handeln würde. Meine Brust verkrampfte sich, als ich mich an diese warmen Tränen erinnerte, die ich ihr aus ihren großen braunen Augen gestrichen hatte, als sie in mein T-Shirt geweint hatte.

Ihre Stimme war leise, als sie sprach. „Du sagtest, dass ich keine Ahnung habe, welche Entscheidungen du treffen musstest und was du für uns getan hast. Was bedeutet das? Da gibt es offensichtlich etwas, das du mir nicht erzählen willst."

Ich rieb mir die Stirn und fing an, aus dem Fenster zu starren. Die Sonne spiegelte sich auf dem Wasser der Back Bay wider und selbst bei diesem kühlen Herbstwetter schipperten Boote zum Hafen und aufs Meer hinaus.

„Adam … bitte sag es mir."

Unsicher, wie lange ich aus dem Fenster gestarrt und sie auf meine Antwort gewartet hatte, wurde ich durch ihr Flehen zurück in die Realität gerissen. Sie lehnte sich vor, presste beide Handflächen flach auf den Schreibtisch und sah mich mit besorgten Augen an.

Ich nahm einen tiefen Atemzug. Sollte ich es ihr sagen? Oder es für mich behalten und eine weitere Konfrontation riskieren? Sie die Hochzeit bestimmen lassen und das Ehevertrag-Problem geheim halten?

Neue Kopfschmerzen kündigten sich an und blühten hinter meinen Augen und meinen Schläfen auf. Ich wollte nicht darüber nachdenken. Mit geschlossenen Augen murmelte ich. „Es ist kein großes Thema. Ein kleiner Konflikt, den ich mit dem Aufsichtsrat habe. Er wird sich von selbst regeln."

Ihre Augenbrauen wanderten nach oben und sie runzelte die Stirn. Ihre Augen klebten immer noch an mir und ihr Gesichtsausdruck sagte mir, dass sie mir das nicht abkaufte. „Ein … Konflikt? Mit dem ganzen Aufsichtsrat oder nur mit Jordan?"

Ich versteifte mich bei der Erwähnung seines Namens und ihre Augen blitzten auf, als hätte sie etwas gefunden, nach dem sie lange gesucht hatte. „Es *hat* etwas mit Jordan zu tun, nicht wahr? Ich habe versucht herauszufinden, was. Ich hätte dich schon vor Wochen fragen sollen."

Ich blinzelte.

„Oder vielleicht sollte ich ihn fragen?"

Mein Kiefer verkrampfte sich so sehr, dass es schmerzte. Ich sprach durch meine zusammengebissenen Zähne. „Wage es nicht, mit diesem Bastard zu reden."

Ihr Kinn fiel herunter. „Ähm. *Was?*" War sie schockiert, dass ich ihr verboten hatte, mit meinem *einstigen* besten Freund zu sprechen? Oder war sie einfach nur von der Feindseligkeit in meiner Stimme schockiert? Meine Faust verkrampfte sich an meiner Seite, als ich erkannte, dass ich in meinem geschwächten Zustand mehr rausgelassen hatte, als ich wollte.

„Was zum Teufel ist los? Er ist dein bester Freund."

„Nein. Beste Freunde stehen hinter einem."

„Und das tut er nicht?" Sie blies ihren Atem hinaus und sank in ihrem Stuhl zusammen, wobei sie mich anstarrte, als wäre ich ein Alien, das zur Untersuchung in die Area 51 gebracht wurde. „Genug davon. Sag mir, was zum Teufel los ist, oder ich rufe ihn an, um reinen Tisch zu machen. Du solltest es besser wissen, als mir wichtige Geheimnisse vorzuenthalten."

Ich legte meinen Kopf gegen den Stuhl und ließ meine Augen zur Decke wandern. Sie hatte recht. Es war wirklich nicht mehr die Zeit, Geheinisse für sich zu behalten.

„Jordan stellte sich nicht auf meine Seite, als der Aufsichtsrat mich dazu drängte, etwas zu tun, was ich nicht tun wollte. Also ja, ich bin wütend auf ihn."

Stille, dann das Trommeln von Fingernägeln auf dem Schreibtisch. Ich neigte meinen Kopf so weit, dass ich einen Blick auf sie werfen konnte, und hoffte, dass diese Antwort ihr genügen würde, obwohl ich wusste, dass dies wahrscheinlich nicht der Fall war. Sie blickte mich mit Argusaugen an.

„Und was war das Problem? Will der Aufsichtsrat, dass du mehr Aktien verkaufst oder so?"

„Nein."

Sie zögerte länger. Das Trommeln ging weiter. Ich kannte diesen entschlossenen Ausdruck auf ihrem Gesicht. Sie war auf einer Spur und würde nicht aufgeben. Erschöpfung packte mich und ich konnte nur noch daran denken, dass ich ins Bett wollte, um eine Woche zu schlafen, anstatt all das mit ihr zu diskutieren. Mein Körper würde mich vielleicht zwingen nachzugeben, bevor mir andere Optionen einfielen. *Scheiße.*

„Du kannst mir genauso gut sagen, worum es geht. Ich lasse dich nicht ins Bett gehen, bevor du das machst."

Meine Augen schlossen sich. „Grausame Frau."

Sie biss sich auf die Lippe. „Adam …"

„Gut, gut. Der Aufsichtsrat drängt mich dazu, einen Ehevertrag zu unterschreiben."

„Okay, und …?"

Meine Augen schossen wieder auf und mein Blick fand ihren. Sie starrte mich mit einem erwartungsvollen Gesichtsausdruck an, ihre Ellbogen ruhten auf dem Schreibtisch und ihre Finger lagen überkreuzt vor ihr. Ihre Reaktion war völlig verwirrend – als hätte ich ihr gesagt, dass ich schnell in den Supermarkt müsste und einen Karton Milch holen.

„*Und* … das ist alles. Jodan hat sich auf die Seite des Aufsichtsrats gestellt, anstatt mir zu helfen. Und es wurde hässlich."

„Wie – hässlich?"

„Sie drohten, mich als CEO abzusetzen …"

Sie blinzelte. „Aber – warum willst du keinen Ehevertrag?"

Ich rieb mir die verspannten Muskeln in meinem Nacken. Das war eine verwirrende Reaktion, die ich nicht erwartet hatte.

Sie blinzelte, während ich versuchte, meine vernebelten Gedanken zu sortieren. Mein Körper wollte abschalten und schlafen, aber mein Kopf lief nun auf Hochtouren. Was gerade zugegebenermaßen nicht gerade schnell war.

„Weil ich nicht gezwungen werden will, etwas zu unterschreiben, das mein Privatleben betrifft. Und ich will dich nicht zwingen, den Vertrag zu unterschreiben, um der Welt zu beweisen, dass du nicht hinter meinem Geld her bist."

Ihre Augenbraue verzog sich. „Du meinst … *dir* zu beweisen, dass ich nicht hinter deinem Geld her bin, richtig?"

Ich rutschte auf meinem Stuhl herum. „Das denke –"

Sie hob die Hand. „Beruhige dich. Ich weiß, dass du das nicht denkst. Aber du hast angenommen, dass ich denken könnte, dass es eine Ausrede wäre, damit ich unterschreibe. Deshalb all diese Heimlichtuerei."

„Emilia –"

„Es fällt mir schwer zu verstehen, dass du deine Karriere aufs Spiel setzen musst, nur weil du meine Gefühle nicht verletzen willst."

Ich blinzelte und war nun völlig verwirrt. „Soll ich mir denn keine Sorgen über deine Gefühle machen?"

Eine Hälfte ihres Mundes wanderte in einem ironischen Lächeln nach oben. „Doch, natürlich, aber hier geht es ums Geschäft. Das verstehe ich. Ich bin ein großes Mädchen."

Ich schüttelte leicht meinen Kopf. „Ich weiß, dass du das bist."

„Und weißt du, dass du einen viel zu großen Beschützerinstinkt hast?" Sie zog ihre Augenbrauen hoch, als würde sie mir verbieten, das Gegenteil zu behaupten. Was ich in Wahrheit auch nicht konnte. „Und obwohl es lieb sein kann – und zu dem gehört, was ich an dir liebe – geht es manchmal zu weit. *Du* gehst zu weit.“

Ich lehnte mich vor und legte meine Ellbogen auf den Schreibtisch, bevor ich den Mund öffnete, um zu protestieren.

Sie unterbrach mich mit einer schneidenden Handbewegung. „Der Aufsichtsrat will die Firma schützen, für den Fall, dass etwas passiert. Das sollte dich freuen. Sie sehen den Ehevertrag als eine Möglichkeit, deine Vermögenswerte zu schützen, und es ist wahr, dass du davon profitieren würdest.“

„Ich will nichts, wovon ich profitiere, wenn es auf deine Kosten geht.“

Ihr Mundwinkel zuckte, als wollte sie lächeln, aber konnte es nicht. Dann nickte sie langsam. „Ich könnte auch davon profitieren, siehst du das nicht?“

Ich leckte über meine Unterlippe und dachte darüber nach, während ich wartete, dass sie fortfuhr, bevor ich ihrem Argument zustimmen oder es ablehnen konnte.

„Ein Ehevertrag kann mich ebenfalls beschützen. Auf viele Arten.“ Sie fing an, an ihren Fingern abzuzählen. „Erstens, er eliminiert alle Zweifel, die du bezüglich meiner Absichten haben könntest.“

„Ich habe keine Zweifel.“

Sie zuckte mit den Achseln. „Aber falls du – oder jemand anderes – welche hättest, wären sie eliminiert. Zweitens, nimm an, dass es irgendwann einmal Probleme zwischen uns gibt … wie zum Beispiel, dass meine Botoxexperimente nach hinten losgehen und du mich gegen Ehefrau 2.0 eintauschen möchtest.“ Ich verdrehte die Augen und sie lachte. „Aber ernsthaft, wenn eine Ehe zerbricht, wird es für gewöhnlich sehr hässlich. Und es kann viel Hass geben. Ein Ehevertrag schützt uns davor, irgendwelche Kurzschlussentscheidungen zu treffen, die von Wut oder Rache oder was auch immer motiviert sind. Das ist ein Vertrag, den Braut und Bräutigam in einem Moment erstellt haben, in dem sie ruhig und rational und in Vorfreude auf eine gemeinsame Zukunft waren."

Ich runzelte die Stirn. „In einer perfekten Welt läuft das so ab, aber unsere ist keine perfekte Welt."

„Wir können jetzt fair zu uns sein. Wir können darüber reden und die Abmachungen treffen, mit denen wir beide leben können. Wahrscheinlich wird er nie verwendet werden müssen. Aber ... sieh es als eine Art Versicherung."

Jordans Argument wurde mir erneut vorgebracht. Von der Person, die ich auf dieser Welt am meisten liebte. Ich blinzelte.

„Du hältst drei Finger hoch – was ist das dritte Argument?"

Sie lächelte. „Ja. Ein Ehevertrag würde uns beide daran erinnern, aus welchem Grund wir wirklich zusammen sind."

Ich erwiderte ihr Lächeln. „Oh? Und was ist dieser Grund?"

„*Liebe*, Baby."

Ich schluckte und hatte plötzlich das Verlangen, sie in meine Arme zu ziehen.

„Geht es dir gut?"

Ich nickte und starrte sie immer noch an. „Ich bin nur in Ehrfurcht versetzt."

„Warum?"

„Wegen *dir*. Du bist ..." Ich konnte es nicht einmal aussprechen. Die Worte sanken in meiner Kehle hinab, als ich nach Luft rang. Mein Hals schnürte sich zu wegen all dieser plötzlichen Emotionen.

Sie schien das sofort aufzugreifen, stand auf und setzte sich vor mir auf den Schreibtisch. Sie lehnte sich vor, sodass ihre langen Haare über meine Brust strichen. „Ich bin … was?"

Ich griff nach ihr und zog sie an mich und auf meinen Schoß. „Du bist umwerfend, unglaublich …" Meine Stimme verstummte und ich kämpfte darum, mehr Luft einzuatmen. „Du raubst mir buchstäblich den Atem."

Ihr Mund wölbte sich zu einem Grinsen und sie stieß ihre Schulter gegen meine. „All diese Komplimente ohne Sex? Wow, ich muss wohl wirklich all das sein."

Ich knabberte an ihrem Schlüsselbein. Sie seufzte und die warme Luft strich über meine Wangen. „Du bist all das. Ich hätte dich nicht verhätscheln sollen. Ich bin so dumm. Ich habe vergessen, wie stark du bist. Ich hätte dir mehr vertrauen sollen."

Sie kicherte. „Du wirst das noch lernen, junger Padawan. Ich habe Vertrauen in dich." Sie ließ ihren Kopf auf meine Schulter gleiten. „Wirst du das also machen? Diesen Ehevertrag unterschreiben?"

Ich zögerte und fühlte, wie sich diese Mauer in mir wieder aufbaute. Der Widerstand kam so natürlich, unabsichtlich. Der Groll brannte immer noch in mir. „Ich habe ein großes Problem damit, dass der Aufsichtsrat mir vorschreibt, was ich mit *meinem* Leben machen kann – und mich zwingt ein Dokument zu unterschreiben, das nichts mit ihnen zu tun hat."

Sie hob ihre Hand und fuhr mein Ohrläppchen mit einem Finger nach. Trotz meiner Gedanken drang die Berührung durch alle Nervenenden meines Körpers, bis hinunter in meinen Bauch, wo das Feuer für sie immer loderte.

„Wenn man bedenkt, welchen Anteil an der Firma du besitzt, *hat* es mit ihnen zu tun. Sie wollen die Firma beschützen. *Und* sie passen auf alle auf, die sich auf dich verlassen. Deine Angestellten, deine Aktionäre. Wenn jemand die Firma sabotieren würde, stände auch deren Lebensgrundlage auf dem Spiel. Viele Leute sind auf dein geniales Gehirn angewiesen, um ihre Anstellung zu behalten."

Ich biss die Zähne zusammen. „Ich würde nie annehmen, dass du die Firma sabotieren würdest, egal, ob du einen Vertrag unterschreibst oder nicht. Oder egal in was für einer hässlichen Situation wir uns wiederfinden würden."

Sie küsste mich auf die Wange. „Das liegt daran, dass du mich *kennst* und mich liebst. Der Aufsichtsrat tut das nicht. Das ist ein Geschäft. Die Ehe ist für die Liebe da. Sie ist dafür da, Familien zu gründen. Scheidungen sind ein Geschäft. Da wir uns nie scheiden lassen, ist das alles nur Fassade."

Ich sagte nichts, als sie mit ihren Fingern durch den Bart an meinem Kinn kämmte.

„Das war also das große Problem mit Jordan? Weil er sich auf die Seite des Aufsichtsrats gestellt hat?"

Ich nickte.

„Er hat nur seinen Job gemacht, Adam. Er ist ein verdammt guter Finanzchef."

Ich blies meinen Atem hinaus. „Er hat mir nicht beigestanden."

„Aber kannst du nicht sehen, was für eine beschissene Situation das für ihn gewesen sein muss? Zwischen dich und den Aufsichtsrat gestellt zu werden. Und so wie ich ihn kenne, hat er versucht, die Sache aus jedem Blickwinkel zu betrachten und einen Weg zu finden, dass du das nicht machen musst. Habe ich recht?"

Ich dachte darüber nach. Er hat Nachforschungen angestellt – wie er mir gesagt hatte – und Leute gebeten herauszufinden, ob ich eine Chance hätte, gegen den Aufsichtsrat vorzugehen. Er war der Mann, der sich mitten zwischen zwei Kriegsfronten gestellt und die weiße Flagge geschwenkt hatte, in der Hoffnung, dass keine Granate neben ihm explodieren würde.

„Er ist dein Freund – der Freund, der dir den Rücken freigehalten hat, als du eine Auszeit von deinem Job genommen hast, als wir damals zusammengekommen sind. Jordan hat die Stellung gehalten, als ich krank war und du nicht gearbeitet hast, damit du dich um mich kümmern konntest. Und jetzt tut er das Gleiche, während du dich erholst. Er fragt mich ständig, wie es dir geht, weil er sich verdammt große Sorgen macht. Er steht *immer* hinter dir.“

Ich zuckte mit den Schultern. Sein Benehmen verärgerte mich *immer noch*. Und es tat immer noch weh.

„Du hattest deswegen monatelang Stress … und hast dich überarbeitet, um das zu kompensieren. Und du hast deiner Gesundheit geschadet. Das war es nicht wert. Lass uns das regeln, okay? Lass uns die Dokumente erstellen.“

Ich grübelte darüber nach, aber offensichtlich nicht schnell genug. Sie rutschte näher. „Sag deinen Anwälten, sie sollen mir etwas schicken, das ich mir ansehen kann, okay? Einen Entwurf oder so? Wir feilen ihn dann aus.“

Ich zuckte mit den Schultern.

Sie kam mir noch näher und ihre Nasenspitze berührte meine. „*Hör zu.* Ich werde darauf bestehen. Es wird Zeit, dass ich bekomme, was mir zusteht.“

Ich zog meine Augenbraue hoch. „Und das wäre?“

„Du hast mir immer noch nicht die siebenhundertfünfzigtausend für meine skandalöse Versteigerung meiner Jungfräulichkeit gezahlt. Ich weigere mich, übers Ohr gehauen zu werden." Dann biss sie sich auf die Lippe, um nicht zu lachen, etwas, das ihr nur ein paar Sekunden gelang.

Ihr Lachen war ansteckend. Ich setzte auch endlich ein Lächeln auf. „Vielleicht stelle ich nur sicher, dass ich wirklich das meiste aus der Investition heraushole."

„Oh, ich würde sagen, das hast du bereits."

Trotz meiner Erschöpfung wand sich brennende Lust meine Wirbelsäule hinauf. Wenn ich die Energie gehabt hätte – und eine nicht gefährdete Milz – hätte ich unverzüglich etwas versucht. Meine Hände wanderten langsam ihren Oberschenkel hinauf, wobei ich den Drang verspürte, sie überall zu berühren. Anstatt danach zu handeln, nahm ich einfach einen tiefen Atemzug und genoss dieses Gefühl, so als wäre ein Tausend-Pfund-Gewicht von meinen Schultern genommen worden.

„Komm schon, Adam. Ich weiß, dass deine Sturheit dich weit im Leben gebracht hat, aber hier ist sie nicht gerechtfertigt."

Ich schloss die Augen und öffnete sie wieder, lehnte mich nach vorne und küsste sie auf den Hals. „Gut. Wir machen es. Aber ich bestehe darauf, dass es extrem fair ist. So fair wie möglich."

Sie nickte als Antwort.

Ich blickte ihr in die Augen. „Du brauchst deinen eigenen Anwalt, jemanden, der nichts mit meinem Anwalt zu tun hat. Das muss völlig unabhängig vor sich gehen, okay? Peter kann dir wahrscheinlich einen Namen geben. Er kann es nicht für dich tun, da er zur Familie gehört, aber er kennt sicher jemanden."

Ihre Augen weiteten sich. „Oh, ich wette, Lindsay wäre besser geeignet, mir eine Empfehlung zu geben." Das machte Sinn. Lindsay war eine ausgezeichnete Anwältin und hatte vor einigen Jahren ihre eigene Scheidung durchlebt. Emilia hatte gute Instinkte. Ich hatte keinen Zweifel, dass sie einen guten Anwalt für sich finden würde.

„Wen auch immer du anheuerst, lass sie die Rechnung an mich schicken. Ich werde das bezahlen."

Sie rutschte auf meinem Schoß herum. „Klingt extrem fair, Mr. Drake. Jetzt zu meinen siebenhundertfünfzigtausend …"

Ich lehnte mich vor und schnappte mit den Zähnen nach ihrem Ohrläppchen. „Ich erinnere mich, dass du das abgelehnt hast."

Sie belohnte mich mit einem entzückten Seufzen. „Vielleicht dachte ich, dass es viel mehr wert war, den Mann zu bekommen."

Meine Hand war daraufhin sofort an ihrem Hintern. „Wie viel mehr?"

„So viel wie all das Ungeziefer, dass du ein Leben lang für mich umbringst. Und all die festen Umarmungen. Und die Stimulation."

Jetzt waren wir beim richtigen Thema. Ich ließ meine Hand über ihren Oberschenkel wandern. „Stimulation?"

„*Geistige* Stimulation."

Ich presste meinen Mund auf ihren köstlichen Hals.

„Ich bin erschöpft. Lass uns kuscheln."

„Du hast immer noch die ärztliche Anweisung, dich auszuruhen. *Keine* Arbeit. *Kein* Schäferstündchen."

Ich rang mit einem Lachanfall, als ich diesen archaischen Ausdruck hörte. „Schäferstündchen? Ernsthaft?"

„Nein." Sie schüttelte den Kopf und küsste mich auf die Nase. *„Gibt es nicht."*

Ich fuhr mit meiner Hand unter ihr T-Shirt. „Wie wäre es mit einem kurzen … Schäferviertelstündchen?"

Sie schnaubte und schob sich von meinem Schoß. „Du musst wieder ins Bett. Du fällst gleich um. Und *ich* muss mir einen Anwalt suchen." Sie lehnte sich vor, packte mich am Handgelenk und zog mich aus meinem Stuhl. „Nein, weder Viertelstündchen noch Stündchen."

Ich seufzte. Aber ich musste zugeben, dass mein Körper sowieso nur zusammenbrechen und noch ein paar Stunden schlafen wollte. Ich würde später darüber fantasieren, sie zu verführen.

Nach einem Nickerchen.

***

Neben langen Schlafrunden und gelegentlichen Telefonaten mit meinem Anwalt verbrachte ich viele Stunden der nächsten Woche damit, an dem Dragon Epoch Mysterium zu arbeiten.

Für das Quest half ich Lord Sisyphus, seine Freunde zu versammeln. Als Prinzessin Emma krank wurde, machte ich mich auf die Jagd nach einem Elixier, um sie zu heilen. Nachdem es ihr wieder gut ging, eskortierte ich Prinzessin Emma zu einem schönen abgelegenen Strand, an dem Lord Sisyphus ihr einen Heiratsantrag machte und sie annahm.

Ich half sogar seinem Cousin, ein Duell zu gewinnen, damit ein Hochzeitstermin festgelegt werden konnte.

Alles unangenehm vertraut. Aber nicht auf unheimliche Weise.

Wer auch immer das arrangiert hat – und es war ausgefallen genug, um eine ganze Menge Entwicklungsarbeit benötigt zu haben – wusste viel über Emilia und mich. Und er wusste auch viel über die Herausforderungen, die wir durchgemacht hatten, um dahin zu kommen, wo wir heute waren.

Nachdem ich Flaschen mit verschiedenen Arten schmackhafter Spirituosen aus allen Teilen Yondareths gesammelt hatte, war ich kurz davor, das Quest zu beenden. Es war fast Zeit für Lord Sisyphus' *Wilden und Verrückten Junggesellenabschied*.

Und durch einen einzigen einfachen Satz fand ich heraus, wer für das Hochzeitsquest verantwortlich war.

FallenOne, vielen Dank für all deine Hilfe. Aber du musst vorsichtig sein, wenn du meine Hochzeitsreise ins exotische Pah-Arees arrangierst. Mein Boss, der König, hat vielleicht vor, mir meinen langerwarteten Urlaub zu stehlen.

Pah-Arees. Dieser obskure Hinweis konnte nur eines bedeuten … denn sein Boss *hatte* ihm seinen langerwarteten Urlaub genommen – auf sein Geheiß hin. Nach Paris. Und obwohl er froh gewesen war, uns die Reise anzubieten, hatte ich mir noch lange anhören können, dass ich mit Emilia in die Stadt der Lichter gereist war. Das war sein Traum gewesen – den er monatelang für sich selbst geplant hatte.

Jordan.

Ich will verdammt sein.

Kapitel Vierzehn
Mia

OFFENBAR WURDE VON MIR VERLANGT, DASS ICH FÜR den Ehevertrag eine vollständige Offenlegung von Adams Vermögenswerten durchlas. Wer hätte das gewusst? Ich gewiss nicht.

Und obwohl ich dies Adam in einer Million Jahren nicht erzählen würde, war diese Offenlegung, ähm, *überwältigend.*

Nach kalifornischem Gesetz mussten beide zukünftigen Eheleute ihrem Partner sämtliche Vermögenswerte offenlegen, bevor irgendetwas unterschrieben werden konnte. Als Teil meiner Sorgfaltspflicht las ich mir die Liste von Adams Vermögenswerten und ihrem geschätzten Wert genau durch. Das Dokument, das sogar gebunden war, hatte locker die Größe eines Medizinlehrbuchs.

Seine Ansammlung von Vermögenswerten war so abwechslungsreich und interessant wie der Mann selbst. Während ich eine Seite nach der anderen umblätterte, versuchte ich die Minderwertigkeitskomplexe zu unterdrücken, die aufkamen, als ich daran dachte, dass meine Offenlegung auf ein normalgroßes Post-It passen würde. Und das meiste davon waren Geschenke von ihm, wie zum Beispiel mein Auto, mein Computer und verschiedene andere Dinge.

Und natürlich waren da noch meine Schulden. Adam hatte die üblichen ausstehenden Forderungen, die mit der Führung einer großen Firma einhergingen. Doch Privatschulden hatte er keine, abgesehen von einer Hypothek auf das Haus.

Ich? Ich hatte ein anwachsendes Studentendarlehen. Eigentlich übernahm Adam diese Kosten ebenfalls, ohne ein Wort zu sagen – und wahrscheinlich würde er sauer sein, wenn er hören würde, dass ich das als *Darlehen* von ihm bezeichnete. Aber ich hatte immer vorgehabt, es ihm zurückzuzahlen. Ich würde das zu den Ehevertragsdokumenten geben, sobald ich mich mit der Anwältin getroffen hatte, die ich hierfür beauftragt hatte.

Aber fürs Erste hatte sie mich angewiesen, alles gründlich durchzulesen und alles zu markieren, worüber ich mehr erfahren wollte.

Je mehr ich las, umso schwieriger fiel es mir zu atmen, während ich am Schreibtisch in meinem Arbeitszimmer saß und die scheinbar nie endende Liste seiner Vermögenswerte studierte.

Die Spielfirma, die Virtual Reality Firma, die er vor Kurzem erworben hatte, eine große Investition in eine Firma namens XVenture – eine private Raumfahrtagentur, die vorhatte, in näherer Zukunft Astronauten auf bemannte Missionen zu schicken. Er war Teilhaber an Immobilien im Gastgewerbe, wie zum Beispiel dem Emerald Sky in St. Lucia.

So ging es weiter und weiter.

Gott. Er war noch nicht einmal dreißig und besaß scheinbar das halbe Land.

„Wie geht es voran?"

Ich sprang fast aus der Haut. Adams bärtiges Gesicht schwebte nur etwa dreißig Zentimeter neben meinem, als er sich über mich lehnte, um zu sehen, wo im Dokument ich war.

„Scheiße, du hast mich zu Tode erschreckt."

„Sorry." Er runzelte die Stirn. „Ich dachte, du hättest mich hereinkommen hören. Ich wollte nicht schnüffeln."

„Du wirst zu verstohlen. Vielleicht solltest du darüber nachdenken, neben den ganzen Sachen, in die du involviert bist, auch noch für das MI6 zu arbeiten, denn du brauchst *offensichtlich* noch mehr Projekte."

„Hm?", sagte er, während er immer noch über meiner Schulter las. „Du bist erst auf Seite vier. Ist alles in Ordnung?"

Ich blätterte eine Seite zurück und zeigte auf eine markierte Zeile. „Sicher. Aber ich würde gerne wissen, warum mein zukünftiger Ehemann die Lizenzrechte an PuffPuff der Pinke Pudel besitzt." Ich tippte mit meinem Stift auf die besagte Zeile. „Das könnte ein Ausschlusskriterium für mich sein."

„Was?"

„Was was? PuffPuff der Pinke Pudel? Ernsthaft?"

„Hello Kitty ist auch wieder angesagt, oder? Und die Schlümpfe? Wieso nicht PuffPuff?" Ich starrte ihn mit weiten Augen an und er fuhr fort, wenn auch etwas befangen: „Es war eine durchdachte Investition. Das sind die vollen Rechte, Filme, Merchandising, Videospiele, alles."

Ich kicherte. „Willst du ein neues Spiel entwickeln? Retro Games sind voll angesagt. Vielleicht quadratische PuffPuffs, die man in Minecraft integrieren kann? Oder PuffPuff Pokemon, die du mit deinen Pokebällen fangen kannst?"

Er deutete mit dem Finger auf mich. „Eines Tages wirst du das zurücknehmen, junge Lady, und ich werde auf dem ganzen Weg zur Bank lachen, wenn PuffPuff sein Comeback hat."

Ich schnappte nach seinem Finger und wickelte meine Hand darum. „Ist das eine Kampfansage?"

Seine dunklen Augen bekamen dieses vertraute Glühen. „Willst du ringen?"

Ich ließ seine Hand los und deutete auf den Wälzer vor mir. „Würde ich gerne, aber irgend so ein reicher Schnösel hat mir diese Enzyklopädie seiner umfangreichen Vermögenswerte in den Schoß gelegt und ich muss jetzt damit zurechtkommen."

„Oh … umfangreiche Vermögenswerte in deinem Schoß." Er lachte. „Ich liebe es, wenn du versaute Sachen sagst."

„Besonders wenn du alles was ich sage als versaut auffasst."

„Ich kann nicht anders." Er beugte sich vor und küsste mich auf die Wange. „Du bist zu sexy."

Ich schlug auf die Hand, die jetzt meine Brust begrapschte. „Weg, bevor ich noch die Hälfte der Lizenzrechte an PuffPuff der Pinke Pudel einfordere und deine Weltherrschaftspläne zunichtemache."

Er richtete sich lachend auf. „Warte nur. Du wirst schon sehen."

„Ich werde das wohl wirklich irgendwann zurücknehmen müssen." Ich seufzte und winkte ab.

Dann warf er mir einen verschmitzten Blick zu und verschwand aus dem Raum.

„Kein Workout. Keine Arbeit – nicht einmal Telefonate", rief ich ihm nach.

„Blah blah blah", antwortete er aus dem Gang.

Ahh, eheliche Glückseligkeit. Wir genossen sie bereits ohne die übertriebene Hochzeit und den lächerlichen Papierkram.

Als der Abend fortschritt, arbeitete ich mich tiefer in das Dokument vor. Ich fand keine entsetzlichen Überraschungen, keine geheimen Unterhaltszahlungen für uneheliche Kinder, keine Verstecke für Liebhaberinnen, keine Bestechungsgelder oder ähnliches.

Aber zu lesen, was Adam in seinem Leben bereits geleistet hatte, brachte mich dazu, mich zu fühlen, als wäre ich seit diesen sechs Jahren meines Erwachsenenlebens auf der Stelle getreten. Er hatte sich eigenhändig aufgemacht, die Welt zu verändern – Investitionen in hochmoderne und umweltbewusste Technologien dominierten die Liste. Und Weltraumforschung.

All dieses Geld. Und all diese Entscheidungen ... kein Wunder, dass er immer so verdammt beschäftigt war.

Cora, unsere Haushälterin, brachte mir mein Abendessen in mein Arbeitszimmer, anstatt mich zum Essen nach unten zu rufen. Sie sagte mir, dass Adam schlief und gab mir die Anweisungen unserer Köchin, wie ich das Essen erhitzen sollte, wenn er aufwachte. Ich nickte.

Ich hatte gegenüber der Köchin erwähnt, dass er mehr Proteine und Kalorien zu sich nehmen musste und sie hatte gesagt, dass sie seinen Gewichtsverlust ebenfalls bemerkt hatte. „Wir können nicht zulassen, dass er seinen Smoking auf der Hochzeit nicht richtig ausfüllt."

Irgendwie erzeugten ihre Worte einen Kloß in meinem Hals. Oh ja, die Hochzeit. Ich wollte sie einfach vergessen. *Nur kalte Füße.* Wie in jener Nacht, als die Real Housewives mich zum Durchdrehen gebracht hatten.

Ich stocherte in meinem Essen und obwohl es lecker war, konnte ich mich nicht dazu bringen, es aufzuessen.

Da ich etwas frische Luft gebrauchen konnte, nahm ich das Dokument mit nach draußen auf den Balkon, der sich an der hinteren Seite des Hauses entlang erstreckte.

Ich schlich bis ans Ende und ließ mich auf der Liege vor unserer Schlafzimmertür nieder. Adam hatte die Schiebetür leicht geöffnet, wie so oft, damit frische Luft ins Zimmer kam. Ich verhielt mich ruhig und arbeitete mich weiter durch den verdammten Papierkram, wobei ich mir wünschte, dass dieses unbehagliche Gefühl endlich verschwinden würde.

Etwa eine Stunde später ging das natürliche Tageslicht in einem goldenen Feuersturm unter und meine Aufmerksamkeit war zu dem schönen Sonnenuntergang hingezogen worden. Ich wurde mir der Geräusche bewusst, die aus dem Inneren des Schlafzimmers zu mir drangen. Die Tür zum Balkon ging auf und Adam trat nur mit einem T-Shirt und einer Unterhose bekleidet heraus.

Er musste zweimal hinsehen, als er mich dort sitzen sah. „Hey. Was machst du hier draußen?" Seine Augen schossen zu dem Dokument, das offen auf meinem Schoß lag. „Es wird dunkel. Liest du das immer noch? Hat es dich noch nicht eingeschläfert?"

Ich hob das Büchlein hoch und markierte die Seite, auf der ich gerade war, mit einem Eselsohr, bevor ich es weglegte. „Es ist sehr interessant. Ich entdecke all deine schmutzigen Geheimnisse. Deinen Fetisch für pinke Pudel zum Beispiel."

Er setzte sein berühmtes eingebildetes Grinsen auf. „Warte nur." Dann kam er näher und setzte sich auf den Ottomanen gegenüber von mir.

Ich blickte auf seine nackten Beine. „Du ziehst dir besser etwas an, sonst holen unsere Nachbarn noch die Ferngläser heraus. Trish Sinclair hat mir gesagt, dass du eine Augenweide bist."

Er lachte. „Ich bin sicher, ich sehe gerade wirklich umwerfend aus." Er fuhr sich mit der Hand durch seinen ziemlich respektablen Bart. Gott, es war ein Verbrechen, dieses schöne Gesicht zu verdecken, doch ich konnte nicht einfach verlangen, dass er sich jeden Tag rasierte, solange er krank war.

„Hast du Hunger? Die Köchin hat dir etwas zum Abendessen aufgehoben. Ich wärme es dir auf."

Er rieb sich den Nacken. „In ein paar Minuten. Ich hole es mir."

Ich streckte die Beine aus und legte meine Füße auf seinen Schoß. Er nahm einen in seine starken Hände und massierte ihn sanft. Diese einfache Berührung erweckte mein Bewusstsein.

„Du wirkst ruhig", sagte er, wobei er mir einen seiner vorsichtigen Blicke zuwarf.

Ich lehnte mich zurück und genoss seine Berührung, auch wenn sie mich innerhalb weniger Sekunden erregt hatte. Natürlich wurde ich zurzeit schon erregt, wenn er nur im Gang an mir vorbeiging, oder ich ihn roch. Und es half nichts, dass er die ganze Zeit so verdammt sexy war. Und der Bart war auch nicht gerade unansehnlich. Er lenkte mich ab – besonders, wenn er seine Brille trug. Ein … *interessanter* Look.

Ich entspannte mich und seufzte. „Mm. Das fühlt sich gut an. Und ich bin so ruhig, weil ich nicht viel zu sagen habe. Ich muss viel aufnehmen. Ich wusste nicht, dass es einem MCAT nahekommt, wenn man heiratet."

Seine Augenbraue zuckte. Ich hatte einen Scherz gemacht, doch wie immer hatte Adam jede noch so kleine Subtilität bemerkt – in meiner Stimme, meiner Körpersprache…

Sollte ich ihm von meiner Besorgnis erzählen oder ihm eine Auszeit gönnen? Er hatte wie ein Drache aus seinem Spiel gekämpft, um mir das alles zu ersparen. Er hatte alles aufs Spiel gesetzt. Ich wollte nicht bestätigen, dass seine Ängste berechtigt gewesen waren. Dass ich doch nicht bereit für das alles war.

„Du musst etwas essen", verkündigte ich, um das Thema zu wechseln. „Du hast abgenommen."

„Ich habe immer noch die hier, um dich damit zu verführen." Er grinste und spannte seine Bizepse an.

„Dein Outfit macht mich bereits zu einem See aus Lust. Boxershorts und T-Shirt. Dessous für Männer."

Er lachte, doch seine Augen wanderten wieder zu der Broschüre. „Ich gehe in einer Minute zum Essen. Kommst du mit? Wir können über das alles reden, wenn du willst."

Ich war besorgt, nickte jedoch und stand auf. Adam verschwand im begehbaren Kleiderschrank und kam in einem frischen T-Shirt und einer Jogginghose wieder heraus. Ich gab ihm einen Schmatzer auf seine haarige Wange.

„Ich bin stolz, wie gut du mit dieser Keine-Arbeit-Herausforderung zurechtkommst", sagte ich ihm.

Er zuckte mit den Schultern. „Ich fühle mich ehrlich gesagt immer noch nicht fit genug. Und … ich grüble darüber nach. Ich denke darüber nach, warum es passiert ist und was du gesagt hast, als ich die Diagnose bekam. Dass mein Körper mir sagt, dass ich langsam machen soll. Ich meine … es hätte auch etwas viel Schlimmeres als Pfeiffersches Drüsenfieber sein können. Ich sollte mich wieder an dieses Work-Life-Balance-Ding erinnern."

„Natürlich. Du bist ein geborener Streber." Ich grinste verschmitzt und hielt das dicke Dokument mit seinen Vermögenswerten hoch, während wir die Treppe hinab in Richtung Küche gingen.

Ich holte das Essen, das unsere Köchin für ihn vorbereitet hatte, aus dem Kühlschrank und wärmte es auf. Er blätterte währenddessen durch das Dokument, das ich auf dem Tresen abgelegt hatte.

„Du hast dir viele Notizen gemacht", murmelte er, als ich seinen Teller vor ihm abstellte und ihm etwas Wasser einschenkte.

„Naja, ich dachte, du kannst nicht der einzige Streber in der Familie sein. Ich muss versuchen, mit dir mitzuhalten. Zu dieser Erkenntnis bin ich heute gekommen, während ich mir das angesehen habe."

„Man soll nicht von sich auf andere schließen."

Ich schüttelte lachend den Kopf. „Du bist kein gewöhnlicher Streber, Adam Drake. Du gehört zu den oberen Zehntausend der Streber. Ich meine … ich verstehe nicht einmal die Hälfte in diesem Portfolio. Diese Notizen, die du gesehen hast, gehören zu Sachen, die ich auf dem Handy googeln musste, um herauszufinden, was du da aufgelistet hast – die gemeinsamen Geldmittel, die Spekulationsaktien, die Wohltätigkeitseinrichtungen, die Lizenzen, die gemeinnützigen Organisationen. Es hört nicht auf. Kein Wunder, dass ich dich kaum sehe."

Er schüttelte den Kopf. „Das meiste davon läuft von selbst. Ich muss mich nicht täglich oder auch nur monatlich darum kümmern. Das sind alles Sachen für die Finanzmanager. Hattest du … hattest du schon die Zeit, den Vertrag durchzugehen?"

Ich nickte verbissen. „Ja, und ich habe Einwände."

Seine Augenbrauen runzelten sich und er wirkte enttäuscht. „Wirklich? Nun, wir können ihn ändern, wie es dir passt."

Ich lehnte mich vor und legte meine Ellbogen auf den Tresen vor ihn. „Gut, denn nirgends wird erwähnt, dass ich ein kostenloses lebenslanges Abonnement für DE bekomme, falls es zur Scheidung kommt. Ich muss vielleicht irgendwann ohne dich leben, aber ohne DE werde ich sicher nicht leben."

Seine Kinnlade fiel herunter, bevor er zu lachen begann. „Ah, ich denke, da können wir etwas machen."

Ich nickte. „Und Sex?"

Er zog die Augenbrauen hoch, sagte allerdings nichts, während er langsam eine Gabel voller gewürztem Kartoffelpüree in seinen Mund schob.

„Garantierte Anzahl von Orgasmen pro Woche?"

Er erstickte fast an seinem Essen. Ich schob ihm das Glas Wasser hin, damit er es einfacher erreichen konnte. Sobald er nicht mehr husten musste, nahm er einen tiefen Schluck aus dem Glas und blickte mich mit zusammengekniffenen Augen an.

„Ich dachte nicht, dass man da solche Sachen reinschreiben kann."

Ich wackelte mit den Augenbrauen. „Man kann da alles reinschreiben. Noch etwas, was ich heute von Professor Google gelernt habe."

Er nahm einen weiteren Bissen und fuhr dann fort – wobei er darauf achtete, dass er zuerst schluckte. „Ich frage das besser mit einer leeren Luftröhre, aber … noch etwas, was du hinzufügen willst?"

Ich legte mein Kinn auf meine Hände und starrte nachdenklich nach oben. „Maximale wöchentliche Arbeitsstunden. Definitiv."

Sein Gesichtsausdruck wurde skeptisch.

„Nicht mehr als fünfundvierzig Stunden pro Woche, denke ich? Sechzig unter besonderen Umständen."

„Gott. Ich hoffe, du scherzt. Und wie soll ich diese besonderen Umstände überhaupt beweisen?"

„Eine unterschriebene Nachricht von deinem Finanzchef."

Das brachte ihn zum Lachen – und zu der Erkenntnis, dass ich ihn auf den Arm nahm, hoffentlich. Ich würde nie *ernsthaft* verlangen, dass er mir eine unterschriebene Nachricht von Jordan brächte.

Ich beschäftigte mich in der Küche und wir redeten noch über andere Sachen, während er sein Essen beendete. Ich bestand wie eine überfürsorgliche Nanny darauf, dass sein Teller leer war.

Dann gingen wir ins Wohnzimmer, wo ich seinen Hals und seine Ohren mit meinem Otoskop untersuchte. Ich tastete auch seine Lymphknoten ab, um die Schwellung zu überprüfen.

„Spürbare Verbesserung. Du bist ein braver Junge und ruhst dich aus."

„Ich ruhe mich zwar aus, aber ich bin kein braver Junge", sagte er. Um seinen Standpunkt zu unterstreichen, legte er seinen Arm um meine Taille und zog mich auf der Couch auf seinen Schoß. „Ich habe schmutzige, ungezogene Gedanken über meine sexy Ärztin."

„Ganz ruhig. Wir wissen nicht, wie deine Milz aussieht."

Er seufzte laut. Wahrscheinlich hatte er gehofft, dass kleinere Lymphknoten bedeuteten, dass er zu gewissen Aktivitäten zurückkehren könnte, die er vor seiner Krankheit sehr genossen hatte.

„Du hast schon länger ohne Sex durchgehalten und da warst du nicht einmal krank."

„Es ist nicht gerade hilfreich, dass ich dich und deinen sexy Gang, wenn du durchs Haus wanderst, die ganze Zeit sehe."

Ich verzog den Mund. „Ich wollte nicht sexy rüberkommen in meiner heruntergekommenen Leggins und dem weiten T-Shirt und dem Krankenhauskittel. Es tut mir leid, aber wie kannst du den Kittel sexy finden?"

„Du trägst ihn." Seine Hand glitt auf mein Kreuz und drückte mich an ihn. „Das macht ihn sexy."

Ich küsste ihn auf die Wange und zog dann an seinem Bart. „Gefällt er dir? Denn du musst ihn vor der Hochzeit wieder loswerden."

„Muss ich? Was, wenn ich der Bartigam sein will?"

Ich stöhnte. Das Wortspiel war unterirdisch. Als ich versuchte aus seinem Schoß aufzustehen, hielt er mich fest. Ich drehte mich und er sah mich mit ernsten Augen an.

„Ist der Ehevertrag *wirklich* okay für dich?"

Ich zögerte. Wie viel sollte ich ihm sagen?

Die Wahrheit. Alles loswerden und darauf vertrauen, dass er genug über sich und mich weiß, dass er nicht durchdreht …

„Okay, also wenn ich dir die Wahrheit erzähle, will ich nicht, dass du ausflippst und wieder so überbeschützerisch wirst. Damit hatten wir schon unsere Probleme."

Er blinzelte. „Okay, *jetzt* bin ich besorgt."

Ich schüttelte den Kopf. „Wenn du willst, dass ich es verrate, dann musst du mir versprechen, dass du nicht zum Tier wirst."

Er seufzte und blickte weg.

„Versprich es!", wiederholte ich.

Er verdrehte die Augen. „Okay, ich verspreche es. Jetzt sag mir die Wahrheit."

„Naja, das Ganze macht mich etwas verrückt, aber nicht weswegen du denkst."

„Woher willst du wissen, was ich denke?" Seine Stirn runzelte sich – und sein finsterer Blick wurde fast von seinem Bart verdeckt.

„Wir kennen uns schon eine Weile." Ich kämmte mit meinen Fingerspitzen durch das krause Haar an seinem Kinn. Dieses Ding in seinem Gesicht *war* seltsam faszinierend. „Ich nehme an, du denkst, dass mich die ganzen geschäftlichen Details und die Andeutungen, dass du mir nicht trauen könnest, bewegen."

„Und das ist nicht, was dich beunruhigt?"

Ich fuhr sein Kinn nach. „Beunruhigt ist ein zu starkes Wort. Ich bin nicht beunruhigt. Mir ist nur … unbehaglich?"

„Weswegen?"

„Wegen der Gefühlskälte des Vertrags."

Obwohl sein Mund fast vollständig in Dunkelheit gehüllt war, konnte ich sehen, dass dieses eingebildete Grinsen auf seinen Lippen lag. „Du kannst das sagen, ohne die Ironie zu erkennen?"

Ich schüttelte lächelnd den Kopf. „Oh, ich verstehe die Ironie. Unsere ganze Beziehung fing mit einem Vertrag an … oder vielleicht auch nicht? Unsere Beziehung fing schon lang vor dem ganzen Papierkram an."

Sein Blick wanderte zur Seite und dann wieder zu mir. „Stimmt."

„Es ist … schwer vorstellbar, denke ich." Ich neigte meinen Kopf leicht zur Seite, sodass unsere Schläfen sich berührten. „Ich weiß, was ich jetzt empfinde. Ich weiß, was ich in zehn Jahren empfinden will, und wenn ich mir diese Abmachung ansehe …" Ich schüttelte den Kopf, um mein Zögern zu verschleiern. „Es ist schwer, sich vorzustellen, dass du und ich getrennte Wege gehen und wieder zu Fremden werden – oder bestenfalls entfernten Bekannten."

„Das liegt daran, dass es nicht passieren wird." Er schloss fast unmerklich seine Arme enger um mich.

„Aber es *könnte* passieren."

„Jede Ehe könnte in die Brüche gehen, Emilia. Das ist das Risiko, das man eingeht. Aber für unsere ist das nicht wahrscheinlicher als für jede andere. Es ist sogar unwahrscheinlicher. Studien zeigen, dass Paare, die zuvor Freunde waren, bevor sie zusammenkamen, bessere Chancen haben, eine glückliche Ehe zu führen. Und wir waren Freunde – gute Freunde. Über ein Jahr lang."

Ich grinste ihn an.

Er kniff die Augen zusammen und ich grinste noch breiter.

„Wofür ist das Lächeln?"

„Du hast Studien gelesen. Über Ehen. Du bist so ein Nerd."

„Wenn du das erst jetzt bemerkst, bist du ein hoffnungsloser Fall."

„Du bist ein riesiger Nerd, Adam Drake. Ein verdammt sexy Nerd." Ich rutschte auf seinem Schoß nach vorne, um ihn am Brustkorb zu umarmen. Er legte seinen Kopf auf meine Schulter.

„Das bedeutet also, dass ich den Bart für die Hochzeit behalten darf?"

„Nur über meine Leiche."

„Wie wäre es mit etwas … Spaß?"

Ich schüttelte den Kopf. „Sieh das als Übung an. Abstinenz kann uns darauf vorbereiten, wie es sein wird, wenn wir alt sind.“

Seine Hände waren wieder an meinem Po. „Du denkst, dass das Alter mich stoppen kann?“, fragte er, wobei er seine Augenbrauen hochzog, als ich ihm mit meinen Fingern über die blasse Stirn strich. Ich bemerkte, dass er immer noch dunkle Ringe unter den Augen hatte. Er fühlte sich vielleicht viel besser, aber er sah nicht so aus. Noch nicht zumindest.

„Oh wirklich?“ Ich küsste seine Nase. „Also planst du bereits, ein versauter alter Mann zu sein?“

Dieses eingebildete Grinsen, das für gewöhnlich mein Höschen rauchen ließ … Es sollte wirklich illegal sein, dass ein Mann so sexy sein durfte. „Mit dir kommen meine Gedanken nie aus der Gosse raus. Ich will nicht lügen.“

Ich lächelte. „Dann muss ich wohl mit dem Stricken anfangen, wenn ich in Rente gehe, damit ich dich mit meinen Stricknadeln abwehren kann.“

„Selbst das wird mich nicht aufhalten. Komm her.“ Er zog mich eng an sich. „Wenn wir alt sind, werde ich jede Gelegenheit nutzen, dich zu bespringen. Und ich werde kein Viagra brauchen.“

Ich summte und studierte sein Gesicht. „Nicht viel anders als in der Gegenwart, außer wenn ein Virus dich stoppt.“

„Schon gut, ich verstehe es. Kein Spaß. Dann lass uns kuscheln.“

„Hm.“ Mein Mund zuckte.

„Was, hm?“

„Ich meine … das ist wahrscheinlich das erste Mal, dass du kuscheln vorgeschlagen hast und auch kuschen *meintest*.“ Ich drückte gegen seine Brust, um mich von ihm zu lösen, aber er gab nicht nach.

„Deine Andeutungen schmerzen." Seine Stimmlage sagte mir aber das genaue Gegenteil.

„Nein, tun sie nicht. *Kuscheln* ist eine männliche Umschreibung für *Ich werde sie überzeugen, Sex mit mir haben zu wollen. Sie weiß es nur noch nicht.* Außer, Eilmeldung, das weiß sie bereits."

Er runzelte die Stirn. „Hast du eine illegale Kopie vom *Bro Code* gelesen oder so?" Seine Arme gaben nach und ich lehnte mich zurück. Dann strich ich mit meiner Hand über sein zerzaustes Haar und versuchte vergeblich, es zu zähmen. Er brauchte nicht nur eine Rasur, sondern auch einen Haarschnitt.

„Ich bin ein Beobachter des Lebens. Ich weiß, wie ihr tickt." Ich zwinkerte ihm zu. „Ich kuschle mich an dich, richtig? Und dann fängst du langsam und unterschwellig an, mich an einer scheinbar unschuldigen Stelle zu *reiben*, wie etwa meinem Rücken oder meinem Bauch oder so. Deine Hand bewegt sich in Kreisen, die immer größer werden, sodass du schließlich die etwas *interessanteren* Stellen berühren kannst, wie etwa meinen BH oder den Saum meines Höschens."

„Klingt in etwa richtig." Er streckte die Hand aus, als würde er es demonstrieren wollen. Ich schlug sie weg und lachte.

„Und dann, *ups*, deine Hand gleitet unter das elastische Band, während wir lediglich *kuscheln*." Ich machte Anführungszeichen mit den Fingern. „Du fragst dich, warum sie plötzlich in der Stimmung ist, weil du doch eigentlich nichts gemacht hast, außer mit ihr zu *kuscheln*."

Er blickte ganz unschuldig drein. „Ich kann doch nichts dafür, dass meine Hände und meine unschuldigen Berührungen dich wild machen. Es ist ja nicht so, als könnte ich das einfach abstellen."

Ich schnaubte. „Du bist viel zu aufgeblasen."

Er leckte sich über die Lippen. „Ich kann es kaum erwarten, dass du mir wieder einen bläst."

Mein Kopf wanderte nach vorne und meine Nase berührte seine. „Nun, den Teil *versaut* und *Mann* hast du schon gut drauf. Es ist nur eine Frage der Zeit, bis das *alt* dazu kommt." Ich streckte die Hand aus, um über seine Wange zu streicheln, und bemerkte, dass er erschöpft war. Trotz seiner Ausgelassenheit lehnte er seinen Kopf wieder zurück auf die Couch und senkte die Augen. „Nun, ich denke, du solltest etwas schlafen, und ich muss mich wieder auf diesen Wälzer stürzen. Komm schon, alter Mann. Zeit fürs Bett, Opi."

Und da er kaum protestierte, wusste ich, dass ich recht hatte.

Kapitel Fünfzehn
Adam

DREIEINHALB WOCHEN, NACHDEM DAS PFEIFFERSCHE Drüsenfieber mich umgeworfen und verlangt hatte, dass ich langsam machte, beendete ich einen halben Tag in der Arbeit. Es war der längste halbe Tag meines Lebens. Oder er fühlte sich zumindest so an.

Nichtsdestotrotz schaffte ich es, die ganze Zeit eine tapfere Miene aufzusetzen, bevor ich nach Hause ging, um zusammenzubrechen. Und dank Emilias Ratschlag hatte ich diesen Tag in weiser Voraussicht auf einen Freitag gelegt, damit ich am nächsten Tag nicht auftauchen musste, selbst wenn ich es wollte.

Eine der ersten Sachen, die ich erledigte, war etwas, dass ich, bevor ich krank geworden war, gezielt vermieden hatte – mich privat mit Jordan zu treffen.

Genau wie zwei Jahre zuvor, als ich mir Urlaub genommen hatte, hatte er meine Aufgaben übernommen, als ich krank war. All das trotz der Spannungen, die zwischen uns aufgekommen waren.

Emilia hatte recht. Ich schuldete ihm viel. Ich schuldete ihm eine Entschuldigung.

Ja, ich war immer noch verletzt wegen der Dinge, die gesagt wurden. Aber seit meiner Unterhaltung mit Emilia hatte ich eine Woche Zeit gehabt, darüber nachzudenken.

Jordan saß mir an meinem Schreibtisch gegenüber und ging systematisch die Checkliste der wichtigsten Dinge durch, die jetzt, wo ich hier war, erledigt werden mussten. Ich hörte aufmerksam zu, machte mir Notizen und stellte einige Fragen. Als er fertig war, blickte er auf seine Uhr und drückte sich aus seinem Stuhl hoch.

Ich legte meinen Kugelschreiber beiseite und lehnte mich vor. „Kannst du noch ein paar Minuten bleiben?"

Jordans Augenbrauen zuckten zusammen, als er sich wieder setzte. „Sicher. Was brauchst du?"

„Ich muss mich entschuldigen. Bei dir."

Er blinzelte und riss dann den Kopf zur Seite, um aus dem Fenster zu sehen und den Himmel zu beobachten. „Hm."

„Was?"

„Ich sehe nur nach, ob es Schweine regnet. Nein, keine Schweine."

Ich lehnte mich zurück und sah ihn an. „Das habe ich verdient."

Er sagte nichts, sondern biss nur den Kiefer zusammen, sodass sich seine Wangen anspannten. Dann stand er auf, drehte sich von mir weg und ging zum Fenster, um hinauszublicken.

Die Stille wurde schlimmer und ich räusperte mich, weil ich mich plötzlich unbehaglich fühlte. Ich stand aus meinem Stuhl auf und steckte meine Hände in die Taschen meiner Jeans, da ich nicht wusste, was ich sonst mit ihnen anstellen sollte. „Ich habe einige beschissene Dinge gesagt –"

„Beschissene Dinge werden immer wieder gesagt", unterbrach er. „Und ich verstehe es. Die Anspannung ist groß. Gefühle kochen über. Du stehst vor einer gewaltigen Veränderung in deinem Leben. *Aber* ich muss mich nach dem hier einfach fragen, ob es einander ausschließt, das Beste für die Firma zu wollen *und* dein Freund zu sein."

Ich richtete mich auf und studierte seine Haltung – die Steifheit seiner Schultern, seine geballten Fäuste. „Natürlich nicht", sagte ich leise.

„Wirklich?" Er drehte sich zu mir. „Weil es sich für mich einfach anders anfühlt."

Ich hielt inne und realisierte, dass ich das hätte erwarten sollen. Ich hätte mich auf Widerstand gefasst machen sollen. Ich hatte ehrlich gesagt keine Ahnung, was ich erwartet hatte. Ein paar Witze. Dass Jordan das Ganze mit seinem üblichen beißenden Humor herunterspielte. Vielleicht ein paar verdiente Herabsetzungen mir gegenüber. Sein üblicher Scheiß. Ich wappnete mich, meine verdiente Strafe zu ertragen.

Er streckte mir eine Hand hin. „Wir sind schon lange Freunde, Adam. Und fast genauso lange Geschäftspartner. Ich habe in der Vergangenheit Scheiße gebaut. Ich habe letztes Jahr *gewaltige* Scheiße gebaut, und du hast hinter mir gestanden. Ich werde dir dafür immer dankbar sein. Und wenn du mich kennst, weißt du, dass Loyalität mir sehr viel bedeutet. Und du hast meine Loyalität verdient."

Ich blinzelte, gleichzeitig berührt und besorgt wegen seiner Rede. Es stimmte. Er war loyal – manchmal übertrieben. Auf so viele Weisen war er in unserer gemeinsamen Vergangenheit für mich da gewesen. Jordan war sogar gegenüber Emilia ein

Arschloch gewesen, als wir Beziehungsprobleme gehabt hatten – um mich zu beschützen.

„Aber ich würde auch gerne denken, dass ich *deine* Loyalität verdient habe. Und dein … Vertrauen. Und ich habe beides nicht gespürt."

Mein Mund klaffte auf – es war nicht schwer, den Schmerz in seiner Stimme zu bemerken. Ich war ein Arsch, weil ich ihn verursacht hatte. „Ich … vertraue dir, Jordan."

„*Wirklich?* Du hast eine seltsame Art, das zu zeigen. Du hast mich behandelt, als ginge es mir nur um mich. Und du wolltest dich nicht mit mir treffen, um eine Lösung zu finden, mit der alle leben konnten."

„Nun, wie du bereits gesagt hast, wir bauen alle mal Scheiße. Ich versuche dir zu sagen, dass es mir leidtut."

Er trat einen Schritt auf mich zu. „Und ich versuche nicht, ein sturer Hund zu sein. Was mich betrifft, ist das bereits Schnee von gestern." Er spiegelte meine Haltung und steckte die Hände in die Taschen. „*Aber* das bedeutet nicht, dass ich überzeugt bin, dass das nie wieder passieren wird."

„Das war ein … Spezialfall. Ich sah das als Versuch des Aufsichtsrats, mein Privatleben zu kontrollieren."

„Ja, *Kontrolle.* Das ist ein großes Problem für dich. Wir haben schon einmal darüber geredet. Dein Kontrollzwang basiert auf der Tatsache, dass du nicht glaubst, dass jemand einen so guten Job erledigt wie du." Er seufzte.

Ich öffnete den Mund, um seiner Aussage zu widersprechen, aber schloss ihn wieder. Er hatte recht. Und ich war ein kolossales Arschloch gewesen, weil Jordan einen guten Job gemacht hatte. Er machte immer einen guten Job. Er hatte seinen Job erledigt, als er das Problem mit dem Ehevertrag aufgebracht hatte und ich ihn verjagt und dabei beleidigt hatte. Mein Gesicht wurde heiß vor Scham. Ich blickte weg, um diesen unbehaglichen Moment zu verstecken, und er fuhr mit seiner Rede fort.

„Der Erfolg der Firma ist auch für den Aufsichtsrat von höchstem Interesse. Und ja, manchmal gibt es Angestellte, die ihren Scheiß nicht geregelt bekommen – wie Alan – und du musst sie feuern. Aber der Rest von uns steht mit dir an vorderster Front und versucht, das Beste aus dieser Firma zu machen, das möglich ist." Er schüttelte den Kopf und wurde ebenfalls rot – ich vermutete, aus Ärger oder Frust. Wahrscheinlich beidem. „Du musst die Zügel lockern und uns unsere Arbeit erledigen lassen."

Da ich nicht wusste, was ich sagen sollte, nickte ich. Ich fühlte mich wie ein Idiot, der wie ein getadelter Schuljunge sprachlos dastand. Ich wusste, dass das ein Problem war. Emilia hatte es mir schon oft aufgezeigt und ich hatte mir vorgemacht, dass ich immer auf sie gehört hatte. War sie meinetwegen ebenso frustriert? Waren das *alle*?

„Ich sage das als dein Freund, nicht als dein Finanzchef", fuhr er fort. „Der Tag hat nur eine begrenzte Anzahl von Stunden für Adam, den Kontrollfreak, Adam, den Visionär, der die Welt verändern wird, und Adam, den liebevollen Ehemann. Du kannst nicht *gleichzeitig* jede dieser Personen sein, also musst du Entscheidungen treffen – hoffentlich gute. Oder dich selbst ins Grab treiben, weil dir alles egal ist und du alle, die dich lieben, die Konsequenzen tragen lässt."

Ich atmete tief ein und verschränkte die Arme vor der Brust. Meine verdiente Strafe. Jordan tischte sie mir heute ohne Zögern auf – *und* ohne Puffer. Und so hart es auch war, das zu hören, entschloss ich mich, mir seine Worte zu Herzen zu nehmen. Denn sie wiederholten, was die Stimme in meinem Kopf sagte, seit ich krank wurde. Sie wiederholte, was Emilia mir schon seit Längerem sagte. Alle, die mir am Herzen lagen, sangen dieselbe Melodie, und jetzt vereinten sich ihre Stimmen in meinem Kopf zu einem großen Chor.

Und es lag erneut an mir, ob ich ihnen zuhören oder sie verjagen wollte.

Ich schluckte. „Wir haben alle eine Lernkurve. Das war meine gewesen."

„Wow", sagte er und schüttelte grinsend den Kopf. „Hat Adam Drake gerade zugegeben, dass er immer noch etwas lernen muss? Wenn es heute keine Schweine regnet, dann ist wahrscheinlich stattdessen die Hölle zugefroren. Aber das werde ich erst überprüfen können, wenn ich tot bin."

„Klugscheißer", murmelte ich und schüttelte den Kopf. „Du lässt mich für den Scheiß bezahlen, oder?"

„Dafür sind Freunde da." Er blickte mir in die Augen, gefolgt von peinlichem Schweigen. Plötzlich ging mir ein Licht auf. Emilia hatte mich einst auf meine Arbeitssucht angesprochen, aber Jordans Worte ließen mich erkennen, dass ich nicht süchtig nach Arbeit war.

Ich war süchtig nach Kontrolle. Und die ganze Zeit hatte ich das Nebenprodukt behandelt – viele Überstunden und ständige Gedanken an alles, was mit der Firma und dem Geschäft zu tun hatte – und nicht die Wurzel des Übels.

Wenn ich das nicht in den Griff bekam, würde es alles Gute in meinem Leben ruinieren. Es würde meine Geschäftsbeziehungen zerfressen, meine persönlichen Freundschaften. Und wahrscheinlich irgendwann meine Ehe.

Ich rieb mir das Kinn, um meinen Schock über diese Schlussfolgerung zu verbergen. Jordan betrachtete mich genau. Ich deutete auf seinen Stuhl und ließ mich wieder auf meinem nieder. „Du bist immer ein wirklich guter Freund gewesen. Und ich hätte mir keinen besseren Finanzchef wünschen können."

Meine Stimme klang … am Ende. Ich hätte dringend etwas Zeit für mich alleine gebraucht, um über diese Scheiße nachzudenken, aber Jordan ging zu seinem Stuhl und ließ sich darauf sinken. Er saß schweigend da und drehte sich nervös hin und her. Dann räusperte er sich und sprach. „Ich hätte mir keinen besseren Freund wünschen können, Adam. Danke."

Wir sahen einander an und waren erstaunt über die Emotionalität des Augenblicks. Dann schüttelte sich Jordan und blinzelte. „Fuck, was ist das, eine Therapiesitzung? Wachsen mir gleich Brüste?"

Ich zuckte mit den Schultern. „Naja, das wäre sicherlich praktisch."

Er fuhr sich mit der Hand durchs Haar. „Verdammt. Ich verspüre den Drang, schwere Maschinen zu benutzen, ein halbes Rind zu grillen und dabei Whiskey zu trinken."

Ich lachte. „Vielleicht sollten wir Liams Vorschlag, es mit Schwertern auszutragen, überdenken."

„Ja, das ist männlich. Warum nicht?" Wir kicherten und der seltsame Augenblick war endlich gebrochen. Jordan lehnte sich zurück, kratzte sich am Kinn und warf mir einen Blick zu. „Also, ich muss dich fragen –"

„Es ist erledigt", unterbrach ich. „Wir feilen gerade das Dokument aus. Sie wird es unterschreiben, wenn wir zufrieden sind."

Seine Augenbraue zuckte. „Freut mich, das zu hören. Hoffentlich hat es ihr nicht zu viel Stress bereitet."

„Es hat ihr überhaupt keinen Stress bereitet. Sie hat es vollkommen verstanden."

Wenn wir nicht diese unbehagliche Unterhaltung gehabt hätten, hätte ich ein *Habe ich dir doch gesagt* aus seinem Mund erwartet. Glücklicherweise sagte er das nicht.

Jordan nickte. „Sie ist klug. Ich bin froh, dass es kein Problem für sie war."

„Es hat uns gezwungen, uns einander auch wegen anderer wichtiger Dinge zu öffnen. Das war gut."

Er zögerte und nickte dann. „Ich werde nicht so tun, als wüsste ich, was ihr alles durchmacht."

„Das wirst du noch früh genug."

Er schüttelte den Kopf. „April und ich haben darüber bereits diskutiert und für uns ist das kein Problem. Es wird einen Ehevertrag geben – wenn die Zeit kommt."

Ich unterdrückte ein Lächeln. Also hatte ich recht mit meiner Vermutung, dass all seine Anti-Ehe-Gespräche nur Show waren.

Er zuckte mit den Schultern. „Ich habe noch nicht mal die Frage gestellt."

„Noch nicht."

Er warf mir ein verschmitztes Lächeln zu. „Du bist mein Versuchskaninchen. Ich werde genau aufpassen und mir ansehen, wie die Ehe dir bekommt." Ich lachte und er grinste mich verlegen an. „Aber da wir schon dabei sind … ich habe auch Fehler gemacht. Ich habe angenommen, dass jeder Probleme auf dieselbe Weise angehen würde wie ich. Ich weiß nicht viel über deine Kindheit, aber was ich weiß …" Er schüttelte den Kopf und zuckte mit den Achseln. „Als ich aufwuchs, führte ich ein privilegiertes und wohlbehütetes Leben in der Mittelschicht. Ich hätte nicht von mir auf andere schließen sollen. Es tut mir leid. Da. Jetzt tanzen gerade Schneebälle durch den Hades."

Ich nickte. „Danke. Das weiß ich zu schätzen."

Er wippte weiter mit dem Fuß und rutschte wieder auf seinem Stuhl herum, dann lehnte er sich vor, um aufzustehen. „Nun, ich –"

„Ich habe da noch eine Sache für dich."

Er stoppte. „Schieß los."

Ich legte die Finger vor mir auf meinem Schreibtisch übereinander. „Würdest du mein Trauzeuge sein?"

Er nickte. „Werde ich."

„Gut. Ich würde sagen, du hast dir diesen Job noch vor meinem Cousin verdient."

„Ich bin mir sicher, dass er froh ist, keine Rede halten zu müssen." Er grinste.

„Und ich würde dir gerne für das Quest danken. Das war wirklich beeindruckend."

Er lachte und wippte wieder auf seinem Stuhl vor und zurück. „Ah, ein gewaltiges Kompliment vom Meister der Quests persönlich. Ich fühle mich sehr geehrt." Er legte seine Hand auf sein Herz. „Ich habe nur die Story geschrieben. Ich habe Tony aus der Entwicklung befohlen, es zu implementieren."

Ich schüttelte den Kopf. „Sollte ich dich verklagen, weil du uns gestalkt hast? Woher hast du all diese Dinge über meine und Emilias Beziehung gewusst?"

„Ich war meistens von Anfang an dabei, und … Mädchen tratschen. Mia hat April alles erzählt. April hat mir dabei geholfen, es zu schreiben und das ganze romantische Zeug einzubauen."

„Vielleicht sollte ich dir als Finanzchef kündigen und dich ins Kreativteam holen. Das ist interessanter als die ganzen Finanzberichte."

Er blickte finster drein. „Sagst du. Finanzberichte machen mich geil. *Tabellen* machen mich -"

Ich hob die Hand. „Zu viele Infos."

„Das stimmt." Er lachte. „Lucas hat gesagt, du hast ihn in der Testabteilung in Verlegenheit gebracht, als du nachgebohrt hast, wer hinter dem Quest steckt. Der Kerl hat sich fast in die Hose gemacht und hat praktisch hyperventiliert, als er zu mir gekommen ist. Ich habe dem armen Jungen einen Bonus aus meiner Privatkasse gezahlt, um das wiedergutzumachen."

Ich lachte. „Ich werde mich heute noch bei ihm entschuldigen. Danke, dass du mein Trauzeuge wirst. Aber kein Junggesellenabschied."

„Abgelehnt. Aber keine Sorge; es wird keine Stripperin geben." Ich verdrehte die Augen. „Denk nicht, dass ich nicht weiß, was du vorhast. Mich in einem Smoking neben dich an den Altar zu stellen? Nur um April dumme Ideen in den Kopf zu setzen."

„Das wird wahrscheinlich die erste Hochzeit sein, auf die du gehst, wo du keine Brautjungfer vögelst."

Er stand von seinem Stuhl auf. „Ich werde mit dem heißesten Mädchen dort schlafen – abgesehen von der Braut, natürlich. Das ist mein Trost."

„Such dir am besten schon einen Diamantring aus." Ich zwinkerte ihm zu. „Eine Hochzeit ist der perfekte Ort, um die Frage zu stellen."

Er verschwand durch die Tür, aber nicht, ohne mir vorher den Stinkefinger zu zeigen.

***

Ein paar Wochen später unterzeichnete Emilia den endgültigen Ehevertrag. Ohne Kommentar. Ohne Groll. Ohne Glanz und Gloria. Es gab Zeugen, die den Vorgang für uns dokumentierten und bestätigten, dass keiner der Unterzeichner unter Zwang handelte. Es war unser eigener freier Wille.

Als wir nach Hause zurückkehrten, fand sie das Dokument, das ich für sie hinterlassen hatte. Es lag in der Mitte ihres Schreibtisches in einem antik aussehenden Umschlag, versiegelt mit rotem Wachs und einem Band, ganz offiziell und altmodisch.

Sobald sie es bemerkte und sich langsam in ihren Stuhl setzte, machte ich mich rar. Ich hatte ihren Namen mit einem blauen Füllfederhalter auf die Außenseite geschrieben. Sie würde sofort erkennen, dass es von mir war. Wenn nicht an meiner Handschrift, dann definitiv an der Tatsache, dass niemand sonst sie mit ihrem vollen Namen ansprach.

Eine Woche zuvor hatte ich den groben Entwurf ausgefeilt.

Ich, Adam Drake, gebe hiermit Emilia Kimberly Strong, der Frau, die bald meine Ehefrau sein wird, mein voreheliches Versprechen. Und das wird für immer gelten … Also werden die Versprechen, die ich hier mache, Versprechen sein, die für immer gelten.

Es gibt kein „Wenn" oder „Aber". Es gibt nur uns.

Zusammen haben wir ein neues, einzigartiges Programm entwickelt. Einen Code, den nur du und ich schreiben konnten, der unsere Leben verbindet. Er wird getestet, wenn wir ihn kompilieren – und das Programm ausführen. Und ja, jeder Tag wird ein Probelauf sein. Aber wir können aus ihnen einen Triumph werden lassen. Jeden Tag.

Ich machte einen Spaziergang – joggen durfte ich noch nicht. Die Ärztin hatte meine Milz immer noch für zu geschwollen erklärt, auch wenn sie bereits viel besser aussah. Sie wollte noch eine Woche oder so warten, um auf Nummer sicher zu gehen. Und Emilia behielt mich im Auge, damit ich mich daran hielt. Ich hatte ihr für mich den Namen *die Vollstreckerin* gegeben.

Aber die Ärztin sagte, dass ich bis zur Hochzeit wieder völlig gesund sein würde. Gott sei Dank.

Noch mehr Hürden, um diese Frau vor den Altar zu schleppen, und ich würde den Verstand verlieren.

Nachdem ich am Ende des Strandes diesseits der Wellenbrecher angekommen war, drehte ich wieder Richtung Haus um. Ich sah, dass sie auf dem geteerten Fuß- und Radweg, der an Newport Beach entlangführte, auf mich zulief. Sie musste ihre Handy-App benutzt haben, um mich zu lokalisieren.

Als sie mich mit roten Wangen und außer Atem – und schöner als je zuvor – erreichte, hätte sie mich wohl umgeworfen, wenn sie nicht so besorgt wegen meiner Milz gewesen wäre. Ich stoppte und sie blickte mit runden Augen zu mir auf. Dann legte sie ihre Arme um mich und kuschelte sich an mich. Ich erwiderte ihre Umarmung und küsste sie auf den Kopf. Emotionen überkamen mich, die so stark waren, dass ich mich fühlte, als würde ich von den Wellen, die gerade gegen den Strand schlugen, umgeworfen werden. *Liebe. Stolz. Friede. Genugtuung.*

„Wow. Ich hätte bis nächste Woche warten sollen, um dir das zu geben, bis ich wieder gesund genug für Sex bin", murmelte ich in ihr Haar und brach die rührselige Sentimentalität des Augenblicks. „Ich denke, ich habe eine große Möglichkeit, dich ins Bett zu kriegen, vergeudet."

Sie blickte grinsend zu mir hoch. „Oh, keine Sorge. Zurzeit würdest du mich auch ins Bett kriegen, wenn du nur in meine Richtung schaust."

„Gut zu wissen. Noch eine Woche und du wirst mich nicht mehr von dir fernhalten können."

Sie legte ihre Wange auf den Stoff meines Shirts und ihre Arme packten mich fester. „Ich zähle darauf."

„Ich nehme an, dir gefiel die Nachricht?"

Sie lachte. „Du bist der König der Untertreibungen."

„Ich bin meistens ein arroganter Arsch. Ich weiß nicht, wie du es mit mir aushältst."

Sie streckte sich und küsste mich, aber würdigte meine Aussage nicht mit einer Antwort.

Ich zögerte und strich dann mit einer Hand über ihren Rücken. „Ich will, dass du weißt, dass das alles mein Ernst ist. Das für immer."

Sie berührte meine rasierte Wange mit ihrer Handfläche. Ich schloss die Augen und genoss das Gefühl. „Natürlich, das wusste ich bereits. Du meinst immer alles ernst, Adam Drake. Einige Leute würden sogar sagen, dass du *zu* ernst bist."

„Aber *du* würdest das nie sagen?" Ich zog eine Augenbraue hoch.

Sie lächelte. „Ich halte dich auf dem Boden der Tatsachen, wenn du zu hochnäsig wirst." Sie neigte den Kopf zur Seite und ihr Lächeln verblasste einen winzigen Hauch. „Es ist so seltsam, aber die ganze Zeit, als ich das gelesen habe, musste ich an den ersten Tag denken, an dem ich dich getroffen habe."

Die üblichen Spaziergänger füllten langsam den Gehweg und passierten uns. Ich nahm ihre Hand und wir gingen langsam Richtung Haus. „Im Spiel?"

Sie schüttelte den Kopf. „Nein. Persönlich. An jenem Tag in dem Konferenzraum."

Ich lachte. „Dieser Tag war eine epische Fehleinschätzung meinerseits. Ich bin dort hineingegangen und war entschlossen, dir eine Höllenangst einzujagen." Ich atmete tief ein. „Stattdessen betrat ich diesen Raum und sah dich und ich fühlte mich, als wäre ich über eine Klippe spaziert und würde mich im freien Fall befinden."

„Und *ich* dachte, dass ich in einen tobenden Sturm geraten wäre." Eine Brise verwehte die Spitzen ihrer Haare und sie tanzten um ihre Schultern, als wären sie von Magie erfüllt. „Hurrikan Adam. So habe ich dich im Geiste genannt."

„Dieser Sturm war die Zukunft, die uns ins Gesicht schlug. Und uns war das nicht bewusst."

„Ich frage mich immer noch, wann ich es wusste. Wann ich es wusste, ohne es mir einzugestehen."

Ich hätte mich dazu äußern können, sagte aber nichts. Stattdessen zog ich ihre Hand an meinem Mund und küsste sie.

„Vielleicht war es an unserem ersten Date", sinnierte sie.

Ich lachte. „Was genau siehst du denn als unser erstes Date an?"

„Diese Nacht in Amsterdam." Sie zwinkerte mir zu.

„Oh, hm. *Diese* Nacht. Die Nacht, in der ich realisierte, dass ich, was dich betraf, in großen Schwierigkeiten steckte."

„Wirklich? Erzähl mir mehr."

Ich zögerte und fragte mich, wie sie jegliche neuen Informationen bezüglich dieser Reise, und *speziell* dieser Nacht, aufnehmen würde. In dieser Nacht hatte alles angefangen. Aber nach den letzten paar Wochen und der Art, wie sie alles andere weggesteckt hatte, konnte ich da noch etwas anderes tun, als völlig ehrlich zu ihr zu sein?

Zeit, es herauszufinden. „Nun … erinnerst du dich an diesen Anruf?"

Sie ging schweigend ein paar Schritte. Ich fing Fetzen von anderen Unterhaltungen um uns herum auf sowie die immer präsenten Rufe der Möwen am Strand. „Natürlich. Dieser Anruf ist der ganze Grund, warum die Sache zwischen uns immer weiterging. Wenn dieser Anruf nicht gewesen wäre, hätten wir nie – Nun, ich meine, ich weiß jetzt, dass du nicht die Absicht gehabt hast …" Ihre Stimme verstummte, als sie den Ausdruck auf meinem Gesicht sah. „Jetzt frage ich mich, ob das mehr als nur ein zufälliges Ereignis war."

Ich setzte ein schiefes Lächeln auf. „Du kennst mich. Ich überlasse nie etwas dem Zufall. Wir hätten in jener Nacht nichts gemacht. Ich hatte einige Schutzmaßnahmen vorbereitet."

„Schutzmaßnahmen?" Ihr Schritt wurde langsamer, als sie das verdaute. „Wie zum Beispiel?"

„Als wir vom Dinner und dem Tanz zurückfuhren, habe ich in der Limousine Jordan eine Nachricht geschrieben und ihm gesagt, er solle mich in einer Stunde anrufen." Ich studierte ihren Gesichtsausdruck. „Und dann habe ich ihm befohlen, mich weiter anzurufen, falls ich nicht abhebe. Nur für den Fall."

„Nur für den Fall, dass du zu weit gehen würdest?"

„Ja."

Sie runzelte die Stirn. „Also … gab es nie einen ungelegenen Notfall?"

„Nein." Ein paar Schritte weiter. „Ich habe den Notfall erfunden. Dann habe ich mich auf dem Server eingeloggt und ein Routine-Back-up gestartet."

Wir gingen schweigend weiter, wobei sie weiter meine Hand hielt, aber gedankenverloren vor sich auf den Gehsteig starrte.

„Macht dich das sauer?", fragte ich.

„Nein. Ich bin nur etwas verwirrt. Du bist nicht wirklich die Art Person, die sich eine Entschuldigung einfallen lassen muss, um etwas zu entfliehen, was sie nicht will."

„Der Anruf war nicht für *dich*. Er war für *mich*. Und es ging nicht darum, etwas nicht tun zu wollen. Es ging darum, zu viel zu wollen." Ich drückte die Hand, die ich hielt, und verschränkte meine Finger mit ihren. „Während des Abendessens und des Tanzens realisierte ich, dass das etwas – oder sehr – außer Kontrolle geraten könnte. Also entschied ich mich vorsichtshalber für einen Notfallplan."

Sie lachte und entspannte sich, ohne überhaupt zu realisieren, dass ich mental die Luft angehalten hatte. „Es ist irrsinnig witzig, dass du Jordan dazu verpflichtet hast, dir aus Tausenden von Kilometern Entfernung die Tour zu vermasseln."

„Schön, dass du das lustig findest."

„Damals tat ich das nicht." Sie warf mir aus den Augenwinkeln einen Blick zu. „Ich habe es unglaublich frustrierend gefunden."

Ein Skateboarder kam direkt auf uns zu und wich erst in der letzten Minute aus. Ich warf ihm einen finsteren Blick zu, als er uns passierte.

„Dann sind wir schon zwei. Das war der Beginn vieler langer Wochen voller Frustration."

Sie lächelte schief. „Nicht viel anders als kürzlich. Ich frage mich, warum uns das immer wieder passiert?"

Meine Hand festigte sich um ihre. „Hoffen wir, dass das das letzte Mal war."

Die Brise wurde stärker und formte ihre Haarspitzen zu einem Heiligenschein um ihren Kopf. Sie ließ meine Hand los, griff nach ihren Haaren und band sie mit einem Haargummi von ihrem Handgelenk zu einem improvisierten Pferdeschwanz zusammen. „Das ist ein geringer Preis für die Liebe des Lebens, richtig?"

„Wir werden das ausgleichen, da bin ich mir sicher."

Es dauerte zwei weitere Minuten, bis wir am Tor zu der schmalen Brücke waren, die nach Bay Island führte. Ich öffnete sie für sie und wir gingen schweigen darüber.

Sie stoppte auf halbem Weg und blickte von der Brücke ins Wasser.

Ich hielt neben ihr an. „Was ist los?"

Sie sagte noch ein paar Minuten lang nichts, bevor sie ihren Atem hinausblies. „Etwas, was nicht in deinem Brief stand. Etwas, über das wir meiner Meinung nach reden müssen."

Ich drehte mich zu ihr und war etwas beunruhigt von ihrem ernsten Tonfall. Sie hob meine beiden Hände mit ihren an. Mit unseren Armen formten wir eine eigene Brücke, parallel zu der, auf der wir gerade standen.

Ihr Kopf kam hoch und ich bemerkte plötzlich, dass sie den Tränen nahe war. Ich schluckte und wappnete mich für was auch immer es war.

„Was ist mit – Babys?"

Und da wurde mir flau im Magen. Dummerweise hatte ich diese Frage nicht erwartet. Und ich hatte keine Antwort darauf.

Diese braunen Augen bohrten sich in meine Seele. „Wird es Babys geben, Adam?"

Irgendwo in meinem Innersten legte jemand den Schalter für die Eismaschine um. Ich schluckte erneut. *Nein.* Ich wollte es mit endgültiger Stimme sagen. Ich wollte es ein für alle Mal klar machen. *Nichts, was deine Gesundheit bedroht. Nie wieder.*

Aber ich sagte nichts.

Sie blinzelte und starrte mich weiter an. Und in diesen Augen – diesen wunderschönen Augen – sammelten sich die größten und klarsten Tränen, die ich je gesehen hatte. „Bitte, Adam", flüsterte sie heiser. „Ich brauche eine Antwort."

Ich schüttelte den Kopf. „Ich weiß es nicht."

War es meine Stimme, die so zitterte?

Die Tränen brachen über den Rand ihrer Augen und ergossen sich in dünnen Strömen über ihre Wangen. Wie konnte Glück in einem buchstäblichen Augenblick zu Trauer werden?"

Dieser Stoff, den wir zusammen gewoben hatten, dieses Geflecht aus *uns*, bestand aus Freude, reiner Liebe, Humor, gemeinsamen Erfahrungen, Schmerz, Sex, Streit, Diskussionen und Streichen. Aber da gab es auch diesen einen scharfen Nadelstich der Traurigkeit, den wir uns offensichtlich nie eingestehen wollten.

Dieser rasiermesserscharfe Stich, der tief in unser Fleisch schnitt.

Dieser Verlust.

„Also wird es immer nur das eine sein?" Ihre Stimme zitterte und sie biss sich auf die Lippen, bevor sie einatmete und fortfuhr. „Das eine verlorene Baby, das wir nie halten können? Dem wir nie beim Aufwachsen zusehen können?"

Ihr Gesicht, das so voller Emotionen war, hob die Leere in mir hervor. Als gäbe es eine Barriere, die meine Gefühle einschloss, wenn es um dieses Thema ging. Dieser Teil meines Herzens war in einer tiefen, dunklen Ecke vergraben.

Ein Entschluss erfüllte mich. Ich wollte ihr eine endgültige Antwort geben. Aber wie konnte ich das? Angesichts ihrer Tränen, angesichts der Schwierigkeit für sie, das überhaupt anzusprechen, wusste ich, wie wichtig das für sie war.

Dieser Verlust suchte sie immer noch heim. Ehrlich gesagt musste ich zugeben, dass er uns beide heimsuchte, wenn auch aus verschiedenen Gründen.

Das Mindeste, was ich tun konnte, war, ihr Hoffnung zu geben.

Aber ich würde ihr keine leeren Versprechungen machen, egal wie sehr sie diese Hoffnung brauchte.

Also musste ich mich hier und jetzt entscheiden, was ich ihr geben würde. Was ich ihr geben *konnte*.

„Ich werde nicht nein sagen", murmelte ich. *Egal wie sehr ich auch wollte.* Die Angst, sie kam wieder hoch, raubte mir den Atem. Erinnerungen an die Tränen, die wir während dieser dunklen Zeit vergossen hatten. Erinnerungen daran, sie ohnmächtig in meinen Armen getragen zu haben. Erinnerungen daran, sie beinahe verloren zu haben. Konnte ich mich überwinden, dieser Angst wieder entgegenzutreten? *Ich möchte nein sagen – aber das werde ich nicht.*

Sie nickte und hob eine Hand, um über ihre Wange zu wischen. „Fürs Erste brauche ich nur das. Ein Versprechen, dass du unbefangen bist, wenn die Zeit kommt."

Unbefangen. Etwas, wofür ich definitiv nicht bekannt war.

Ich erinnerte mich jetzt an Jordans Worte, an die Entscheidung, zu der ich an jenem Tag in meinem Büro gekommen war, als wir uns unterhalten hatten. Ich liebte diese Kontrolle. Ich würde sie mir wie eine Droge spritzen, wenn ich könnte. Vierundzwanzig Stunden am Tag, sieben Tage die Woche. Ohne zu zögern.

Ich war süchtig nach Kontrolle und ich wollte *diese* Kontrolle über unsere Zukunft. Keine Kinder. Keine Schwangerschaften, die ihrer Gesundheit schaden könnten. Nur uns. Sie und mich.

Aber jeder Süchtige musste sich der Herausforderung stellen, seiner Droge zu widerstehen, richtig? Musste gegen den Drang, ihr nachzugeben, ankämpfen? *Unbefangen.* Obwohl alles in mir sich dagegen aussprach, drückte ich gegen diese Barriere. Es würde ein Kampf werden, wenn die Zeit kam. Und ich wusste es. Aber das war keine Schlacht, die ich *jetzt* führen musste.

Ich atmete tief ein und stärkte mich mental. „Das kann ich."

„Wirklich?"

Ich nickte. „Ich verspreche dir, unbefangen zu sein, Emilia."

Dieses Lächeln ... es zog an ihren Mundwinkeln und krönte ihr rotes, tränenüberströmtes Gesicht. Das allein war dieses Versprechen wert.

Bitte, Gott. Wie sehr ich hoffte, dass mich dieses Versprechen nicht eines Tages in den Arsch beißen würde.

Kapitel Sechzehn
Mia

BETRACHTE DIESEN „PERSÖNLICHEN EHEVERTRAG" ALS MEIN Manifest eines Ehemannes, um deine Terminologie zu benutzen.

Sollte ich mit einer Liste aller ehelichen Ungerechtigkeiten, die Ehefrauen seit Menschengedenken angetan wurden, oder sollte ich einfach mit uns anfangen?

Ich stimme für uns. Denn das ist das Einzige, was in meiner Macht liegt, und auch wenn ich die Zukunft nicht kenne, weiß ich, dass – mit dir an meiner Seite – jeder schöne Moment strahlender, heller und bunter und jede Enttäuschung schwächer und weiter entfernt sein wird.

Ich habe in der Vergangenheit Fehler gemacht und diese waren schmerzhaft für uns beide, doch ich bin philosophisch und nenne sie Lehren anstatt Fehler. Denn ich habe aus ihnen gelernt, Emilia. Und ich verspreche dir ...

Ich verspreche dir, dass ich meine Schwüre nie auf die leichte Schulter nehmen werde.

Ich verspreche, dass ich dir gegenüber offen sein werde, wenn ich der Meinung bin, dass wir auch nur den Hauch von Ärger haben könnten.

Ich verspreche, zuzuhören, wenn du mit einem Problem zu mir kommst.

Ich verspreche, Kompromisse einzugehen.

Ich verspreche, die Momente zu würdigen, die wir zusammen verbringen.

Unten wurde die Eingangstür geöffnet und geschlossen. Ich schob das Dokument wieder in seinen Umschlag, nachdem ich es so viele Male gelesen hatte, dass ich es nicht mehr zählen konnte. Bald würde der Druck anfangen zu verblassen und das Papier würde vom vielen Auf- und Zufalten zerknittert sein.

Hoffentlich wusste er nichts davon. Er würde es mir ewig vorhalten.

Ich schnappte mir meine Tasche, eilte die Treppe nach unten und gab ihm einen Abschiedskuss. Es war später Nachmittag und er hatte einen weiteren fast vollständigen Arbeitstag hinter sich. Leider musste ich weg. Brautangelegenheiten und so.

„Ich habe den neuen Marvel Film gekauft und ihn auf den TV heruntergeladen. Sieh ihn ja nicht ohne mich an", befahl ich, als ich ihn in meine Arme zog.

Er beugte sich vor und küsste mich. „Nein. Aber du bist besser nicht den ganzen Abend weg, sonst überlege ich es mir anders."

„Ich komme nach dem Abendessen zurück. Es sind nur Heath und Kat."

Seine Augenbrauen runzelten sich. „Wie geht es Heath? Besser?"

Ich nickte. „Ja. Ich habe mich jeden Tag bei ihm gemeldet und Kat Tipps gegeben, wie sie mit ihm umgehen sollte. Zusammen bekommen wir ihn hoffentlich wieder auf den richtigen Weg."

Adam nickte.

„Mach ein kleines Nickerchen. Du siehst müde aus.“

„Vielleicht.“

Meine Augenbrauen schossen hoch. „Was soll dieses *vielleicht*? Soll ich dich bei deiner Ärztin verpfeifen?“

Sein Mund zuckte. „Du bist nervtötend.“

Ich lächelte. „Das ist Aufbaustudium Ehefrau. Mach dich darauf gefasst, dass ich nörgle. Los. Schlafen. Wenn du aufwachst, bin ich wieder da und schaue mir den Film mit dir an.“

Mein Meeting mit meinem Trauzeugen und seiner Assistentin verlief gut. Kat war sehr aufgeregt, nach St. Lucia zu fliegen. In drei kurzen Wochen würden wir *alle* dort sein. Der Dezember hatte gerade angefangen. Die Tage waren kürzer und kühler – selbst für Kalifornien. Trotzdem gab es immer noch nicht genügend dringend benötigten Regen.

Die Karibik würde eine schöne Abwechslung sein.

Ich kam nach Hause und fand Adam mit einem Buch auf dem Schoß im Heimkinozimmer sitzen. Er hatte geduldig gewartet, dass ich zurückkam. Und er hatte ein Nickerchen gemacht. Das konnte ich an seinen zerzausten Haaren erkennen.

Und er sah zum Anbeißen aus – selbst in Shorts und einem langärmligen T-Shirt.

Hunger ist das beste Gewürz, sagte meine Mom immer. Und wenn es um Adam ging, war ich ausgehungert.

Wir schafften nicht viel vom Film, bevor wir realisierten, dass wir die Hände nicht voneinander lassen konnten. Alles fing ganz unschuldig an. In einem großen Sessel zu kuscheln machte es schwierig. Seine Brust war hart und zog meine Hände an, als wäre das ihr einziger Zweck. Bald revanchierte er sich und berührte leicht meine Brüste. Diese Avancen waren nicht unwillkommen.

Adam pausierte den Film mitten in Captain Americas mitreißender Ansprache, damit er mich auf seinen Schoß ziehen und mich ausgiebig küssen konnte. Unsere Lippen verbanden sich und ich rutschte seinen Schoß hinauf und drückte mich an seine hervorstehende Erektion. *Gott*, er fühlte sich so verdammt gut an.

Er belohnte mich mit einem tiefen Stöhnen, als ich mich an ihm rieb. Dieser Sexentzug war eine Folter gewesen. *Nur noch ein paar Tage.*

Aber etwas rummachen würde doch nicht schaden, oder?

Adams Hände waren unter meinem Shirt und glitten in meinen BH, um mit meinen Nippeln zu spielen. Aber er schien mit dieser Art des Zugriffs nicht zufrieden zu sein. Seine Zunge tauchte tiefer in meinen Mund, während seine Hände wilder wurden. Mit einem Knurren zog er an meinem BH, woraufhin das Wäschestück aus Protest knarzte.

„Du machst ihn noch kaputt", murmelte ich gegen seinen Mund.

„Das ist mir egal. Ich kaufe dir ein Dutzend neue BHs. Ich muss an deinen Nippeln saugen." Er zerrte erneut und das Plastik, das den Träger hielt, zerbrach. *„Sofort."*

„Ja, *Sir*." Ich lachte und lehnte mich zurück, um mein Shirt und meinen BH in einer schnellen Bewegung auszuziehen.

„Ohh, ja … so muss das sein." Er hob die Hand und umfasste meine Brüste mit seinen Fingern. „Scheiße … das habe ich vermisst."

Ich lehnte mich in seine Berührung und antwortete: „Ich auch. Ich habe versucht, brav zu sein und mich nicht vor dir umzuziehen oder so.“

Ohne weiteres Zögern lehnte er sich vor und legte seinen Mund fest über einen glücklichen Nippel, während ich die Augen schloss und Sterne sah. Heiße Erregung blühte zwischen meinen Beinen auf, als mein Nippel in seinem Mund hart wurde. *Gott.*

„Wir, ähm“ – *Schluck* – „Wir sollten wahrscheinlich –“

Er rieb seine Zähne über meinen Nippel und sah mich mit diesen brennenden dunklen Augen an.

„Oh, fuck.“ Ich stöhnte. *Es fühlte sich so verdammt gut an.*

„Ich werde dich kommen lassen.“

„Das solltest du nicht ...“, hauchte ich, aber *verdammt*, ich wollte das gerade mehr als atmen.

„Warum zum Teufel nicht?“

„Weil *du* nicht kannst.“

Er seufzte und wich zurück. „In zwei Tagen wird mich die Ärztin gesundschreiben.“

„Ich habe die Ultraschallaufnahme deiner Milz gesehen. Sie sah schlimm aus, Adam. Ich will sichergehen, dass du keine Langzeitschäden davonträgst.“

„Sex wird mir keinen Schaden zufügen. Sex ist natürlich. Sex ist gut. Sex ist am besten –“

Ich brach in schallendes Gelächter aus und fuhr mit einer Hand durch sein zerzaustes Haar. „Wenn unsere Rollen vertauscht wären, würdest du mich nicht einmal mit einem drei Meter langen Stock anfassen. Streite das nicht ab. Ich bin nicht die einzige Überfürsorgliche in dieser Familie.“ Er öffnete den Mund, um zu protestieren, aber ich hielt ihn ab. „Wer besteht immer darauf, jede Woche Brustuntersuchungen an mir durchzuführen, obwohl ich sie selbst zu den vorgeschriebenen Zeiten mache?"

Er strich mit seinem Daumen erneut über meine Nippel. „Das liegt daran, dass ich deine Brüste liebe. Diese Untersuchungen sind keine lästige Aufgabe."

„Adam ..." Ich beugte mich vor, um meine Nasenspitze an seine zu legen, doch er erwiderte meinen Blick nicht. Er war von dem abgelenkt, was er mit meinen Nippeln machte. Und ich musste zugeben, dass es sich fantastisch anfühlte.

Er blickt hoch und diese dunklen Augen trafen meine. „Wenn du mich warten lässt, bis ich gesundgeschrieben bin, werde ich nicht glücklich sein."

„Was würdest *du* tun? Sei ehrlich."

Er knirschte mit den Zähnen und sein Kiefer spannte sich an. Ich hatte ihn, und er wusste es.

Seine Hände hörten auf, ihre Magie an meiner Brust wirken zu lassen. Ich schrie fast auf. „Gut. Aber wenn ich nicht darf, dann du auch nicht."

Ich streckt ihm die Zunge heraus. „Fiesling."

„Oh, ich werde die nächsten Tage sehr mürrisch sein. Bereite dich besser darauf vor."

Ich bückte mich, um mein Shirt vom Boden aufzuheben, und zog es über meinen Kopf. „Du warst die letzten Wochen schon ziemlich miesgelaunt. Ich bin darauf vorbereitet."

„Und doch willst du mich immer noch heiraten."

Ich wackelte mit den Augenbrauen. „Ja. Du hast mich an der Backe, Drake."

Er nahm einen tiefen Atemzug und blies ihn in einem leidenden Seufzen hinaus. Dann griff er um mich herum und packte meinen Hintern, um mich an sich zu ziehen. „Die beste Nachricht, die ich die ganze Woche bekommen habe.“

Dann blickte er finster drein und schob mich von seinem Schoß. Er wollte den Film nicht weiterlaufen lassen, bis ich auf meinen eigenen Sessel ausgewandert war, da ich – und meine Brüste – eine zu große Ablenkung waren.

Nachdem ich zu lachen aufgehört hatte, gehorchte ich und warnte ihn, dass ich, sobald er gesundgeschrieben war, die Finger nicht von ihm lassen würde.

Ein Sturm würde aufziehen und es würde Orgasmen regnen. Hurrikan Adam, wahrhaftig.

***

Am nächsten Tag blies Adam immer noch Trübsal, als wir uns fertigmachten, um zu einem Treffen beim Mittagessen zu gehen. Ich hätte ihm angeboten, zuhause zu bleiben, aber er hatte dieses Treffen ausgemacht.

Und ich würde nicht ohne ihn dorthin gehen. Selbst wenn Mom und Peter ebenfalls dort sein würden.

Nach ein paar Monaten E-Mail-Kontakt mit Glen Dempsey hatte ich endlich zugestimmt, mich persönlich mit ihm zu treffen. Wir hatten einen Raum im La Cucina, einem italienischen Restaurant, reserviert, von dem aus man die Klippen von Corona Del Mar, einem Strand mit goldenem Sand, sehen konnte.

Wir betraten das Restaurant in der Erwartung, die Ersten zu sein, da wir weniger als zehn Minuten entfernt wohnten. Aber Glen saß bereits am Tisch und unterhielt sich mit Mom und Peter, die uns ebenfalls zuvorgekommen waren. Wir kamen herein und Glen schoss von seinem Stuhl hoch. Peter und Mom taten es ihm gleich.

Ich hielt inne und wartete steif, während meine Mutter uns vorstellte. Ich studierte meinen Halbbruder. Er ähnelte mir nicht im Geringsten. Nachdem ich Fotos seiner Familienmitglieder gesehen hatte, war es einfach zu erkennen, dass sie alle nach ihrer Mutter kamen.

Er war mittelgroß und stämmig gebaut, leicht gebräunt und hatte die blassblausten Augen, die ich je gesehen hatte. Und er hatte ein einnehmendes Lächeln. Breit, ehrlich, offen.

Er schien alles zu sein, was sein Vater nicht war. Zumindest nach dem, was ich beurteilen konnte. Ich wusste fast nichts über seinen Vater, abgesehen von den Fetzen, die ich von meiner Mutter gehört hatte.

Glens Augen weiteten sich. „Hi, Mia. Es ist eine Ehre, dich endlich zu treffen."

Er war persönlich ebenso freundlich, wie er es in seinen E-Mails gewesen war. Ich lächelte und streckte die Hand aus. „Glen."

Er schüttelte sie. „Du bist genauso schön wie deine Mutter."

Mom und ich dankten ihm im Einklang.

Ich stellte ihm Adam vor. Glen schüttelte seine Hand und gratulierte ihm zu unserer bevorstehenden Hochzeit. Dann setzten wir uns alle. Ich vergrub die Peinlichkeit des Augenblicks und fragte mich, was ich sagen sollte, während ich die Speisekarte studierte.

Gott sei Dank gab es Appetizer – und Wein – um mich aufzulockern.

Glen war nicht so unbeholfen. Ich war die Einzige.

„Nochmal danke, dass du mir die Akte mit den medizinischen Infos geschickt hast", sagte ich, nachdem der Smalltalk abgeklungen war.

Er lächelte. „Das war das Mindeste, was ich tun konnte. Und das meine ich ernst. Das Mindeste, was irgendjemand in unserer Familie für dich tun konnte."

Ich blinzelte und vermied es, meine Mutter anzublicken. „Es – es muss schwierig gewesen sein, deinen Vater zu überreden, seine Daten herauszugeben."

Glen zögerte und senkte dann seine Augen wieder auf seinen Teller, als er sein Fleisch schnitt. Achselzuckend antwortete er: „Er ist ein vernünftiger Mann. Wenn man ihm Vernunft einbläut, handelt er entsprechend."

Ich nickte, antwortete jedoch nicht. Es tat immer noch weh zu wissen, dass Gerard so abgeneigt gewesen war, mir seine medizinische Vorgeschichte zu geben, selbst als ich meine Krebsbehandlung bekam. Dass er nicht einmal auf die Bitte meiner Mutter geantwortet hatte.

Glen räusperte sich und ich blickte ihn an. „Ich werde ihn übrigens nicht verteidigen. Er hat dir Unrecht getan. Aber ich werde dir sagen, dass du nicht viel verpasst hast, Mia. Ehrlich gesagt kennt er kaum die drei Kinder, die in seinem Haus aufgewachsen sind. Er ist ein beschissener Vater."

Trotz dieser deprimierenden Äußerung war es ein wenig beruhigend, das zu hören. Dass seine Vernachlässigung und seine Verachtung nicht nur gegen mich gerichtet waren. Diese Gefühle gingen aber mit mehr als nur einem leichten Schuldgefühl einher.

„Das tut mir leid", murmelte ich, weil ich nicht wusste, was ich sonst hätte sagen sollen.

„Muss es nicht. Eine nach der anderen haben sich unsere Beziehungen zu ihm verschlechtert oder sind irreparabel zerstört worden. Für eine meiner Schwestern ist er gestorben. Die andere redet kaum noch mit ihm. Ich bin der Einzige, der ihn toleriert, und das ist eher meiner Mutter zuliebe."

Ich nickte und kaute gründlich mein Hühnchen, wobei ich über seine Mutter nachdachte. Was für eine Frau musste sie sein? War sie wie eine der *Real Housewives* von der Dinnerparty – die, die darüber sprachen, die Fehltritte ihrer Ehemänner notgedrungen zu tolerieren?

„Sie weiß übrigens von dir. Sie weiß es schon einige Zeit."

Stille. Ich blickte zu meiner Mutter, deren Gesichtszüge unberührt wirkten. Das waren also keine Neuigkeiten für sie. Aber sie wirkte blasser, oder bildete ich mir das nur ein?

„Nun, ich würde sagen, dass es mir leidtut, wenn meine Existenz ihr Schmerz verursacht hat –"

Meine Mutter stieß mich unter dem Tisch. Und nicht leicht.

„Die Existenz meines Vaters hat ihr wohl eher Schmerz bereitet", spottete er.

Ob Glen bezüglich der Macken seines Vaters übertrieb, um mich zu beruhigen, wusste ich nicht. Aber ich war ihm für den Versuch trotzdem dankbar.

Unser Mittagessen war angenehm und als es Zeit zu gehen war, bat Glen mich um einen Augenblick alleine mit mir. Nach einem nervösen Blick zu Adam, der mir beruhigend zunickte, gingen die anderen, um vor dem Eingang des Restaurants auf mich zu warten. Ich stand vor Glen und verlagerte mein Gewicht von einem Bein aufs andere.

Er zog einen Umschlag aus seiner Jacke und hielt ihn vor sich, ohne ihn mir anzubieten. „Ich muss dir das erst erklären, bevor ich ihn dir gebe. Ich wusste bis vor Kurzem nicht von dir, aber wie ich sagte, meine Mutter wusste es schon lange. Sie hat nicht aktiv versucht, etwas über dich zu erfahren, aber sie wusste von deinen Umständen und deinem Alter. Wir alle erhielten mit achtzehn eine Zahlung aus einem Treuhandfond, um unsere Collegeausbildung zu finanzieren. Die endgültige Auszahlung des Treuhandfonds würde mit einundzwanzig stattfinden oder wenn wir mit dem College fertig waren. Sie bestand darauf, dass dein Vater auch für dich ein Konto einrichtete, was er getan hat. Aber er hat sich geweigert, es dir mitzuteilen."

Ich schluckte, blinzelte und war mir plötzlich eines unsichtbaren Gewichts bewusst, das mir auf die Brust schlug.

Er hielt mir den Umschlag hin. „Das sind die Informationen, wie du auf den Treuhandfond zugreifen kannst."

Meine Hand zitterte, als ich ihm den Umschlag abnahm. „Ich will sein Geld nicht."

Er legte seine Hand über meine und hielt sie fest. „Nimm es, Mia. Es gehört dir. Und tu es nicht für ihn. Tu es für meine Mom. Das würde mich glücklich machen."

Aus unerklärlichen Gründen drangen mir Tränen in die Augen. „Sie klingt nach einer wundervollen Frau."

„Das ist sie. Die Beste. Er hat sie nicht verdient."

„Ich hoffe, sie lässt sich von ihm scheiden."

Er lachte. „Das hat sie. Erst kürzlich."

„Vielleicht kann ich sie eines Tages kennenlernen."

Er nickte. „Ich denke, das würde ihr gefallen. Aber eins nach dem anderen. Ich will nicht, dass das seltsam zwischen uns wird. Ich habe keine Ahnung, wie man eine geschwisterliche Beziehung zu einer Erwachsenen aufbaut, die man noch nie zuvor gesehen hat, aber … ich würde es gerne versuchen. Ich würde den Leuten gerne sagen, dass ich noch eine Schwester habe. Ich wurde vom Baby der Familie zu jemandem, der die ganze Zeit eine jüngere Schwester hatte."

Er ließ meine Hand los und ich zog sie weg. „Danke, Glen. Dafür, dass du so ein guter Mensch bist. Dafür, dass du mein Vertrauen in diese Hälfte meines Familienstammbaums wieder hergestellt hast."

Er lächelte. „Ich danke dir, dass du mich nicht nach meinem alten Herrn beurteilst."

Ich lachte. „Das hatte ich. Aber nun nie wieder."

„Darf ich dich umarmen?"

Als Antwort darauf trat ich vor und umarmte ihn. „Danke, dass du all diese Dinge getan hast, die du nicht hättest tun müssen."

Er klopfte mir auf den Rücken. „Ich *musste* sie tun."

Wir gingen hinaus, aber nicht bevor ich ihn eingeladen hatte, auf unsere Hochzeit zu kommen. Er war erfreut, die Einladung zu bekommen.

Adam stellte mir auf dem Weg nach Hause nur ein paar Fragen. Er ließ mich alleine, als wir zuhause waren, nachdem ich ihm gesagt hatte, dass ich über vieles nachdenken musste. Es war wirklich bizarr. Plötzlich hatte ich Geld. Wie ging man damit um, überraschend reich zu werden?

Ich hatte mich mit dieser Frage auseinandergesetzt, seit ich mit Adam verlobt war. Jetzt traf mich dieses Thema aus einem ganz anderen Winkel. Nachdem ich einen langen Spaziergang gemacht hatte, aßen wir zu Abend und ich erzählte ihm von dem Treuhandfond.

„Du warst jung, als dir dieses ganze Geld in den Schoß gelegt wurde." Ich sprach von Adams erstem großen Durchbruch – als er im Alter von siebzehn Jahren ein Programm für einige Millionen Dollar an eine große Spielefirma verkauft hatte.

Er lachte. „Ja, es war seltsam. Ich hatte keine Ahnung, was ich damit anstellen sollte. Ich habe die Hypothek meines Onkels abbezahlt. Ich bezahlte Liams Collegegebühren – bevor er es abgebrochen hat. Und ich habe noch einige schöne Dinge damit gemacht. Ich bin alleine nach Europa gereist. Kinder-Sachen. Das war viel Geld für ein Kind."

Ich zuckte mit den Schultern. „Ich dachte darüber nach, es für mein Medizinstudium zu verwenden."

Er runzelte die Stirn. „Nun, ich denke, das könntest du. Aber du weißt, dass du das nicht musst. Ich würde gerne sehen, wie du etwas wirklich Gutes damit machst. Vielleicht, wenn du Ärztin bist. *Aber*, du musst diese Entscheidung nicht jetzt treffen.

Wir aßen noch ein paar Minuten, bevor er zu kauen aufhörte. Er schaute in die Ferne, als würde er nachdenken … dann stöhnte er.

„Was ist los?", fragte ich, als er das Gesicht verzog.

„Das bedeutet, dass wir den Ehevertrag neu machen müssen."

Ich schnitt eine Grimasse und er lachte. „Keine Sorge. Ich rufe den Anwalt an. Hoffentlich ist das nicht zu viel Aufwand."

***

Und glücklicherweise war es das auch nicht.

Aber ich kam nicht umhin, zu überlegen … wenn ich dieses Geld zu Beginn meiner Collegeausbildung erhalten hätte, wäre ich in ganz anderen Umständen gewesen. Und so viele Dinge wären anders gelaufen.

Ich hätte wahrscheinlich nie diese Auktion durchgeführt.

Und die Auktion hatte mir Adam gebracht.

Und ich würde Adam tausend Treuhandfonds vorziehen. Also schuldete ich dem biologischen Samenspender – oder eher, seiner Exfrau – meinen Dank.

Am nächsten Tag, Montag, als ich aus dem Labor kam, saß Adam bei eingeschaltetem Fernseher auf dem Bett. Er hatte einen – von mir erzwungenen – Urlaubstag gehabt. Aber ich bemerkte schnell den Laptop auf seinem Knie, den er schnell zuschlug, als ich hineinkam. Sein Handy lag direkt neben ihm und die Fernbedienung für den Fernseher lag auf dem Nachtkästchen.

Ich zog die Augenbrauen hoch. „Arbeit?"

Er seufzte. Verdammt, er sah blass aus. „Ich checke meine E-Mails. Ich muss wirklich einen neuen IT-Director einstellen."

„Aber nicht heute. Und wahrscheinlich auch nicht vor dem neuen Jahr."

Er schüttelte den Kopf und seine Augen wanderten zum Fernsehbildschirm, auf dem die Nachrichten liefen – ein Sonderbericht. Es waren Bilder der Internationalen Raumstation zu sehen und die NASA und Astronauten wurden erwähnt.

„Ich habe hauptsächlich das verfolgt. Hast du es gehört?"

„Ich war den ganzen Tag in Vorlesungen – ich habe nichts gehört." Ich drehte mich zum Fernseher. „Ist etwas passiert?"

„Es gab einen Unfall. Zwei Astronauten waren auf einem EVA – einem Weltraumspaziergang. Der Anzug eines Astronauten wurde beschädigt und er ist gestorben."

„Oh, *Scheiße*." Ich sank aufs Bett und starrte auf den Bildschirm. „Das ist schrecklich."

„Ja, der andere Astronaut auf dem Weltraumspaziergang, Ian Tyler – ich kenne ihn. Er war zur selben Zeit auf der Station wie ich und hat mir sogar bei meinem Training geholfen. Ein echter Teufelskerl. Eine Art Held."

Trauer verhärtete sich wie eine kalte Faust in meiner Brust. „Das ist schrecklich. Ich denke, dass zuvor noch niemand *im* All gestorben ist."

Adam schüttelte den Kopf. „Nein. Nur auf dem Weg hinauf oder hinunter … oder beim Training."

Ich hörte dem Nachrichtensprecher zu, als er die bekannten Fakten des Unfalls wiederholte und sagte, dass noch vieles unklar ist und sie darauf warten, dass ein Sprecher der NASA auf einer Pressekonferenz ein Statement abgibt.

„Das ist scheiße", murmelte Adam. „Ich wünschte, ich könnte etwas tun, um Ian zu helfen. Ich kann mir nicht vorstellen, was er gerade durchmachen muss. Natürlich werden in den Nachrichten Hörensagen und Vermutungen wiederholt werden, die dem Raumfahrtprogramm schaden werden. Das geschieht nach Unfällen immer. Programme werden abgesagt und die Leute vergessen, dass es für unser aller Zukunft wichtig ist, ins All zu fliegen."

„Vielleicht sollte die Zukunft der Raumfahrt nicht in den Händen der Regierung liegen." Ich drehte mich wieder zu ihm. „Vielleicht sollten Visionäre mit den Mitteln und der Motivation das in die Hand nehmen. Jemand sagte, dass es einen Haufen kluger Milliardäre braucht, um in praktisch jedem Fachgebiet große Veränderungen zu erzielen. Ich kenne zufällig einen *sehr* klugen Milliardär."

Er blickte mich aus den Augenwinkeln an. „Beziehst du dich auf meine kleine Investition in XVenture?", fragte er. XVenture war ein privates Weltraumforschungsunternehmen, das ich in seiner Vermögensauflistung gesehen hatte.

„Es sah nicht wie eine *kleine* Investition aus, aber ja, das meinte ich. Vielleicht bedarf es eines reichen motivierten Visionärs, um mehr zu tun, als die Regierung zu tun bereit ist."

„Vielleicht." Er rieb sich das Kinn und starrte weiter auf den Bildschirm, doch ich war überzeugt, dass er mir genau zuhörte.

„Du erinnerst dich doch, was Spiderman gesagt hat: *Aus großer Kraft folgt große Verantwortung.*"

„Spiderman hat das nicht gesagt. Das war Onkel Ben."

Ich zuckte mit den Schultern. „Ich meine einfach, dass du die Kraft hast, Dinge zu ändern."

Er nickte und blickte immer noch mit besorgtem Gesichtsausdruck auf den Bildschirm. Ohne ihn zu fragen, ob er eine Umarmung brauchte, lehnte ich mich zu ihm und gab ihm eine. Nach der Pressekonferenz überzeugte ich ihn endlich, die erschütternden Nachrichten auszuschalten, und wir hatten ein ruhiges Abendessen zusammen und versuchten, nicht darüber zu reden.

Aber die Zahnräder in seinem brillanten Kopf waren in Bewegung gesetzt worden und ich fragte mich, was das Ergebnis sein würde.

Adams Arzttermin und Ultraschall waren für morgen geplant und ich hoffte, dass er sich durch gute Neuigkeiten besser fühlen würde. Der Countdown für unsere Hochzeit hatte begonnen. Nur noch zwei Wochen.

Im Badezimmer bemerkte ich vor dem Zubettgehen einen verdächtigen dunklen Fleck in meinem Höschen. Nach unzähligen Monaten ohne, sah es aus, als würde ich wieder eine normale Periode haben.

Besser nicht um ungelegte Eier kümmern. Sie könnte ebenso schnell wieder verschwinden, wie sie gekommen war. Ich kümmerte mich darum, erwähnte jedoch nichts gegenüber Adam.

Er würde es noch früh genug herausfinden.

Kapitel Siebzehn
Adam

IN MEINEM BEGEHBAREN KLEIDERSCHRANK HOLTE ICH, ALS ich mich fürs Bett zurechtmachte, meinen dunkelblauen Fliegeranzug von der Soyuz hervor, mit der ich vor über vier Jahren vom Baikonur Kosmodrom in Kasachstan geflogen war. Ich fuhr mit den Fingern den Missionsaufnäher nach. Mein Name, *A. Drake*, war über der rechten Brusttasche aufgestickt. Ich erinnerte mich an dieses euphorische Gefühl der Schwerelosigkeit, der wichtigen Dinge, die auf der Internationalen Raumstation vollbracht werden.

In den Nachrichten wurde darüber gesprochen, die Raumstation zu verschrotten, da eine alternde Einrichtung, die alle neunzehn Minuten die Erde umkreiste, gewaltige Gefahren mit sich brachte. Es bestand die reale Chance, alle Astronauten und Kosmonauten von ihrer Mission abzuziehen und wieder nach Hause zu bringen.

Die Leute vergessen so schnell, dass das, was sie machten, die ganze Menschheit beeinflusste und *wichtig* für ihre Zukunft war.

Ich konnte die Nachrichten nicht aus meinem Kopf bekommen, genauso wenig wie diesen Drang in mir, zu helfen. Vielleicht war *das* der nächste Schritt für mich. Die Gelegenheit, etwas Wichtiges für die menschliche Zukunft zu tun. Ein neuer Sinn in meinem Leben.

In meinem Kopf formte sich bereits eine Liste. Eine lange To-Do-Liste, die nichts mit Hochzeiten zu tun hatte. Der erste Punkt war, Ian Tyler mein Beileid zu bekunden.

Dann würde ich meine Freunde bei XVenture anrufen und einige Ideen vorschlagen. Wären nicht so schlimme Nachrichten der Auslöser gewesen, hätte ich mich beschwingt gefühlt, ein neues Projekt zu haben, an dem ich arbeiten konnte.

Stattdessen gab es nur stille Hoffnung. Eine Hoffnung, dass ich dabei helfen könnte, die Welt zu verändern.

Maggie, meine Assistentin, machte unverzüglich Termine für mich, um mich in New York mit dem CEO von XVenture zu treffen.

***

Der nächste Tag brachte die beste, wenn auch erwartete Nachricht. Ich überbrachte sie Emilia mit einem breiten Grinsen, als sie – spät – von ihrer letzten Lernsession vor ihren Winterferien nach Hause kam.

„Völlig gesund", murmelte ich in ihr Ohr, nachdem ich sie in der Küche an der Taille gepackt und sie ausgiebig geküsst hatte.

Sie drehte sich in meinen Armen um und presste sich an mich, wobei sie ihre Arme um meinen Hals warf. „Oh Gott. Ich bin so froh. Und gerade rechtzeitig."

„Ja, gerade rechtzeitig für meine charmanten Avancen." Ich zwinkerte ihr zu.

„Du und ich haben eine unterschiedliche Definition von *charmant*, denke ich."

Ich zuckte mit den Schultern. „Hey. Es ist sechs Wochen her. Ich bin aus der Form. Drück bitte ein Auge zu."

Sie erhob sich auf die Zehenspitzen und küsste mich. „Ich würde gerne ein Auge zudrücken, aber, ähm, da gibt es ein Problem."

„Oh oh." Ich bereitete mich vor, es zu erfahren. Was könnte es sein? War sie bei einem Test durchgefallen? Hatte sie ein wichtiges Detail bezüglich der Hochzeit vergessen? *Oh Gott*, hatte sie einen Knoten gefunden? Mein Herz fing an zu rasen. „Was?"

Sie warf mir einen zögerlichen Blick zu. „Ähm – falsche Zeit des Monats?"

Erleichterung und Frustration vermischten sich und machten mich zugleich froh und sauer. Ich entspannte die Arme und ließ sie von ihr fallen. Eine Hand kämmte durch mein Haar. „Nun – Scheiße."

Sie hob eine Hand und strich mir über die Wange. „Es tut mir leid. *Aber* ich denke, ich kann *dich* heute trotzdem glücklich machen."

Ich starrte sie an. „Von wie schlimm reden wir hier?" Seit ihrer Chemo war ihre Periode schwach gewesen und bis auf einen Tag hier und da hatte sie unser Sexualleben zuvor kaum beeinträchtigt.

„Sie hat gerade erst angefangen, aber es ist nicht schön." Sie verzog den Mund. „Sagen wir, die hier stellt meinen Glauben wieder her, dass meine Fruchtbarkeit zurückkommen könnte. Es ist wie ein Mordschauplatz. Das willst du nicht genau wissen."

Ich schnitt eine Grimasse. „Mordschauplatz? Ihh. Hör auf, sonst wird mir wieder übel."

„Übel?" Ihr Mund klaffte auf und sie schlug mir spielerisch gegen den Arm. „Oh mein Gott. Sei nicht so ein kleiner Junge."

Ich hob einen Arm, um ihren Angriff abzuwehren. „Ich *bin* ein Junge. Wir kommen nicht mit so einer Ausrüstung daher."

Sie verschränkte die Arme vor der Brust – wodurch ihr Shirt sich über ihre großartige Brust spannte. Ich konnte meine Augen nicht abwenden. Eine Hüfte gegen den Tresen lehnend, schnaubte sie: „*Nun*, du lebst mit einem Mädchen zusammen. Du wirst bald ein Mädchen *heiraten*. Und Mädchen haben Perioden. Das ist ein natürlicher Teil unseres Lebens. Also gewöhn dich daran.“

Ich blickte mit einem niedergeschlagenen Seufzen weg.

„Warte –“ Sie schob sich vom Tresen und kam mit immer noch verschränkten Armen langsam auf mich zu. „Du hast doch keine Angst vor meiner Vagina, oder?“

Ich lachte und schüttelte den Kopf. „Nein, habe ich nicht.“

„Doch, hast du! Du hast Angst vor meiner Vagina.“

Ich hob die Hand wie ein Verkehrspolizist und versuchte, sie zu stoppen. „Es geht um die Mordschauplatz-Sache. Ich bin nicht bei CSI Newport Beach. Ich muss nichts über Mordschauplätze erfahren.“ Sie machte ein spöttisches Geräusch und hielt nur wenige Zentimeter vor mir an. „Ich habe *keine* Angst vor deiner Vagina.“

Sie schwang wieder ihre Faust gegen mich und ich blockte sie, während sie mutig versuchte, nicht zu lachen. „Was hast du zu deiner Verteidigung zu sagen?“

„Ich mag deine Vagina. Ich gebe ihr fünf Sterne auf Yelp. *Einer meiner liebsten Orte zum Abhängen.*“

Das verschaffte mir ein paar weitere Schläge auf die Brust, bevor ich sie niederrang und ihre Arme festhielt. Dann küsste ich sie innig. Mittlerweile fühlte ich mich erschöpft und es war mir ziemlich egal, dass ich heute Abend nicht flachgelegt werden würde.

Außerdem realisierte ich, wie erleichtert sie sein musste. Sie hatte zuvor Besorgnis darüber ausgedrückt, dass ihre Perioden nicht *normal* waren – wobei ich als Kerl keine Ahnung hatte, was das genau bedeutete, und es auch nicht unbedingt wissen wollte. Aber angesichts der kürzlichen Unterhaltung, die wir bezüglich Babys hatten, wusste ich, dass sie die Möglichkeit, unfruchtbar zu sein, beunruhigte, und dass dies ein gutes Zeichen war. Sie schien sich darüber zu freuen.

Und so freute ich mich ebenfalls für sie, anstatt zu schmollen, weil dies unser Sexualleben behinderte.

„Sieh es von der guten Seite", fing sie an.

„Es gibt eine gute Seite?"

Sie lächelte. „Ja. Zumindest werde ich auf unserer Hochzeitsreise meine Periode nicht haben."

Ich nickte und stimmte voll und ganz zu, dass dies die gute Seite daran war.

Das Timing würde perfekt passen.

Außer natürlich, unser beschissenes Glück mischte sich wieder ein, was definitiv im Rahmen des Möglichen lag.

*****

Tage später war ich nach meiner Ruhepause – der letzten, die ich vor der Hochzeit nehmen würde – wieder zurück in der Arbeit, als mich die Nachricht erreichte.

Am Abend der Veröffentlichung unserer neuesten Erweiterung von Dragon Epoch, die mit dem Weihnachtstrubel zusammenfiel, erlitt unser Datencenter eine DDoS-Attacke von einer unbekannten Quelle. Stundenlang – was sogar drohte, zu tagelang zu werden – waren unsere Server völlig lahmgelegt und nicht in der Lage, das Spiel laufen zu lassen. Unsere Website und die Foren waren ebenfalls down. Unsere Möglichkeiten, mit den Spielern zu kommunizieren, waren sehr limitiert.

Wie buchstabiert man Desaster in einer Spielefirma? DDoS.

Jordan wollte eine Notfallsitzung des Aufsichtsrats einberufen, doch ich war dafür zu beschäftigt. Wir verloren jede Stunde, die die Server down waren, Millionen von Dollar. Und wenn wir sie wieder zum Laufen brachten, verhinderte das noch keinen weiteren Angriff kurz darauf.

Angriffe wie diese kamen üblicherweise in Wellen und unsere IT-Security-Firma war nicht ausreichend ausgestattet, um das zu bewältigen. Und da Alan weg war und wir keinen IT-Director hatten, um ihn zu ersetzen, musste ich all die harte Arbeit übernehmen.

Jordan ging in meinem Büro auf und ab. „Jemand muss ins Datencenter gehen."

Ich massierte am Schreibtisch meine Stirn. „Ja, ich weiß. Ich lasse mir von Emilia einen Koffer packen."

Er blies seinen Atem lange hinaus. „Sie wird dich ausweiden. Du sollst am Tag nach Weihnachten auf einem Flug sein. Wir werden jemand anderen finden."

Ich blinzelte. „Wen?"

Jordan sah ratlos aus. „Ich kann versuchen, das zu beaufsichtigen."

„Weißt du, wie man auf der letzten Hop-IP einen Schutzmechanismus implementiert?", fragte ich.

Er starrte mich an, als würde ich Marsianisch reden. Das wäre dasselbe gewesen.

„Ähm. Nein. Du solltest wahrscheinlich gehen."

Ich fuhr mir mit der Hand durch die Haare. „Ich schwöre bei Gott, wenn ich einen anständigen ITler hätte, würde ich nicht gehen. Aber wir haben noch fünf Tage bis Weihnachten."

Er pfiff. „Du bist derjenige, der das deiner Zukünftigen erklären muss. Ich will damit nichts zu tun haben."

„Verdammt." Ich rieb mir durch meine geschlossenen Lider die Augen.

Jordan zeigte in einer dramatischen Geste auf das Telefon. „Ich kümmere mich hier um den Aufsichtsrat. Ruf sie an und schwing deinen Arsch in ein Flugzeug."

Ich rief Emilia an und wich *sehr* aus. Um ehrlich zu sein, ich hatte keine Ahnung, wann ich wieder zuhause sein würde. Es könnte morgen sein, oder es könnten die frühen Stunden von Weihnachten sein. Solche Dinge waren schwer abzuschätzen. Ich würde mehr sagen können, wenn ich oben im Norden im Datencenter war.

„Was ist DDoS und warum attackieren sie Draco?", fragte sie übers Telefon.

„DDoS steht für Distributed Denial of Service. Jemand benutzt ein Botnetz, um unsere Server mit Daten zu überfluten, sodass sie nicht funktionieren können." Ich wanderte im Kreis in meinem Büro herum und stoppte immer wieder an meinem Schreibtisch, um eine Notiz für meine Assistentin aufzusetzen.

„Warum macht jemand so etwas?"

„Keine Ahnung. Gelangweilte Hacker oder ein organisierter Einsatz aus dem Ausland. Es könnte jeder sein. Es besteht sogar die Möglichkeit, dass sie uns nicht absichtlich anvisieren, sondern jemanden, der dasselbe Datencenter oder dasselbe Netzwerk wie wir benutzt. Hoffentlich wissen wir mehr, nachdem wir es wieder zum Laufen gebracht haben."

Sie seufzte. „Okay. Wann fliegst du?"

„So bald wie möglich. Kannst du mir eine Tasche mit ein paar Sachen schicken?"

„Ich bringe sie selbst. Ich kann dich in zwanzig Minuten am Flughafen treffen."

Maggie besorgte mir einen Charterflug, der in der nächsten Stunde abfliegen konnte. Da ich nur bis Nordkalifornien fliegen musste, würde ich schnell da sein. Wie versprochen traf mich Emilia mit einer gepackten Tasche am Flughafen. „Gut, dass ich Winterferien habe. Natürlich hätte das auch Cora für dich erledigen können. *Braucht* ein Milliardär überhaupt eine Frau?"

Ich lächelte. „*Ich* schon." Ich küsste sie zum Abschied und wollte sie nicht loslassen. Aber ich verließ sie mit einem Versprechen: „Ich bin an Weihnachten wieder da."

Aber das war ich nicht. Zumindest nicht mehr als ein paar Stunden. Und am nächsten Tag flog sie. Ohne mich.

Kapitel Achtzehn
Mia

Es war praktisch sicher, dass der Traum jeder Braut, an einem exotischen Ort zu heiraten, nicht beinhaltete, ohne ihren Bräutigam an besagten Ort zu fliegen. Aber hier war ich, sechs kurze Tage vor unserer Hochzeit, und hatte Adam insgesamt nur sechs Stunden gesehen – von denen er die meisten geschlafen hatte –, bevor ich ohne ihn losflog.

Nachdem er fünf Tage in Silicon Valley verbracht hatte, um das Chaos im Datencenter zu reparieren, hatte er immer noch Arbeit in seinem Büro zu erledigen, die er hatte aufschieben müssen.

Zu sagen, dass ich verärgert war, wäre eine Untertreibung gewesen. Aber was konnte ich tun?

Wenn ich wegen der Wochenarbeitsstunden im Ehevertrag nicht gescherzt hätte, hätte ich sie einfordern können, aber ich denke, dass jeder vernünftige Mensch diese außergewöhnlichen Umstände gelten lassen würde. Und widerwillig tat ich das, Hochzeit oder nicht.

Aber das bedeutete nicht, dass ich ihm nicht die Hölle heißmachen würde.

Er: *Ich habe mein verschwitztes Arbeitsshirt heute Morgen in deinen Koffer gesteckt, damit du heute Nacht etwas zum Kuscheln hast.*

Ich steckte mein Handy ohne zu antworten weg. Mein Kopf glühte vor Scham. Ich würde mich gewaltig dafür rächen. Außerdem hatte ich mir bereits etwas von ihm geschnappt – nicht, dass er davon erfahren würde, wenn ich es verhindern konnte. Aber verdammt, seiner Überheblichkeit musste ein Dämpfer verpasst werden. Oder vielleicht eintausend.

Männer.

Ich: *Nicht notwendig. Ich suche mir in St. Lucia einen neuen Ehemann.*

Ich lächelte selbstgefällig, als er nicht sofort antwortete. Er sollte schmoren, während ich meinen Flug bestieg – dies war erst mein zweiter Flug mit einem Privatflugzeug. Das erste Mal war der Flug nach Amsterdam gewesen, mit dem Adam mich überrumpelt hatte. Dieses Mal hatten wir es weit im Voraus geplant und flogen die ganze Hochzeitsgesellschaft nach St. Lucia.

Das Flugzeug war dieses Mal viel größer und brachte unsere etwas dreißig engsten Freunde und Kollegen in die Karibik. Mom und Peter hatten sich auf eine Couch gekuschelt und lasen. April, Jenna und Alex saßen mit Champagnerflöten herum, während William sich neben Jenna vorsichtig im Flugzeug umsah, als würde er die Notausgänge suchen. Dann schnappte er sich einen Flyer mit den Notfallmaßnahmen aus einer Sitztasche und fing an, ihn zu studieren. Lindsay saß neben Adams Cousine Britt und ihrem Ehemann und unterhielt sich mit ihnen.

Ja, alles war perfekt geplant gewesen. Alles bis auf die Tatsache, ohne einen der Hauptteilnehmer der Hochzeit zu starten.

Selbst *Jordan* war mit uns auf dem Flug und ließ sich volllaufen.

Ein betrunkener Jordan war aber lustig. Das nahm seiner üblichen rauen Großspurigkeit den Schneid. Und ich dachte, dass er mich bemitleidete, was zu jeder anderen Zeit unerträglich gewesen wäre, gerade aber eine willkommene Ablenkung war.

„Hey, Mia", begrüßte er mich, als er sich neben mir auf der Couch niederließ. Ich warf einen Blick in die Kabine, um April zu lokalisieren, für den Fall, dass ich sie brauchte, um ihren Mann zu zügeln. Die Leute saßen zusammen und unterhielten sich freudig über diese Erfahrung oder dösten wie in Heaths Fall auf der letzten Sitzreihe.

Es würde ein langer Flug werden.

Und kein Adam. *Dieser* Gedanke brachte mein Blut zum Kochen. Was, wenn er die Hochzeit verpasste?

„Hey, Jordan", antwortete ich zähneknirschend und kippte dann den Rest meines Weins hinunter, bevor ich das Glas abstellte.

„Ich hoffe, du bist nicht zu deprimiert, weil dein Süßer zurückgelassen wurde."

„Hm. Wieso sollte ich deprimiert sein? Es ist ja nicht so, als wäre es ein gewöhnlicher Urlaub. Es ist ja nicht so, als würden wir *heiraten* oder so."

Er runzelte die Stirn. „Ich weiß. Ich weiß. Es tut mir leid."

Ich zuckte mit den Schultern und wünschte mir plötzlich, dass ich noch mehr zu trinken hätte. Jordan bemerkte meinen wehmütigen Blick auf mein leeres Glas und rief eine der zwei

Flugbegleiterinnen herüber, um mir noch etwas bringen zu lassen. Ich dankte ihm, als sie ging und die Bestellung holte.

„Warum bist *du* dann nicht dort geblieben und hast das erledigt?"

„Ich denke, du kennst die Antwort bereits."

Ich zog eine Augenbraue hoch und nickte, während ich glücklich mein nächstes Glas Wein von der Flugbegleiterin entgegennahm. Ich seufzte laut. „Kontrollfreaks bleiben Kontrollfreaks."

Er zuckte mit den Schultern. „Nun, zu seiner Verteidigung, ohne einen IT Director ist Adam der beste Mann für den Job. Ich habe keine Ahnung von diesen Dingen. Ich weiß nur, wen ich anschreien muss, damit es erledigt wird."

„Das ist der Unterschied. Du lässt andere Leute das erledigen. Er besteht darauf, es selbst zu machen."

Jordan öffnete den Mund, um seinen Freund zu verteidigen – er würde sterben, um Adam in Schutz zu nehmen, da war ich mir sicher. Er war die Zoë Washburne zu Adams Mal Renolds. Die perfekte rechte Hand.

„Es ist okay. Adam steht nicht in meiner Ungnade. Ich bin verärgert, sicher. Es ist unsere Hochzeit. Er hat alles geplant und alle Details erledigt. Aber hier sitze ich nun, allein."

„Nun, selbst Übermenschen können die Zukunft nicht sehen."

Ich seufzte. „Du hast recht."

„Er wird rechtzeitig hier sind. Die Hochzeit ist erst in fünf Tagen. Und wenn ich zurückfliegen und ihn herschleifen muss, er wird da sein."

„Nun, *das* ist beruhigend."

Er grinste mit diesem verdammten charmanten Grinsen. „Trink aus, Mia. Wo der herkommt, ist noch viel mehr.“

Ich: *Fabelhafter Flug. Sicher angekommen. Werde jetzt vier entspannende, ärgerliche und stressige Tage bis zur Hochzeit verbringen. Hoffe, die andere Hälfte des Brautpaars taucht bald auf.*
Er: *Ich werde da sein. Ich verspreche es. Und lange bevor die Hochzeit anfängt.*

Ich schluckte einen Kloß in meiner Kehle, als ich realisierte, dass er nicht länger scherzte oder mich neckte. Zuhause musste es wirklich brenzlig sein. Ich machte mir Sorgen um ihn.

Aber während ein Tag nach dem anderen verging – unser Tag auf einem Katamaran und beim Schnorcheln; der Tag, auf dem wir alle auf dem Meer Parasailing waren; der Tag, an dem wir die Diamond Falls besuchten und am Strand ein Lagerfeuer veranstalteten –, war ich die Außenseiterin. Fast alle hatten eine bessere Hälfte, entweder einen Freund, einen gerade angesagten Schwarm oder einen besten Freund (da Kat sich meistens an Heaths Seite aufhielt).

Jeden Tag bekam ich einen größeren Blumenstrauß und eine süßere, längere Nachricht von meinem abwesenden Verlobten. Aber das linderte meine Frustration und Einsamkeit nicht. Ich wollte *ihn* an meiner Seite, nicht seine verdammten Blumen und Nachrichten.

Schließlich wurde ich benachrichtigt, dass er sich auf einem Flug befand und am späten Vormittag eintreffen würde …
Am Tag vor der Hochzeit.
Oh, das würde ich ihm lange vorhalten.

Rache konnte ein Miststück sein, und ich konnte das ebenfalls.

Kapitel Neunzehn
Adam

WOHLBEHALTEN GELANDET AUF DEM HEWANORRA Airport in St. Lucia. Zumindest war ich etwa sechsunddreißig Stunden vor unserer Hochzeit in derselben geografischen Region wie meine Verlobte. Und ich war mir sicher, sie würde mir dafür die Eier abschneiden.

Und ich hatte vergessen, mir einen Tiefschutz einzupacken.

Ich: *Gerade gelandet. Werde jetzt in den Hubschrauber umsteigen. Bin in fünfundvierzig Minuten da.*

Sie: *Endlich! Wir sind bereits am Strand. Ich habe dir deine Badesachen in meinem Zimmer aufs Bett gelegt. Zieh dich um und komm dann runter zu uns. Ich bin in Cabana #1. Wir picknicken später und gehen ins Spa. Danach sind die Generalprobe und das Abendessen.*

Ich: *Verstanden. Wir sehen uns in einer Stunde oder auch weniger. Kann es kaum erwarten.*

Keine Antwort. Hm.

Mit Ausnahme der letzten waren ihre Nachrichten in den vergangenen paar Tagen immer dürftiger geworden. Aber ich hatte das dem immer größer werdenden Stress zugeschrieben, da unser Hochzeitsdatum immer näher rückte und ich immer noch nicht angekommen war. Ich war auf demselben Stresslevel wie sie. Letztendlich hatte ich Reißaus nehmen müssen, nachdem die meisten Probleme gelöst waren.

Erneut lief es auf diesen Kontrollzwang hinaus und ich sinnierte während der ruhigen Momente auf meinem einsamen Flug darüber nach, wodurch ich realisierte, was zum Teufel ich gemacht hatte. Ich hatte fast meine eigene Hochzeit verpasst. Wegen eines *Serverproblems*. Weil ich nicht weggehen konnte, nachdem das Hauptproblem gelöst war.

Weil ich einen Kontrollzwang hatte. Ich musste verdammt nochmal aufwachen, bevor ich verlor, was ich am meisten liebte. Ich dankte allen Mächten, dass sie geduldig genug war, es so lange mit mir auszuhalten.

Ab morgen, ab dem Tag, an dem ich ihr Ehemann wurde, würde ich einige große Veränderungen machen. Ich würde Prioritäten setzen, verdammt. Und ich würde ihr nie wieder so etwas antun.

Über eine halbe Stunde später landeten wir auf dem Hubschrauberlandeplatz des Emerald Sky Resort and Spa, das diese Woche nur auf unsere Gäste und die Hochzeitsfeier ausgerichtet war. Einer der Vorteile, wenn man Teilhaber dieser Anlage war.

Das luxuriöse Resort saß an der Seite eines der zerklüfteten grünen Berge, für die St. Lucia bekannt war. Es bot eine berauschende Aussicht auf einen Strand. Jeder Raum, der hier als *Oase* bezeichnet wurde, hatte seinen eigenen Infinitypool und einige davon hatten sogar einen Whirlpool. Die Räume waren auf drei Seiten offen, sodass die karibische Luft hereinkam.

Der Hotelmanager begrüßte mich mit einem Zimmerschlüssel und teilte mir die Nummer mit. Ich betrat unser Zimmer und wie sie gesagt hatte, lag eine Badehose auf meinem Bett.

Die Badehose von jemand anderem.

Ich hob den glänzenden Fetzen Stoff auf. Eine strahlendblaue knappe Badehose. Eine *verdammt* enge Badehose.

Überzeugt, dass es entweder ein Fehler oder – wie ich meine Verlobte kannte, eher – ein Scherz war, sah ich mich in allen Schubläden und dem Wandschrank nach meinen Sachen um. Emilia hatte meinen Koffer auf dem Privatflug mitgenommen, damit ich mich nicht um das Gepäck kümmern musste. So konnte ich schnell zum Flughafen rasen und bei der ersten Gelegenheit losfliegen.

Und jetzt ... stand ich ohne einen Fetzen Kleidung in Sicht da, bis auf die, die ich am Körper trug. Und dieser verdammten knappen Badehose.

Ich war auch nicht richtig angezogen, um zum Strand zu gehen. Ich trug Khakis, ein Hemd und Lederslipper.

Fuck.

Ich zog meine Hose und Unterhose aus, schlüpfte in die Badehose und nahm mir Zeit, das Ergebnis im Spiegel zu betrachten. Die Badehose überließ nichts der Vorstellung. Nylon säumte meinen Schritt und betonte die Umrisse meines Schwanzes und meines Sacks. Es sah so aus, als hätte Emilia einen Weg gefunden, mich an den Eiern zu haben.

Oh, ich würde mich sowas von dafür rächen. Alles, was ich besaß, war für alle zur Schau gestellt.

Da ich nicht riskieren wollte, so in der Öffentlichkeit gesehen zu werden, zog ich meine Hose wieder an und warf meine Unterwäsche als Visitenkarte auf ihr Kissen. *Etwas, mit dem du heute Nacht kuscheln kannst, meine Liebe.*

Vielleicht sollte ich ihr den Spaß gönnen. *Nein, Emilia. Nicht dieses Mal.*

Sie hatte meine Badeshorts wahrscheinlich in ihrer Strandtasche. Ich würde sie anziehen, sobald ich in der Cabana war.

Ich: *Hier. Auf dem Weg nach unten. Interessanter Modegeschmack.*

Wieder keine Antwort.

Ich machte mich auf dem Weg zum Strand, wobei ich mich dazu entschied, die steile Wendeltreppe zu nehmen, die in die Klippe gehauen war, anstatt den Aufzug.

Ich brauchte nicht lange, um unsere sandfarbene Cabana mit der großen weißen 1 darauf zu finden. Ich hob die Zeltklappe an und trat ein. Sie war bis auf ein paar Strandtaschen, einen Eiskübel mit einer gekühlten ungeöffneten Flasche Champagner, eine Kühlbox mit Wasserflaschen und ein Tablett mit Snacks leer.

Ich steckte mir einen Happen Käse in den Mund – da ich am Verhungern war – und zog meine Hose aus, während ich in den Strandtaschen nach meinen Badeshorts suchte, von denen ich sicher war, dass sie hier sein mussten.

Ich wühlte durch Badetücher, Flaschen mit Sonnenlotion und mehrere Sonnenbrillen – wobei ich mir meine herausnahm und in meine Hemdtasche steckte. Das war ein gutes Zeichen. Wenn meine Sonnenbrille hier war, mussten auch meine Shorts hier sein.

Immer noch vorgebeugt hörte ich, wie jemand das Zelt betrat. Ich widerstand dem Drang, mich umzudrehen. Sollte sie doch einen guten langen Blick auf meinen Hintern bekommen.

Das war doch, was sie gewollt hatte, oder? Ich wühlte weiter und versuchte die Tatsache zu ignorieren, dass sie vermutlich die Lacher auf ihrer Seite haben würde.

Sie trat hinter mich und packte meinen Hintern. Und das nicht gerade sanft. Sie drückte ihn verdammt fest.

„Also, die sind neu. Netter Hintern, *Teufel*.“

Ich verkrampfte mich und stand auf. Das war nicht Emilias Stimme. Ich drehte mich um und blickte in Aprils strahlend blaue Augen. Die Freundin meines besten Freundes hatte mir an den Arsch gefasst.

„Heilige Scheiße!“ Ihre Hände flogen vor ihren Mund, der weit offen stand. Ihre Augen waren so groß wie Untertassen. Alles, was ich tun konnte, war, über ihre urkomische Reaktion zu lachen. Sie machte einen Schritt zurück. „Es tut mir leid. Ich dachte, du wärst –“

„Offensichtlich.“

Sie rieb sich die Stirn und war rot vor Scham. „Scheiße, ich kann nicht glauben, dass ich dich gerade befummelt habe.“

Ich lachte noch lauter. „Ich verrate nichts, wenn du nichts verrätst.“

„Was verraten?“ Emilia stürmte durch die Zeltklappe und studierte Aprils erschrockenen Blick und mein Gelächter. Ihre Augen fielen auf meine Badehose. „Netter Hintern.“

Ich lachte nur noch lauter und April ergriff die Flucht. „Oh Scheiße. Ich muss los. Ich dachte das ist unsere Cabana – Oh, ähm – bye, Mia.“ Sie wurde blass. Und für April, die auch als Schneewittchen bekannt war, war das etwas Besonderes. „Sorry, Adam.“ Sie entschuldigte sich und stürmte aus dem Zelt.

„Richte dem *Teufel* schöne Grüße aus“, rief ich ihr hinterher.

Emilia starrte mich erwartungsvoll an. Sie hatte die Arme vor der Brust verschränkt und trug einen Bikini, den ich noch nie zuvor gesehen hatte – blassrosa mit weißen Karos. *Lecker.*

Aber *nicht* glücklich.

Bevor ich etwas sagen konnte, spottete sie: „Du kommst mir bekannt vor. Ich glaube, ich kenne dich irgendwoher."

Ich verzog das Gesicht und zeigte auf die unerträgliche Badehose. „Ist das meine Bestrafung? Man kann in dem Ding alles sehen, was ich habe." Ich zog verlegen an meinem Schritt.

Sie zuckte anzüglich mit ihren Augenbrauen. „Das ist ein fantastisches Beispiel einer Bananenhängematte. Vielleicht wollte ich der Welt all die Leckereien zeigen, die ich bekommen werde."

„Sehr komisch." Ich zog die Augenbrauen hoch. „Und wo ist dann dein *Wet T-Shirt?* Damit ich all die schönen Dinge *herzeigen* kann, die ich bekommen werde?"

Sie streckte mir als Antwort die Zunge heraus.

„Wie viele hinterlistige Streiche hast du noch für mich parat?"

Sie grinste erfreut. „Das Ding war der bedeutendste. Ich wollte versuchen, es morgen gegen deinen Smoking zu tauschen, aber Jordan hat es mir ausgeredet."

Jemand sollte Jordan informieren, wie sehr seine Freundin meinen Hintern gelobt hat.

Emilia ließ ihre Arme von der Brust fallen und raubte mir in diesem Bikini den Atem. Diese Badehose würde zu einem Problem werden, als meine Augen über die Kurven ihrer Brüste, ihren flachen Bauch und ihre Hüften und hinab zu diesen langen köstlichen Beinen wanderten.

„Komm her", befahl ich.

„Warum sollte ich?"

„Weil du zum Vernaschen aussiehst und ich am Verhungern bin."

Sie lachte und trat vor. „Immer noch nicht charmant, Drake." Sobald sie nahe genug war, umarmte ich sie und legte meine Hände auf die weiche, weiche Haut ihres unteren Rückens. Ich zog sie an mich und küsste ihren Hals. Gott, sie roch so gut.

Sie wich zurück, um mich anzusehen. „Was war Aprils Problem?"

Ich zuckte mit den Schultern. „Vielleicht ist sie ausgeflippt, weil sie mich in dieser knappen Badehose gesehen hat und angeturnt wurde. Aber ich musste sie daran erinnern, dass das alles dir gehört."

Emilia lachte. „Offiziell. Ab morgen bei Sonnenuntergang."

Ich küsste sie wieder. „Und das alles ist schon einige Zeit nicht mehr benutzt worden. Ich denke, wir müssen sie dann wohl vorher testen."

Sie knöpfte bereits mein Hemd auf und küsste mein Schlüsselbein entlang zu meiner Brust. „Ich stimme dir hundertprozentig zu. Man will doch keine fehlerhaften Waren."

Sie leckte über meinen Nippel und es traf mich wie ein elektrischer Schock. Ich stöhnte und fuhr mit meiner Hand in ihr Haar. „Ich muss mit dir schlafen. Sofort."

„Mit diesem Plan kann ich mich anfreunden." Sie führte mich zu der Couch im hinteren Teil des Zelts. Mit einer schnellen Handbewegung verwandelte sich diese in eine Doppelliege. Langsam breitete sie ein Badetuch darauf aus und legte sich hin, wobei sie sich wie ein Bankett ausbreitete, bereit vernascht zu werden.

Ich legte mein Badetuch neben ihres, gesellte mich zu ihr und zog sie sofort in meine Arme. „Ich habe dich erst fünf Minuten in diesem Bikini gesehen und er macht mich bereits verrückt." Mit meinem Zeigefinger streichelte ich die samtene Haut an der Innenseite ihrer Brüste. *Himmlisch.*

Ihre Augen fielen zu und sie presste ihren ganzen Körper gegen meinen. Unsere Münder fanden einander und verbanden sich. Ich kostete ihre Lippen, ihren Mund, ihre Zunge.

Sie zu küssen war atemberaubend, doch nach all dieser Zeit war ich mehr als verzweifelt, in ihren Bikini zu kommen. Mein Mund wanderte die Säule ihres Halses hinab, über ihr Brustbein, zwischen die zwei mit rosa Karos bedeckten Hügel.

„Du schmeckst wie Sonnenlotion", knurrte ich, als ihre Finger durch meine Haare glitten und meine Kopfhaut streichelten.

„Ich habe mich nicht *überall* mit Lotion eingecremt." Sie lächelte träge. „Auf gewissen Teilen ist gar nichts."

„Ja … meine *liebsten* Teile", murmelte ich, als ich den Knoten ihres Bikinioberteils löste. Sie entspannte sich mit einem langen, zufriedenen Seufzen und freute sich darauf, von mir verschlungen zu werden. Und ich freute mich darauf, sie zu verschlingen.

Als ich ihre Nippel berührte, wurden sie sofort hart, was mich noch mehr anspornte. Ihr heiseres Stöhnen war Musik für meine Ohren. Mein Schwanz schwoll in dieser lächerlichen Badehose an und ich wich zurück und nahm mir zwei Minuten, um mich ihr zu entledigen und danach Emilias Bikinihöschen auszuziehen.

Ich ließ mich auf ihr nieder. „Ich komme gleich zur Sache. Ich denke, du hast nichts dagegen." Endlich war sie nackt und unter mir. *Endlich.* Und überall, wo sich unsere Haut berührte, brannte es. Sie kam hoch und nahm mit einem köstlichen Stöhnen meinen Mund wieder ein, während sie ihre Beine für mich öffnete.

Und ich war in so einer Trance, dass ich fast – *fast* sofort in sie eindrang.

Ich wiegte mich gegen sie und atmete schwer. Plötzlich wurde ich durch einen dringenden Gedanken wieder in die Realität zurückgeworfen. „Bitte sag mir, dass du Kondome in der Tasche hast.“

Sie bewegte ihre Hüften wieder auf solche Weise, als wollte sie verlangen, dass ich in sie eindrang, und atmete lange und tief aus. Gott, es war so verführerisch. Aber zurzeit hielten wir uns strikt an den Spruch *Willst du rein, pack ihn ein.*

Ihre Antwort kam in einem schroffen Flüstern. „Ähm, was? Warum sollten in meiner Strandtasche Kondome sein?“ Ich stöhnte frustriert und lehnte meine Stirn gegen ihre. Sie strich mit ihren Händen meinen Rücken hinab. „Benutz das in deinem Geldbeutel.“

Ich hob meinen Kopf und blickte ihr in die Augen. „Ich trage *nie* Kondome in meiner Geldbörse herum. Das ist etwas, was nur Teenager – und Jordan – machen.“

Sie kam hoch und küsste mich wieder, wobei ihre Zunge mich mit jeder flatternden Bewegung in meinem Mund in Versuchung führte. Sie war so verdammt unwiderstehlich. „Warum ziehst du ihn dieses Mal nicht einfach raus?“

Meine Hüften leicht verlagernd war ich bereit, in sie zu stoßen, bevor ich wirklich über diesen Wahnsinn nachdachte. Ich zitterte über ihr. „Nie im Leben würde ich mir vertrauen, ihn herauszuziehen. Außerdem ist das die am wenigsten effektive Verhütungsmethode der Welt."

„Aber was ist mit deiner *legendären* Selbstbeherrschung?"

„Heute habe ich keine. Verdammt."

„Scheiße." Ihr Kopf sank auf die Lehne zurück und wir blickten einander lange Minuten in die Augen.

„Lass uns in unser Zimmer gehen. Ich habe Kondome in meinem Gepäck", sagte ich.

„Wir sind heute Nacht nicht im selben Zimmer." Sie seufzte. „Das ist die Nacht vor unserer Hochzeit. Dein Gepäck ist in der Honeymoon Suite."

„Dann lass uns dahin gehen."

„Wir müssen in einer halben Stunde zum Picknick und dann auf den Bootstrip." Sie verdrehte die Augen. „Danach sind unsere Spa-Termine. Wir haben heute ein volles Tagesprogramm."

Ich kaute auf meiner Unterlippe. „Heute nach dem Abendessen?"

„Nach unserem Probedinner?"

Ich zögerte. „Sicher ... wir werden Zeit haben. Wir treffen uns auf der Toilette des Restaurants. Unsere letzte Sexkapade, solange wir noch unverheiratet sind." Sie lachte und bewegte sich unter mir und ich musste ein Stöhnen unterdrücken, weil es sich so gut anfühlte. Ich küsste ihre Nase. „Wir ziehen uns besser an, bevor ich darüber nachdenke, etwas sehr Dummes zu tun."

Ihre Augen schlossen sich. „Ich will nicht. Ich will, dass du mich nimmst."

„Oh, das werde ich. Ich *werde* dich nehmen ... aber nicht jetzt." Ich schob mich von ihr. „Jetzt muss ich herausfinden, wie zum Teufel ich das alles wieder in diese verdammte Badehose zwängen soll."

Sie gackerte vor Lachen, bevor sie sich von der Liege erhob, zu ihrer Strandtasche ging, eine Seitentasche öffnete – *ein Geheimfach!* – und meine geliebten Badeshorts herauszog und mir zuwarf. „Du wirst diese Banana definitiv nicht wieder in diese Hängematte packen. So herumzulaufen wäre jetzt wirklich unangebracht."

„Dir gefällt der Murmelsack-Look nicht mehr?" Ich lächelte sie vertrottelt an, bevor ich meine Shorts anzog.

„Du meinst den Würstchen-Bikini?" Sie zwinkerte. „Du hast die Ware. Aber ich denke, du hast verlernt, sie zu benutzen."

Ich zog mein Kinn hoch. „Heute Abend. Zieh keine aufwändige Unterwäsche an." Sie warf mir die Badehose an den Kopf, aber ich wich aus. „Oder besser, gar keine."

„Leeres Gerede."

„Oh, ich werde das machen. Warte nur."

Aber momentan mussten wir einem Tagesplan folgen und ich hätte gegen diesen Tagesplan protestiert, wäre ich nicht die Person gewesen, die das beschissene Ding überhaupt erst erstellt hatte.

Kapitel Zwanzig
Mia

D*AS ZU MACHEN* WAR EINFACHER GESAGT ALS GETAN. Was ich schon vor Stunden nach dem Bootstrip in der Bay gewusst hatte – und was Adam erst jetzt beim Probedinner realisierte – war, dass Braut und Bräutigam am Tag vor einer Hochzeit an einem exotischen Ort *nie* alleine waren. Das war wie eine geheime, ungeschriebene Regel.

So sehr sie sich auch ein Bein ausreißen würden, um uns in unserer Hochzeitsnacht und während unserer Hochzeitsreise unsere Privatsphäre zu geben, gerade war bei unseren Freunden und unserer Familie nichts davon zu erkennen.

Die Mädchen wollten sich vor der Probe für Aperitifs treffen. Die Jungs hatten sich für Bier und Männergespräche an der Bar eingefunden – was offensichtlich auch miteinschloss, den Bräutigam im Swimmingpool des Hotels zu versenken.

Glücklicherweise hatte er es geschafft, schnell trockene Kleidung anzuziehen, sodass er während der Generalprobe nicht tropfte. Danach kam das ruhige, intime Probedinner mit unserer kleinen Hochzeitsgemeinschaft: Heath, Jordan, meine Mom, Peter und wir beide.

Der gute Teil? Das Abendessen war intim und ruhig und ziemlich schön.

Der schlechte Teil? Das Abendessen war intim und ruhig und es war nahezu unmöglich, lange genug für einen Quickie auf die Toilette zu verschwinden.

Während wir auf die Nachspeise warteten, stieß Adam mich unter dem Tisch an und fing an, sich zu entschuldigen, um die Toilette aufzusuchen. Ich faltete gerade meine Serviette zusammen und wollte ihm folgen, als Peter Adam stoppte und sagte, dass er einen Toast aussprechen wolle.

Scheiße. Dabei durften wir nicht fehlen.

Mit versteinertem Gesicht raste Adam auf die Toilette und kam ein paar Minuten später zurück. Seine dunklen Augen fanden meine und ich zuckte mit den Schultern. Trotz seiner mürrischen Laune sah er heute Abend gut aus, selbst mit seinem Last-Minute-Kleidungswechsel. Seine dunklen feuchten Haare waren zurückgekämmt und er war frisch rasiert. Er trug ein hellblaues, perfekt geschnittenes Hemd, Chinos und Deckschuhe.

Ich glättete mein süßes Blumenkleid auf meinem Schoß und war mir der kaum vorhandenen Unterwäsche bewusst, die ich extra für ihn angezogen hatte. Er musste mich nur anstarren, so wie er es jetzt machte, und sie wurde feucht. Ich rutschte ungeduldig auf meinem Stuhl herum, als Peter sich räusperte und eine frisch gefüllte Champagnerflöte erhob, die die Kellnerin ihm gebracht hatte – ebenso wie dem Rest von uns.

Wir alle taten es ihm gleich. „Morgen ist der erste Tag des Rests eures Lebens und dieser Schritt, den ihr macht, wird der wichtigste sein. Adam, ich kenne dich schon dein ganzes Leben und seit du ein kleiner Junge warst, habe ich dir dabei zugesehen, wie du Hindernisse überwunden hast, die Männer aufgehalten hätten, die dreimal so alt sind wie du. Du bist zu dem stärksten und entschlossensten Menschen herangewachsen, den ich je getroffen habe. Du bist ein Mann, den ich bewundere, und gleichzeitig ein Teil meines Stolzes und meiner Freude. Ich kann dir nicht sagen, was es mir bedeutet, dich so glücklich zu sehen. Mia vervollständigt dich und alle, die dich kennen und lieben, wissen das."

Ich warf Adam einen verstohlenen Blick zu und er sah mich bereits an. Meine Wangen wurden heiß und ich fühlte mich plötzlich ein wenig beschämt, weil wir unsere Flucht vor diesen wundervollen Menschen, die uns so sehr liebten, geplant hatten. Ich schluckte den Klumpen in meinem Hals und wandte meine Augen wieder Peter zu. Ich war so unglaublich bewegt.

„Mia, wer hätte gedacht, dass du so viel verändern würdest, als du in Adams Leben getreten bist?", sagte er und nahm mit seiner freien Hand die Hand meiner Mutter. „Du hast diese Familie auf so viele Arten ganz gemacht. Wie dein zukünftiger Ehemann bist auch du eine Kämpfernatur. Du bist sein perfektes Gegenstück und ich bin mir sicher, dass ihr zusammen eine unaufhaltsame Macht sein werdet. Denkt nur immer daran, miteinander zu reden. Selbst wenn das, über das ihr sprecht, euch verletzlich macht oder Angst einjagt. Verschließt eure Herzen nie voreinander und steht euch gegenseitig gegen alles und jeden bei, was sich euch in den Weg stellt.

Diese Ratschläge sind nicht so eloquent, wie ich sie gerne gehabt hätte. Aber sie stammen von einem Mann, der kürzlich eine zweite Chance im Leben erhalten hatte. Ich kann es kaum erwarten, mitanzusehen, welchen Unsinn ihr beide noch im Kopf habt. Ich habe das Gefühl, dass ihr auf eure eigene Art und Weise und mit euren besonderen Gaben zusammen diese Welt verändern werdet. Auf das Hochzeitspaar."

„Cheers", verkündete meine Mutter.

„Auf Adam und Mia!", sagte Jordan, als wir alle an unserem Champagner nippten. Dann fügte er hinzu: „Verdammt. Diesen Toast morgen Abend zu toppen wird schwierig werden." Wir lachten alle. „Ich denke *Hoch die Tassen, lasst es krachen* steht nicht zur Debatte?"

„Nicht, wenn du keinen Arschtritt bekommen willst", antwortete Adam leicht amüsiert. Der Rest von uns kicherte.

Als wir aufstanden, kam Mom um den Tisch, küsste und umarmte Adam und drehte sich dann zu mir. „Schlaf gut, meine Kleine. Du wirst morgen eine wunderschöne Braut sein. Ich kann es kaum erwarten." Sie hielt mein Gesicht in ihren Händen und küsste mich auf beide Wangen, während ihr Tränen in die Augen stiegen.

„Danke, Mom", flüsterte ich.

Adams Ellbogen war an meinem Ellbogen und steuerte mich in Richtung Ausgang. Er flüsterte in mein Ohr: „Wir haben noch Zeit, auf die Suite zu gehen, bevor –"

Als wir das Restaurant verließen, stand da eine Gruppe Mädchen – Alex, Jenna, April und Kat, mit Heath im Schlepptau. Sie sprangen auf uns zu. „Wir stehlen jetzt die Braut. Heute Nacht gehört sie uns."

Adams Hand legte sich fester um meinen Ellbogen und sagte mir, dass er nicht aufgeben würde, wo wir doch so kurz vor unserem Ziel waren.

Ich gähnte künstlich. „Ich, ähm, bin ziemlich müde. Ich dachte, ich mache ein Schönheitsschläfchen."

Kat kniff die Augen zusammen. „Du kannst morgen ausschlafen. Die Hochzeit ist erst bei Sonnenuntergang. Komm schon. Ihr beide habt die nächsten drei Wochen ganz für euch alleine. Das ist deine letzte Chance auf etwas Zeit mit deinen Mädels."

Adam für drei Wochen ganz alleine für mich zu haben, klang wie der Himmel.

„Wir müssen noch wichtigen Papierkram durchgehen", laberte Adam. War das sein neuer Euphemismus für heißen wilden Sex – *Papierkram?*

Kat spottete. „Du willst sie nur vögeln. Denk nicht, dass ich das nicht sehe. Finger weg, Alter."

Adam versteifte sich neben mir und ich konnte die Frustration spüren, die von ihm ausging. Ich drehte mich zu Kat. „Gibst du uns eine Sekunde?"

Ich zog Adam beiseite und umarmte ihn, wobei ich ihn auf die Wange küsste. „Ich denke, wir müssen den Vollzug der Ehe auf unsere Hochzeitsnacht verschieben."

Sein Blick verhärtete sich und wanderte zur Seite. Er versuchte, das Gefühl im Zaum zu halten und Ruhe zu bewahren, doch das lief nicht wirklich gut. „Weißt du, für zwei Leute, die bestimmt sind, die Welt zu verändern, fällt es uns unglaublich schwer, uns ein paar Minuten wegzuschleichen, um rumzumachen. Das ist lächerlich."

Ich legte meine Hand auf seine glatte Wange. „Denk daran, wie umwerfend es morgen sein wird. Und – oh oh, ich sehe Jordan hinter dir rumlungern. Ich wette, er wird dich zu irgendeiner Männersache schleifen." Ich legte meine Arme um seinen Hals und küsste ihn ausgiebig. „Jetzt geh. Trink etwas. Hab Spaß mit den Jungs."

„Ich will mit *dir* Spaß haben." Seine Arme umringten meine Taille. „Erwachsenen Spaß."

Ich lächelte. „Wenn du unsere mysteriöse Hochzeitsreise nicht mit einem fiesen Terminplan vollgestopft hast, wird das unsere Hauptaktivität in den nächsten drei Wochen sein."

Ich trat zurück, ließ seine Hand los und folgte den Mädchen nach draußen. Wir stiegen auf die höchstgelegene Terrasse des Resorts hinauf. Dort oben, neben einem schimmernden azurfarbenen Pool und unserer eigenen Bar, fand unser Mädelsabend statt. Es hatten sich Grüppchen gebildet und ich flitzte mit meinem Drink in der Hand von einer zur nächsten, während ich aufpasste, nicht zu viel zu trinken. Während alle anderen sich betranken, war ich nur etwas angetüdelt. Vielleicht würde ich mich irgendwann wegschleichen können und heute Nacht doch noch zu meinem Bräutigam kommen.

Ich spähte gerade eine mögliche Fluchtroute über das hintere Treppenhaus aus, als ich beinahe in ein Pärchen rannte, das wild herumknutschte.

Strauchelnd ging ich rückwärts die Treppe wieder nach oben, doch sie hörten mich und rissen sich voneinander los. Als das Licht auf sie traf, blies ich meinen Atem hinaus. „Nehmt euch ein Zimmer", sagte ich zu Jenna und William, wobei ich vermutlich abfälliger klang, als notwendig war. Nun, zumindest hatte *irgendjemand* heute Abend Spaß.

„Wir haben ein Zimmer", antwortete William fröhlich. Jennas Wangen waren errötet und ihre Bluse aus dem Bund gezogen – als hätte er seine Hand unter ihrem Oberteil gehabt. Sein Hemd war halb aufgeknöpft. Ich räusperte mich und wandte meinen Blick ab, als sie ihre Kleidung zurechtzupften.

„Vielleicht solltet ihr es benutzen", knurrte ich.

Jenna kam mit einem breiten Grinsen die Treppe herauf und William folgte ihr beschämt. „Dieser Ort und diese ganzen

Hochzeitsevents sind so verdammt romantisch. Und ihr zwei seid so ein tolles Paar. Sagen wir einfach, es hat uns überkommen. Wir waren Opfer der Leidenschaft", strahlte Jenna.

William runzelte über ihr übertrieben dramatisches und irgendwie komisches Geständnis die Stirn. Ich zählte mindestens drei Knutschflecke an seinem Hals. *Verdammt Jenna ... „überkommen" oder „notgeil"?* Wenn es jemand anderes gewesen wäre, hätte ich auf sie hingewiesen, um ihn zu verspotten, doch ich konnte mir vorstellen, wie sehr das William demütigen würde.

„Ich kann es kaum erwarten, dich morgen in deinem Kleid zu sehen. Du wirst die schönste Braut sein. Diese Hochzeit wird *unvergesslich* werden." Jenna umarmte mich und trat dann beiseite. Sie war nicht ganz nüchtern und etwas wackelig auf den Beinen. Glücklicherweise *war* William ganz nüchtern. Er legte eine große Hand an ihre Taille, um sie festzuhalten.

Dann drehte er sich zu mir und beugte sich zu meiner Überraschung vor und küsste mich auf die Wange. „Ich würde sagen *Willkommen in der Familie,* aber du bist bereits meine Stiefschwester, also ist das nicht notwendig." Ich lachte – ich konnte einfach nicht anders. William, so überaus logisch wie immer. „Aber ich bin so froh, dass Adam endlich heiratet. Wenn jemand die richtige Partnerin finden musste, dann er. Und du bist definitiv perfekt für ihn."

„Danke, William. Vielleicht seid *ihr beide* die Nächsten."

William drehte sich und blickte Jenna an, die verwirrt wirkte. „Vielleicht sind wir das."

Ich lehnte mich vor und erwiderte Williams Kuss auf die Wange. Dann gingen die beiden wieder auf die Terrasse hinauf, um sich zu Alex an den Pool zu gesellen. Die dunkle Treppe war nun frei und führte hinab zu dem Weg vor meinem Zimmer.

Ich schickte Adam ein paar Nachrichten und ließ ihn wissen, was ich plante. Er antwortete nicht sofort, was mich vermuten ließ, dass die Jungs ihn gefesselt hatten. Ich war entschlossen, dass ich alles tun würde, um ihn alleine für mich zu haben, wenn auch nur für dreißig mickrige Minuten, selbst wenn ich dazu wie ein Ninja auf seinen Junggesellenabschied schleichen und ihn entführen musste.

Dieser perfekte Plan wurde jedoch durchkreuzt, als ich Heath begegnete. Er war nicht weit von dem dunklen Treppenhaus entfernt. Mit einer leeren Bierflasche in der Hand lag er auf einer Liege und starrte zu den Sternen hinauf.

Ich ging zu ihm, um nach ihm zu sehen.

Ohne mich anzusehen, sagte er: „Du solltest dich sputen, damit du noch vor Mitternacht mit ihm rummachen kannst."

„Woher weißt du, dass wir versuchen rumzumachen?" Ich setze mich neben ihn auf die Liege.

„Weil es eure Hochzeit ist und ihr euch seit fast zwei Wochen nicht gesehen habt? Zwei plus zwei ist immer vier, Puppe."

Ich streckte die Hand aus und glättete sein zerzaustes Haar. Er schloss die Augen und drehte den Kopf zu mir. Dann zog ich meine Hand weg und legte sie auf seine Brust. „Wenn ich gerade einen Wunsch frei hätte, würde ich mir wünschen, dein gebrochenes Herz reparieren zu können."

Seine freie Hand senkte sich auf meine und er lächelte traurig. „Zeit wird die Magie vollbringen, die du suchst. Das tut sie immer."

Ich blinzelte den plötzlichen Drang weg, Tränen zu vergießen. „Heath, du verdienst es, glücklich zu sein."

Er zuckte mit den Schultern. „Wir bekommen nicht immer, was wir verdienen. Wenn wir das täten, würde Miley Cyrus wegen Verbrechen an der Modewelt verhaftet werden. Aber … es tut meinem Herzen gut, zu sehen, dass *du* bekommst, was du verdienst. Möge er dich immer so glücklich machen wie heute.“

Ich beugte mich hinab, gab ihm eine dicke Umarmung und legte meinen Kopf auf seine Brust. „Wer hätte gedacht, das wir auf so einem Abenteuer enden würden, hm? Und das hat alles damit angefangen, dass ich dich dazu verpflichtet hatte, mir bei dieser verrückten Versteigerung meiner Jungfräulichkeit zu helfen.“

„Das war ein wilder Ritt“, stimmte er zu.

„Danke, dass du der allerbeste Freund bist, den sich ein Mädchen nur wünschen kann.“

„Püppchen, für dich hätte ich nicht weniger sein können.“ Er streichelte mein Haar und wir blieben eine lange Zeit so liegen.

Aber bevor ich zur Treppe flüchten konnte, fanden mich die Mädchen und wollten noch mehr trinken und reden und mehr Details über die morgige Zeremonie aus mir herauskitzeln. Ich brauchte eine Stunde, um mich endlich zu entschuldigen. Zu der Zeit war es einfach schon zu spät, um Adam zu suchen. Auf jeden Fall brachten sie mich alle zu meiner Zimmertür, als würden sie irgendein altes Brautritual durchführen. „Wir haben Heath als Wachposten abgestellt, damit er dafür sorgt, dass dein Bräutigam hier nirgends herumlungert. Wir wollen doch kein Pech heraufbeschwören“, sagte Kat.

„Ich denke, sie ist sicher, wenn sie ihn vor Mitternacht sieht. Bis dahin haben wir noch fünfundvierzig Minuten. Aber sie sollte ihn danach bis zur Zeremonie definitiv nicht mehr sehen. Das bedeutet ganz schlechtes Juju.“ Alex nickte.

„Nicht einmal ein Gutenachtkuss?" Ich schmollte. Achtzehn Stunden. Ich hatte nur noch achtzehn Stunden als Single und der einzigen Person, die ich sehen und mit der ich Zeit verbringen wollte, war es verwehrt, mir einen Gutenachtkuss zu geben.

„Nein", beharrte Kat. „Der Mann muss sich von dir fernhalten. Ihr könnt bald genügend Zeit zusammen verbringen. Du willst doch keine Pechsträhne heraufbeschwören. Okay, Mädels, reiht euch ein und gebt der Braut eure Ratschläge und Glückwünsche."

Und als ob sie eine Schlange fürs Seilspringen in der Grundschule bildeten, gehorchten die Frauen. Ich stand vor der Tür zu meinem Zimmer und eine nach der anderen kam mit ihren Weisheiten zu mir.

April stolperte über ihre eigenen Füße und nahm meine Hände in ihre, wobei sie mir ernst in die Augen blickte. „Mein Ratschlag ist … immer Gleitgel benutzen, wenn er hinten rein will", lallte sie und unterstrich es mit einem Schluckauf.

Mir fiel die Kinnlade herunter, bevor ich hysterisch zu lachen anfing. Ich murmelte, dass jemand sie besser sicher in ihr Zimmer bringen sollte, da sie sternhagelblau war. *Glücklicher Jordan.* Zumindest würde einer heute heißen Sex bekommen, für den Fall, dass sie nicht ohnmächtig wurde.

Jenna kam als Nächste, küsste mich auf die Wange und murmelte: „Rumi sagte, dass Liebende sich nicht finden. Sie sind schon die ganze Zeit im anderen. Du und Adam habt euch schon Ewigkeiten umkreist und seid endlich in den Orbit des anderen gezogen worden." Sie legte ihre Hände auf meine Wangen. „Möge diese Anziehungskraft euch für immer zusammenhalten."

Ich dankte ihr mit einer Umarmung und schwor mir, den Brautstrauß morgen in ihre Richtung zu werfen.

Als Nächstes war Katya an der Reihe. Sie drückte mich ganz fest und flüsterte in mein Ohr: „Mögen all deine Tränen Tränen der Freude sein."

Ich blickte sie stirnrunzelnd an. „Den hast du von einer Grußkarte gestohlen, oder?"

„Total." Sie nickte.

Alex trat als Letzte vor und warf ihre Arme dramatisch um meinen Hals. Sie sprach in melodisch trällerndem Spanisch zu mir. „*Que seas bendecido con la fuerza, la compasión, la fe, y sobre todo el amor profundo que dura.*" Sie lächelte. „Das ist ein mexikanisches Hochzeitsgebet."

Ich erwiderte ihr Lächeln und küsste sie auf die Wange. „Danke, *guapa*."

Ich legte meine Schlüsselkarte an das Schloss und das Licht wurde grün. Die Mädchen drehten sich um, um zu gehen, sobald ich die Tür geöffnet hatte und hineingegangen war.

„Gute Nacht", rief ich ihnen hinterher. Ich blickte auf mein Handy, um nach einer Antwort auf meine *Gute Nacht*-Nachricht an Adam zu sehen und war enttäuscht, als ich keine fand. Vielleicht würde er doch persönlich vorbeikommen und mir eine gute Nacht wünschen? Es war erst elf Uhr dreißig.

Aber es würde definitiv kein Rummachen mehr geben. Mein sexy Höschen war umsonst gewesen.

Verdammt. Ich war immer noch verdammt rattig.

Seufzend ging ich durch den Raum zu meinem Bett, um die Nachttischlampe einzuschalten. Es war nur eine temporäre Enttäuschung. In weniger als vierundzwanzig Stunden würden wir uns hoffentlich in die Honeymoon Suite zurückziehen, um unser privates Sexfest als Mann und Frau zu feiern. Ich konnte es kaum erwarten. Hoffentlich ging die Hochzeitsreise danach an einen Ort ohne Handys, ohne Computer und ohne –

Bevor ich das Bett erreichte, ließ eine Bewegung in der Dunkelheit in der Nähe des Badezimmers mein Herz fast stehen bleiben. Was zum – Teufel?

„Hallo? Wer ist da?" rief ich und macht einen Schritt in Richtung Tür. Der Schatten bewegte sich wieder – *sehr schnell.* Ich kannte nur ein paar Leute, die sich so schnell bewegten.

Die Gestalt näherte sich und ich atmete erschrocken ein. Mit dem Rücken zur Tür öffnete ich meinen Mund, um zu schreien, aber eine Hand unterrückte meinen Schrei. Ich sah sein Gesicht und roch ihn zur selben Zeit.

Ich hob die Hand und gab Adam eine Ohrfeige.

„Autsch. Scheiße. Wofür war das?", flüsterte er barsch.

„Dafür, dass du mich zu Tode erschreckt hast!"

„Sorry … ich wollte heimlich sein. Jordan versuchte, mich für eine *letzte Nacht der Freiheit* bei sich zu behalten. Ich habe versucht, April zu finden, damit sie ihn ablenkt."

„Sie ist total voll. Das hätte nicht funktioniert."

„Ich hatte keine Lust, mit Jordan noch einen draufzumachen. Ich will lieber mit dir rummachen …" Plötzlich waren seine Hände überall auf meinem Körper. „Ich denke, du und ich haben noch … etwas zu erledigen." Sein Mund verschlang mein Ohr, als sein harter Körper sich gegen die Tür drückte. Jede Stelle meines Körpers, von meinem Hals zu meinen Nippeln zu der Stelle zwischen meinen Beinen pulsierte vor sexueller Erregung.

Sein Mund bedeckte meinen und seine Daumen hatten es sich bereits zur Aufgabe gemacht, meine Nippel unter dem Stoff meines Kleides zu harten Knospen werden zu lassen. „Du musst gehen …", murmelte ich halbherzig, als sein Mund meinen losließ, sodass ich sprechen konnte.

„Was?", protestierte er und küsste meinen Hals hinab, da er sich weigerte, seinen Mund von meiner Haut zu nehmen.

Ich schluckte. Seine Hände und sein Mund ließen mich zu Wachs in seinen Händen werden. „Es ist schon fast Mitternacht."

„Verwandelt sich deine Kutsche dann in einen Kürbis, Cinderella?" Jetzt rieben seine Handflächen über meine Brüste und seine Berührungen wurden hartnäckiger. Überzeugender. Oh ja, er wusste genau, was er tat. Und *ich* wusste, dass es nicht einfach wäre, ihm das auszureden. Ich schloss die Augen, als seine Hand weiter nach unten glitt.

„Es ist schon fast der Tag der Hochzeit", krächzte ich, als seine Hand die Innenseite meines nackten Oberschenkels berührte.

„Das ist mir bewusst …"

„Wirklich?", fragte ich schelmisch. „Denn du hättest ihn fast verpasst. Ich hätte mir fast ein Double suchen müssen, das mich stellvertretend geheiratet hätte."

„Ich hätte ihn nicht verpasst, selbst wenn mein Flugzeug gebrannt hätte."

„Nun, leider bist du hier zu spät angekommen, sodass wir vor der Hochzeit nicht mehr rummachen konnten." Sein Mund hatte nicht aufgehört, über meine Haut zu gleiten. Jetzt fuhr seine Zunge die Innenseite meines Schlüsselbeins entlang und machte meine Knochen zu Gummi. „Leider müssen alle zukünftigen ehelichen Pflichten im Bund der Ehe vollzogen werden anstatt in verbotener Unzucht."

Sein Mund fand die Stelle unter meinem Ohr – die Stelle, von der er wusste, dass sie mich verrückt machte. Meine Zehen verkrampften sich unfreiwillig. „Was?", fragte er. „Wir haben noch achtzehn Stunden bis zur Hochzeit. Wir können noch *viel* machen in achtzehn Stunden."

„Wir heiraten bei Sonnenuntergang. Es ist uns nicht erlaubt, uns an unserem Hochzeitstag vor der Zeremonie zu sehen."

Er schnaubte. „Dummer Aberglaube."

„*Adam*." Ich stupste ihn. „Du machst mir noch einen Knutschfleck. Ich kann keinen Knutschfleck auf meinen Hochzeitsfotos haben."

„Dafür gibt es Make-up", antwortete er ohne nachzugeben, während er weiter an meinem Hals knabberte.

„Adam –"

Er zog sich ein paar Zentimeter zurück, um mir ins Gesicht zu sehen. Als er sprach, war es in seiner ernsten, den Raum einnehmenden CEO-Stimme. „Ich hatte seit fast zwei Monaten keinen Sex mehr mit dir. Ich werde nicht noch länger warten. Das ist lächerlich."

„Das Universum hat sich gegen uns verschworen, das stimmt." Ich seufzte. „Aber hey, hier sind wir. Wir sind fast verheiratet. Wir werden eine atemberaubende Hochzeitsnacht haben – *morgen*."

„Das werden wir", beharrte er, während er den obersten Knopf meines Kleides aufknöpfte.

„Adam, ich sagte *morgen* Nacht."

„Ich habe dich gehört. Morgen Nacht. Und … jetzt."

Ich öffnete den Mund, um zu protestieren und er öffnete einen weiteren Knopf. „Ich will es nicht nur. Ich *brauche* es. Ich muss jetzt Sex mit dir haben. Das ist ein ernstes gesundheitliches Problem."

Ich fing zu lachen an. „Du wirst nicht an dicken Eiern sterben. Das hast du schon früher überlebt."

Er antwortete nicht, als er den dritten Knopf aufriss und sofort seine ganze Hand in mein Kleid schob.

„Du starrst mich an, als wäre ich ein Steak und du ein verhungernder Wolf.“

„Ich *bin* ein verhungernder Wolf. Hör mich heulen, Baby.“

Jetzt waren beide Hände in meinem Kleid und er ließ nicht nach. „Adam, du wirst die Hochzeit mit einem Fluch belegen, wenn du nicht gehst. Wir dürfen einander an unserem Hochzeitstag nicht sehen. In ein paar Minuten ist es Mitternacht.“

„Du kennst mich jetzt schon drei Jahre“, sagte er. Seine Stimme war voller Entschlossenheit und Verlangen. Sein rauer Tonfall ließ alle Nervenenden in meinem Körper vor Verlangen und Vorfreude singen. Offensichtlich konnte er sehen, dass mein Herz diesem Protest nicht zustimmte. „So gut, wie du mich kennst, denkst du, dass die Möglichkeit besteht, dass ich diesen Plan aufgebe?“

„Diesen *schändlichen* Plan.“

„Schändlich oder nicht, du musst zugeben, dass ich beharrlich bin.“

„Oh ja. Niemand würde diese Beschreibung von dir kritisieren. Aber wir sollten all das für unsere Hochzeitsnacht aufsparen. Abstinenz, erinnerst du dich? Die Ehe in der Hochzeitsnacht zu vollziehen und all das altmodische Zeug?“

„Oh, für unsere Hochzeitsnacht bleibt noch genug übrig, glaub mir.“ Er nahm mich am Handgelenk und presste meine Hand an seine bereite Erektion, als würde er sein Argument beweisen wollen. Meine Hand legte sich um seinen Schaft und streichelte ihn durch seine Hose. Er blies seinen Atem hinaus. „Und für die ganze Hochzeitsreise auch noch. Ich werde meinen

Job nicht richtig erledigt haben, wenn ich am Ende unserer Hochzeitsreise noch normal gehen kann."

Ich lachte. „Du legst die Messlatte aber sehr hoch an."

Er küsste mich wieder und seine Hand streichelte meine Brüste. Ich stand in Flammen, glühte und verbrannte innerlich.

„Verdammt, Adam. Es ist fast Mitternacht …"

„Emilia …"

„Ich bin immer noch nicht überzeugt."

Er versteifte sich und trat dann zurück, um mich ruhig anzusehen. „Okay", antwortete er mit flacher Stimme. Ich zog die Augenbrauen hoch, schockiert – und enttäuscht – dass er so einfach aufgegeben hatte. Dann öffnete ich den Mund, um zu antworten, aber wurde von ihm unterbrochen. Er drehte sich um und ging Richtung Badezimmer. „Ich bin gleich wieder da."

Ich zuckte lachend mit den Schultern. „Wenn du musst, musst du. Denk dran, mich auf dem Weg hinaus nicht anzusehen."

Ich ging zur Kommode und legte mein Handy ab, wobei ich auf die Uhr sah – noch zehn Minuten bis Mitternacht. Ich rief: „Es ist zehn vor. Brauch nicht zu lange."

„Ja, ja", antwortete er, bevor er die Tür schloss.

Ich grübelte darüber nach, während ich mir ein Schlafshirt aus einem Schub holte. Meine sexy Unterwäsche war für morgen Nacht bereit, doch er würde sie nicht sehen, bis wir offiziell Mann und Frau waren. Das würde ich mir für meine Hochzeitsnachtüberraschung aufheben. Ohne Zweifel würde das von der Showeinlage, die er für die Hochzeitsreise geplant hatte, in den Schatten gestellt werden.

Ich drehte mich zum Bett und wandte dem Rest des Raumes den Rücken zu, während ich mein Kleid fertig aufknöpfte. Doch ich entschied mich zu warten, bis ich es auszog. Es wäre definitiv besser, mit meinem nackten Körper nicht wie mit einem roten Tuch vor ihm herumzuwedeln. In seinem Zustand würde er auf mich losstürmen, wobei ihm wahrscheinlich Rauch aus der Nase kommen würde. Ich kicherte bei dem Gedanken, dass ein geiler Stier auf mich zustürmte. Mein tierischer Verlobter. Der arme Kerl war so geil, dass er vom Wichsen heute Nacht wahrscheinlich Blasen an den Händen bekommen würde.

Ich machte mir eine mentale Notiz, mir diesen Witz als Abschiedsgruß aufzuheben, wenn er mein Zimmer verließ. Plötzlich spülte die Toilette und der Wasserhahn wurde an- und abgestellt. Als die Tür sich öffnete und er den Raum betrat, ließ ich ihm den Rücken zugewandt.

„Es ist fünf vor Mitternacht", murmelte er, als er stoppte.

Ich blickte weiter in die andere Richtung. „Ja ... also gute Nacht. Ich liebe dich. Schlaf gut."

„Die Regel ist, dass wir einander nicht sehen dürfen, richtig?"

Ich zögerte. Seine Stimme klang seltsam, als würde er Belustigung unterdrücken. *Als würde er etwas planen.* Ich verlagerte mein Gewicht von einem Bein aufs andere. „Ähm ... ja."

Er fing wieder an, langsam zu gehen, und ich atmete erleichtert auf – bis ich realisierte, dass er nicht zur Tür ging.

Er stoppte, als er direkt hinter mir war. Ich konnte seinen Atem auf meinem Nacken fühlen. Zitternd neigte ich den Kopf zur Seite und lauschte. Er flüsterte: „Ich habe fünf Minuten."

Ich schluckte. „Aber du kannst in fünf Minuten nichts machen. Also verschwinde."

Er legte seine starken Finger um mein rechtes Handgelenk. Als er sprach, war sein Mund an meinem Ohr und sein Atem sandte mir kitzelnde Wellen die Wirbelsäule hinunter. Seine Macht über mich war real und er wusste genau, wie er sie benutzen musste. „Ich beurteile, wie viel ich in fünf Minuten erreichen kann." Er schlang etwas um mein Handgelenk. *Was zum –*

„Adam, was zum Teufel machst du?"

Er antwortete nicht, als er mein anderes Handgelenk packte und meine beiden Hände über meinen Kopf zog.

„Hörst du bitte auf?", biss ich verärgert heraus. Er machte es mir bereits schwierig genug, nein zu sagen. Adam war ein geduldiger Mann – meistens –, was er in der Vergangenheit bewiesen hatte. Weitere vierundzwanzig Stunden waren nichts im Vergleich zu der Zeit, die er bereits gewartet hatte.

„Oh, ich werde nicht aufhören, dich zu ficken."

„Es muss schon Mitternacht sein", sagte ich, doch ließ ihm seine Scharade, mich zu fesseln, fortführen. Aber als er meine Handgelenke zusammenband, zog er so fest, dass es in die Haut drückte, als würde er es ernst meinen. Er ging mit seinem Scherz ein klein wenig zu weit.

„Adam –"

„Ich sagte dir, dass ich nicht aufgebe." Er lehnte sich vor und saugte mein Ohrläppchen in seinen heißen Mund, bis ich vor Freude erzitterte. Dann wich er wieder zurück. „Hast du je erlebt, dass ich ein Mensch bin, der aufgibt? Selbst, wenn er nett darum gebeten wird? *Besonders* wenn er nett darum gebeten wird." Plötzlich hakte er einen Arm um meine Taille und drückte mich zur Tür des Wandschranks.

„Nein." Mein Herzschlag wurde vor Vorfreude schneller.

Er presste meinen Rücken an die Tür und ließ seine Augen an mir hinunterwandern. „Oh. Du hast den Rest deines Kleides aufgeknöpft. Das war nett von dir. Jetzt werde ich es nicht zerreißen müssen. Es ist ein heißes Kleid. Natürlich nicht so heiß wie das, was darin steckt."

Er legte den Gürtel, den er wahrscheinlich aus einem der Bademäntel, die im Badezimmer hingen, gezogen hatte, über die Tür des Wandschranks und klemmte ihn im Türrahmen ein. Meine Hände waren nun über meinem Kopf angebracht.

„Okay, du hattest deinen Spaß. Ha ha. Jetzt lass uns –" Ich bewegte mich an der Tür und versuchte, meine Hände von ihren Fesseln loszureißen. Doch sie gaben nicht nach. Scheiße … wie hatte er das so einfach angestellt? „Ich habe das Kleid aufgeknöpft, weil ich mich fürs Bett hergerichtet hatte – nicht, um dir einen Gefallen zu tun."

„Dann war das ein glücklicher Zufall." Er zog am Kleid, sodass es nun weit geöffnet war. Alles was ich darunter trug, war ein Spitzen-BH und das zuvor erwähnte knappe Höschen. Mit einer schnellen Handbewegung war mein BH vorne geöffnet. Er löste die abnehmbaren Träger und der BH fiel zu Boden.

„Du musst jetzt gehen." Ich versuchte, meine Stimme so ernst ich konnte klingen zu lassen.

Er nickte und blickte auf die Uhr. „Es ist elf Uhr achtundfünfzig. Ich habe zwei Minuten."

Ich seufzte laut. „*Was* machst du?"

Er griff nach oben und streichelte wieder meinen Nippel, wobei er zufrieden grinste, als er unter seiner Berührung sofort hart wurde. „Wir sind in der Karibik, nicht wahr? Ich bin ein Pirat und du bist mein gefangenes Dienstmädchen." Ich konnte nicht anders. Trotz meiner Wut in diesem Augenblick fand ich ihn geradezu hinreißend. Seine dunklen Augen funkelten. Er war ziemlich zufrieden mit sich. Und als er seine Aussage mit einem herzhaften „*Arrrrrr!*“ unterstrich, brach ich in schallendes Gelächter aus.

„Okay, du hattest deinen Spaß. Jetzt raus mit dir. Es ist wahrscheinlich dreißig Sekunden vor Mitternacht.“

„Ts, ts.“ Er schüttelte den Kopf. „Ich kann das nicht tun, Miss Cinderella.“ Er ging zum Ankleidetisch, wo das Hotel einen erstklassigen Korb voller nützlicher Dinge hinterlassen hatte, und fing an, ihn zu durchwühlen, wobei er Dinge herausholte und sie in seine Tasche steckte und etwas über *Beute* murmelte.

„Laut deiner Aussage und der eines angeblichen Hochzeitsregelkomitees dürfen wir uns an unserem Hochzeitstag vor der Zeremonie nicht sehen.“

Ich lehnte den Kopf seufzend gegen die Schranktür. „Ja.“

„Und unser Hochzeitstag startet um Mitternacht, korrekt?“

Ich seufzte erneut, laut. „Jetzt nervst du.“

„Nerven sagst du?“ Er ging zur Lampe, die ich angeschaltet hatte und machte sie aus, wodurch er den Raum wieder in Dunkelheit hüllte.

„Ein nervender Pirat, ja.“

„Ich wollte dir gerade sagen, dass ich eine geniale Lösung gefunden habe.“

Ich verdrehte die Augen. „Natürlich hast du das.“

Er drehte sich um und kam näher, bis er direkt vor mir stand. Dann beugte er sich herab, um mich auf die Lippen zu küssen, bevor er mir eine Schlafmaske aufsetzte. Er zog sie herunter, um meine Augen zu verdecken, sodass ich nichts sehen konnte.

„Ist das bequem?“

„Adam, was –“

„Kannst du sehen?“

„Nein. Aber das löst nur eine Hälfte des Problems, denn *du* kannst sehen.“

„Ich habe noch eine hier.“ Er zog meine Maske hoch, sodass ich sie sehen konnte. Er setzte sich eine identische Schlafmaske auf und zog sie über seine Augen. Dann hob er die Hand und richtete meine wieder aus.

„Großartig, jetzt sind wir beide blind. Das wird eine Komödie von Fehlern.“

„Nie im Leben. Das wird uns helfen, unseren anderen Sinnen mehr Aufmerksamkeit zu schenken … wie zum Beispiel unserem Tastsinn.“ Er hob die Hand und fuhr mit zwei Fingern verführerisch mein Schlüsselbein entlang, mit einem Fingernagel hinunter zu meiner Brust. Ich zuckte zusammen. „Unseren Geruchsinn.“ Er vergrub seinen Mund und seine Nase in meinem Hals und öffnete den Mund, um ihn zu küssen. Ich zitterte und er stöhnte als Antwort darauf.

„Unser Gehör.“ Er hob seinen Mund an mein Ohr. „Ich werde dich ficken, Emilia. Und heute Nacht, die ganze Nacht, wird das alles sein, was du fühlen wirst, und du wirst mich um mehr anflehen.“

Sein heißer Atem an meinem Ohr und das Versprechen in seinen Worten ließen mich wanken.

„Und …“ Seine Hand schloss sich um mein Höschen und er gab ihm einen heftigen Ruck am Saum, sodass es in klassischer Adam-Drake-Manier zerriss. Ich rang nach Luft, als er mein Höschen wegzog. Abgesehen von dem offenen Kleid, das an meinen Schultern hing, war ich nun nackt.

„Und natürlich ist da der *Geschmackssinn* …“ Ich lauschte, als er sich auf die Knie niederließ. Eine Hand spreizte meine Beine. Dann presste er sein Gesicht an den Scheitelpunkt meiner

Schenkel. „Mmmm", sagte er. „Köstlich. Der beste Mitternachtsimbiss der Welt."

Seine Zunge schlängelte sich heraus und glitt über den Saum meines Geschlechts, bevor er sie auf meine Klitoris presste. Ich zuckte, als hätte ich einen elektrischen Schlag erhalten.

„Oh Gott." Ich rang nach Luft. Das schien ihn nur noch weiter zu ermutigen, da er meine Beine weiter auseinanderrückte.

„Du willst nicht, dass ich dich losbinde?"

„Das habe ich nie gesagt."

„Also willst du es."

„Das habe ich auch nicht gesagt."

Er lachte und lehnte sich wieder vor, um mich weiter mit seiner Zunge zu verführen.

„Sag mir, dass ich dich losbinden soll, und ich werde es tun. Aber keine Sorge, dass wir uns vor der Hochzeit sehen, denn ich bin blind wie ein Maulwurf."

„Ich bin mir, ähm" – *keuch* – „ziemlich sicher." *Gott.* „Ähm, das … das … ah. Das ist sicher nicht, was sie meinten."

„Wer auch immer diese Regel aufgestellt hat, war sicher nicht zwei Monate auf Sexentzug. Da bin ich mir sicher."

„Gott, Adam. Das ist nicht fair."

„Du sagtest doch, dass du genommen werden wolltest, oder? Also wirst du jetzt dastehen und jammern, weil ich deinen Körper gegen dich verwende, oder wirst du dich entspannen und es genießen?"

Ich schwieg und konzentrierte mich auf das Gefühl seiner Finger, die er sanft in mich hatte gleiten lassen, als er zurückgewichen war, um zu reden. Aber er hatte seinen Mund nicht wieder auf die magische Stelle gelegt, und mein ganzer Körper pochte und trommelte und verlangte es.

„Nun?", fragte er, als ich nicht antwortete.

„Ich denke nach. Ich denke nach!"

„Okay. Nun, während du darüber nachdenkst, werde ich mich wieder dem zuwenden, was ich gerade gemacht habe." Dann machte er eine Pause. „Oh, das habe ich fast vergessen … die hier hatte ich in meiner Tasche."

„Was?"

„Kostenlose Minzpastillen." Dann gab es ein lautes Rascheln und Kauen und den plötzlichen starken Geruch nach Minze. „Einen ganzen Haufen." Ich verkrampfte und erinnerte mich, gehört zu haben, dass Minzpastillen benutzt wurden, um das Gefühl beim Oralsex zu verstärken – als ob ich jetzt eine Verstärkung brauchen würde.

Als seine Zunge wieder meine Klitoris berührte, zuckte ich zusammen, als wäre ich von einem Gefühl gleichzeitiger Hitze und Kälte geschockt worden. Frostige Hitze. Ich zitterte und bewegte mich instinktiv weg. Mit seinen Händen an meinen Hüften hielt er mich bewegungslos, ohne den Kontakt zu brechen. Dann vertiefte er ihn.

Mit meinen verbundenen Augen und meinen überwältigten Sinnen war ich mir nichts anderem bewusst als seinem Mund und seinen Händen.

Adam leckte und saugte wild, fast so, als würde er verlangen, dass ich kam. Und mein Körper war mehr als bereit zu gehorchen. Innerhalb weniger Minuten zuckte mein Körper vor purem Vergnügen, das durch meine Adern raste.

Er hörte nicht auf.

„Bitte, das ist zu viel", lallte ich, da ich kaum in der Lage war, Worte zu formen, als hätte der Orgasmus mein Gehirn kurzgeschlossen. Es fühlte sich zumindest so an.

Langsam – zu langsam – stoppte er und wich zurück, wobei er wiederholt mit seinen Handflächen über meine Schenkel strich. Ich zitterte. Jeder Berührung war tausendfach verstärkt. Ich verlor fast mein Gleichgewicht.

Ich sackte an der Tür zusammen und war völlig vereinnahmt von dem Nachglühen. Selbst als jeder Muskel in meinem Körper sich entspannte, schoss ein dünner Faden unerfüllten Verlangens durch mich.

Ich wollte Adams Gewicht auf mir spüren. Spüren, wie sein Körper sich gegen meinen bewegte, wie unser Schweiß sich vermischte. Ich wollte ihn in mir spüren. Spüren, wie er mich ausfüllte. Sein Stöhnen hören, während er meinen Körper für sein Vergnügen benutzte. Ich wollte das sogar mehr als einen weiteren Orgasmus.

So gierig war ich.

Und offensichtlich konnte Adam meine Gedanken lesen. Bevor noch ein weiterer Augenblick verging, öffnete er die Tür und befreite den Gürtel aus dem Türrahmen. Meine Arme kamen herunter und ich streckte meine Schultern. Meine Handgelenke waren immer noch vor mir zusammengebunden. Wärme durchflutete meine Arme, als der Blutfluss zurückkam.

Sanft nahm Adam mich an der Schulter und führte mich zum Bett – oder zumindest in die Richtung, in der er das Bett vermutete. Seine Schritte waren stockend, so als würde er versuchen, seinen Weg in der Dunkelheit zu finden.

Und ohne zu viele Schwierigkeiten fand er sein Ziel und legte mich darauf. „Was, wenn ich jetzt *nein* sagen würde ...“, neckte ich ihn.

„Dann würde ich natürlich gehen“, antwortete er. „Aber ich wäre nicht glücklich.“

„Es ist nicht meine Aufgabe, dich glücklich zu machen ... noch nicht.“

„Ein glücklicher Bräutigam sorgt für eine glückliche Hochzeit.“ Er schob mir ein Kissen unter den Kopf, als er das Band um meine Handgelenke packte und es über meinen Kopf zog, um mich am Kopfteil anzubinden.

„Hast du Angst, dass ich wegrenne?“

„Nein, aber ein guter Pirat geht immer auf Nummer sicher. Ich werde mir dich zu Willen machen.“

„Und was, wenn ich sagen würde, dass ich meinen Schönheitsschlaf brauche?“

Er fuhr mit seiner Hand über meine Brüste, als wollte er sich versichern, dass sie noch da waren. „Du kannst ausschlafen. Wir heiraten erst um sechs.“

„Du hast eine Antwort auf alles.“ Ich lauschte, während er seine Kleidung auszog – schnell – und sie irgendwo auf den Boden fallen ließ. „Ich denke, dass ich noch nie gesehen habe, dass du dich in der Zeit, seit ich dich kenne, so schnell ausgezogen hast.“

„Ich bin höchst motiviert“, antwortete er. „Ich habe eine schöne, nackte Frau an ein Bett gefesselt. Gibt es einen besseren Anreiz?“

Ich lachte, bis er neben mir aufs Bett sank, bevor er sich langsam über mich rollte. Dann wurde mein Lachen von einem Keuchen frischen Verlangens verschluckt.

Als er wieder sprach, war sein Mund nur den Bruchteil eines Zentimeters von meinem entfernt, während jeder Zentimeter seines nackten Fleisches sich mit mir verband. „Weißt du, was für ein Bett das ist?"

Ich lächelte, da ich genau wusste, was für ein Bett das war, doch ich spielte mit. „Was ist das für ein Bett?"

„Das ist das Bett, in dem ich dich zu meiner Frau gemacht habe." Sein Mund versiegelte meine Lippen und mein ganzer Körper – der bis dahin zufrieden war, sich zu aalen und zu glühen und zu suhlen – entzündete sich von Neuem. Schwelende Erregung ging in Flammen auf und Adam war der Brandbeschleuniger.

„Ist das, was du getan hast?", antwortete ich, als mein Mund wieder frei war. „Ich dachte, du wolltest etwas beweisen. Erneut."

„Das habe ich auch gemacht." Er bewegte sich auf mir. „Aber was am wichtigsten war, ich habe dich zu meiner Frau gemacht. Für immer."

„Komisch, ist das nicht, was du morgen machen wirst – ich meine später am heutigen Tag?"

Er küsste mein Kinn entlang. „Das ist die offizielle Version. Aber denkst du nicht auch, dass es passend ist, dass wir unsere letzte Nacht als unverheiratetes Paar damit verbringen, im selben Bett wie die Karnickel zu rammeln, in dem wir auch unser erstes Mal hatten."

„Wie die Karnickel rammeln, hm?"

„Denk nicht, dass du heute Nacht viel schlafen wirst." Er drückte meine Beine auf.

Das nächste Geräusch war das Knistern einer Folie – der Folie eines Gegenstandes, den er heute Nachmittag in der

Cabana so vermisst hatte – und ich rang nach Luft, als er mit einem zufriedenen Seufzen in mich eindrang. Mein Herz raste in meiner Kehle, als ich diese wohlbekannte Dehnung meiner Muskeln um sein willkommenes Eindringen in meinen Körper spürte. Er gab mir einen langen, sanften Kuss auf den Hals.

„Endlich. Der *Adler* ist gelandet.“

„Nennen wir ihn jetzt so? Den *Adler*?“

„Ich verspreche dir, dass du ihn nach heute Nacht Robocock nennen wirst – und das mit Enthusiasmus.“

„Ich hoffe, dass du deinen Worten Taten folgen lässt.“

Er bewegte sich und glitt tiefer in mich. „Ich werde es die ganze Nacht mit dir tun. Warte nur.“

Und dann fing er an, sich zu bewegen. Und meine Welt bewegte sich mit ihm. Dafür, dass es das erste Mal in Monaten war, war es nicht wild oder übereilt, so wie ich es erwartet hatte. Obwohl ich wusste, dass Adam begierig darauf war, unser Sexualleben wieder aufleben zu lassen und Spaß zu haben, gab er nicht Vollgas, obwohl ich es verstanden hätte, wenn er das getan hätte.

Stattdessen bewegte er sich vorsichtig, langsam, als würde er wissen, dass jede schnellere Bewegung es dieses erste Mal zu kurz werden ließ. Er genoss die Reise lieber, als an ihr Ziel zu gelangen.

Als er stoppte und seinen Kopf senkte, um an meinem Nippel zu saugen, wölbte ich mich ihm entgegen und schlang meine Beine um seine Hüften. „Gott, du fühlst dich so gut an“, murmelte ich.

Er zog sich schwer atmend von mir los. Und plötzlich wurde sein Rhythmus schwankend, so als hätte er seine letzte Selbstbeherrschung aufgebraucht.

Das war, als er tief in mich stieß und sich direkt zum Ende trieb.

Sein Körper verkrampfte sich. Er hielt den Atem an. Ich schlang meine Beine wieder um seine Hüften und packte ihn fester. Er zitterte, als er kam, und einen Augenblick später presste er seine feuchte Stirn an meine.

„Verdammt", murmelte er schließlich. „Das war ..." Er rang nach Luft. „Wenn meine Milz jetzt explodierte, wäre es das definitiv wert gewesen."

Ich konnte nichts anderes tun, als zu lachen. „Nein, das waren *andere* Teile deines Körpers, die explodiert sind."

„Die guten Teile." Er glitt von mir herunter, um sich wieder auf seine Seite des Bettes zu rollen. Aber nicht bevor er mein ganzes Gesicht geküsst hatte. „Ich denke, diese Teile meines Körpers wollen noch ein paar weitere Male explodieren."

„Heute Nacht?"

„Heute ist die Nacht."

„Davon musst du mich überzeugen."

„Nur zu gerne", sage er und fuhr mit seinen Händen über meine Brust und meinen Bauch, so als würde er jeden Zentimeter davon durch seine Berührung sehen können. Ich war eine Landkarte und seine Hände waren ehrfürchtige Forscher. Seine grenzenlose Energie würde dafür sorgen, dass er heute Nacht jeden Zentimeter meines Terrains erforschte.

Kapitel Einundzwanzig
Adam

DAS ZWEITE MAL WAR RAUER – UND LÄNGER. UND OH-mein-Gott atemberaubend.

Ich hatte gehört, dass der verlässlichste Sinn eines Mannes, um erregt zu werden, das Sehen war. Doch ich konnte sie nicht sehen. Aber ich hätte nicht noch mehr erregt sein können, als ich mich mit den Händen, dem Mund und dem Körper über ihre weichen, geschmeidigen weiblichen Rundungen bewegte.

Sie war immer noch gefesselt – doch dieses Mal in einer stehenden Position an den Pfosten am Fuß des Betts. Gott, ich schwor mir, sie öfter zu fesseln, denn das machte Spaß. Und ich würde mit ihr definitiv machen, was ich wollte, jetzt wo ich sie genau da hatte, wo ich sie wollte.

„Diese zwei letzten Monate waren eine Qual gewesen." Ich atmete in die Haare an ihrem Hinterkopf, als ich hinter ihr stand, und war berauscht von ihrem Duft. „Anweisungen einer sadistischen Ärztin."

„Und ich bin sicher, dass sie es genau deswegen getan hat, um dich zu quälen." Gelächter war in ihrer Stimme zu hören.

Ich schnüffelte an ihrem Hals. „Ich habe von *dir* gesprochen. Du bist in diesen Spitzenhöschen, diesen engen Leggins durchs Haus gelaufen und hast mich verrückt gemacht."

„Denn mir selbst Sex vorzuenthalten, ist für mich die Vorstellung von Spaß", widerlegte sie.

„Vielleicht muss ich mich rächen. Ein wenig Folter, um es dir heimzuzahlen."

Sie hielt inne. „*Folter?*"

Ich presste mich gegen ihren Rücken und keilte sie zwischen meinem Körper und dem Bettpfosten ein, wobei ich meine Erektion gegen ihren festen, perfekten Hintern drückte. Ich versenkte meine Zähne leicht in ihre Ohrmuschel. Sie rang nach Luft. „Vielleicht *mehr* als nur ein wenig."

Ich drückte mich von ihr weg und drehte mich um, um zu garantieren, dass ich sie nicht sehen würde. Ich musste dieses Versprechen ihr gegenüber schließlich respektieren – dämlicher Aberglaube oder nicht.

Ich machte mich auf den Weg zu dem Eiskübel, in dem eine Flasche Champagner in frischem Eis ruhte, das vom abendlichen Zimmerservice ausgetauscht worden war. *Perfekt.*

Ich schnappte mir den Eiskübel und nahm die Flasche heraus. Dann machte ich mich wieder Richtung Bett auf, bis ich fast dort war und zog mir die Schlafmaske wieder über die Augen, bevor ich zu ihr ging.

„Genau wo ich dich gelassen habe", sagte ich und küsste sie zwischen ihren köstlichen Schulterblättern. „Braves Mädchen."

„Wie sollte ich irgendwo hingehen?"

Ich bückte mich und stellte den Eiskübel neben ihre Füße. „Gutes Argument." Dann nahm ich mir einen Eiswürfel und richtete mich auf. „Jetzt, wo ich es erst einmal hinter mir habe, kann ich zumindest ein wenig warten, bis wir weiter machen."

Sie räusperte sich. „Und wann sollen wir schlafen?"

„Schlaf ist überbewertet." Ich nahm den Eiswürfel und legte ihn an die Stelle zwischen ihren Schulterblättern, wo ich sie geküsst hatte.

Sie zuckte und rang dann nach Luft. „Was zum –"

Aber ich packte ihr Kinn, drehte es zu mir und unterband ihren Protest, indem ich meine Zunge in ihren Mund gleiten ließ. Ich zog den Eiswürfel ihr Schlüsselbein entlang, über ihr Brustbein, hinab zu ihrem Nabel. Sie versteifte die Arme und ihr Körper fühlte sich an meinem hart an.

Es fühlte sich so verdammt fantastisch an.

Ihre Arme waren an den Bettpfosten am Fuß des Bettes gefesselt. Als ich den Eiswürfel zu ihrem rechten Nippel brachte, wand sie sich, konnte mir jedoch nicht entfliehen.

Schließlich war ich der Meinung, dass sie genug hatte, und befreite ihren Mund von meinem Kuss. „Bist du okay?"

„Ja, sobald ich den Eiswürfel über *dich* wandern lasse", antwortete sie atemlos.

„Das werden wir noch sehen. In der Zwischenzeit denke ich, dass der andere etwas Zuneigung braucht." Ich bewegte den Eiswürfel zu ihrem anderen Nippel, während ich mich hinabbeugte, um den kalten in den Mund zu nehmen. Sie wand sich und strauchelte und ich drückte sie gegen den Bettpfosten, um sie stabil zu halten.

Ich war schon wieder so hart, dass es schmerzte. Ihr eiskalter Nippel erwärmte sich in meinem Mund. *So* erfrischend – mein eigenes Eis am Stiel mit Emilia-Geschmack. Ich lachte bei dem Gedanken und sobald ich entschieden hatte, dass ihr anderer Nippel bereit für meinen Mund war, wechselte ich die Position und legte den Eiswürfel wieder auf die vorherige Brustwarze. Meine Finger froren und fühlten sich von der Kälte taub an.

Diese unglaublich sensiblen Teile *ihres* Körpers fühlten die Taubheit und den Schmerz wahrscheinlich noch intensiver.

Sie atmete schwer und schenkte mir dieses unheimliche Stöhnen, das gedämpft klang, da ihre Stimme etwas tiefer als normal war.

Ich ließ den Eiswürfel in den Eiskübel fallen und fuhr mit meinen kalten Fingern an den wärmsten Ort, den ich finden konnte – direkt zwischen ihre Beine.

Sie atmete scharf ein und verkrampfte sich wieder, als ich mit meinen Fingern ihr feuchtes, heißes Fleisch bearbeitete. Ich konnte mich kaum zurückhalten, ihre Beine sofort auseinanderzudrücken und in sie zu stoßen. Stattdessen tauchte ich meinen Finger tiefer in sie und lauschte aufmerksam, um anhand ihres Stöhnens zu ergründen, wie kurz davor sie war. So kurz davor. *Kurz davor*, aber noch nicht am Ziel.

„Adam", sagte sie in einem leisen Knurren, das meinen Schwanz zucken ließ. Eine Sekunde später zog ich meine Hand weg. Sie blies ihren Atem hinaus und verlagerte ihre Position von einer Zehenspitze auf die andere. „So soll das also laufen?"

„Ja", antwortete ich und lächelte, obwohl sie mich nicht sehen konnte. „Du schuldest mir ein wenig Foltern."

„Warte einfach. Ich werde deine eigenen Waffen gegen dich verwenden, Schreckenspirat Drake."

„Arrrrr. Wirst du das? Das wird heute Nacht nicht passieren, meine kleine Maid. Heute Nacht habe *ich* das Sagen." Ich packte sie an den Hüften und riss sie zu mir, sodass sie das Gleichgewicht verlor – und noch mehr unter meiner Kontrolle stand.

Ich griff nach oben und kratzte mit meinen Fingernägeln ihren Rücken bis zu ihrem Hintern hinunter. Sie zischte wie eine Katze.

„Morgen wirst du meine Braut sein und ich werde dich verehren, Körper und Geist. Aber heute Nacht bist du mein Spielzeug."

„Du bist ein böser Mann", flüsterte sie heiser.

„*Pirat.*" Ich lachte. „Das war noch gar nichts, Miss Strong." Und um meine Aussage zu unterstreichen, zwickte ich fest in ihre Nippel, bevor ich sie zwischen Daumen und Zeigefingern kreisen ließ, bis sie große, harte Knospen waren und sie tief in ihrer Kehle stöhnte. Dieser Klang durchflutete mich und ließ mich von Kopf bis Fuß zucken. Die Anspannung in meinem Schwanz wurde schmerzhaft.

Ich beugte mich vor und fing ihren Mund mit meinem ein, um ihr Stöhnen zu ersticken. Ihre Zähne schlossen sich und sanken in meine Lippen.

Ich wich zurück, während meine Lippe immer noch zwischen ihren Zähnen war. „Nicht das Gesicht!", krächzte ich. „Wir dürfen nichts machen, was die Hochzeitsfotos morgen beeinflussen könnte."

Widerwillig ließ sie meine Lippe los. Sie pochte und Schmerz vermischte sich mit Vergnügen. Das sollte eine Folter für sie sein, aber stattdessen war ich derjenige, der zweifelte, dass er es noch länger aushalten würde, bis ich sie endlich wieder nehmen konnte.

Gott, sie war so verdammt sexy. Ohne Vorwarnung hob ich sie hoch und nahm ihre gefesselten Handgelenke vom Bettpfosten. Dann zog ich sie an mich, damit sie nicht die Balance verlieren würde und hielt sie fest, als ihr Körper zusammensackte. Ihre harten Nippel und geschmeidigen Brüste drückten gegen meine Brust. Mein Herz pochte wild.

„Dein Spielzeug, hm?", fragte sie.

Ich kam näher und meine Lippen schwebten über ihren. „Ja."

Die nächste Sache ging ich sehr vorsichtig an, da ich wusste, dass sie möglicherweise wegen ihrer Vergangenheit Probleme damit haben könnte. Ich drückte ihre Schultern nach unten, bis ihre Beine sich beugten und sie vor mir kniete.

Es gab kein Zögern, sehr zu meiner Überraschung. Sobald sie auf den Knien war, lehnte sie sich vor und fing meinen Schwanz mit ihrem Mund ein, um an der Spitze zu saugen, bevor sie wieder zurückwich.

Dann bewegte sie sich und suchte mit ihren gefesselten Händen nach etwas auf dem Boden. Ich hörte, wie sie gegen den Eiskübel stieß. *Oh oh …*

„Offensichtlich hätte ich deine Hände hinter deinem Rücken fesseln sollen anstatt vorne."

„Du musst wohl dein Piratentraining nochmal wiederholen." Sie fing an, Eiswürfel in ihrem Mund zu zerbeißen. Als ich versuchte, zurückzuweichen, legte sie eine Hand um mein Bein, um mich zu stoppen.

Nachdem sie geschluckt hatte, nahm sie noch mehr Eis und zerbiss es ebenfalls. Als ihr Mund mich wieder umfasste, wurde meine Hitze von eisiger Kälte eingehüllt. *Und* sie hatte immer noch Eissplitter in ihrem Mund. Und – *scheiße* – es fühlte sich … unglaublich an. Schmerz und Vergnügen vermischten sich im sensibelsten Teil meiner Anatomie. Ich hob die Hände, um mich an demselben Bettpfosten abzustützen und nicht zusammenzubrechen. Ihr Mund glitt weiter meinen Schaft nach unten und nahm mich tiefer auf. Ich stöhnte und erlaubte meinen Gefühlen, mich zu übermannen, während sie mich blies.

Gott. Sie wurde wirklich gut darin. Man hätte nie vermutet, dass dies bei Weitem nicht ihre Lieblingsbeschäftigung war.

Es war egal. Denn mit jeder Bewegung ihres Kopfes übernahm sie die Kontrolle über die Situation und das wusste sie verdammt gut.

Und ich ließ sie.

Denn der Gedanke, jetzt in ihrem Mund zu kommen, war mehr als nur ein wenig verlockend. Eher *sehr* verlockend. Ich senkte eine Hand, um sanft ihren Hinterkopf zu berühren, und sie erstarrte.

Ich presste nicht dagegen. Aber verdammt, ich wollte es. Ich wollte ihn ihr so gerne in den Hals schieben.

Aber ich hielt mich zurück.

Gerade noch.

Das bedurfte gewaltiger Willenskraft. Sie bewegte ihren Kopf nicht, aber ihre sinnliche Zunge wirbelte weiter um mich und setzte all meine Nervenenden in Flammen. Von der Stelle, wo ihr Mund mich umgab, bis hinauf in meinen Bauch versengte mein Blut meine Adern.

Sie schien diese Macht zu genießen – ihr leises Stöhnen antwortete direkt auf mein gehetztes Stöhnen. Und das war, als ich entschied, dass ich es nicht länger aushielt.

Ich drückte sanft gegen ihren Kopf und zog sie zu mir. Ihr Kopf bewegte sich nur zwei Zentimeter, bevor sie wieder stoppte und ihre Position hielt. Ich stieß meine Hüften nach vorne und verlor plötzlich die Kontrolle.

Und das war ein Fehler.

Ihr Körper zuckte, als sie würgte. Ich zog mich sofort aus ihr, bereit, ihre Fesseln zu lösen, mich hinzuknien und sie zu beruhigen, mich zu entschuldigen.

Sie war nach vorne gebeugt und hustete.

Oh scheiße. Ich war zu weit gegangen.

Ich war schockiert, sie lachen zu hören. *Lachen.*

„*Was* ist so verdammt lustig?"

„Ich kann nicht aufhören, an diesen lächerlichen Namen zu denken – Robot Cock. Es hat mich abgelenkt und ich musste würgen."

„*Robo*cock", korrigierte ich sie. „Und das hat sich gut angefühlt, verdammt. Du bist böse."

Sie gab ein langes, melodramatisches Seufzen von sich. „Ich denke, ich bin ein böses Mädchen." Die Herausforderung in ihrer Stimme war nicht zu überhören.

Ich griff nach unten, schnappte mir ihre verknoteten Handgelenke und riss sie von den Knien hoch, sodass sie vor mir stand. Dann beugte ich mich hinunter, damit wir auf Augenhöhe waren – oder das vermutete ich jedenfalls. Ich konnte immer noch nichts sehen.

„Würdest du gerne wissen, was ich mit bösen Mädchen mache?" Ich drehte mich und zog sie hinter mir her, wobei ich unter meiner Augenbinde hervorlugte, um zu verhindern, dass ich auf dem Weg zum Esstisch gegen die Möbel stieß. Dort angekommen, zog ich die Augenbinde wieder zurecht.

„Was hast du vor?" Ich musste einfach grinsen. Sie liebte dieses Spiel genauso wie ich. *Verdammt ja.* „Muss ich jetzt über die Planke gehen, Cap'n Drake?" Sie lachte.

„Du musst nicht über die Planke gehen. Aber du wirst meine Planke bald reiten."

„Charmant", sagte sie.

Ich drückte ihre Schultern nach unten und presste ihren Oberkörper flach auf den Esstisch. Sie rang nach Luft, doch ich wusste nicht, ob es aus Vorfreude oder aus Überraschung war – wahrscheinlich beides. Dann packte ich den Gürtel an ihren Handgelenken und band ihn um den Stuhl hinter dem Tisch.

Ich stellte mich hinter sie und befummelte ihren runden Hintern, bevor ich meine Handflächen öffnete und ihr einen festen Klaps verpasste. Der Klang allein ließ mich vor Verlangen pochen.

„*Autsch*", schrie sie. „Was zum Teufel?"

„Bösen Mädchen muss man den Hintern versohlen", erklärte ich und unterstrich meine Aussage dann mit einem weiteren Schlag auf die andere Pobacke. Ich war nicht zimperlich – ich wusste, dass diese Schläge geschmerzt hatten. Sie zog an ihren Fesseln, als würde sie aufstehen wollen. Ich presste meine linke Hand auf ihr Kreuz, um sie unten zu halten.

Sie atmete zischend aus und jeder Muskel in ihrem Körper spannte sich an.

„Bist du okay?", fragte ich.

„Mach, was du willst", antwortete sie mit zusammengebissenen Zähnen.

„Herausforderung angenommen." Zwei weitere Schläge. „Für die beschissene Badehose." Sie lachte, aber es klang verkrampft und angespannt.

Ich rieb ihren Hintern. Die Hitze durch die nicht so leichten Schläge erregte mich nur noch mehr. Sie blies ihren Atem hinaus und atmete dann zitternd ein. Ich wartete noch eine Minute, um sicherzugehen, dass sie es nicht erwartete und sich entspannt hatte, bis ich ihr zwei weitere Klapse verpasste.

„Wofür waren die?"

„Dafür, dass du daran gezweifelt hast, dass ich rechtzeitig hier ankomme. Als ob ich diese Hochzeit verpassen würde."

Eine Pause. „Das habe ich nie bezweifelt. Aber ich habe dich gerne damit geneckt."

„Soll ich dich mit noch mehr Klapsen necken?"

Sie atmete tief ein. „Ich habe keine Angst vor dir."

Ich sagte nichts, sondern schlug sie noch zweimal. Mein Schwanz zuckte bei jedem Klatschen.

„Wofür waren die?", fragte sie mit leiserer, aber rauerer Stimme. Aber ich wusste nicht, ob das daran lag, dass sie erregt war, oder kurz davor zu weinen. Vielleicht beides.

„Die waren, weil mich das geil macht."

„Du scheinst schon die ganze Zeit geil zu sein."

„Man kann nie zu erregt sein." Ich beugte mich vor und küsste ihren Nacken, wobei ich meinen Mund ihre Wirbelsäule hinunterwandern ließ und jede minutiöse Reaktion genoss.

Jeder unwillkürliche Atemzug, jede Bewegung, jedes Zittern ihrer cremigen Haut unter meinen Fingerspitzen, jedes zögernde, aber lebensnotwendige Seufzen aus ihrem Mund drang wie eine wunderbare Droge direkt in mein Blut. Und das Gefühl der Gänsehaut auf dem Fleisch ihrer weichen Arme, ihrer seidenen Schenkel – es ließ *mich* vor Vorfreude erzittern. Sie zu berühren, das Geräusch meiner Hände, die ihr den Hintern versohlten, machten mich high.

Noch zwei Klapse summierten das Ganze auf zehn auf und ich stoppte. Ich konnte fühlen, dass sie versuchte, Tränen vor mir zu verbergen. Ich berührte ihre feuchte Wange. „Willst du, dass ich aufhöre?"

„Ich will, dass du aufhörst herumzuspielen und mich fickst."

Ich beugte mich vor und küsste ihre Tränen weg. Sie waren kalt und salzig. „Herausforderung enthusiastisch angenommen." Ich trat von ihr weg und drehte mich, um meine Hose auf dem Boden zu suchen. In der Tasche waren noch vier weitere Kondome – ich war bezüglich dieses Abends sehr optimistisch gewesen. Ich bückte mich und holte eines heraus und legte die anderen drei auf das Nachtkästchen.

Dann kehrte ich zum Tisch zurück, wo ich sie zurückgelassen hatte, wobei ich meine Augen abgewendet hielt, bis ich meine Augenbinde wieder aufsetzte. Ich riss die Verpackung auf und streifte das Kondom über.

„Ladies und Gentlemen, zum zweiten Mal in dieser Nacht hat er es geschafft, blind perfekt ein Kondom überzuziehen. *Und die Menge tobt.*"

„Pff. Du machst das immer im Dunkeln. Kein großes Kunststück."

„Ich habe dein großes Kunststück hier", murmelte ich, als ich mich hinter ihr positionierte. Sie spannte sich erwartungsvoll an. Ich beugte mich vor und drückte meine Brust gegen ihren Rücken, wobei ich ihre Wangen, ihren Hals, ihre Schultern küsste. Dann richtete ich mich auf und stieß in sie.

Ihr Ringen nach Luft ließ mich fast kommen. Und wenn ich nicht langsamer machte, würde dieses Vorspiel in einem enttäuschenden Resultat enden. Das wollte ich nicht.

Ich hielt inne und lauschte ihrer schnellen Atmung. „Weißt du, wie es sich für mich anfühlt, in dir zu sein?", fragte ich und küsste sie zwischen den Schulterblättern. Sie verkrampfte sich um mich. „Es fühlt sich an, als würde man in einen warmen Pool steigen, wenn es draußen kühl ist. Es fühlt sich an wie eine heiße Dusche nach einem langen Tag. Es fühlt sich an wie zuhause."

Sie antwortete mit einem langen, tiefen Stöhnen und ich fing an, mich zu bewegen. Ich packte sie an den Hüften und hielt sie fest, als ich so tief in sie eindrang, wie ich konnte, während ich ihr aufmerksam zuhörte. Nach fast zwei Monaten ohne Sex war sie eng. Sie fühlte sich unglaublich an und ihre Muskeln umklammerten mich wie eine Faust. Mein Herzschlag trommelte in meiner Kehle und mein Mund war trocken. Ich stellte mir vor, wie sie aussehen musste, so vor mir ausgebreitet auf dem Tisch.

Ich wurde langsamer und griff mit einer Hand unter sie, sodass ich ihre Klitoris streicheln konnte, während meine andere Hand sich in ihren Haaren vergrub. Als ich daran zog und ihren Kopf hochriss, war ich dankbar, dass sie keine Angst mehr vor Fingern – *meinen* Fingern zumindest – in ihren Haaren hatte, seit ihre Haare nach der Chemo wieder nachgewachsen waren.

Gott sei Dank, denn ich liebte es, mit meiner Hand hindurchzufahren.

Sie stöhnte, als ich sie näher an den Höhepunkt brachte. Ich versenkte meine Zähne in das nachgiebige Fleisch unter ihren Schulterblättern.

„Mach mir keine blauen Flecken", keuchte sie.

Ich ließ sie los. „So weit unten?"

Sie antwortete nicht, aber ich schloss daraus, dass ihr Hochzeitskleid rückenfrei sein musste. Der Gedanke, sie darin zu sehen, erledigte mich fast.

Später … *Endlich.* Sie würde auf jede Weise mein sein.

Und sie war gerade mein. Ich erhöhte den Druck auf ihre süße Knospe und sie belohnte mich mit den bekannten Lauten ihres Höhepunkts. Am Ende, als sie meinen Namen als verzweifelte Bitte aussprach, überkam es auch mich.

Nur noch ein paar Stöße und ich kam ebenfalls. Überwältigende Wellen aus berauschender Glückseligkeit erschütterten mich. Eine volle Minute meines Lebens verging, ohne dass ich etwas anderes verspürte als dieses pure Vergnügen, mich in Emilias gefügigem, wartendem Körper zu ergießen. Ich konnte mich nicht bewegen. Ich konnte nicht atmen. Alles was ich konnte, war sie wahrzunehmen. Das Gefühl von ihr unter mir, das Gefühl ihrer sich hebenden und senkenden Brust. Ihres befriedigten Stöhnens.

Ich küsste ihren Rücken, ihre Schulterblätter, alles, was mein Mund erreichen konnte. Dann hob ich mich von ihr und griff nach oben, um sie loszubinden. Sie gab in meinen Armen nach, als ich ihr vom Tisch aufhalf und sie zum Bett führte. Es dauerte länger als normal, aber als wir uns endlich niederließen, gab sie einen zischenden Atemzug von sich, als ihr Po auf das Laken traf, und rollte sich sofort auf die Seite.

„Nun, *das* wird lustig … hinsetzen fällt morgen flach.“

„Dreh dich auf den Bauch.“ Ich löste die Fesseln um ihre Handgelenke mit einem simplen Zug an dem Laufknoten. Dann drehte ich mich vom Bett weg und hob meine Augenbinde an, um ins Bad zu gehen und ein Handtuch und Schmerztabletten zu holen. Wieder zurück, tauchte ich das Handtuch in den Kübel mit nun schmelzendem Eis und wrang ihn aus, bevor ich mich zum Bett vortastete.

Ich legte das eiskalte Handtuch über ihren Po, nachdem ich sie kurz vorgewarnt hatte. Sie verkrampfte sich kurz, äußerte aber keinen Protest. Dann, nach weiterem Herumtasten, gab ich ihr zwei Tabletten, die sie direkt von meinen Fingern in den Mund nahm.

Ruhig, Junge, musste ich mir befehlen, da mich diese einfache Handlung von Neuem erregte. Ich ging auf meine Seite des Bettes und sie befahl mir, mich zuzudecken, damit sie ihre Augenbinde abnehmen und das Badezimmer benutzen konnte.

Ich gehorchte. Als sie sich dem Bett wieder näherte, setzte sie die Schlafmaske wieder auf und kroch zu mir unter die Decke. Sie kuschelte sich an mich und sagte: „Du musst bei Sonnenaufgang verschwunden sein."

Ich zog sie an mich. „Warum?"

„Damit niemand sieht, dass du am Morgen aus meinem Zimmer kommst."

„Ich hasse es, dir das mitzuteilen, aber die Hochzeitsgäste wissen, dass wir bereits seit zwei Jahren miteinander schlafen."

„Klugscheißer. Die Nacht vor der Hochzeit und das ganze Pech und alles."

„Das fühlte sich nicht wie Pech an. Das fühlte sich sehr gut an."

„Adam …"

„Okay, okay, ich bin vor fünf weg. Was vier weitere Stunden bedeutet." Ich hatte aber eine große Klappe. Ich wusste genau, dass ich zu erschöpft war, um ohne Ruhepause weiterzumachen.

Sie gähnte, als würde sie meine Gedanken lesen. „Ich bin müde", flüsterte sie und legte ihren Kopf auf meine Schulter. Innerhalb weniger Minuten war sie eingeschlafen und ich genoss den Klang ihres Atmens. Dann vergrub ich meine Nase in ihren Haaren und fiel ebenfalls in einen reinen, zufriedenen Schlaf.

Ich war mir nicht sicher, wann es anfing, denn anfangs befand ich mich definitiv im Tiefschlaf und wurde mir erst langsam eines warmen Körpers an meinem bewusst, eines

Gewichts auf meiner Brust, eines Mundes auf meinem Mund. Ich befand mich an dieser Schwelle zwischen Traum und Realität. Ich konnte nicht sagen, was real war und was Teil meines Unterbewusstseins. Aber langsam, langsam, übernahm die Realität in einem fast nahtlosen Übergang.

Emilia küsste mich und saß auf mir.

Ohne meine Augen zu öffnen, hob ich meine Hände und umfasste ihre Brüste. Sie zitterte und rieb sich an mir. Ich war wieder hart und bereit und hatte das Vorspiel anscheinend verschlafen.

Dieses Mal war langsam und es dauerte länger – eine Tatsache, gegen die ich nicht das Geringste einzuwenden hatte. Emilia griff zum Nachtkästchen und gab mir dann ein Kondom, um das ich mich schnell kümmerte. Sekunden später war ich wieder in ihr, als sie sich auf mir bewegte und melodisch stöhnte.

Ich versuchte, ihre Hüften zu nehmen und ihre Bewegungen zu lenken, doch Emilia schob meine Hände weg und stützte sich auf meinen Schultern ab, während sie mich quälend langsam ritt. Ich hakte meine Arme um ihre Schenkel und fuhr mit meinen Fingern die weiche Haut nach. Wir stiegen langsam höher, zusammen, und jede Bewegung ihrer Hüften brachte uns einen Schritt näher an unseren Bestimmungsort.

Bald war es zu viel und meine Hände waren wieder auf ihren Hüften, um uns zusammen über die Ziellinie zu bringen. Dieses Mal schob sie mich nicht weg. Ihre Bewegungen wurden genauso drängend wie meine. Ich war kurz davor, so kurz davor, als ich spürte, wie sie innehielt und sich in ihrem Orgasmus um mich verkrampfte und so ebenfalls über die Schwelle schickte. Wir kamen zusammen – pulsierendes, ekstatisches Glück erfüllte uns.

Sie brach augenblicklich zusammen und glitt verschwitzt auf ihre Seite des Bettes. „Was auch immer das war, es hat Spaß gemacht, und du solltest es unbedingt öfter machen", sagte ich.

Sie seufzte. „Ich dachte, du wärst wach. Du hast mich gepackt und dreckige Sachen gemurmelt. Du musst geträumt haben."

„Ich erinnere mich nicht, aber ich bin sicher, dass es ein toller Traum war." Ich küsste sie auf die Schläfe.

Wir schliefen weiter, Arm in Arm, friedlich und sicher. So sollte es sich jede Nacht anfühlen. Und doch, nach allem, was wir zusammen durchgemacht hatten, brachte mich der letzte Gedanke, der mich durchfuhr, dazu, mich wie ein Kind an Heiligabend zu fühlen.

Wenn wir heute Abend ins Bett gingen, würden wir verheiratet sein.

Kapitel Zweiundzwanzig
Mia

ALS ICH AUFWACHTE, WURDE DER HIMMEL BEREITS hell. Ich fühlte mich ausgelaugt und wund. Hauptsächlich zwischen meinen Beinen – meine Muskeln waren Sex nicht mehr gewohnt. Aber besonders schmerzte mein Hintern, den er mir versohlt hatte. Und meine Handgelenke, die gefesselt gewesen waren. Und natürlich die zarte Haut, dort wo seine rauen Bartstoppeln mich beim Küssen gekratzt hatten – was überall war. Auf meinem Bauch, meinen Brüsten, den Innenseiten meiner Schenkel. Meinem Hals. Meinen Ohren. Selbst mein Rücken war von seinen köstlichen, schmirgelpapierartigen Küssen aufgekratzt worden.

Kurz gesagt, mir tat alles weh, doch es war eine erlesene Art von Unbehagen.

Heißes Verlangen durchfuhr meine Adern, als ich an die letzte Nacht dachte. Oder besser gesagt diesen Morgen. Oder … Ich blickte hoch und hinaus auf die Bay und bemerkte einen grauen Himmel. Plötzlich realisierte ich, dass meine Schlafmaske heruntergerutscht war.

Adam lag immer noch in meinem Bett. *Scheiße.*

Ich tauchte unter die Decke und sorgte dafür, dass mein Kopf und jeder Teil meines Körpers von den Laken bedeckt waren. Dann drehte ich mich und stieß ihn mit meinem Bein an.

„Adam.“

Er bewegte sich nicht.

„Adam, du musst aufstehen. Es ist schon fast Morgen.“

Ich stieß ihn erneut an, dieses Mal härter.

„*Adam.*“ Ich schob ihn mit meinem Bein und plötzlich verließ er das Bett mit einem dumpfen Schlag.

„Was zum Teufel?“, ertönte seine Stimme vom Boden aus.

Ich zuckte zusammen. „Sorry, aber du wolltest nicht aufwachen. Ich wollte dich nicht rauswerfen. Du musst wieder in dein Zimmer.“

„Verdammt, es hätte gereicht, wenn du mich an der Schulter geschüttelt hättest.“

„Das habe ich versucht. Ehrlich. Du warst weggetreten.“

„Irgendeine heiße Schnitte hat mich letzte Nacht ausgelaugt.“

„Du Glücklicher. Jetzt geh.“

„Schon gut, schon gut. Gott.“ Ich konnte hören, wie er vom Boden aufstand und seine Klamotten zusammensuchte. Der Klang seiner Schritte verblasste dann in Richtung Badezimmer.

Ich blieb unter den Laken, bis er, vermutlich angezogen, zurückkehrte. „Ich bin immer noch erschöpft.“

„*Naja*“, sagte ich, „die letzte Nacht war *deine* Idee.“

„Ja. Eine umwerfende Idee. Ich werde wieder ins Bett gehen. Wir sehen uns um sechs.“

„Bye. Ich liebe dich.“

„Ich liebe dich auch“, murmelte er, bevor er die Tür hinter sich schloss und weg war.

Ich senkte das Laken und blickte auf die Uhr, wohl bewusst, dass ich heute Nacht maximal drei Stunden geschlafen hatte. Ich fragte mich, ob daraus noch mehr werden könnten, drehte mich um, fand eine der Augenbinden und zog sie mir über den Kopf.

Ich schlief noch zwei Stunden, bevor die Aufregung des Tages mich einholte und ich einfach nicht mehr schlafen konnte. Augenringe oder nicht, ich musste aufstehen.

Ein Hoch auf Kaffee. Und Concealer.

***

Der Rest des Tages verging wie in einem Nebel. Meine Mom und meine engsten Freunde kamen in meine Suite. Die Visagistin und die Hair Stylistin trafen ein und rotierten um uns. Wir teilten sie uns, während wir von nervöser Aufregung erfasst wurden.

Ich musste verbergen, dass mir immer noch alles wehtat, weil ich praktisch die ganze Nacht auf die bestmögliche Weise benutzt worden war. *Verdammt,* das war heiß gewesen. Aber hoffentlich nicht so schlimm, dass ich dadurch auf den Hochzeitsfotos wie eine Untote aussehen würde.

Die Stylistinnen vollbrachten wahre Wunder.

Mein Make-up spiegelte makellose Perfektion wieder. Jeder noch so kleinste Fleck war in einem natürlichen Ton überdeckt worden. Und die Hair Stylistin hatte meine Haare in lockeren Locken über meine Schultern fallen lassen, so wie ich es mir gewünscht hatte.

Und kurz vor der Hochzeit half meine Mutter mir in das Kleid. Das wunderschöne Gewand war geändert worden, um mir perfekt zu passen. Mom stand hinter mir, als ich mich im Spiegel betrachtete.

Das Kleid war bodenlang, figurbetont und rückenfrei. Es warf elegante Falten und war mit Swarovskikristallen geschmückt und mit silbernen Fäden und Akzenten eingefasst.

„Ich habe seit dem Morgen, als ich dich das erste Mal im Krankenhaus in den Armen hielt, von diesem Tag geträumt. Du warst nur einige Minuten alt und ich wollte dir die Welt schenken, meine wunderschöne Mia", sagte sie mit zitternder Stimme und Tränen in den Augen.

Ich drehte mich zu ihr um, meine Augen und meine Kehle brannten wegen meiner Emotionen. „Mom, ich muss dich bitten, aufzuhören, so zu reden, weil ich sonst weinen muss und mein Make-up ruiniere."

Sie nickte schweigend, strich mir übers Haar und schaute auf die Uhr.

Wenig später waren wir auf der höchsten Terrasse, die nach Westen ausgerichtet war und Ausblick auf die zerklüfteten grünen Berge und das aquamarinblaue Wasser der Bucht unter uns bot. Die westliche Terrasse schien am Berg zu hängen und bot eine atemberaubende Aussicht auf den unendlichen Horizont unter einem champagnerfarbenen Himmel. Die Gäste saßen auf mit weißem Leinen überzogenen Stühlen auf beiden Seiten des Gangs unter einer hauchdünnen Markise.

Meine Mom und ich standen hinten, verdeckt von einem Paravent und warteten auf unser Stichwort. Als das Streichtrio Parchelbels Kanon zu spielen begann, drehte Mom sich zu mir und umarmte mich lange. Dann traten wir hinter dem Paravent hervor und sie führte mich den Gang entlang auf meine Zukunft zu.

Einer der definierenden Momente einer Hochzeit war es, wenn der Bräutigam sich umdrehte und die Braut zum ersten Mal in ihrem Brautkleid sah. Im Internet gab es unzählige Clips und Montagen, die diesen Augenblick auf unterschiedlichen Hochzeiten zeigten. Einige Bräutigame zeigten überhaupt keine

Emotionen, manche eine leichte Veränderung in den Augen. Andere waren völlig von ihren Emotionen überwältigt und weinten teilweise so stark, dass sie fast zusammenbrachen.

Adam war irgendwo in der Mitte dieser beiden Extreme. Er zeigte definitiv Emotionen, doch er weinte nicht. Er wirkte eher, als hätte ihm jemand mit einer Metallkeule in den Magen geschlagen. Als hielte er den Atem an, obwohl sein Körper ihn anschrie, Luft zu holen.

Ich? Ich weinte total. Und das wasserfeste Make-up war mein Freund.

Und … wenn ich irgendeinen Prinzessinnen-Fetisch eingestehen musste, dann, dass ich mich in diesem Moment wie eine Märchenprinzessin fühlte, als ich hier in dieser atemberaubenden Kulisse in meinem wunderschönen Gewand vor all diesen Leuten stand.

Und der Prinz, den ich mir ergattert hatte … Er sah in seinem schwarzen Smoking – nur mit einer Weste, ohne Jacke, und einer Krawatte – so unglaublich gut aus. Trotz seines Bartwitzes war er glattrasiert, sodass jeder sein perfektes Kinn und sein wunderschönes Grübchen sehen konnte. Seine Haare waren frisch geschnitten und gestylt. Und ja, er war umwerfend wie eh und je.

Nach all dem vorherigen Rummel war die Zeremonie selbst eher kurz. Wir gaben einander die Hände und sagten unsere Gelöbnisse vor unseren Familienmitgliedern und der Kulisse der untergehenden Sonne – der Himmel stand in Flammen und glühte golden, rosa und orange.

Wir hätten keinen schöneren Sonnenuntergang bestellen können, wenn wir ihn miteingeplant hätten.

Und doch, als wir zu Mann und Frau erklärt wurden, gab es keine raketengenerierten Sternschnuppen, obwohl ich sie fast erwartet hätte.

Kurz danach fing die Party an. An Ort und Stelle. Keine Prozession hinaus oder irgendetwas von diesem formellen Zeug. Denn es war eine kleine, intime Hochzeit. Die Stühle wurden an Tische geschoben, die bereits aufgestellt waren. Und das Essen wurde serviert.

Wir aßen, wir tranken und wir tanzten. Alles mit unseren Liebsten.

Es war einfach super.

Ich glaube nicht, dass jemand vermutete, dass Braut und Bräutigam fast zu erschöpft waren, um es zu genießen.

Wir tanzten unseren ersten Tanz zu *Wonderful! Wonderful!* von Jonny Mathis und wiederholten diese Schritte des Foxtrott, den er mir vor so langer Zeit bei unserem ersten Date in Amsterdam beigebracht hatte. Es war schwer zu glauben, dass wir drei Jahre später hier angekommen waren. Nach allem, was wir durchgemacht hatten, fingen wir endlich unser *für immer* an. Zusammen.

Er neckte mich während des Tanzes. Jenes Tanzes, der so süß und emotional sein sollte, dass die Leute sich die Tränen aus den Augen tupften und anmerkten, wie schön das Paar doch war. Und bei dem dann der Bräutigam die Braut ganz nahe an sich zog und ihr Worte der Liebe ins Ohr flüsterte …

In meinem Fall war es definitiv Neckerei.

„Du hast dunkle Ringe unter den Augen, Mrs. Drake. Woher kommt das? Warst du die ganze Nacht mit irgendeinem seltsamen Kerl im Bett?"

„Aber, ja, das war ich. Betonung auf dem *seltsam*." Er schenkte mir dieses großspurige Grinsen, das mir Schauer den Rücken hinabschickte. „Du bist einfach zu gut aussehend", sagte ich.

„Das bin ich. Aber du hättest den heißen Feger sehen sollen, den ich gestern Nacht abgeschleppt habe."

„Meinst du nicht heute Morgen? Das war ein *langer* Tag gewesen."

„Er ist noch nicht vorbei."

Der Gedanke daran weckte die Vorfreude in mir, doch erinnerte mich auch an meine Erschöpfung.

Mein Hochzeitsstrauß, weiße Rosen und weiße Chrysanthemen akzentuiert mit silbernen und goldenen Schleifen und metallfarbenen Blumenornamenten, war der große Preis. Alle unverheirateten Frauen auf der Party sammelten sich, um zumindest so zu tun, als würden sie ihn fangen wollen. Trotz meiner Bemühungen, ihn Richtung Jenna zu werfen, prallte der Strauß von Aprils Kopf ab und landete in Kats Haaren, wo er sich in ihren langen roten Locken verfing. Sie griff sichtlich verstört nach oben, um ihn herauszuziehen. Ich nahm an, sie wollte das Ding loswerden und es vielleicht an jemand Qualifizierteren weitergeben.

Zu ihrem immer größer werdenden Entsetzen – und der Freude aller anderen – zwirbelten sich ihre Haare immer weiter in das Bouquet, je mehr sie versuchte, es herauszuziehen, bis sie schließlich den Tränen nahe war, weil sie es nicht herausbekam.

Das Schicksal hatte offensichtlich gewollt, dass Kat den Strauß fing. Ich würde dieses Mädchen im Auge behalten müssen.

Minuten später, nachdem ich mein Bein vom Strumpfband befreit hatte – unter Pfiffen und Jubelschreien –, drehte Adam seinen alleinstehenden Freunden und Verwandten den Rücken zu und warf es über die Schulter.

Keiner der Männer schien auch nur das geringste Interesse zu haben, es zu fangen. Doch es landete urkomischerweise auf Jordans Kopf – trotz der Tatsache, dass er demonstrativ die Augen geschlossen und seine Hände in die Hosentaschen gesteckt hatte, als Adam es geworfen hatte.

Als er realisierte, was gerade geschehen war und dass es jetzt auf seinem Kopf lag, wollte er Adam nur zu gerne eine verpassen. Und mein Bräutigam lachte sich schief über seinen Trauzeugen.

Nachdem wir den Kuchen angeschnitten hatten – Schokolade mit Himbeerfüllung und weißem und goldenem Fondant – waren wir so zivilisiert, dass wir uns die Stücke nicht gegenseitig ins Gesicht schmierten, während wir einander fütterten. Dann kamen die Trinksprüche – Jordans war überraschenderweise eloquent und gesittet.

Adam und ich blieben auf dem Empfang, bis das Neue Jahr eingeläutet wurde. Einige Minuten darauf entschlüpften wir leise der Veranstaltung. Als wir weg waren, ging die Party ohne uns noch laut weiter. Alle hatten Spaß, wie wir gehofft hatten.

Wir verschwanden in einen Aufzug, der uns direkt zur Honeymoon Suite brachte, in die der Butler am Nachmittag mein Gepäck umgezogen hatte. Was perfekt war, da ich eine Hochzeitsnachtüberraschung für Mr. Drake parat hatte. Eine, die ihm hoffentlich gefallen würde.

Sobald wir alleine im Aufzug waren, zog er mich in seine Arme und küsste mich. „Damit du es weißt, von jetzt an sage ich nur noch Mrs. Drake zu dir."

Ich neigte den Kopf zurück, um in sein Gesicht zu blicken, wobei ich ihn breit anlächelte. „Ich bin also der Baum und du pinkelst mich mit deinem Namen an, um dein Territorium zu markieren?“

Er zuckte leicht zusammen. „So würde ich es nicht ausdrücken. Aber auf gewisse Weise, ja … denn *endlich* gehörst du ganz mir. Mia bedeutet sogar *mein* auf Italienisch. Es ist so, als hätte das Universum es so gewollt.“

„Eine Verschwörung.“

Sein Arm zog mich noch enger an ihn. „Ich will, dass die Welt es weiß … Mrs. Drake. *Tu sei mia.* Du bist mein.“

„Sieht so aus, als müsste ich auch eine Möglichkeit finden, mein Territorium zu markieren“, sagte ich mit einem vielsagenden Tippen auf den Ehering, der jetzt an meiner linken Hand erstrahlte.

„Ich könnte dir ein paar Vorschläge machen.“

„Darauf wette ich.“

Die Türen öffneten sich direkt in unsere Suite. Und ich drehte mich um und rang nach Luft. Alle Lichter strahlten und die ganze Suite war unter einer Schneedecke begraben. Weiße Blumen und Blütenblätter bedeckten jede Oberfläche. Weiße Blütenblätter auf dem Bett. Sogar auf dem Infinitypool und im Whirlpool schwammen weiße Lilien. Wie frisch gefallener Schnee in den Tropen.

„Das ist *wunderschön.*“

Er betrachtete ebenso überrascht den Raum. „Und auch für mich eine völlige Überraschung.“

„Oh Gott, haben sie das Unmögliche geschafft? Haben sie Adam Drake überrumpelt?“

Er lachte, knöpfte seine Weste auf und lockerte seine Krawatte.

„Ich bin so erschöpft. Ich denke, ich könnte eine ganze Woche schlafen." Ich streckte die Arme über meinen Kopf. „Bitte sage mir, dass unsere Hochzeitsreise viel Schlafen beinhaltet."

„Du wirst so viel schlafen können, wie du willst", sagte er und schenkte mir dieses vielsagende Lächeln, das er mir immer zeigte, wenn er ein Geheimnis hatte – was oft der Fall war. Adam liebte seine Geheimnisse.

„Wann erfahre ich, wohin es geht?"

„Morgen früh, wenn wir aufbrechen."

Ich schüttelte den Kopf, lachte und trat meine Schuhe weg. „Weißt du, ich versuche nicht einmal, es zu erraten. Ich habe meine Lektion gelernt, wenn es um dich und Überraschungen geht."

„Außer wenn es um Raketen und Nutzlast für Sternschnuppen geht?"

Ich lachte. „Ja." Ich sank auf den nächstgelegenen mit Blütenblättern bedeckten Stuhl und seufzte. „Ich bin *so* müde. Der ganze heiße Sex …"

Adam schlüpfte ebenfalls aus seinen Schuhen und ließ seine Weste und die Krawatte auf der Kommode, bevor er zum Bett ging, sich darauf setzte und mich anstarrte.

„Du bist wunderschön. Habe ich dir das schon gesagt?"

Ich grinste. „Etwa dreihundertzweiundsiebzigmal. Aber das ist okay. Ich höre das gerne."

Ich griff nach hinten und nahm das perlen- und diamantenbesetzte Halsband und die dazu passenden Ohrringe ab und legte sie neben seine Sachen auf die Kommode.

„Ich denke, ich sollte in etwas *Bequemeres* schlüpfen", sagte ich und machte Anführungszeichen in der Luft.

„Ich hoffe, es ist dieses Krankenschwesterkostüm, nach dem ich mich so sehne." Er lachte und knöpfte sein Hemd auf.

Ich stand auf. „Wenn ich daran denke, was für eine Art Patient du bist? *Definitiv nicht.* Das ist eine Fantasie, die wir *nie* ausleben werden."

Er verzog das Gesicht. „*So* schlimm war ich nicht."

Ich schnappte mir meinen schicken Unterwäschebeutel aus einer der Schubläden und ging damit ins Badezimmer. „Du warst der griesgrämigste der Griesgrame. Nein, danke."

„Sag niemals nie, Emilia", erwiderte er, als ich die Badezimmertür schloss.

Sobald er mich sah, würde er zugeben, dass meine Wahl weit besser als ein freizügiges Krankenschwesterkostüm war.

Fast eine halbe Stunde später, nachdem ich mein Hochzeitskleid ausgezogen, meine Haare gerichtet und dieses verrückte Ding ergründet hatte, kam ich von Hals bis Knie von einem der Bademäntel des Resorts bedeckt wieder heraus. Fast alle Lichter waren gelöscht, bis auf eines. Es spendete indirekte Beleuchtung, die brennenden Kerzen ähnelte ... schön und romantisch.

Mein Ehemann lag auf der Decke des Betts und trug nichts außer seiner Unterhose. Er starrte zum Baldachin hinauf und dachte nach, als ich mich vor ihn stellte.

Sein Kopf drehte sich und er blickte mich erwartungsvoll an. „Als ich dich heute in diesem Kleid gesehen habe, dachte ich, dass ich dich nie mehr in etwas anderem sehen möchte. Werde ich meine Meinung ändern?"

Ich zuckte schüchtern mit den Schultern, löste den Gürtel und ließ den Mantel zu Boden fallen, damit er mich in der schicken Agent Provocateur Unterwäsche betrachten konnte. Das Ding hatte mich ein Vermögen gekostet, aber hey, nur das Beste für die Hochzeitsnacht eines Milliardärs.

„Heilige Scheiße", murmelte er und setzte sich mit weiten Augen auf.

Das funkelnde Ensemble verdeckte eigentlich nichts. Nicht, dass es das sollte. Es war nur für dekorative – und erregende – Zwecke gedacht. Eigentlich war es nicht mehr als eine Reihe dünner Ketten, die münzgroße goldene Scheiben zusammenhielten, um ein sexy Kettenkleid zu imitieren. Und es überließ kaum etwas der Fantasie. Ich streckte die Arme aus und ließ ihn mich betrachten.

Das kühle Metall ruhte auf meinem Nippel und sorgte dafür, dass er hart wurde. Und obwohl sein Gesichtsausdruck nichts preisgab, sagte die offensichtliche und unverzügliche Beule in seiner Unterhose alles.

Ich posierte hübsch. „Jetzt brauche ich nur noch ein gigantisches leuchtendes Schwert und ich bin bereit, ein *Level Eins*-Charakter in Dragon Epoch zu sein."

Adam rollte sich auf die Seite und stützte seinen Kopf auf seine Hand, um mich zu studieren. Seine Augen glitten würdigend über mich, wobei er sich auf die kleinen Metallscheiben meiner *Kettenhemd*-Unterwäsche konzentrierte. Das unverkennbare Glühen des Verlangens schwelte in seinen dunklen Augen.

Dann seufzte er laut. „Oh. Ich dachte, dass wir es bei all dem Leistungssport, den wir letzte Nacht praktiziert hatten, heute langsam angehen könnten. Vielleicht kuscheln und reden."

Ich blinzelte und senkte die Arme. *Was zum ...* „Hä?"

Er räusperte sich und blickte aus dem Fenster. „Ja. Wir erzählen uns Geschichten und kuscheln und schlafen händchenhaltend ein."

„Ernsthaft?"

Er blickte mein Gesicht einen langen Augenblick lang an, bevor er in schallendes Gelächter ausbrach.

„Natürlich nicht", sagte er. „Gott. Du stehst mit diesem glitzernden Sklavenmädchen-Bikini vor mir und siehst aus, als kämst du vom Set von *Rückkehr der Jedi-Ritter.*" Er klopfte auf den Platz neben sich und ich kletterte aufs Bett und ließ mich dort nieder. „Das ist alles für mich. Ich werde das nicht vergeuden, indem ich kuschle, das ist sicher." Er streckte die Hand aus und strich die Innenseite meines nackten Oberschenkels hinauf. „Selbst wenn ich halb tot wäre, würde ich mich über dich hermachen, explosive Milz oder nicht."

Wir küssten uns – er drückte meinen Kopf wild ins Kissen und öffnete meinen Mund mit seinem. Als ich wieder Luft holte, atmeten wir beide schwer. „Ich war eine Minute lang besorgt. Das klang nicht nach dir."

Er lachte. „Ich könnte kuscheln wollen ..."

Ich schnitt eine Grimasse. „Vielleicht wenn du halb tot wärst."

Wir küssten uns wieder, dieses Mal weniger wild. Er versuchte herauszufinden, wie er seine Hand unter meine Kettenrüstung bekommen konnte.

„Wenn ich das Sklavenmädchen bin, dann bist du Jabba the Hutt."

Er schenkte mir ein Jabba-Lachen. „Mmm. Frischfleisch." Er drückte meine Schenkel. „Jabba hungrig."

„Also *das* klingt mehr nach dir."

Als ich mich vorlehnte, um ihn wieder zu küssen, und meine Hände sich auf seinen Hals legten, dachte ich daran, wie wir immer wieder dieses Muster aufgriffen, das wir gelernt hatten, als wir das erste Mal miteinander geschlafen hatten. Jede unserer Bewegungen war wie ein Tanz.

Unsere Choreographie war einstudiert, aber immer frisch. Nie ermüdend.

Wir besaßen eine eigene Eleganz – die Beine in parallelen Linien ausgerichtet, die sich langsam verbanden, dann überkreuzten und verlangend vereinten. Wir schnitten uns an einem gewissen entscheidenden Punkt und wurden Teil einer gemeinsamen Geometrie, die sich dann wieder auseinanderbewegte.

Küssen, berühren, drücken, kneten. Haut an Haut. Streicheln, fassen, pressen, packen, loslassen. Atemzüge vermischten sich und wurden wieder eingeatmet. Alles ein neuer Mix aus meiner Chemie und seiner. Das war kein einfaches Verschmelzen unserer Körper, kein einfaches Vereinen unserer Sexualorgane. Wir vermischten unseren Atem, unseren Schweiß, unsere Hautzellen. Wir vereinten uns und trennten uns wieder, unterschiedlich in Chemie, Körper und Seele.

Jedes Mal, wenn Adam und ich uns liebten, ging ich mit einem neuen Teil von ihm in mir.

„Okay, das reicht. Ich werde in fünf Minuten ohnmächtig sein", murmelte er, nachdem er sich von mir weggerollt hatte und flach auf dem Rücken lag, vereinnahmt vom Nachglühen seines Höhepunkts. Das Gewirr meiner metallenen Kettenunterwäsche lag jetzt in einem glänzenden Teich auf dem

Boden, völlig vergessen. Ich rollte mich zur Seite und legte meinen Kopf auf seine harte Brust.

„Habe ich dich schon verschlissen?"

Seine Hand kam hoch, um sich in mein Haar zu graben. Als das schwache Licht auf seinem Ehering funkelte, durchfuhr mich ein Schauer. Vielleicht war ich gerne Zeuge des Beweises für meine Eigentümerschaft.

„Nur vorübergehend", antwortete er. „Und hauptsächlich wegen letzter Nacht."

Wir blieben lange Minuten so liegen. Seine Hand entspannte sich und seine Atmung wurde wieder normal. Ich lag auf seiner Brust, als er einschlief und sein Atem mein Haar kitzelte. Ich war auch müde. *So* müde. Aber ich konnte nicht schlafen.

Ich war eine verheiratete Frau. Jemandes Frau. *Adams* Frau.

Alles hatte sich verändert, obwohl sich *das* so vertraut, so beruhigend so *wir* anfühlte.

Mit einem Finger fuhr ich die Umrisse der Muskel seines köstlichen Oberkörpers entlang und ohne es zu realisieren, flüsterte ich ihre Namen. *„Externus. Pyramidenmuskel."*

Meine Hand wanderte tiefer zu seinem Bauchnabel. *„Umbilicus."*

„Was machst du da unten?", murmelte er. Das erschreckte mich, weil ich dachte, dass er eingeschlafen war.

„Oh, nichts."

„Du flüsterst etwas. Was ist es?"

Ich seufzte. „Nichts Besonderes. Ich ... ähm ... habe die Gelegenheit genutzt, mein Anatomiewissen aufzufrischen." Ich berührte den Rand des Muskels, an dem sein Oberkörper endete und seine Hüfte anfing und fuhr ihn entlang. Seine Haut kräuselte sich unter meiner Berührung, so als hätte ich ihn gekitzelt. „Da ist der *untere vordere Darmbeinstachel*.“ Ich fuhr leicht über die Haut, über die dunklen Haare auf seinem Bauch, bis ich nördlich seines Schambeins landete. „Das ist das *Inguinalband*.“ Das ich ausgiebig nachfuhr, langsam, fest. „Und das ist –“

Er packte meine Hand und presste sie an seine wachsende Erektion. „Wie heißt das hier?“

Ich dachte einen Augenblick nach, während ich ihn umfasste. Trotz seiner Behauptung, erschöpft zu sein, wurde er bereits wieder hart, als ich ihn berührte. „Das heißt … Robocock.“

„Das ist richtig“, sagte er mit einem breiten Grinsen.

„Wie viele Ehefrauenpunkte bekomme ich dafür?“

„Gerade bekommst du alle Ehefrauenpunkte. Du hast die höchste Punktzahl.“

Dann hakte er seinen Arm um mich und zog mich auf sich. Seine Hand vergeudete keine Zeit und fand meine Brust. „Du bist gerade definitiv ganz oben in der Bestenliste.“

„Nur gerade?“

Wir schafften noch ein weiteres Mal, bevor wir beide erschöpft zusammenbrachen. Etwa eine Stunde später, als ich für ein paar Minuten wach geworden war, realisierte ich mit einem müden Lächeln, dass wir kuschelten.

***

Adam war bereits auf, duschte und zog sich an, bevor ich mich überhaupt rührte. Helles Licht aus der offenen Tür traf mich direkt in die Augen und ich rieb sie und drehte mich um.

„Zeit aufzustehen, Schlafmütze", sagte er vom Tisch aus, wo er wenig überraschend vor seinem Laptop saß und an einer Tasse Kaffee nippte. „Frohes Neues Jahr."

„Arbeitest du ernsthaft? Am ersten Tag unserer Ehe?"

Er schenkte mir ein freundliches Lächeln. „Ganz ruhig. Ich erledige nur noch ein paar Sachen, bevor wir abreisen. Ich nehme den Laptop nicht einmal mit. Und auch nicht mein Telefon."

„Oh?" Ich wurde munter. „Drei Wochen lang? Du hältst es ganz ohne aus?"

„Ich habe es zwei Monate ohne Sex ausgehalten und sagen wir, ich würde lieber Sex als ein Handy haben, also sollte das ein Kinderspiel sein."

Ich verschränkte die Arme hinter meinen Kopf und legte mich zurück aufs Kissen. „Das glaube ich erst, wenn ich es sehe."

„Was bedeutet, dass ganz allein du für meine *Unterhaltung* zuständig bist. Wir müssen in einer Stunde hier raus sein, also wirst du es bald sehen."

„Und wohin geht es?"

„Das wirst du bald herausfinden."

Ich seufzte leidend, als ich aus dem Bett schlüpfte und die glänzende Unterwäsche vom Boden aufhob. „Ich hoffe, du hast noch mehr solche." Adam nickte in ihre Richtung. „Die können wir gut brauchen."

Ich schüttelte den Kopf und legte die Unterwäsche in die Kommode, bevor ich ins Badezimmer ging und duschte.

Adam Drake und seine Geheimnisse ... Aber ich hatte ja gewusst, worauf ich mich einließ, oder?

Kapitel Dreiundzwanzig
Adam

SIE HATTE KEINE AHNUNG, WIE VIEL AUFWAND IN DIE Planung dieser Überraschung geflossen war und warum ich nicht gewillt war, sie vor der allerletzten Minute zu offenbaren.

Ich war sicher, dass sie sauer auf mich sein würde, aber hoffentlich würde ihre Freude das wiedergutmachen.

Wir rasten in einem Schnellboot, das uns vom Strand des Emerald Sky abgeholt hatte, in Richtung Port Castries, dem Hafen von St. Lucia. Eine ausgewählte Gruppe unserer Hochzeitsgäste – unsere engsten Freunde und unsere Familie, die uns verabschieden wollten – waren bei uns. Emilia dachte immer noch, wir würden zum Flughafen fahren.

Aber als wir den letzten Punkt umrundeten, kam der Hafen, mit all den weißen Booten und Masten, die wie Soldaten aufgereiht waren, in Sicht und ihre schönen Augenbrauen kräuselten sich zu einem Stirnrunzeln.

Bald würde alles klar werden. Aber sie drehte sich zu mir und war hinter ihrer dunklen Sonnenbrille offensichtlich verwirrt. Ich nahm ihre Hand. Ihr langes, dunkles Haar wippte hinter ihr, als wir langsamer wurden und an einem der Docks anlegten. Der Steuermann half uns einem nach dem anderen vom Boot und ich führte die Gruppe zu dem Steg, wo es, wie der Captain gesagt hatte, sein würde.

„Das sieht aus wie deine Yacht, Adam", sagte Onkel Peter.

Ich blickte auf mein Boot, meine Dreißig-Meter-Yacht, die drei Wochen zuvor – wie ich ihr gesagt hatte, *für Reparaturen* – abgeholt worden war.

Eigentlich war sie für einige kleinere Anbauten und Änderungen weggebracht worden und dann über den Panama-Kanal in die Karibik gebracht worden, um hier für uns bereit zu stehen.

„Adams Boot hat keinen Namen", sagte Kim. „Das hier heißt *Eloisa*."

Ich beobachtete Emilia, die das Boot mit offenem Mund anstarrte. Auf dem Heckbalken stand in frisch gemalten schönen Buchstaben:

Eloisa

Newport Beach

Ihre Hand zuckte in meiner, als würde sie sich losreißen wollen. Mein Griff festigte sich um sie. Ich hoffte, dass sie die Geste schätzte – dass ich das Boot nach ihrem Dragon Epoch Charakter benannt hatte anstatt ihrem echten Namen.

Sie stoppte. „Was ist das? Hast du dein Boot umbenennen lassen?"

„Es hatte noch nie einen Namen. Jetzt hat es einen." Ich stoppte neben ihr.

„Warum *Eloisa*?", fragte Kim, aber ich musste nicht antworten. Heath erklärte es bereits. Emilia starrte mich mit weiten Augen hinter ihrer Sonnenbrille an.

„Du hast es den ganzen Weg hierher bringen lassen? Warum?“

Ich lächelte. „Für unsere Hochzeitsreise. Wir laufen zu unserer eigenen privaten Kreuzfahrt durch die Windward Islands aus.“

„Woohoo. Wahnsinn, Mia!“, sagte Kat hinter uns.

„Endlich ist es kein Geheimnis mehr!“ Sie grinste Kat verschmitzt an. „Ich habe einen ziemlich hammermäßigen Ehemann – obwohl ich sicher bin, dass die Reiseroute ein Geheimnis bleiben wird.“

Kopfschüttelnd setzte ich sie ins Bild. „Wir werden einige größere Häfen anlaufen, wie Dominica und Grenada, aber wir haben auch ein paar Privatinseln auf dem Reiseplan und, für ein paar Nächte, sogar eine verlassene Insel ganz für uns allein.“

„Siehst du“, warf Kat ein. „Er gibt seine Geheimnisse auf.“

„Nicht alle.“ Ich kicherte.

Emilia seufze leidgeprüft. „Natürlich nicht.“ Ich hob ihre Hand an meine Lippen und küsste sie. „Du magst Überraschungen einfach zu sehr.“

„Nur wenn ich derjenige bin, der überrascht.“

Unsere Freunde und unsere Familie kamen alle mit uns an Bord, um uns eine gute Reise zu wünschen, während mein Captain die letzten Checks vor der Abreise – und die vorgeschriebene Evakuierungsübung mit uns – durchführte.

Das Schnellboot, das uns hierhergebracht hatte, kehrte mit unseren Gästen zum Resort zurück, wo sie noch ein paar weitere Tage verbringen würden. Aber zuerst genossen wir noch Champagner und Snacks, die ein Koch, den ich für unsere Kreuzfahrt angeheuert hatte, zubereitet hatte – meine Köchin zuhause war wegen der Länge der Reise nicht in der Lage gewesen, mit uns zu kommen. Das Essen – Caribbean Fusion Kanapees, kreolisch gewürzter Flusskrebs und Shrimp Cocktails – war köstlich.

Als unsere Familie von Bord gegangen war, verließen wir den Hafen, während sie alle am Pier standen und jubelten.

Sobald sie außer Hörreichweite waren, zog ich Emilia eng an mich und küsste sie sanft. Diese vertraute Erregung drang in mein Bewusstsein. Aber dieses Mal war es intensiver. Anstatt eine Frau zu küssen, zu der ich mich wahnsinnig hingezogen fühlte, oder meine Freundin oder sogar meine Verlobte… küsste ich meine Ehefrau.

Sie so zu nennen, selbst in meinem Kopf, vergrößerte dieses aufregende Gefühl und verwandelte es in einen elektrisierenden Blitz. Es war mehr als körperliche Anziehung, mehr als sexuelle Erregung. Ich war überglücklich und so verdammt froh, dass diese Frau – diese atemberaubende, starke, schöne brillante Frau – mich als den Mann erwählt hatte, der den Rest unseres gemeinsamen Lebens an ihrer Seite stehen sollte.

Wir hatten viel durchgemacht, um zu diesem Augenblick zu kommen. Aber nun mit ihr hier zu sein, diesen Diamanten an ihrer linken Hand im Sonnenlicht funkeln zu sehen, zu wissen, dass es *mein* Ring war, den sie trug, *mein* Name, den sie angenommen hatte, und *ich* war, den sie gewählt hatte … In diesem Augenblick nach all dem hier zu sein, war all die Mühen wert, die es gekostet hatte, um an diesen Punkt zu gelangen.

Und ich war mir sicher, dass es in diesem Moment keinen glücklicheren Mann auf Erden gab als mich.

Sie erwiderte meinen Kuss mit genauso viel Enthusiasmus, wie ich gezeigt hatte. Und als sie mir in die Augen blickte, strahlte mich die reine Liebe, die sie für mich empfand, direkt an. Sie hob die Hand und strich meine Haare zurück, als sie durch den Wind zerzaust wurden.

„Sie mal einer an, Mr. Drake. Hier stehen wir – du und ich, endlich alleine. Ich kann mir keine schönere Hochzeitsreise vorstellen."

„Du wirst meiner bald überdrüssig sein."

„Keine Chance." Ihr breites Grinsen teilte diese so verlockenden Lippen und enthüllte ihre strahlenden Zähne.

Ich nahm ihre Hand und wir gingen für eine unversperrte Zweihundert-Grad-Aussicht auf die Brücke.

„Nächster Halt, die kleinen Antillen", sagte der Captain. „Irgendwelche Anweisungen?"

Ich drehte mich zu meiner Frau, die aus dem Fenster starrte und auf den weiten, tiefblauen Ozean vor uns blickte. „Mrs. Drake?", fragte ich.

Sie drehte sich zu mir. „Ja?"

„Irgendwelche Anweisungen für den Captain?"

Sie runzelte eine Minute lang die Stirn. „Hmm?", murmelte sie. „Wie wäre es mit da entlang? Zweiter Stern von links und geradeaus bis zum Morgengrauen?"

Ich schüttelte den Kopf. „Es ist *deine* Anweisung. Sag, was auch immer du willst."

„Okay." Sie nickte. „Fahren wir nach Westen. Ich wollte schon immer einmal in den Sonnenuntergang segeln. Und direkt in unsere Zukunft.

Ich zog sie an mich und küsste ihren Hals. „Wie Sie wünschen, Mrs. Drake."

Kapitel Vierundzwanzig
Katya

Jedi Junge: *Cranberry – deine letzten Bug-Reports waren unvollständig. Ich hoffe, du bist auf dem Weg ins Büro. Ich brauche das Zeug.*

Ich: *Gerade gelandet. Die Reports sind vollständig. Du musst aufhören, all diese Ausreden zu erfinden, um mich zu sehen.*

Jedi Junge: *Nicht jeder kann seine Arbeit stehen lassen, um sich wochenlang in der Karibik zu sonnen.*

Ich: *Eifersucht steht dir nicht.*

Jedi Junge: *Du fängst an, mich zu nerven.*

Ich: *Ich liebe dich auch, Darrrrrrrrrrrrling! <3 <3 <3 *schmatz**

Ich blickte hoch und suchte den großen Raum ab, den Heath und ich gerade auf dem Weg zur Gepäckausgabe betreten hatten. Überall *Customs and Immigration*-Schilder.

Mein Mitbewohner – und Reisekumpel – lehnte sich herunter und grinste mich vielsagend an. „War das wieder dein Teamleiter? Wir sind gerade erst gelandet. Hat er die Flugpläne studiert?"

Ich zuckte mit den Schultern. „Wahrscheinlich. Er kann seine verdammte Abteilung anscheinend nicht ohne mich führen."

Heath zwinkerte mir fies zu. „Vielleicht geht es um mehr als nur die Arbeit. Ich wette, er ist scharf auf dich."

Ich schüttelte den Kopf. „Das glaube ich nicht."

Seine gewaltigen Schultern zuckten. „Ob du es nun glaubst oder nicht; jemand, der dir so sehr auf die Pelle rückt wie er, macht das nicht nur wegen der Arbeit. Er will dich."

„Vielleicht genießt er es nur, eine *Nervensäge* zu sein."

Heath zeigte auf ein Schild mit der amerikanischen und der kanadischen Flagge. „Da drüben. Canucks dürfen dieselbe Schlange benutzen wie Amerikaner."

„Wir Glücklichen." Ich steckte mein Handy wieder in die Tasche und fing an, in meinem Rucksack nach meinem Pass zu suchen, während wir uns einreihten.

Wir schlängelten uns durch die Nylonabsperrbänder, die ein kleines Labyrinth formten. Um mich herum nahm ich Fetzen unterschiedlicher Sprachen wahr. Hauptsächlich Spanisch, aber auch Arabisch und Chinesisch. Die Leute, die in diesen Sprachen redeten, wirkten ebenso unterschiedlich wie die Sprachen selbst – Frauen in farbenprächtigen Hijabs, Männer in Roben und locker sitzenden Hosen. Alle sahen nach ihren langen Flügen ebenso erschöpft aus, wie ich mich fühlte.

Französisch zu hören erinnerte mich seltsamerweise an zuhause. Egal wo man in Kanada lebte, selbst in den hauptsächlich englischsprachigen Provinzen, wie meiner Heimat British Columbia, konnte man dem vornehmen Klang von Französisch nicht entkommen. Doch trotz all dieser Jahre, in denen ich es in der Schule hatte, verstand ich kaum ein Wort.

„Hier geht es für gewöhnlich sehr zu. Wir müssen eine Flaute erwischt haben", sagte Heath.

Als wir uns dem Zollbeamten näherten, behielt ich meinen Kopf unten. Ich hatte keine Ahnung, ob sie hier Gesichtserkennungskameras nutzten. Und es war wahrscheinlich Paranoia auf einem Aluhut-verrückten Niveau, anzunehmen, dass jemand mich aktiv suchen würde. Aber wenn ich irgendwo in einer Datenbank war …

Atme, Kat. Sei nicht nervös. Ich schluckte und versuchte den Puls zu ignorieren, der in meiner Kehle pochte und meinen Mund austrocknete. Ich hatte meine Wasserflasche im Flugzeug ausgetrunken und war völlig ausgedörrt. Und verdammt, könnte ich jetzt einfach hier rausgehen und zur Toilette laufen? *Atme, Kat. Zeig keine Furcht.*

Es würde kein Problem geben, oder?

Regierungen kommunizierten sowieso nicht so gut miteinander. Dieser Passkontrolleur konnte unmöglich eine Ahnung von dem haben, was in Kanada los war. Amerikaner interessierten sich nur selten dafür, was in dem Land nördlich von ihrem vor sich ging. *Also wird Nachlässigkeit mein Verbündeter sein.*

„Ladies first." Heath zeigte auf den nächsten freien Zollbeamten und ich drückte mich an ihm vorbei, wobei ich wegen seiner übertriebenen Ritterlichkeit eine Grimasse schnitt.

„Ich lasse es alle Frauen hier wissen. In der Zwischenzeit, Awesome Gamer Chicks first", antwortete ich, worauf er schnaubte.

Alles würde in Ordnung sein. Völlig normal. Aber wenn es nichts gab, um das ich mir Sorgen machen musste, warum schlug mir das Herz dann bis in den Hals hinauf, als ich dieses marineblaue Büchlein dem Mann am Schalter reichte?

Ich grinste breit und hoffte, dass mein breites Lächeln als Ablenkung dienen würde.

„Hallo. Wie geht es Ihnen?", piepste ich.

Der Mann mittleren Alters mit den toten Augen zeigte keine Reaktion. Seine Wurstfinger schnappten sich meinen Pass und er öffnete die richtige Seite. Ich wartete, während er zu meinem Foto umblätterte und das Buch dann vor sich hochhielt, um mein Gesicht mit dem Bild zu vergleichen.

„Name?"

„Katharina Ellis." Ich machte ein komisches Gesicht und posierte im Profil. „Sorry wegen des schlimmen Fotos. Das war nicht meine Schokoladenseite."

Keine Reaktion. Er tippte bereits die Nummer des Passes in seinen Computer. Meine Finger trommelten selbstständig auf dem Tresen vor mir herum. Ich legte meine freie Hand darüber, um sie zu stoppen und verlagerte mein Gewicht von einem Bein aufs andere. Ich versuchte Beruhigungstechniken aus dem Yoga, als ich bemerkte, dass sich durch meine hastige Atmung meine Brust zu schnell hob und senkte. *Langsam durch die Nase einatmen. Atem anhalten. Bis drei zählen. Durch den Mund ausatmen.*

Der Mann schenkte mir keine Aufmerksamkeit und studierte stattdessen seinen Bildschirm. Heath war bereits an seinem Schalter vorbei und wartete mit seinem amerikanischen Pass in der großen Hand auf der anderen Seite. Leute passierten ihn, um zur Gepäckausgabe zu gehen.

Ich blickte ihn an und er zog eine Augenbraue hoch, als würde er fragen wollen, was los war. Ich schüttelte den Kopf und zuckte mit den Schultern. Wären an den Kontrollstationen Handys nicht verboten gewesen, hätte ich meines herausgeholt und ihm geschrieben.

„Wie lange waren Sie außer Landes, Ms. Ellis?"

„Nur zwei Wochen. Für die Hochzeit einer Freundin." Meine Stimme zitterte und ich vergrub das Geräusch in einem lauten Husten.

Der Mann blickte stirnrunzelnd auf seinen Computer und tippte noch etwas. Gab es ein Problem? Was? Was sah er auf dem winzigen Bildschirm, das ihn noch finsterer dreinblicken ließ als zuvor? Dieser Puls in meiner Kehle fing wieder an zu pochen. Ich schluckte und widerstand dem Drang, mir meine verschwitzen Hände an der Jeans abzuwischen. Hätte ich das getan, hätte ich der Welt genauso gut lautstark mitteilen können, dass ich möglicherweise auf der Flucht war. Meine Nervosität hätte nicht offensichtlicher sein können, selbst wenn ich es versucht hätte.

Ich beruhigte mich, indem ich mir sagte, dass es wahrscheinlich nur eine neue Vorgehensweise war oder dass das System heute langsam lief, und atmete weiter, während ich an meinen Fingernägeln kaute. Ich sah den Beamten aufmerksam an.

Dann stand plötzlich ein Kollege neben ihm. Oh oh. Seit wann bekamen Kanadier das volle Sicherheitsprogramm? Wir waren die fröhlichen, höflichen Nachbarn aus dem Norden, über die sich die Yankees gerne lustig machten. Zusätzliche Sicherheitsmaßnahmen waren nicht notwendig. Außer …

Das waren die neuen Vereinigten Staaten von Amerika. Gebt uns nicht eure Müden, eure Armen oder eure Kranken. Wir brauchen sie nicht mehr.

„Ms. Ellis, würden Sie bitte mit mir kommen?"

Scheiße, die Kacke war am Dampfen. Verdammt. Ich *wusste*, ich hätte das Land nicht verlassen sollen. Aber wie zum Teufel hätte ich Adam und Mias Hochzeit verpassen können? Und wie hätte ich ihnen erklären sollen, dass ich nicht mitkommen konnte?

Und wie sollte ich Adam, meinem Boss, erklären, dass ich nicht einmal legal für seine Firma arbeitete?

Mein Handy klingelte in meiner Tasche. Ich blickte Heath an und er hatte kein Handy in der Hand, also musste es Lucas sein, der sich wieder bei mir meldete.

Ich erstarrte, ein kanadisches Reh im Scheinwerferlicht der US-Einwanderungsbehörde. „Ms. Ellis? Wir haben ein paar Fragen. Kommen Sie bitte mit."

Mein Zollbeamter stand nun da, als würde er erwarten, dass ich davonstürmte. Wo zum Teufel sollte ich hin?

Heath kam auf uns zu und der Beamte drehte sich zu ihm und hielt die Hand hoch. „Nicht näher kommen. Sie sind bereits durch die Kontrolle."

Heaths Augenbrauen zerknitterten und er streckte die Hand nach mir aus. „Sie ist meine Freundin. Ich will bei ihr bleiben."

„Sie werden warten müssen."

„Wie lange wird das dauern?"

„Keine Ahnung. Gehen Sie bitte zur Gepäckausgabe und warten Sie dort. Und kommen Sie *nicht* näher."

Ich drehte mich zu Heath und unsere Blicke trafen sich. Ich schüttelte den Kopf. Die Sorge in seinen Augen war nicht zu übersehen – seine blonden Augenbrauen waren so sehr zusammengezogen, dass er aussah, als hätte er nur eine durchgehende Augenbraue.

„Ms. Ellis? *Jetzt*, bitte."

Ich drehte mich zurück zu dem Beamten. „Aber mein Gepäck."

„Das werden Sie brauchen."

„Kann ich es holen? Oder kann er es für mich holen?" Ich zeigte auf Heath.

„Ein Officer muss mit ihm gehen." Mein Zollbeamter drückte einen Knopf und ein weiterer, ebenso mürrischer Mann tauchte innerhalb weniger Sekunden auf. Es war, als hätte er sich geklont.

Ich drehte mich zu Heath und hob meine Hand wie ein Telefon an mein Ohr und formte mit dem Mund: *Ruf einen Anwalt an.*

„Die Kanadier?" antwortete er. Er musste das kanadische Konsulat gemeint haben und ein Anfall von Furcht durchfuhr mich. Scheiße, *nein*, das wäre *noch schlimmer*. Ich schüttelte wild den Kopf und meine Augen waren geweitet. *Kein Konsulat,* formte ich mit den Lippen, doch er sah verwirrt aus, als hätte er keine Ahnung, was ich sagte.

Dann nahm Kerl Nummer zwei meinen Arm und zog mich in Richtung der Folterkammer. Ich fragte mich, wie viele Stunden Waterboarding ich durchstehen musste, bis ich nach Guantánamo verfrachtet werden würde. *Diese verdammten barbarischen Yankees.*

Gott sei Dank war ich die brave Kat und nicht die böse Kat und biss mir auf die Zunge. Die böse Kat bekam wegen ihrer großen Klappe zu oft Schwierigkeiten. Ich war in einem, wie es manche bezeichnen würden, semi-barbarischen Land, in dem es immer noch die Todesstrafe, aber keinen vorgeschriebenen Mutterschaftsurlaub gab. Trotz ihrer Fehler wollte ich aber weiter in den Staaten leben. Es bedurfte meiner vollen Konzentration, die Klänge von *O, Canada* zu ignorieren, die ungebeten in meinem Kopf auftauchten. *The True North strong and free!*

Sie führten mich in einen kleinen fensterlosen Raum mit zwei Stühlen, einem Tisch und einer Bank. „Warten Sie hier."

Und sie sperrten die Tür ab! Sie sperrten mich wirklich ein.

Vom Auf- und Abwandern in dem kleinen Raum wurde mir schwindelig, weil er so klein war, dass ich in winzigen Kreisen gehen musste. Mein Kopf drehte sich ebenfalls. Ich konnte nicht aufhören zu grübeln. Konnte nicht aufhören, mir Vorwürfe zu machen.

Ich hätte vorher sicherstellen sollen, dass eine Vorladung nicht auf einen Haftbefehl hinauslief. Vielleicht hatte es Versuche gegeben, mich zu finden. Die ganze Zeit war ich mir sicher gewesen, dass die kanadische Regierung nicht wusste, wo ich war. Aber hiernach?

Ich zog mein Handy heraus und schrieb Heath schnell eine Nachricht.

Ich: *Kein kanadisches Konsulat.*
Er: *Warum nicht? Und wo zum Teufel haben sie dich hingebracht?*
Ich: *Ich bin in einer kleinen Zelle.*
Heath: *Du bist im GEFÄNGNIS?*

Ich beeilte mich, eine Nachricht zu verfassen, als mein Handy erneut klingelte, aber von einer anderen Quelle.

Jedi Junge: *Cranberry, bist du bereits auf dem Weg? Ich meinte es ernst, als ich sagte, ich brauche dich hier.*
Ich: *Nicht jetzt, Lucas!*

Die Tür ging auf und ich ließ fast mein Handy fallen, als Heaths Nachricht aufpoppte.

Heath: *Halt durch, K. Ich rufe jetzt einen Anwalt an.*

„Ms. Ellis? Wir müssen Ihre elektronischen Geräte sicherstellen."

„*Was?*" Ich steckte mein Handy sofort in meinen BH. „Sie werden es mir aus meinen kalten toten Händen reißen müssen! Niemand nimmt mir mein Handy."

Der Beamte blinzelte und richtete sich auf. „Wollen Sie in die Vereinigten Staaten von Amerika einreisen, Ms. Ellis?"

„Warum werde ich festgehalten?"

Er verschränkte die Arme vor der Brust und stellte sich breitbeinig hin. „Ich werde Ihnen das zu diesem Zeitpunkt nicht sagen. Ihr Telefon? Und Ihre PIN, bitte."

„Sie dürfen mich nicht durchsuchen. Ich kenne Ihre Gesetze. Ich habe Rechte."

„Wir können Ihr Eigentum beschlagnahmen. Sie fallen gegenwärtig nicht unter US-Recht, da Sie noch nicht ins Land gelassen wurden."

Seine Augen fixierten sich auf meinen BH – weil mein Handy darin steckte, doch ich streckte trotzdem meine üppige Brust raus. Ich wusste, was mein Vorbau mit den meisten schwachen Männern machte. Er riss seine Augen von meinen perfekten Brüsten weg.

„Ihr Telefon, Ms. Ellis. Oder wir können Sie in etwa dreißig Minuten wieder in ein Flugzeug nach British Columbia setzen."

Ein schweres Gewicht sackte in meinen Magen, weil ich wusste, dass mich dort wahrscheinlich ein ähnliches Team von Schlägertypen erwarten würde. Und so viel mehr. *Scheiße. Verdammt. Fuck. Fuck. Fuck.*

„Sie werden mich nicht waterboarden, oder?“

Seine Gesichtszüge verdunkelten sich. Die böse Katya hatte ihr Gesicht gezeigt. Verdammt. Ich wurde rot und er streckte lediglich die Hand aus. Lange und angestrengt seufzend, zog ich das Handy aus meinem BH.

„Es ist schön warm. Weil es an meiner nackten Brust lag.“

Der Kerl belohnte mich, indem er errötete, bevor er mir das Ding aus der Hand nahm und zur Tür ging. Er drehte sich um. „PIN?“

„Was suchen Sie darauf?“

Er blickte mich eindringlich an. „PIN?“

Ich wollte fast ein paar unanständige Worte über Yankee-Arschlöcher verlieren, aber hielt mich zurück und murmelte meine PIN.

Ohne ein weiteres Wort verschwand er. Und ich saß in dem verdammten Raum fest. Mehrere *Stunden.*

Ohne mein Telefon hatte ich keine Ahnung, wie lange es dauerte, denn hier drinnen gab es keine Uhr.

Ich saß.

Ich lag über zwei Stühlen.

Ich lag mit den Händen unter dem Kopf auf dem Tisch und starrte die Decke an.

Jemand brachte mir irgendwann eine Flasche Wasser. Und ließ mich die Toilette benutzen.

Niemand beantwortete meine Fragen.

Wahrscheinlich würde ich heute Nachmittag schon auf dem Weg zurück nach Vancouver sein. Oh, wie würden meine Familie und meine Freunde wohl schauen, wenn ich plötzlich auftauchte, nachdem ich ein Jahr zuvor ohne eine Verabschiedung verschwunden war.

Ich rieb mir die schmerzenden Augen durch meine Lider und bedauerte zum achtzehnten Mal meine Reise in die Karibik. Epische Hochzeit oder nicht, ich hätte nicht gehen sollen.

Denn das hatte jetzt *alles* ruiniert.

Plötzlich wurde die Tür wieder aufgerissen und der erste Zollbeamte kam mit einem Mann in Jeans und T-Shirt herein, der eine Kuriertasche über der Schulter trug.

„Ms. Ellis", sagte der Mann, als der Beamte ohne ein Wort zu sagen stoppte und zwischen ihm und mir hin und her sah. „Ich bin Sam Wright. Ihr Anwalt."

Ich runzelte die Stirn und öffnete den Mund, doch nichts kam heraus. Plötzlich zitterte ich wie Espenlaub, als der Beamte mich ansah, als würde er jede meiner Bewegungen überwachen.

„Heath Bowman hat mich angerufen."

„Danke", krächzte ich.

Der Zollbeamte ließ uns allein und warnte uns vor, dass er in Kürze mit einigen Fragen an mich zurückkommen würde. Ich sah mir meinen Anwalt von Kopf bis Fuß an. Er hatte eine kräftige Figur und einen dunklen Vollbart. Seine Jeans saßen baggy und er trug Birkenstocksandalen über weißen Socken. Und er war jung – kaum dreißig.

„Entschuldigen Sie, dass ich wenig anwaltsmäßig aussehe. Ich habe heute frei und hatte nicht erwartet, heute geschäftlich tätig zu sein." Ich konnte ihm alles verzeihen, bis auf die Sandalen. Aber wenn er mich aus dieser Zelle holte, dann könnte ich sogar darüber hinwegsehen.

Ich zeigte auf den leeren Stuhl. „Sorry, ich kann Ihnen nicht viel anbieten."

„Wie lange sind Sie schon hier?"

„Ich habe keine Ahnung. Stunden. Ich weiß nicht einmal, wie spät es ist."

Er öffnet seine Kuriertasche und zog ein Tablet und einen Stapel Dokumente heraus. „Ich habe ein paar Formulare, die Sie ausfüllen müssen, aber wir können das erledigen, wenn er wieder zurück ist. Ich nehme an, Sie wollen dagegen vorgehen."

Ich blinzelte. „Ich gehe nicht zurück nach Kanada."

„Nun ..." Seine Augenbrauen wanderten aufeinander zu.

„Was?", fragte ich und schluckte plötzlich einen großen Kloß in meinem Hals.

„Auf dem Weg herein konnte ich ein paar indirekte Fragen stellen, um eine Ahnung davon zu bekommen, weswegen Sie festgehalten werden. Offensichtlich arbeiten Sie illegal in den Vereinigten Staaten?"

Mein Magen zog sich zusammen und ich schloss die Augen und rieb mir die Stirn, da sich meine Kopfschmerzen verschlimmerten. Ja, das tat ich. Ich steckte in der Scheiße.

„Warum haben Sie sich nicht um ein Arbeitsvisum beworben?", fuhr Sam fort, ohne mir die Möglichkeit zu geben, es abzustreiten.

„Es gibt Gründe. Ähm ...", wich ich aus.

„Alles, was Sie sagen, wird strikt vertraulich behandelt. Anwaltliche Schweigepflicht."

Ich kratzte mich am Ellbogen und war plötzlich nervös. „Ich kann nicht nach Kanada zurückkehren, weil ich nicht will, dass sie wissen, wo ich bin."

„Wer sie? Die Regierung oder Privatpersonen oder ...?"

„Die Polizei."

Er blinzelte. „Gibt es einen Haftbefehl gegen Sie?"

Ich räusperte mich. Es war plötzlich wirklich schwierig, den nächsten Atemzug zu machen. „Ich weiß nicht. *Bitte.* Sie müssen mir helfen. Ich kann nicht…"

„Haben Sie ein Verbrechen begangen?"

„*Nein.*" Meine Hände ballten sich zu Fäusten, als würden sie selbstständig die Wahrheit unterstreichen wollen.

Er seufzte, schnappte sich ein Blatt Papier und schrieb einige Notizen auf. „Suchen Sie Asyl in den Vereinigten Staaten?"

Ich lachte fast. Vor *Kanada*? „Nein."

„Okay, wir können die Details, was bei Ihnen los ist, später erörtern, aber erst einmal nehme ich an, dass man Sie ins Land einreisen lässt und Sie vor einem Einwanderungsgericht erscheinen müssen."

Ich blinzelte. „Okay."

„Aber wenn es stimmt, dass Sie ohne Visa im Land gearbeitet haben, muss ich ehrlich mit Ihnen sein. Dann stehen die Chancen schlecht."

„Dann kündige ich meinen Job." Als ich daran dachte, den besten Job, den ich je hatte, aufgeben zu müssen, drehte sich mein Magen als wäre er in einem Schraubstock eingespannt. Aber … wenn das bedeutete, dass ich bleiben durfte, würde ich das ohne eine Sekunde nachzudenken tun.

Er schüttelte den Kopf und seine Lippen wurden schmal. „So einfach ist das nicht. Sie können nicht beweisen, dass Sie keinen weiteren illegalen Job annehmen werden. Ihnen wird nicht erlaubt werden zu bleiben, Katya."

Verdammt.

„Was dann? Werfen Sie mich dann raus?"

„Wie ich sagte, Ihre Optionen sind begrenzt. Aber Sie sind nicht völlig nonexistent." Er zögerte, also nickte ich eindringlich, damit er fortfuhr. Wenn es nur einen Hauch Hoffnung gab, dass ich aus dieser beschissenen Situation herauskommen könnte, würde ich sie ergreifen. Nur zu gern.

„Sind Sie in einer Beziehung?"

Ich runzelte die Stirn und war völlig verwirrt wegen dieser unlogischen Frage. Ich öffnete den Mund, um zu antworten, aber er hob seine Hand. „Antworten Sie bitte nicht. Denken Sie nur darüber nach. Wenn Sie zum Beispiel demnächst einen amerikanischen Staatsbürger heiraten würden, wäre das eine Ausgangslage, auf der Ihnen erlaubt werden würde, zu bleiben, vorausgesetzt, dass es bald rechtlich besiegelt würde."

Ich schluckte.

Scheiße. Er wollte, dass ich *heirate*?

„Und ... es gibt keine andere Möglichkeit?"

Er blickte mich direkt an. „Angesichts Ihrer Umstände? Wahrscheinlich nicht."

Scheiße. Ich hatte keinen Freund. Ich war nur einige Male mit ein paar Kerlen ausgegangen, seit ich in Kalifornien war, und nichts davon konnte auch nur im Entferntesten als ernst angesehen werde. Ich arbeitete viel zu viel und kam nicht raus. Seit Monaten hatte ich mich nur auf meinen Twitch TV Channel und meine anderen Karriereziele konzentriert ...

Heath? Könnte ich Heath bitten, das zu tun?

„Mein, ähm, Mitbewohner ..."

„Heath?"

„Ja", nickte ich. Er würde es tun. Das wusste ich.

„Seien Sie vorsichtig. Er steht offen zu seiner Homosexualität. Das ist wahrscheinlich auch aus seinen sozialen Medien ersichtlich." Ich lehnte mich zurück, überrascht, dass er alles über Heath wusste. Bevor ich fragen konnte, gab er mir die

Antwort. „Heath ist ein Freund eines Freundes. Daher weiß ich es – und das ist der Grund, warum er mich angerufen hat. Zurück zum Thema. So etwas – Homosexueller, der eine heterosexuelle Vereinigung eingeht – wäre ein verräterisches Zeichen, dass dies eine *Scheinehe* ist."

Eine Scheinehe, damit ich in den Vereinigten Staaten bleiben konnte. Wo sie mich offensichtlich nicht wirklich haben wollten. War es das wert?

Mein Kopf raste. Wenn nicht Heath, wen dann? Ich musste jemanden heiraten, verdammt!

Sam stellte mir noch ein paar weitere Fragen und machte sich Notizen. Die Tür wurde wieder aufgerissen und dieses Mal kamen zwei Personen herein, die ich noch nicht gesehen hatte. Da es in meiner winzigen Zelle keine freien Stühle mehr gab, blieben sie stehen und starrten mich direkt an, während sie Sam ignorierten.

Einer von ihnen hielt mein Handy in der Hand.

Ich streckte die Hand aus. „Ich möchte mein Handy, *bitte*."

Die beiden wechselten einen Blick, bevor der eine sich langsam vorbeugte und es mir gab. Ich legte es neben mir auf den Tisch. Dabei drückte ich den Home Button und der Bildschirm wurde hell und zeigte meine ungelesenen Nachrichten. Es gab mindestens fünf Nachrichten von Lucas, der sich beschwerte, dass ich ihm nicht geantwortet hatte.

Dieser Idiot musste endlich mal chillen und aufhören, mich zu belästigen.

„Ms. Ellis, wir haben die Kontakte und Nachrichten auf ihrem Handy überprüft und dabei wurde unsere Vermutung bestätigt, dass Sie ohne Arbeitserlaubnis bei einer US-Firma in den Vereinigten Staaten angestellt sind. Wie –"

„Ich werde heiraten!", platzte ich heraus.

Ja. Diese Worte kamen aus meinem Mund. Meine Stimme hatte sie verkündet. Es war definitiv meine Stimme. Aber ich hatte keine Ahnung, dass sie das sagen würde, bis die Worte meine Lippen verlassen hatten.

Mein ganzer Körper fing an zu zittern.

„Sie sagen, Sie sind verlobt? Mit einem amerikanischen Staatsbürger?"

„Ja", ich nickte wild. „Ähm, ja, definitiv."

Der andere Mann holte ein Blatt Papier aus seiner Tasche und schnappte sich Sams Stift. „Können Sie uns bitte den Namen Ihres Verlobten geben?"

Ich blickte wieder auf mein Handy. *Meine Kontakte.* Ich konnte mir keinen Namen ausdenken – konnte nicht mein vierzehnjähriges Ich heraufbeschwören, um sich einen fiktiven Freund einfallen zu lassen. Es musste ein Name aus meinen Kontakten sein.

„Lucas", platzte ich mit einer weit entfernten Stimme heraus. Der Name meines Verlobten ist Lucas Walker."

BIOGRAPHY

Brenna Aubrey ist eine USA TODAY-Bestsellerautorin von zeitgenössischen Liebesgeschichten, die sich um die Nerd-Kultur drehen.

Sie hat schon immer gerne gute Bücher gelesen und lange komplexe Geschichten in ihrem Kopf ersonnen. Brenna ist ein Stadtmädchen mit dem Herzen einer Naturliebhaberin. Deshalb verbringt sie so viel Zeit wie möglich im Grünen. Sie ist auch Mutter, Lehrerin, Nerd, Frankophile, bekennende Videospielsüchtige und eBook-Sammlerin.

Zurzeit lebt sie mit ihrem Mann, zwei Kindern, zwei hinreißenden Golden Retriever-Welpen, einem Vogel und ein paar Fischen an der Westküste der USA.